Odstępy Dominium
Nocna Obręcz
Pęknięty Płaskowyż
Ścieżka Odrzuconych
Bruzda
Szara Wieżyca
Stary Bór
Twierdza Gemer
Ogniwo
Suchy Dwór
Leśna strażnica
Przełom Ogniwa
Skurczony Wierch
Wzgórze Odrzuconych
Kazamat Widzącego
Absalom
Martwy Most
Prowincja Hinnom
Bruzda
NE
E
SE
Szóste Dominium (Verm)

Księga zepsucia

fabryka słów®
WYDAWNICTWO
MMXIX

Marcin
Podlewski

Księga zepsucia

ilustracje
Alicja Kapustka

fabryka słów®
Lublin – Warszawa

Obudzimy się wtuleni
W południe lata
Na końcu świata
Na wielkiej łące
Ciepłej i drżącej
Wszystko będzie takie nowe
I takie pierwsze
Krew taka gęsta
Tobie tak wdzięczna
Z tobą bezpieczna

Nad nami
Dmuchawce, latawce, wiatr
Daleko z betonu świat
Jak porażeni
Bosko zmęczeni
Posłuchaj
Muzyka na smykach gra
Do ciebie po niebie szłam
Tobą oddycham
Płonę i znikam

Chodź ze mną

„Dmuchawce, latawce, wiatr”
Urszula

PROLOG

KRZESŁO

Było upalne, duszące lato, gdy Malkolm usłyszał, że zaczną wsadzać na krzesło.

Cały Federalny Kompleks Więzienny w kantonie Masovia już wcześniej huczał od plotek, ale niczego nie można było potwierdzić. Obieg informacji był skąpy, głównie przez monitoring. Podobnie jak w bliźniaczym ADX Florence w Kolorado ponad pół tysiąca osadzonych pilnowano stale za pomocą kamer, czujników ruchu i ECS – Electronic Chip Supervision. Elektroniczny Nadzór Chipowy przepchano ostatnią poprawką w Kodeksie karnym dzięki naciskom Komisji Systemu Penitencjarnego Zjednoczonego Cesarstwa.

Niemniej jednak krzesło pojawiło się – na początku w postaci ponurych żartów ze strony strażników, by wypłynąć wreszcie na koedukacyjnej stołówce i osadzić się na dobre w dyskusjach na spacerniaku. A potem, gdy więźniowie dostrzegli robotników dostawiających barakowate pomieszczenie przy bloku B, plotka okrzepła w fakt i stała się rzeczywistością.

– To najgorsze gówno – zauważył Hans Szmidt, tłusty współlokator z celi Malkolma, wiecznie dłubiący zapałką w swych wypielęgnowanych sztucznych zębach. – Golą człowiekowi łeb, żeby włosy nie zadziałały jak izolator. Potem sadzają delikwenta i przyczepiają mu na rączki i nóżki obrączki z elektrodką. Jeszcze stalowy hełmik z fikuśną antenką, gumowy klocek w gębę i dwa tysiące woltów prosto w biedne dupsko.

– Niezbyt zachęcające – mruknął trzeci osadzony, niejaki doktor Cukier, któremu więźniowie przez zdiagnozowaną w skrzydle szpitalnym anoreksję zdążyli już nadać przezwisko Chudy.

– No raczej – potwierdził Szmidt. – Jeśli miałbym wybór, wolałbym już cholerny zastrzyk czy szubienicę... – Hans wyciągnął zapałkę i przyjrzał się jej z uwagą, by po chwili ponownie wsadzić ją w zęby.

– Z tym akurat się zgodzę – przyznał doktor. – W przypadku zastrzyku zawsze dostaje się tiopenal, a tiopenal uspokaja. Dopiero potem pavulon osiem i chlorek. Wszystko jak za starych, dobrych czasów. Takie rozwiązanie wydaje się bardziej... godne.

– Tak samo jak szubienica – przypomniał Hans. – Dynda się szybko i jest szansa, że od razu trzaśnie ci kręgosłup. A godność? Najwyżej się zeszczasz i po sprawie.

Ale krzesło... O, człowieku, to jak pociąg do pieprzonego piekła. Co, Rud?

Malkolm nie skomentował, ale Szmidt nie oczekiwał potwierdzenia. Dyskusja i tak była jałowa. Wszyscy wiedzieli, dla kogo stawiany jest barak. Nie był on dla Hansa, siedzącego za malwersacje kredytowe, czy dla Cukra, za jego narkotykowe interesy. Nie był on nawet dla Ruda. Krzesło czekało na politycznych – takich jak pochlipujący teraz cicho na pryczy, zakutany w koc Darecki, ostatni, czwarty współmieszkaniec celi numer dwieście dwadzieścia sześć, którego z przyczyn administracyjnych nie zdążono przenieść jeszcze do bloku B.

– Nie jest wcale powiedziane, że taki biedak usmaży się od razu – zauważył czujnie doktor Cukier i Malkolm zrozumiał, że przedstawienie jeszcze się nie skończyło. – Niekiedy zabieg trzeba przeprowadzać kilka razy...

– Z ust mi to wyjąłeś, Chudy – skomentował z powagą Hans. – Ale mnie nie zaskoczysz, doktorze. Poszperałem sobie na ten arcyciekawy temat w więziennym terminalku. To informacje ogólnodostępne, bez konieczności wtykania szydła kontaktowego...

– Doprawdy?

– Dokładnie tak. Piszą tam, że trzeba się czasem napocić nad przełącznikiem, zanim dojdzie do całkowitego usmażenia białka. Ciało stawia ten, no... opór elektryczny. Ciężka sprawa.

Malkolm skrzywił się, a Darecki zachlipał nieco głośniej.

– Co za szczęście, że człowiek ubrudził sobie tylko rączki kredytkami czy pobawił się tabletkami... – westchnął Szmidt. Cukier zachichotał, ale widać dla Hansa to wciąż było za mało. – Gdyby tak kiedyś przyszło mi do głowy robić jakąś małą rewolucję... oj, zastanowiłbym się dobrze dwa razy.

Ciało Dareckiego zadrgało spazmatycznie, ale Malkolm miał już dosyć. Ostentacyjnie obrócił się na pryczy i przykrył kocem. To wystarczyło, by rozmowy się skończyły. Darecki stanowił może drobny ekwiwalent rozrywki. Ale smażenie politycznych – niekoniecznie. Nie, kiedy pamiętało się o Tulpen.

W zasadzie Rud nie wiedział, jak się naprawdę nazywa. Pamiętał na pewno jej tatuaż – tulipan z kompletnie niepasującymi do niego kolcami. W stołówce koedukacyjnej – swoistej promenadzie łączącej blok A z blokiem B – siedziała tak jak on, z boku, odizolowana od reszty więźniów. Dlaczego tak było, dowiedział się szybko, gdy podszedł do niej Lucjan Taworski, zwany w więziennych kręgach Domowym Ninją, gwałciciel z celi sto dwadzieścia dwa.

Była to zapewne tylko demonstracyjna zaczepka – w stołówce był przecież monit – ale Tulpen zdążyła wstać, wykręcić rękę wyższemu od niej o głowę mięśniakowi, kopnąć go boleśnie kolanem w krocze i wbić mu twarz w wypastowaną stołówkową posadzkę.

Dopiero wtedy – zapewne z zaplanowanym przez strażników opóźnieniem – puszczony z dyspozytorni sygnał aktywował chip ECS, który strzelił dawkowanym napięciem, i Tulpen przewróciła się, tracąc przytomność.

Do stolika Malkolma dosiadła się dwa tygodnie później.

– Cześć – powiedziała, ostentacyjnie stawiając stalową tackę z serwowaną im białkową breją. – Tulpen.

Rud nie odpowiedział. Uniósł tylko lekko głowę, patrząc na czarnowłosą, ładną dziewczynę o szarych, zimnych oczach, które zdawały się przekazywać o wiele więcej niż wąskie, zaciśnięte usta. Miała może dwadzieścia siedem, może dwadzieścia osiem lat.

– Słuchaj – zaczęła, nie przejmując się jego obojętnością. – Chcę wiedzieć, jaki jest twój sekret, okej? Mam już dosyć. Pieprzony chip gówno daje. Wczoraj próbowano mnie zgwałcić ze dwa razy i w końcu jakiś zbok mnie dorwie. Albo jakaś cholerna lesba.

Malkolm nabrał nieco brei na plastikową łyżeczkę. Orientował się, co miała na myśli. Kiedy wprowadzono ECS, media ogłosiły sukces w zakresie kontroli nad osadzonymi. Koniec z tłumem strażników łażących za każdym więźniem. Koniec z rozdzielaniem płci w zakładach karnych – może z wyjątkiem cel. Koniec z generowaniem niepotrzebnych kosztów i szkoleń, koniec z cesarskimi zapomogami dla tak licznych byłych pracowników więzienia. I przede wszystkim – koniec z więzienną agresją. Wystarczy okablowanie skazanych stałym monitem i siedzący za biurkiem strażnik, który w odpowiednim momencie naciśnie guzik.

Ale to, co pokazywano w płasko- i holowizji, było tylko marketingową pulpą. FKW Masovia, tak jak większość zakładów karnych w Cesarstwie – i poza nim – miał swe martwe punkty, plamy szarości, do których nie docierało szklane oko kamery.

Tyle że więźniowie świetnie wiedzieli, gdzie były owe strefy. Nie dokonywano w nich może morderstw – każdy przypadek zabójstwa skutkowałby natychmiastowym spaleniem martwego punktu i jego okablowaniem po fakcie – ale z ochotą robiono co innego. Gwałty i pobicia były tu na porządku dziennym, tak samo jak narkotykowy czarny rynek. ECS zostało więc zasymilowane przez system, ale nie zapobiegło to powstaniu luk, tym bardziej że co cięższe przypadki nadużyć w szarych strefach po prostu wyciszano, by nie zakręcić kapiącego kredytami cesarskiego kurka.

– Słyszałeś może o tym modelu z waszego bloku? – kontynuowała niezrażona Tulpen. – Podobno nie może usiąść po tym, co mu zrobili w pralni. A ta dziewczyna, ta od zadźganego ojczyma? Twierdzi, że sama się pocięła. Gówno prawda.

Malkolm drgnął. Przez moment poczuł lekkie ukłucie, ale zdusił je w sobie. Przymknął oczy. Breja była paskudna.

– Po prostu powiedz, jak to robisz – w głosie Tulpen zabrzmiało coś podobnego do prośby. – Nie należysz do żadnego gangu, co?

– Nie – odmruknął niechętnie, widząc, że nie odpuści.

– Nieważne – uznała. – I tak by mnie nie przyjęli. Polityczna – dodała, krzywiąc się lekko i odsuwając włosy z karku tak, by mógł dojrzeć fragment wytatuowanego kodu kreskowego.

– Niebieski krzyżyk? – spytał, widząc obecny obok kodu fragment kolorowego oznaczenia. Dziewczyna skrzywiła się lekko.

– Zauważyłeś, co? – mruknęła, zakrywając z powrotem więzienny tatuaż. – Okej, jest tam. Niebieski krzyżyk. Oznaczona „ułomność psychiczna" – wyjaśniła dziwnie spokojnym głosem, tak jakby symbol nie miał większego znaczenia. – Jeśli chcesz wiedzieć, to typ dwadzieścia dwa. Zdiagnozowaną borderline miałam od zawsze, ale po tej przygodzie z polityką dorzucili mi elementy psychotyczne. Psychoza poszczepienna. – Skrzywiła się. – Wystarczy jeden zastrzyk.

– Poszczepienna? – spytał niepewnie. Dziewczyna wzruszyła ramionami.

– Standardowe postępowanie Cesarstwa. Kara psychologiczna – powiedziała pozornie obojętnym tonem. – Nie wiesz, co robią z politycznymi, by ich dyskredytować? Robią z nas wariatów. Ale nie na tyle nieatrakcyjnych, by nie spróbować nas zgwałcić.

Rud nie skomentował.

To, co powiedziała wcześniej o dziewczynie, która zabiła swojego ojczyma, dziwnie w nim utkwiło i czuł, że łatwo się tego nie pozbędzie. Ale Tulpen jeszcze nie skończyła.

– Mam cię prosić? – jej słowa zmieniły się nagle w nerwowy szept. – W porządku. Niech ci będzie. Proszę. Po prostu powiedz, czego chcesz za ochronę. I nie ściemniaj, że nie masz tu żadnej władzy. Widziałam, jak na ciebie patrzą.

– To nie to – odmruknął, powoli odsuwając od siebie tacę. – Zostaw ten temat. Nie mogę ci pomóc.

– Gówno prawda! – syknęła i niespodziewanie złapała go za rękę. Uścisk miała mocny. – Po prostu... – wycedziła – powiedz... jak... to... robisz!

– Dupa się naprzykrza? – usłyszeli spokojny głos niejakiego Pomogitie, obywatela kantonu rosyjskiego, obecnie osadzonego za rozbój na piętnaście lat.

Malkolm uniósł głowę, a Tulpen puściła jego rękę. Pomogitie, wyglądający na zmęczonego ruskiego siłacza z podrzędnego cyrku, podrapał się po gładko ogolonej brodzie.

– Pomogitie? – spytał, żartobliwie nawiązując do swego przydomka. Ale Rud wiedział, że lekkie skinienie głową może sprawić, że dziewczyna nie przeżyje do jutra.

– Nie trzeba, dam sobie radę – powiedział. Pomogitie uśmiechnął się i pokiwał powoli głową.

– Jakby co, wołać – dodał, wracając do swojego stolika.

Malkolm uśmiechnął się krzywo. Sprawa wyglądała na skończoną, ale coś powstrzymało go przed ponownym wlepieniem wzroku w porcję brei.

Dziewczyna płakała.

Na plus trzeba jej było przyznać, że robiła to bezgłośnie. Łzy spływały jej po twarzy, ale zdawała się ich nie zauważać. Dopiero po chwili przetarła je ręką i złapała za tacę.

Wstając, popatrzyła na niego jeszcze raz. Otworzyła usta, ale zdusiła przekleństwo.

– Zaczekaj.

To ją powstrzymało. Uniosła brwi.

– Niczego nie mogę ci obiecać – powiedział cicho. – To nie wygląda tak, jak myślisz. Ale możesz tu siadać. O ile przetrwasz jeszcze kilka dni.

– Jak to: siadać? – spytała niepewnie. – Mam z tobą jeść? I to ma mi niby pomóc?

– Tak – odparł, unosząc głowę i po raz pierwszy patrząc jej prosto w oczy. – Najlepiej codziennie. Musisz jednak zaczekać, aż to się rozejdzie. Jeśli trochę wytrzymasz... może dadzą ci spokój.

– A to niby czemu? Masz jakieś pole siłowe czy co? Krąg bezpieczeństwa?

– Tak – odparł niechętnie. – Coś w tym stylu.

– Nie rozumiem...

– Tu nie ma nic do rozumienia – powiedział, wstając i zabierając ze sobą tacę. – Do jutra.

I tak to się zaczęło.

To, że znowu ją atakowano, widział dość wyraźnie. Przyszła z opuchniętą wargą, potem z podbitym okiem. Starał się nie patrzeć, choć dostrzegał zdartą skórę na kostkach jej palców.

Musiała się bronić, i potrafiła to robić, choć sporo ją to kosztowało. Była ładna, a więc było jej ciężko. Ale przetrwała.

I nagle – z dnia na dzień, z tygodnia na tydzień – przestali ją atakować. Zauważyli. I snuli domysły, wyrażone lekko kpiącymi, ale i pełnymi aprobaty spojrzeniami. Może przez to wydał się im nagle bardziej ludzki i bardziej przystępny, ale granica nie została jeszcze przekroczona. Nadal tkwił w sferze zero, w swym osobistym polu siłowym, wyśmianym na początku przez Tulpen, odnawianym zawsze w soboty, gdy przychodziła Lidia – jedyna dziewczyna, o której nikt ze współwięźniów FKW Masovia nie powiedział nigdy „lala", „dupa", „karyna" czy „maniura". Jedyna wystraszona nastolatka, którą traktowano z takim samym szacunkiem jak jego.

Oczywiście prosił, by tego nie robiła. Prosił, by nie wracała do tego miejsca. I choć czekał na te spotkania, tak jak czeka się na świeży haust powietrza, za każdym razem prosił ją o to samo.

Ale Lidia go nie słuchała. Zawsze była uparta. Milczała tylko i trzymała go za rękę. Niekiedy przykładała jego dłoń do twarzy i całowała. I choć nie płakała już jak na samym początku, to jej oczy płonęły blaskiem, którego to, co się jej przydarzyło, nie potrafiło zgasić, choć zapłaciła naprawdę wysoką cenę. Cenę, o której w końcu dowiedziała się dziewczyna z bloku B.

Tego dnia wylądowali z Tulpen na dyżurze w pralni. Rud składał właśnie drelichy, by upchać je do wysokoobrotowej wirówki Electrolux Laundry Systems, gdy usłyszał ciche chrząknięcie.

To była Tulpen, która przysunęła się nieco i pod pozorem wyrównania stosu wykrochmalonej pościeli stanęła tuż obok niego.

– Malkolm – odezwała się nieco zachrypniętym głosem. – Nie wiedziałam.

– W porządku – odparł.

– Chciałam... – zaczęła, ale Rud odwrócił się do wirówki i szarpnął za uchwyt okrągłych drzwiczek. Electrolux pisnął i wyświetlił panel programatora.

– Nie trzeba – powiedział, starając zająć się brudnymi ciuchami. Tuż obok kręcili się inni więźniowie i Malkolm wyczuł, że zrobiło się dość cicho. Najwidoczniej zachowanie Tulpen wzbudziło ciekawość, tak jak i jego reakcja. A na to nie miał kompletnie ochoty.

– Przepraszam... – powiedziała, przysuwając się nieco bliżej.

– Nie trzeba – powtórzył, zamykając drzwiczki. I na tym się skończyło. Ale, jak później się okazało, skończyło się tylko teoretycznie.

Nie potrafił powiedzieć, dlaczego sprawy potoczyły się tak, a nie inaczej. Pozornie niewiele się zmieniło. Tulpen nadal siadała przy jego stoliku, korzystając z umownej, roztaczanej przez niego ochrony, ale było już inaczej. Po pierwsze, częściej na niego patrzyła – choć kiedy odwzajemniał spojrzenie, uciekała wzrokiem. Po drugie, wyglądała na nieco bardziej skrępowaną niż na początku. I po trzecie, zaczęła mówić o tym, co dzieje się w politycznym bloku B.

Z początku przypominało to nieporadny monolog, by później przekształcić się w dziwnie chłodną relację. Malkolm dowiadywał się zatem o supernowoczesnych celach na wysokim monitoringu ECS, o periodycznych przesłuchaniach i nadużyciach przy włączaniu chipów. A także o trzech salach śmierci, wybudowanych o wiele wcześniej niż barak z krzesłem: o tej z zastrzykiem, zwanej przez więźniów Pocałunkiem na Dobranoc; obskurnym pomieszczeniu o nazwie Szyjka, będącym niczym innym jak szubienicą z zapadnią; i Sali Pif Paf – czyli dźwiękoszczelnym segmencie przeznaczonym do egzekucji przez rozstrzelanie. Zjednoczone Cesarstwo najwidoczniej nie próżnowało. Materiału miało w końcu sporo – wystarczyło zaczerpnąć z historycznych danych wszystkich zrzeszonych państw bloku wschodniego i drobnej części byłej Europy Zachodniej.

– Podobno teraz o winie będzie decydował komputer – powiedziała mu któregoś dnia. – Każdy polityczny otrzyma pulę punktową, na którą ma się składać opinia prokuratury, opinia polityczna i społeczna. W ten sposób program zastąpi sąd i wszyscy będą załatwieni.

– Załatwieni? – mruknął, przełykając porcję jajecznicy z proszku. Rud odzywał się rzadko i zaciekawienie tematem Tulpen mogła uznać za sukces. Uśmiechnęła się lekko, choć był to gorzki uśmiech.

– Tak – potwierdziła. – Stare, typowe przestępstwa poddadzą zwykłej weryfikacji kodeksowej w systemie karnym, ale punkty polityczne będą doliczane przez urzędników Cesarstwa. Społeczne dorzucą już sami obywatele. A w Sieci... – skrzywiła się – w Sieci większość zagłosuje za egzekucją. I będziemy mieli szczęście, jeśli punkty skierują nas na Pocałunek. Nieźle, co? – spytała, nie czekając na odpowiedź. – Wszyscy polecą na odstrzał. A ja... – zakończyła dziwnie martwym, pozbawionym emocji głosem – ja to już na pewno.

Dopiero kilka dni później dowiedział się, co miała na myśli. Jej dane były co prawda utajnione, ale w więziennym, dostępnym w bibliotece terminalu przyznali jej literkę R i, nie licząc niebieskiego krzyżyka, czerwony znacznik w dokumentacji. „Rebeliant" – szepnął Malkolm bezgłośnie. Cokolwiek Tulpen zrobiła, była już zatem skazana – nawet bez głosowania w Sieci.

I może ta świadomość sprawiła, że wszystko potoczyło się dalej tak, a nie inaczej.

W zasadzie nie potrafił powiedzieć, dlaczego to się stało. Po prostu w pewnym momencie, w jednym z martwych punktów w okolicy skrzydła szpitalnego, Tulpen zbliżyła się do niego i popatrzyła mu w oczy.

Nie wiedział nawet, kiedy jej dotknął. Była rozpalona, jakby miała gorączkę, i objęła go tak mocno, że niemal boleśnie. Szukał ustami jej warg i gdy wreszcie je odnalazł, kompletnie się zatracił. Gdzieś w tle mignął mu jej niebieski krzyżyk na karku i właśnie to mogło go powstrzymać, ale nie powstrzymało – może dlatego, że trwało to tak krótko. Do niczego więcej nie doszło, rozdzieliły ich zbliżające się kroki osadzonych, ale w tej chwili poczuł się tak, jakby oberwał obuchem w głowę. Niczego nie zmieniły nawet wyrzuty sumienia i dopiero późniejsza wizyta Lidii sprawiła, że znów zapadł się w siebie: w gęstą, żarłoczną ciemność.

Tulpen była jednak cierpliwa. Nie zareagowała, gdy przez następne dni odsunął się od niej. Wciąż siadała przy jego stoliku i milczała lub przekazywała mu kolejną suchą, pozbawioną emocji relację, tak jakby pragnęła ukryć tę chwilę, która rozegrała się pomiędzy nimi w jakimś innym, bezpieczniejszym miejscu. Zastanawiał się – czy czuła to samo co on? Czy to, co jej wszczepiono, mogło wpłynąć na jej uczucia? A może stanowił dla niej pewną stałą, twardy punkt oparcia, dzięki któremu nie wpadła w poszczepienne szaleństwo? Były to tylko myśli, lecz nie chciały go opuścić – w końcu jego życie od niemal trzech lat składało się głównie z myśli, z niemego boksowania się z pustką, z niekończącej się świadomości utraty.

Potrzeba było kolejnych dni, by wszystko powróciło: najpierw jako ponowne uderzenie bólu i stopienie się z ciemnością, i później – jako kolejny wykradziony moment intymności w martwym punkcie, gdy Tulpen szepnęła jego imię i zadrżała w jego rękach. Za ten moment Malkolm znów sporo zapłacił: powrotem rozpaczy zmieszanej z poczuciem winy, a także obawą przed tym, co wciąż przed nim ukrywała. Ale nie uchroniło go to przed następną potajemną schadzką poza systemem inwigilacyjnym.

Później – gdy wszystko się skończyło – zastanawiał się wiele razy, czy mógł ją pokochać. Czy był to tylko objaw głodu, który nie doprowadził do nasycenia. A może głównie litość z powodu tego, co jej uczyniono, zmieszana z pożądaniem i pragnieniem ochrony tego, co było w niej pęknięte. Nic więcej nie otrzymał, nie licząc tej szybkiej, wykradzionej bliskości – i na nic więcej nie liczył. Może gdyby mieli więcej czasu, mógłby dowiedzieć się, co czuł naprawdę. Ale czas się skończył. Bo gdy tylko w FKW Masovia nadeszło upalne, duszące lato, wraz z nim pojawiło się krzesło. A tydzień po nim przybył kapelan – i razem z nim nadszedł koniec.

Mówiono o nim, że przybył do zakładu czarnym, urzędowym jazdolotem Cesarstwa i że jego przybycie zwiastował kwaśny deszcz. Mówiono, że przypominająca stary samochód maszyna przeleciała najpierw nad całym kompleksem, jakby jej pasażer zamierzał poobserwować osadzonych niczym mrówki uwięzione w stalowym terrarium. Mówiono też, że wylądował w momencie, w którym gasło już słońce, jak gdyby owa sceneria miała jakiekolwiek znaczenie. Nie zmieniało to faktu, że przybył i natychmiast udał się do biura dyrektora, niczym odziana w czarny habit, stara i wychudzona śmierć.

Tej nocy przyszli po Dareckiego.

W celi dwieście dwadzieścia sześć najpierw rozległ się brzęczyk informujący o konieczności przygotowania pomieszczenia do niezapowiedzianej wizytacji. Hans i Cukier wstali odruchowo, podobnie jak Malkolm, i na wpół przytomni stanęli przy swoich pryczach. Darecki, zapewne wskutek przeczucia, wcisnął się gdzieś w kąt. W nagle zapalonym czerwonym świetle wyglądał, jakby chciał wpasować się w ścianę. Gdy przybyli strażnicy trzymający w dłoniach piloty ECS, Darecki zaczął chlipać i błagać, ale niewiele to dało. Odciągnęli go od ściany, wyszarpnęli z rąk ściskany kurczowo koc. Nie wdusili nawet przycisku – nie było takiej potrzeby. Darecki oklapł, był słaby jak niemowlę.

– Przeniesienie – powiedział jeden z klawiszy, gdy wyciągnęli go już na zewnątrz.

– Dokąd? – zaciekawił się doktor Cukier i strażnik, ku zaskoczeniu Ruda, odpowiedział:

– Blok B.

Na tym konwersacja się skończyła. I na tym też skończył się Darecki. Więcej go już nie zobaczyli.

– Usmażyli biedaka – stwierdził następnego dnia Szmidt w trakcie obowiązkowego spacerniaka. Dreptali po ziemi wciąż mokrej po nocnym deszczu, ale kałuże parowały szybko, termometry wskazywały plus trzydzieści stopni. – Poszedł na testy.

– Nie możesz tego wiedzieć – oponował Cukier, ale Hans splunął tylko, patrząc, jak kilku osadzonych próbuje grać w kosza na kawałku asfaltowego boiska.

– Nie budowali tego gówna na darmo – stwierdził. – Nikt nie będzie marnował kredytów na atrapę. Już po herbatniku. Widzieliście przecież kruka – dodał, rzucając niedbale starym grypsem opisującym kapelana. – Przylazł powyciągać nawijkę. Może Darecki coś wiedział... więc go przemaglowali przed puszczeniem mu wolta.

– Jeśli tak, to teraz wezmą się hurtowo za politycznych – zauważył Cukier, kątem oka zerkając na milczącego, idącego obok Malkolma. Rud jednak nie zareagował, więc chudy doktor nie rozwijał tematu.

To, że FKW poleci serią, było dość prawdopodobne i Malkolm przymknął na moment oczy. Tulpen, pomyślał. Siedząca przy jego stoliku. Z podbitym okiem i z tatuażem tulipana z kolcami, którego miał nigdy w pełni nie zobaczyć. Tulpen, ze wstydem zakrywająca dłonią swój niebieski krzyżyk. Tulpen zdająca mu relację, Tulpen – kobieca i ciepła, pragnąca jego dotyku. Tulpen, za którą nagle – nie wiadomo jak – stał się odpowiedzialny. Tulpen wsadzona na krzesło. Tulpen zamordowana w majestacie cesarskiego prawa.

Zobaczył ją jeszcze raz, choć tylko przelotnie. W noc, kiedy go zabrali.

Przez kilka kolejnych dni nie przyszła na stołówkę, ale nie było w tym nic zaskakującego. Osadzeni z politycznego przestali się pojawiać, gdyż – jak wygadał się jeden ze strażników – trwała „mała reorganizacja bloku". Wyjaśnienie, jak uznał Rud, było wszakże nieco naciągane. Tak czy owak, jeśli na więźniach przeprowadzano nadprogramowe egzekucje, żaden z klawiszy nie puścił pary z ust. Monit robił swoje, a plotka musiała być na tyle niebezpieczna, że powstrzymała gadulstwo. Dlaczego, poinformował ich dopiero Cukier.

Rzekomo w dwóch więzieniach doszło do buntu i sprawa mogła, choć nie musiała, mieć jakiś związek z przyspieszeniem wyroków śmierci. Tym samym jakakolwiek gadka na ów drażliwy temat mogła skończyć się wywaleniem z pracy albo i jeszcze gorszymi konsekwencjami.

– Śliska sprawa. Chodzi o wybory kantonowe – oznajmił chudy doktor, gdy siedzieli w celi. – Każdy gubernator pragnie podlizać się cesarzowi. A najlepszym na to sposobem jest uciszenie tych, którzy gardłowali za przestarzałą demokracją i innymi skompromitowanymi systemami. Mamy mieć teraz rządy twardej ręki, panowie. Koniec z głaskaniem po główce.

– A przedtem niby twardo nie było? – zaciekawił się Hans. – Zaraz po Trójce?

– Nie było żadnej trzeciej wojny światowej... – skrzywił się Cukier. Malkolm westchnął cicho, jak zwykle, gdy doktor wsiadał na swojego ulubionego konika. – Tylko zmasowana, kilkuletnia seria globalnych konfliktów zbrojnych. Tak zwanych „rozładowań kumulacji napięcia" po złamaniu byłych granic państwowych... wtedy, gdy polityka nadmiernej otwartości wzięła w tak zwany łeb.

– I to niby nie Trójka?

– To już było wcześniej – zauważył doktor. – Tylko nie w takiej skali. I zaczęło się jeszcze przed reformacją Unii Europejskiej w strukturę paramilitarną.

– Nawtykali ci głupot, doktorku – zauważył Szmidt, ale Cukier nie chwycił przynęty. Produkował się jeszcze o prymacie Państw Środka, o powrocie do monarchistycznych wartości europejskich i o wskrzeszeniu zasad Wiecznego Imperium w obliczu dalekowschodniego zagrożenia, ale Rud nie słuchał. Usnął.

Obudził go brzęczyk.

Tym razem wstał ostatni, z lekkim bólem głowy, i półprzytomny stanął przy pryczy. Cukier i Szmidt patrzyli na niego bez słowa, skąpani w czerwonym świetle alarmu. Chciał spytać, co się dzieje, ale nagle zrozumiał, tak samo jak pojął, skąd musiała się wziąć nietypowa senność. Kuchnia. Ostatni wręczony mu obiad wypchany był po brzegi benzodiazepiną.

Przyszli po niego.

Było ich trzech, co uznał za lekką przesadę, i niemal od razu wzięli go pod ręce. Rud usłyszał jeszcze pytający głos Szmidta skierowany w stronę strażników, ale tym razem współwięźniowie nie doczekali się odpowiedzi. Drzwi zamknęły się za nimi z cichym świstem, alarm ucichł. Ruszyli.

Szybko domyślił się, gdzie idzie. Jedna, potem druga bramka za stołówką. I stalowy, zimny korytarz bloku B, wypastowany do granic niemożliwości, nierealnie czysty. Tu, podobnie jak w A, siedziano za drzwiami z lufcikiem, przez który Malkolm zobaczył nagle jej szare oczy.

– Rud!

Chciał odpowiedzieć, ale plątał mu się język. Ostatnie metry pokonał podtrzymywany przez milczących klawiszy, podczas gdy trzeci wprowadził już kod do celi. Celi, w której nie było nikogo. Celi, z której miał już nie wyjść.

Lidia, zrozumiał nagle. Już jej nie zobaczy...

Szarpnął się, zaparł. Jedno wiedział na pewno – blok B oznaczał koniec odwiedzin. Ulokowani tu polityczni nie mogli mieć kontaktów ze światem zewnętrznym. Skazując go na ich towarzystwo, odcinali go od córki – jedynej osoby, która mu jeszcze pozostała. Jedynej, dla której pragnął przeżyć.

– Spokojnie – powiedział niemal dobrotliwie jeden ze strażników. – Nic się nie dzieje. No już. Grzecznie.

Były to pierwsze i ostatnie słowa, jakie do niego powiedzieli. Sekundę później wylądował w nowoczesnej celi numer trzy: pomieszczeniu wyposażonym w stalowe lustro, wkomponowane w ścianę radio z jedną polityczną stacją i czarno-biały, tani płaskoekran zastępujący okno. Rud zdążył się jeszcze odwrócić, by zobaczyć, jak zamykające się za nim drzwi zabierają resztki wpadającego przez nie światła z korytarza.

Został sam.

Z początku z trudem odnajdywał się w ciemności. Potem wzrok zaczął się do niej przyzwyczajać. Łatwo znalazł kształt łóżka z półtwardym materacem, poduszką i ocieplanym kocem. Lepsze warunki, opiewane przez media. Humanitarność dla politycznych, którzy wykazali się brakiem humanitaryzmu. Łaska cesarza dla zdrajców, którzy stawiali osobiste korzyści ponad ideały Cesarstwa. Pozłacana klatka dla najciekawszych obiektów. Ale on nie był obiektem. Nie miał nic wspólnego z polityką... chyba że chodziło o kwestię Tulpen. Dziewczyny, przez którą już nigdy nie miał zobaczyć Lidii...

Nie, w to uwierzyć nie mógł. Nie potrafił. Nie zmieniało to jednak faktu, że już tej nocy nie usnął, oszołomiony lekami i wpatrzony w gęstą czerń.

– Malkolm Rudecki? Numer... – siedzący w celi urzędnik zawahał się przez chwilę, zerknął w mikroczytnik – dwa tysiące pięćdziesiąt dwa?

– Tak – odparł Rud. Stojący obok urzędnika strażnik wyglądał na znudzonego, bawił się pilotem. Malkolm czekał.

– Co to za całe „Rud"? – zaciekawił się przeglądający dokumentację urzędas.

– Skracają – wyjaśnił sucho strażnik. – Po numerze ma pan M łamane na RUD. Więźniowie szybko podłapują te skróty.

– Niech będzie. Ale nie mam tu ostatnich danych zdrowotnych – poskarżył się urzędnik. – Do uzupełnienia – rzucił ni to do siebie, ni to do klawisza. – Dobrze. Proszę zostawić mnie ze skazanym.

– Nie wiem, czy... – zaczął klawisz, ale urzędnik zamachał niechętnie ręką. Wymuskany, w cesarskim uniformie, o krótkiej przystrzyżonej bródce, wyglądał, jakby odganiał jakiegoś uciążliwego owada.

– Proszę nas zostawić – powtórzył. – 2052 M/RUD nie należy do osobników agresywnych. Wystarczy pilot.

Klawisz nie oponował więcej. Wzruszając lekko ramionami, przekazał urządzenie i przyłożył dłoń do czytnika. Drzwi odblokowały się, strażnik wyszedł. Zostali sami.

– Jestem Damian Sobis, patent 134B, prawnik więzienny – poinformował Malkolma urzędnik, odkładając pilota ECS na rozłożony przed sobą przenośny stolik. – I jestem tu po to, by poinformować, że pański wyrok uległ... prawnemu przekształceniu.

– Przekształceniu? – nie zrozumiał Rud.

– Dokładnie tak – zgodził się prawnik. – Co my tam mieliśmy...? Paragraf sto czterdzieści osiem podpunkt pierwszy według starego KK... po normalizacji prawnej uzupełniony o część B. Działał pan w stanie silnego wzburzenia... czyli mieliśmy afekt – dodał, przeglądając rozpiskę. – Z tego, co słyszałem, zmasakrował pan tych ludzi.

– To nie byli ludzie – odparł Malkolm, dziwiąc się, że mówi to wyjątkowo spokojnym głosem.

– Rozumiem – chrząknął urzędnik. – Ale prawa, a tym bardziej cesarza nie interesuje pańska opinia co do człowieczeństwa pańskich ofiar.

Tatusiu, ratunku! Tatusiu!

– Jako człowiek rozumiem ten... przypadek – uznał prawnik. – Ale postępuję według wytycznych Cesarstwa i paragrafów znowelizowanego Kodeksu karnego. Chwileczkę... – powiedział, zagłębiając się w dane na mikroczytniku. Malkolm nie zareagował. Przymknął oczy.

Przez krótką, potworną chwilę widział przewrócony holowizor, potłuczone szkło i pokryty krwią salon własnego domu... oraz leżącą na ziemi żonę w zaawansowanej ciąży, z poderżniętym gardłem, i gwałconą brutalnie córkę... a także trzech przeklinających i śmiejących się głośno zwyrodnialców...

Tatusiu! Nie! Tato!

– Panie Rudecki? Słyszy mnie pan?

– Tak – odparł odrobinę ochryple. – Słyszę.

– Jak wspomniałem, została zmieniona kwalifikacja prawna pańskiego czynu – powtórzył urzędnik. – Jednym z zamordowanych przez pana napastników był niejaki Cyprian Salowski, syn Konrada Salowskiego. Może go pan kojarzy? Najmłodsza z pańskich ofiar, niespełna dziewiętnastoletnia.

– Kojarzę jego nóż – zgodził się sucho Rud. – Słyszałem, że miał się nim wykazać przed kolegami. I wykazał się.

Prawnik odkaszlnął.

– Tak. Eee... khem... wracając do sprawy... Powinien pan wiedzieć, że Konrad Salowski nie jest już urzędnikiem średniego szczebla. Awansował do stopnia gubernatora wschodniego kantonu Masovii...

– Doprawdy? Gratulacje.

– Ironizuje pan? Podobno często pan to robi... cóż... tak czy inaczej, muszę poinformować pana, że pański czyn został podniesiony do poziomu zbrodni politycznej.

– Tak? – spytał martwo Rud. – Prawo nie działa podobno wstecz.

– Ta sprawa nie została nigdy definitywnie zamknięta – wyjaśnił urzędnik. – Przypominam, że z punktu widzenia prawa karnego przebywał pan w areszcie, oczekując na ostateczny wyrok po pańskiej apelacji. A ostatnio... gubernator dostarczył dowody na to, że syn Konrada, Cyprian Salowski, współuczestniczył w, eee... posiedzeniach programowych, mających na celu awans polityczny jego ojca... i tym samym zyskał status nieoficjalnego doradcy politycznego Cesarstwa.

Malkolm prychnął.

– To sfabrykowane kłamstwa – odparł zimno.

– Radziłbym uważać z takimi oskarżeniami – żachnął się prawnik. – Mówi pan o szanowanym obywatelu Cesarstwa.

– Szanowanym? – skrzywił się Rud. – Może, ale jego pozycja ma się nijak do jego syna. Miałem czas, by poczytać sobie o Cyprianie i dwóch pozostałych typkach: Hansenie i Lodzie. Synek gubernatora miał problemy z narkotykami i kilka udowodnionych przestępstw. Gdyby przeżył, sam by tu teraz siedział.

– Być może, ale skutecznie mu to pan uniemożliwił – oznajmił prawnik. – To wszakże nie ma wiele wspólnego z obecną sprawą... – Głos urzędnika stał się nagle suchy i rzeczowy, jakby jego właściciel dukał wyuczoną formułkę. – Wraz z uzyskaniem przez pana statusu więźnia politycznego automatycznie stracił pan prawo do apelacji. Tym samym pański przypadek podpada pod znormalizowany system karny JUDEX, który podejmie decyzję w pańskiej sprawie w oparciu o obowiązujący Kodeks karny i tak zwane PS, czyli opinię polityczno-społeczną.

Komputer, przypomniał sobie Malkolm. Tulpen mówiła o systemie, z którym nie można wygrać...

– Nie macie prawa... – zaczął, ale uprzejma maska nałożona przez urzędnika nagle zniknęła. Prawnik chwycił pilota ECS.

– Radzę, by nie poddawał się pan wzburzeniu – wymamrotał, wstając pośpiesznie od stolika i cofając się w stronę drzwi. – A co do prawa, panie Rudecki, to tylko przypominam, że to my nim jesteśmy... Proszę nie wstawać! – rzucił nieco piskliwie, bo unoszący się z wolna Malkolm patrzył na niego tak, jakby i jego miał ochotę rozsmarować po ścianach. – Bo nacisnę! Rozumie pan? Nacisnę!

– A naciskaj sobie – wycedził Rud. Ale prawnik już go nie słyszał. Niemal wybiegł z celi, zabierając ze sobą pilota, mikroczytnik i ostatnie resztki nadziei.

Kapelan przybył kilka dni później.

Tego, że upływały dni, Malkolm dowiadywał się z rogu płaskoekranu. Nie wychodził już; skutecznie ograniczono mu swobodę. Znacznie lepsze od stołówkowych posiłki podawano mu przez specjalny podajnik, ale to, że nagle zamiast białkowo-witaminowej brei pojawiło się mięso, frytki i neocola, nie poprawiło mu humoru. Miał złe przeczucia. Przeczucia, które wpędzały go w ciemność.

Nocą myślał o wszystkim, co go spotkało. O spojrzeniach osadzonych, którzy powitali go w więzieniu burzliwymi, gorzkimi oklaskami. O sferze szacunku, otaczającej go niczym ochronny krąg. I o Tulpen, która pragnęła schronić się w jego cieniu. Ale najmocniej i najboleśniej myślał o Lidii. O twarzy swej córki biorącej go za rękę i całującej jego dłoń. O ich pełnych milczenia spotkaniach i o oszczędnych informacjach, które docierały do niego niczym zapomniane resztki światła: o nowej szkole, opiekującej się Lidią ciotce, o dobrych stopniach... Tyle razy prosił ją, by nie przychodziła, ale teraz oddałby wszystko, by zobaczyć ją jeszcze raz. Ale nie odwiedził go już nikt – nie licząc starego kruka.

Czuł, że coś jest nie tak tego dnia. Zbyt szybko włączono mu światło i uruchomiono prysznic. Po raz pierwszy spytano go też przez głośnik, co chce dostać na śniadanie, i gdy nieco oszołomiony zamówił jajecznicę z boczkiem, podano mu ją po ledwie piętnastu minutach, dokładając chleb i plastikowy kubek z gorącą, aromatyczną herbatą. Zjadł i wypił, starając się nie myśleć, i gdy tylko usłyszał buczenie systemu, odruchowo wyrzucił resztki do kosza na śmieci. A potem otworzyły się drzwi i przez próg przestąpił kapelan.

Był taki, jak szeptano na spacerniaku. Wysoki i chudy, odziany w starą czerń. Nie przypominał księży, których Malkolm widział w mediach – tłustych, rumianych i uśmiechniętych, proszących o kredyty podczas holowizyjnych zbiórek. Sztywny i kościsty, o twarzy napiętej jak stary pergamin, nosił czarne okulary ślepca i wspierał się na wysuwanej teleskopowo lasce.

– Malkolm – powiedział. Głos miał słaby i szeleszczący jak jesienny liść. – Dwa tysiące pięćdziesiąt dwa. Czy mogę usiąść, synu?

Rud cofnął się odruchowo. Kapelan wydzielał dziwną woń starej naftaliny zmieszanej z mdłym olejkiem o zapachu zwietrzałego piżma.

– Tutaj – ogłosił ni to do Malkolma, ni to do siebie, stukając laską i znajdując dzięki niej pryczę.

Usiadł na niej i skierował twarz ku Rudowi. Jego czarne okulary odbijały światło elektrycznych lamp.

– Dziękuję.

Malkolm nie odpowiedział. Kruk oparł dłonie na lasce. Na jednym z palców połyskiwał mu sygnet z czarnym, źle oszlifowanym kamieniem.

– Gniew, synu – powiedział. – Najbardziej szlachetny z grzechów. Gniew skłaniający dobro do czynienia zła. Nawet Bóg potrafi unieść się gniewem, nieprawdaż? I choć wiemy, że gniew Boży jest gniewem sprawiedliwym, z ochotą doszukujemy się owej rysy na boskim pancerzu. Bóg zagniewany to Bóg ludzki, bardziej zrozumiały przez tłuszczę niż ten, którego zwiemy miłosiernym...

Wykład, pomyślał niechętnie Rud. Kapelan dopiero się rozkręcał.

– Gniew nie jest zatem grzechem niskim, jak choćby łakomstwo, chciwość czy rozpusta. Nie jest też tak uwłaczający jak zazdrość czy tak krótkowzroczny jak próżność. Jest zaprzeczeniem gnuśności, gdyż mało który grzech jest aż tak aktywny. Mówią o nim, że łatwo łączy się z pychą, ale to nie do końca prawda. Gniew pozostaje gniewem. Gdy on przejmuje władzę, pozostałe grzechy blakną i drżą...

– Po co ksiądz przyszedł? – wycedził sucho Malkolm. – Nie zamawiałem zdrowasiek ani moralnej pogawędki.

– Przecież wiesz – odparł kapelan, unosząc nieco głowę. – Po to, by dać ci wybór. Oto on, synu: skrucha lub gniew. Wejrzyj więc w swoje serce i znajdź właściwą odpowiedź.

Tatusiu! Ratunku!

– A jeśli nie chcę? – spytał Rud. Kruk wolno pokiwał głową.

– W tej chwili gniew cię rozświetla – powiedział powoli, kierując ślepy wzrok wprost na twarz Malkolma. – Ten żar, który odczuwasz i który rozrywa ci serce, nie jest jednak dobrem. To ogień, który cię spali. Gdzie bowiem tkwi serce prawdziwego zła? Gdzie jest jądro ciemności? Kryje się ono w wierze, synu. W pewności, że zło jest dobrem. Prawdziwy mrok nie musi być bowiem ciemnością. I piekło jarzy się jasnym płomieniem. Płonie tak poprzez gniew.

Tatusiu! Pomóż mi!

– Nie muszę tego słuchać – powiedział powoli Rud.

– Nie – przyznał kapelan, wstając z wysiłkiem z pryczy. Do Ruda doleciała nagle słaba, słodko-kwaśna woń oddechu więziennego kruka. – Rozumiem cię. W gniewie jest moc, tak. Lecz cóż pozostanie, gdy gniew wygaśnie? I co wypali ów płomień? Myślałeś o tym, synu? Myślałeś o tym, co pozostanie... – uniósł lekko laskę – gdy zgaśnie owa światłość?

Rud nie odpowiedział. Cofnął się do ściany i dotknął przycisku awaryjnego wezwania strażnika. Zabrzęczało. Klawisze weszli szybko, najwidoczniej czekali tuż za drzwiami. Jeden z nich podszedł i wyprowadził kapelana na zewnątrz. Dwóch pozostałych zostało, patrząc na Malkolma z czymś, co wziął z początku za objaw dziwnego, niezrozumiałego współczucia.

– Już czas, Rudecki – powiedział po chwili mężczyzna, wyciągając pilota ECS. – Dostałeś swój wybór. My damy ci kolejny.

– Jaki? – spytał ochryple.

– Albo pójdziesz spokojnie, dwa tysiące pięćdziesiąt dwa – wyjaśnił drugi strażnik. – Albo uruchomimy chipa, jeśli będziesz wierzgał. Dla nas to bez różnicy. Rozumiemy się?

Malkolm nie odpowiedział. Milczał.

Gdy szli, wszystkie lufciki w celach były zamknięte. Nikt do nich nie wołał, nikt nie krzyczał. Krokom towarzyszyło tylko dudnienie – cichy odgłos miarowego uderzania w drzwi. Ostatni, żałobny akord nadawany przez więźniów. Akompaniament śmierci.

Kierowali się w stronę zewnętrznego baraku i gdy tylko Malkolm zrozumiał, gdzie go prowadzą, szarpnął się mocno i krzyknął. Byli na to przygotowani. Nacisnęli przycisk jedynie raz, dając mu lekką dawkę, i poczuł, że jego mięśnie wiotczeją. Nagle obwisł na rękach strażników, wszystko pokryło się lekką mgłą. W ten sposób pokonali resztę dystansu i przeszli przez dobudowany korytarz, łączący blok B z osławionym barakiem.

– Wolałbym już gaz – usłyszał mamrotanie drugiego klawisza. – Jak w kantonie Mannheim. Tam od razu jest masowo, a nie ten cały cyrk. Cały ten czynnik odstraszający jest o dupę potłuc. I tak przecież nie widzą.

– Za dużo gadasz – zauważył pierwszy, ucinając pogawędkę. Rud zaczął jeszcze ciężej powłóczyć nogami, impuls nadany do chipa wciąż błądził mu po ciele. Czuł, że zbiera mu się na wymioty.

– Tędy go – stęknął drugi. – Ciężki, cholera... napakował się...

– Gówno tam, napakował. Miał tę... firmę warsztatową... to się tam... czekaj, tak go weź... tam się narobił.

– A, mechanik... Dobra, mam.

– To szef tych, no... z synchronicznych. Nap...rawy, holowizja i te tam... z SynchroWork. Oni się różnymi gów...nami zajmowali. Spora... firma.

– Dobra, nie gadaj, tylko ciągnij! Już?

– Teraz.

Rud zmrużył oczy.

Pomieszczenie było średniej wielkości, miało może dwadzieścia kilka metrów kwadratowych. Przedzielało je przepierzenie z przezroczystej plastmasy. Po jednej stronie stało kilka starych plastikowych stołków i aparatura. Po drugiej – krzesło, do którego powoli go prowadzono.

– Słuchaj, dwa tysiące pięćdziesiąt dwa – mruknął do niego pierwszy strażnik. – Chcesz, to cię pyknę. Jak dam pełną moc chipa, to się wyłączysz. Nic nie poczujesz. Słyszysz, co do ciebie mówię?

Malkolm otworzył usta. Chciał coś powiedzieć, ale z gardła wydobył mu się tylko niewyraźny bełkot.

– Za mocno mu... – zaczął drugi klawisz, ale pierwszy uciszył go szybkim syknięciem. Ktoś się do nich zbliżał.

– Proszę o ulokowanie osadzonego na krześle – odezwał się znany już Rudowi głos prawnika Damiana Sobisa. – I o oddanie mi pilota. Czy więzień został potraktowany ECS?

– Rzucał się... – chrząknął pierwszy klawisz.

– Mówiłem, żeby nie stosować! – syknął urzędnik, odbierając piloty. – Dzisiejszą egzekucję zaszczyci swą obecnością gubernator! Jeśli zobaczy, że skazany to warzywo...

– Przecież kontaktuje... – mruknął drugi z mężczyzn. – Lekko było...

– Już widzę, jak lekko! Sadzajcie go.

Nie, pomyślał niewyraźnie Rud. Pod powiekami migotała mu twarz Lidii, dziwnie wymieszana z twarzą Tulpen i niewyraźną twarzą ciężarnej żony – żony, której nie mógł i nie chciał pamiętać, bo samo wspomnienie sprawiało, że ciemniało mu przed oczami. Ktoś go szarpnął i poczuł nagle twarde siedzisko krzesła i jego metaliczny, martwy chłód.

– Nie, golić nie trzeba – usłyszał jak przez mgłę. – Tak, gąbka. Nie tu. Dobrze.

Przypinali go niemal dokładnie tak, jak mówił doktor Cukier. Montowali mu elektrody – cztery, na rękach i nogach. Opisywany przez Cukra hełm zastąpiła metalowa, lodowata opaska z wystającą plątaniną kabli, niczym średniowieczna korona. Trwało to krótko, śpieszyli się. Ale nie włożyli mu w usta gumowego klocka – jeszcze nie teraz. Ten ostatni gest zostawili na koniec, na moment, gdy pojawi się główny widz przedstawienia. Jednak na niego nie trzeba było długo czekać.

Gubernator wschodniego kantonu Masovii Konrad Salowski wkroczył do pomieszczenia wolnym, spokojnym krokiem. Jego twarz za plastmasą nie wyrażała niczego – ani radości, ani bólu. Była obojętna i tylko oczy zdawały się palić od jakiegoś przygaszonego, starego żaru. Otaczający go ludzie – niesprecyzowani, szarzy urzędnicy i dyrektor więzienia – stanowili tylko tło. Nie widział ani ich, ani baraku. Nie widział nawet krzesła. Widział tylko przytomniejącą z wolna twarz Ruda.

Nieco to trwało. Malkolm szarpnął się kilka razy, ale skórzane pasy trzymały go mocno. Stojący obok Damian Sobis odczytał skróconą wersję wyroku z mikroczytnika i do Ruda dotarło w pełni, gdzie się znajduje. Krzyknął.

– Słyszysz mnie, Rudecki?

Głos był dziwnie mocny, choć cichy. Trzeszczał od elektrycznego przepięcia. Tkwiący za plastmasą gubernator wstał i podszedł do przezroczystej bariery. W starej, upstrzonej wątrobowymi plamami ręce trzymał prosty mikrofon.

– Zabiłeś mi dziecko, skurwysynu – wychrypiał, powodując niejaką konsternację wśród zebranych w baraku urzędników Cesarstwa. Najwidoczniej tego punktu programu nie przewidziano. – Mojego jedynego syna. I za to będziesz się smażył. Słyszysz, Rudecki? Za to będziesz się smażył...!

– Wykonać wyrok – polecił suchym tonem prawnik więzienny Damian Sobis.

Ale słowa nie były już potrzebne. Zaprojektowana elektronicznie i podpięta do systemu JUDEX aparatura zgodnie z wcześniej ustalonym programem uruchomiła prądnicę, przepuszczając przez skazanego dwa tysiące woltów czystego, zimnego napięcia.

Thea była bowiem gorąca i miękka, przesycona niosącym życie światłem... Tak zatem, gdy przebyli tylko mgielny opar, powiedzieli, że pragną tam pozostać – w osnowie nieśmiertelnej łaski. Tam więc pozostali, tam żyli i tam pomarli.

Odrzuceni, ustęp trzeci,
tekst zakazany Dekretem Czwartym
Pierwszego Dominium

ROZDZIAŁ PIERWSZY
SZALEŃSTWO

Było mu zimno.

To zapamiętał jako pierwsze – przenikliwy, docierający do kości chłód. Chłód i ciemność.

Leżał na czymś – na nierównym, skalistym podłożu, które odebrał z początku jako lekko porowate. Było też wilgotne, tak jak jego więzienny szary drelich z numerem dwa tysiące pięćdziesiąt dwa. To dlatego dygotał – cokolwiek mu zrobili, musieli też oblać go lodowatą wodą. Odruchowo objął się ramionami, ale zimne, zesztywniałe ręce nie przyniosły mu ciepła. Spróbował w nie chuchnąć, ale nie mógł porządnie zaczerpnąć powietrza. Zauważył za to wylatujący mu z ust obłoczek pary. Ciemność ustępowała.

Za to będziesz się smażył!

Głos gubernatora powrócił do niego, odbijając się echem w wyziębionym mózgu. To wtedy próbował wstać po raz pierwszy, ale gibnął się tylko w bok i upadł. Nie poczuł nawet bólu – nie pozwoliła mu na to zimna, sztywna skóra.

Umieram.

Pierwsza w miarę trzeźwa myśl przysłoniła echo głosu gubernatora. Zakaszlał boleśnie, wypluwając nieco śliny. W pomieszczeniu – czymkolwiek było – rozległ się cichnący odgłos odbitego od ścian charkotu.

Jedyny plus był taki, że go nie rozebrali. Wciąż miał na sobie więzienny kombinezon, bieliznę, skarpety i zapinane na rzepy bezmarkowe buty. Wciąż czuł też ucisk pozakładanych na ręce i nogi elektrod – choć już ich nie było – tak samo jak metalowej, wciśniętej na głowę obręczy. A więc przysmażyli go tylko. Sprawili, że cierpiał, a potem wrzucili do jakiegoś... kamieniołomu czy gdziekolwiek był. Czyżby Salowski jeszcze z nim nie skończył? Teraz będzie go trzymać tutaj, w jakiejś kamiennej dziurze? Wciąż próbując się podnieść, skulony i drżący jak stary dziadek, Malkolm po raz pierwszy spojrzał w miarę przytomnie. Wracało światło.

Był w jaskini albo też tak to na pierwszy rzut oka wyglądało. Chyba typu krasowego, a więc najbardziej pospolitej, z licznymi naciekami. Na razie dostrzegł tylko kilka wystających z podłoża guzowatych stalagmitów. Gdyby sturlał się na dół z krzywej płyty, rozbiłby sobie głowę. Miał jednak szczęście... Chwileczkę.

Płyta.

To, na czym leżał, nie powstało w sposób naturalny. Grube, pełne starych żłobień i roślinnych wzorów, musiało być czymś na kształt kamiennego nakrycia. Wielkie, wykute w skale wieko jakiegoś włazu? Możliwe, choć nie dostrzegał żadnych uchwytów. A zatem: płyta nagrobna. Skojarzenie nasuwało się samo, tym bardziej że mniej więcej w jednej trzeciej długości dostrzegł wreszcie twarz – a raczej wyżłobioną w kamieniu czaszkę z częścią kunsztownie odwzorowanej fizjonomii – popękaną i cienką tak, jakby jej właściciel cierpiał na przewlekłą chorobę. Cały wizerunek otaczał stary i mokry mech jaskiniowy.

– Śliczny to ty nie byłeś – skomentował Rud ochrypłym od zimna głosem.

Pierwsze wypowiedziane słowa poleciały w mrok i zgasły. Malkolm wzdrygnął się: jeśli leżał na czyimś grobie, to dopiero teraz w pełni to do niego dotarło. Tak jak i pozostałe elementy nareszcie widzianego w pełni pomieszczenia.

Jeśli rzeczywiście była to pieczara, to ktoś zrobił z niej istny grobowiec. W naturalnie uformowane ściany wkomponowano niewyraźne wykusze i popękane słupy. Wysokie sklepienie pokryte pajęczymi wspornikami wyglądało na dziurawe, i to przez owe dziury do wnętrza dostawało się nieco srebrzystego światła. Na zewnątrz musiała być noc – jej miękki, gwiezdny blask oświecał porozrzucane wokół katafalki, upiorne freski przedstawiające odziane w płótna szkielety i stare fragmenty zatartych przez czas rzeźb.

W licznych wykutych w ścianach niszach widać było odłamki starych dzbanów i resztki wyschniętych gromnic. Katakumby, uznał, powoli zbierając się z płyty. Ale gdzie? Jedyny podziemny cmentarz, który widział, znajdował się w kantonie rzymskim – ale nie robił wrażenia takiego ogromu. Kto zresztą robiłby coś takiego po jaskiniach? Etruskowie? Nie kojarzył, by coś takiego było w kantonie Masovii. Może w byłej europejskiej Francji?

Cóż, miejsce wyglądało na bardzo stare. Nikt go też chyba nie utrzymywał, nie wspominając już o renowacji. W zasadzie wyglądało tak, jakby ktoś odpalił w środku baterię granatów. Wskazywały na to choćby złamane w pół kamienne płyty, które powinny okrywać krzywe sarkofagi o zatartych przez czas inskrypcjach. Brakowało tylko pajęczyn i walających się wokół starych grobowych szat. Może to przez wilgoć; swoją drogą, jaki był sens budować cmentarz, który z wolna, ale nieustępliwie drąży podziemna woda?

Zaczął iść, niepewnie i chybotliwie, wciąż obejmując się ramionami. Gdzie, nie wiedział. Na logikę powinien tu zostać do rana. Na zewnątrz mogło być zimniej, ale na zewnątrz musiała też być cywilizacja. Choćby jakiś kościół przy cmentarzu. Budynek administracji zarządzającej tym obiektem. Droga i stacja benzynowa. Jednostka wojskowa podpadająca pod jurysdykcję Salowskiego... Nieważne. Niechby to było cokolwiek. Cokolwiek, co mogło mu pomóc przeżyć.

Drepcząc po nieforemnym podłożu, dopiero po jakimś czasie zaczął rozglądać się za czymś, co mógłby ewentualnie rozpalić. Problem w tym, że nie miał przy sobie zapałek. Jego ulubiona stalowa zippo została w więziennej przechowalni i nigdy jej nie odzyskał. Palić nie palił, wyleczył się szczepionką, ale zapalniczka została. Co zatem? Będzie pocierać patykiem o patyk? Bzdura. Musiał coś jednak wymyślić albo liczyć się z zaawansowanym zapaleniem płuc. O śmierci z wyziębienia nie wspominając.

Kilka kroków dalej potknął się o żelastwo.

Trochę tu tego było, zapewne jako element dekoracyjny, ale niestety – wszystko wyglądało na przerdzewiałe. Nieco okrągłych uchwytów, które oderwały się od sarkofagów. Ułamek starej kraty. I – co zauważył z niejakim zdziwieniem – resztki czegoś, co niegdyś musiało być mieczem.

Nachylił się i podniósł owe przeżarte przez rdzę kawałki, wcześniej biorąc w dłoń urywek jakiegoś podartego materiału, niemal rozpadającego się w palcach. Lepiej jednak było wziąć ów zetlały strzęp, niż skaleczyć się i narazić na tężec. Potem bez większego przekonania złapał za w miarę suchy kamień. Uderzył o zardzewiały metal... ale nic się nie stało. Nie skrzesał nawet jednej wątłej iskry.

Cudownie.

Znów ruszył przed siebie, trzymając w ręku swoje znalezisko. Kroczył mechanicznie, kierując się plamami rzucanego przez wykusze nocnego światła. Na plus było z pewnością to, że rozruszał się i tym samym nieco rozgrzał. I żył, choć w to ostatnie trudno mu było uwierzyć.

I za to będziesz się smażył!

– Obiecanki cacanki – wymamrotał ni to do siebie, ni to do obecnego w głowie głosu gubernatora. Co w zasadzie się przydarzyło? Puścili mu mniej woltów? Zapewne takie założenie było od samego początku. Po cholerę go jednak zanosić na jakieś kamienne zadupie? Nie lepiej było go zabrać do wymazanej z mapy rezydencji, by bawić się w nocne przypalanki i inne wymyślne rozrywki...? By patrzeć, jak skręca się z bólu... i nie pozwolić mu umrzeć?

To wszystko nie miało najmniejszego sensu. A już najmniej miało go to, że nie mógł znaleźć wyjścia.

Z początku szedł przed siebie bez wyraźnego planu. Potem zaczął myśleć. Logiczne wydawało się iść tam, gdzie jaskinia się rozszerza, lub znaleźć cokolwiek wskazującego na efekt działania cywilizacji. Przybite do ścian strzałki pokazujące drogę. Puszki po piwie i neocoli. Foliowe torby i podeptane niedopałki. I szklane oczy obserwujących katakumby kamer.

Niestety, nic takiego tu nie było. Tylko wariacje na temat nisz, pokruszonych słupów i ciosanych, ślepych bram z płaskorzeźbami w tle. Tym ostatnim dokładniej się przyjrzał: nie wyglądały zbyt zachęcająco, choć stworzono je z precyzją wskazującą na wysoki kunszt kamieniarzy. Szkielety – ni to ludzkie, ni to zwierzęce, o miejscami zaburzonych proporcjach – niosły w kościstych dłoniach broń białą i latarnie. Ich zewłoki były spowite przez porwane proporce i całuny.

Znajdowały się tam również niby ludzkie, zakapturzone sylwetki, otwierające grube księgi bądź skulone w zaklętym w kamień cierpieniu, wskazujące palcem na plątaninę fantazyjnych istot o kształtach wyciągniętych z horroru. Wszystko było zatem upiorne, choć Rud musiał przyznać, że w pewien sposób fascynujące, i w innej sytuacji z chęcią skoczyłby tu z własnym mikro, by zrobić serię holograficznych zdjęć. Ale na razie ciekawość i zachwyt przytłumiał chłód. Co gorsza, zaczął pojawiać się kaszel i Malkolm pomyślał, że jeśli nie zachoruje, to będzie to cud równy ocaleniu z elektrycznego krzesła.

To, że ocalenie mogło być chwilowe, zrozumiał po półgodzinie bezsensownego marszu.

Koncepcję z podziemną jaskinią odrzucił szybko – podejrzewał, że chodzi po wnętrzu góry, na co wskazywały coraz liczniejsze wykusze, przez które dostawało się światło gwiazd. Miejsce, w którym się przebudził, musiało jednak być fragmentem kompleksu pieczar, bo dopiero po kilkunastu minutach zaczął wychodzić na wielkie, kamienne przestrzenie o formowanych ścianach. To ostatnie zdumiało go najbardziej – ktoś zadał sobie trud, by nie tylko wykuć w skale krzyżowo-żebrowe sklepienia, ale i kolumny wspierające puste balkony i przyporowe łuki.

Praca ta była nie tylko monumentalna, ale i bezsensowna. Po cóż tak drążyć skałę, skoro jej wnętrze trzymało się samo z siebie? Malkolm, prowadząc swą firmę, niejednokrotnie napotykał problem, z którym musiała poradzić sobie jego ekipa – czy to mechaniczny, czy konstrukcyjny – ale ten, kto zaprojektował owe katakumby, wykazał się brakiem pomyślunku. To było kompletne marnotrawstwo sił i środków.

Wciąż rozglądając się wokół, doszedł wreszcie do mostu nad ziejącą rozpadliną, wyciągniętego w mrok niczym cienki jęzor skały. Zawahał się: kamienna kładka nie miała żadnych zabezpieczeń czy poręczy i wyglądała na taką, która niekoniecznie przeniesie go na drugą stronę. Tam jednak – co dobrze widział – było więcej światła, zupełnie jakby dochodził do cieńszej warstwy skał, pełnej dziur prowadzących na zewnątrz góry.

– Cholera jasna – wymamrotał, stawiając pierwszy krok na moście. Zęby wciąż szczękały mu z zimna. – Pieprzone grotołażenie. Spadnę.

Na szczęście most był dość szeroki – przynajmniej na dwa metry – i nie był jedyną przerzuconą nad przepaścią kładką. Na lewo – jakieś dwadzieścia metrów dalej – pysznił się spory wiadukt, niestety, ułamany w połowie. To tędy zapewne przenoszono niegdyś materiały i ciała, by złożyć je w tym cmentarnym labiryncie.

Malkolm ruszył, niechętnie zerkając w dół. Tkwiło tam coś, co wziął za grupę kamiennych zabudowań, wydobywanych z mroku jedynie przez kilka pasm srebrnego światła. Nie potrafił oszacować, jak głęboka była przepaść, ale ocenił, że leżące w dole budowle musiały mieć wielkość typowych kantonowych bloków z wielkiej płyty. Widząc coś, co można było wziąć za fragment podziemnego miasta, krzyknął więc, po raz pierwszy wołając o pomoc. Ale odpowiedziało mu tylko echo i odległe kapanie z jakiegoś ukrytego nacieku.

Chociaż nie. Było chyba coś jeszcze – coś jak odgłos osypującego się żwiru. Rud przyspieszył kroku – dźwięk dochodził zza drugiej strony mostu i choć już cichł, dodał mu nagle nadziei.

– Jest tam kto?! – krzyknął. W tej chwili było mu już wszystko jedno: jeśli była to gra gubernatora, to postanowił ją skończyć. – Odezwijcie się! Na pomoc!

Odpowiedziała mu cisza.

Ostatnie metry pokonał niemal truchtem, na moment zapominając o chłodzie. Już widział, że dochodzi do wyjścia, bo niecałe dwadzieścia metrów dalej widać było rozłam: sporą salkę upstrzoną skalnymi zlepieńcami, przypominającymi niewielkie menhiry ustawione pionowo na kształt nieforemnych kolumn. To, co znajdowało się na ziemi, już znał: kolejna seria zmurszałych ze starości grobów o popękanych płytach. W częściowo tylko zakopane sarkofagi wrosły korzenie i skalny mech.

Rud zatrzymał się, zakaszlał. Na zewnątrz lekko wiało – salka okazała się wysuniętą, szeroką półką skalną, wyglądającą niczym kamienny, wystający z gór jęzor. Na zewnątrz panowała ciemność. Czarne niebo zakrywały burzowe chmury. Gdzieś w dole – po słabo widoczny horyzont – ciągnęła się ciemna, niewyraźna linia. To musiał być las.

– Zadupie – wymamrotał, rozglądając się niepewnie. – I jak mam teraz zejść z tego...

Nie dokończył. Pomiędzy grobami był ksiądz.

Odziana na czarno, skulona sylwetka siedziała niedaleko na jednym z otwartych grobowców i grzebała w środku łapczywymi chudymi dłońmi. Malkolm widział głównie jej plecy. Wzdrygnął się. Spodziewał się wszystkiego, ale nie więziennego kapelana. Stał więc przez moment niczym sparaliżowany, słysząc, jak ksiądz mamrocze do siebie jakieś niewyraźne słowa, zagłuszone częściowo przez przedburzowy powiew.

– Dobry... – usłyszał wreszcie wyraźniej skrzekliwy głos. – Och, dobry, dobry...

Nadchodząca nawałnica wydobyła z siebie basowy pomruk. Razem z nim pojawił się nieco silniejszy wiatr, który zdarł kaptur z czarnego habitu kruka tak, że Rud dostrzegł wreszcie swój błąd.

Siedząca na grobie postać nie była kapelanem. Podmuch poszarpał jej długie, siwe włosy. Ale odziana na czarno sylwetka nie przejmowała się fryzurą. Sięgnęła głębiej, by – ku obrzydzeniu Malkolma – wyszarpnąć z grobu nadgniłą trupią głowę z czymś przypominającym przerdzewiałą koronę.

– Jesteś, mój miły Konradzie... – wycharczała istota, zrywając ozdobę i odrzucając ją niedbale w porastający podłoże mech. – Och, taki dobry... i taki martwy... lecz nie zakopany głęboko, o nie. Nie głęboko, lecz tu: w Czatowni. I patrz – dodała, unosząc lekko zmurszały czerep, jakby pragnęła ukazać mu skryty w ciemności krajobraz – gdzież twe starania? I gdzie wysiłki? Jeden z wielu... – dodała do siebie – jeden z wielu. Odrzucony.

Rud skrzywił się. Nie wiedział, czy ma się odezwać, czy odejść, ale coś trzymało go w miejscu. Czy naprawdę usłyszał imię gubernatora? Zapomniał na chwilę o przenikliwym zimnie. W powietrzu unosił się mdły zapach ozonu, zapowiedź solidnej burzy. Okolica znowu zagrzmiała, wiatr stał się silniejszy. Malkolm nie mógł tego ciągnąć. Otworzył usta, ale zanim powiedział choćby słowo, istota spojrzała w bok, i nagle Rud ujrzał jej twarz.

Była to stara kobieta – w zasadzie wyjątkowo stara: blada i chuda, o popękanych ustach. Jej twarz, choć pomarszczona, wyglądała na dziwnie napiętą, tak samo jak skóra na pokrytej plamami dłoni o długich, czarnych od grzebania w ziemi paznokciach. Nie widział dobrze jej oczu, ale nawet z tej odległości dostrzegł ich dziwną szklistość – kimkolwiek była owa starucha, z pewnością nie grzeszyła już dobrym wzrokiem.

Nie zauważyła go jeszcze, wciąż zapatrzona w swą zdobycz. Nagle szybkim i zdecydowanym ruchem wbiła rękę w przegniłą szyję trupa, szukając palcami resztek skostniałej żuchwy. Wyglądało to tak, jakby zamierzała zrobić z głowy pacynkę. Rudowi zebrało się na wymioty.

– Dawaj, co miałeś, nocny kruku – zanuciła starucha. – Daj Matce Gerdzie, o tak. Czyż nie słyszałam, jak szepczesz w ciszy? Jak snujesz się w cieniu? Mój Krąg, Konradzie, mój własny... nie twoje martwe królestwo! Pragnę posłuchać, jak jęczysz! Śpiewaj, nocny kruku, och tak. Dobry, dobry... – dodała, usiłując poruszać szczęką trupa, jakby upiorna pacynka miała powtórzyć jej słowa. – Och, jestem dobrym Konradem – zanuciła i Malkolm z przerażeniem usłyszał, że głos zmienia się w męski i chrapliwy. Mówiła ona czy głowa? – Chodźcie do mnie, schronić się pod me skrzydła. Chodźcie do mnie. Och tak. To ja, król Konrad. Odrzucony. Powróciłem z Martwej Krainy. Przyjdź do mnie, Matko Gerdo. Och, niechże cię ucałuję...

To musiały być jakieś zwidy, z zimna, stresu i wyczerpania. Dość, że Rud zobaczył nagle zaciśnięte usta staruchy i poruszające się przegniłe wargi trupa. Nie stanowiłoby to może aż takiego problemu, gdyby nie fakt, że trzeszczący, męski głos zdawał się dobywać z ust pacynki.

Matka Gerda – o ile istotnie tak się nazywała – przekrzywiała lekko głowę, by wreszcie przysunąć swe wargi do warg trupa. To była sekunda: nagle wpiła się w nie chciwie, gładząc drugą, wolną dłonią zeschnięte kości i zasuszoną skórę policzków. Rudowi zwidziało się nagle, że martwe powieki głowy unoszą się lekko, jakby pocałunek tchnął w nią zapomniane życie.

Malkolm zaklął z niedowierzania i obrzydzenia. To wystarczyło, by starucha odwróciła się gwałtownie, odrzucając trzymaną czaszkę. Ruch, ku zaskoczeniu Ruda, był szybki i zwinny. Jej oczy lśniły lekko w półmroku.

– Niemartwy? Plugawiec? – spytała piskliwym głosem. – Któż to? Kto nieproszony przybywa do Matki Gerdy? Kto śmiał wejść w jej Krąg?

Rud chrząknął, siląc się na wymuszony, uprzejmy uśmiech. Obłąkana starucha uniosła się nieco, niczym wietrzące zwierzę. Wciąż siedziała w kucki na otwartym grobie. Z czarnego nieba zaczęły padać pierwsze krople deszczu.

– Przepraszam, że przeszkodziłem – powiedział, czujnie nie wymieniając swojego nazwiska. Jeśli stara kojarzyła coś z holowizji... – Chyba się zgubiłem. Czy mógłbym skorzystać z mikro? Gdyby była pani tak uprzejma i zechciała pokazać mi, gdzie...

– Blady! – syknęła stara, przekrzywiając głowę niczym pies. – Zagubiony... och tak. Och tak – powtórzyła, prostując się nagle i zmieniając ton głosu. – Podejdź do Matki Gerdy. O tak.

Zagrzmiało i tym razem deszcz lunął naprawdę. Gdzieś na niebie na ułamek sekundy błysnęło i Malkolm zauważył, że starucha już biegnie. Sadziła szybko, przeskakując nagrobki, i zanim zdążył się zorientować, złapała go za gardło i obaliła na ziemię, po czym schyliła się i polizała mu twarz. Oddech cuchnął jej słodkotrupim zapachem szaleństwa.

– Oddaj krew! – rozkazała, otwierając szeroko usta. Niektóre z zepsutych zębów wyglądały na dziwnie ostre, jakby specjalnie je spiłowano. – Oddaj lub służ!

To, co stało się potem, stało się bardzo szybko.

Stara błyskawicznie nachyliła się, próbując go ugryźć. Rud odepchnął ją z całej siły, ale udało mu się tylko połowicznie. Starucha zaśmiała się i wyprostowała, wciąż trzymając go za gardło. Pociemniało mu przed oczami.

– Puszczaj! – wyrzęził. Nie był nigdy ułomkiem, ale starucha wyglądała na o wiele silniejszą od niego. Bawiła się z nim jak kot z myszą.

W kolejnym rozbłysku, w narastającym szumie deszczu, zobaczył nagle jej rozbawioną, bladą twarz i oczy, pokryte starczym bielmem. Zaklął ponownie, ale nawet nie przestała chichotać.

– Głupiec Grobowych Gór! – zaśpiewała piskliwie.

Wtedy ją walnął. Jakimś cudem zebrał się w sobie i grzmotnął ją prosto w szczękę. To ją zaskoczyło – na tyle, by lekko zwolniła uścisk. Wówczas to on złapał ją za gardło. Szarpnęła się, a Malkolm z zaskoczeniem zauważył, że aż nią zatrzęsło, zupełnie jakby poraził ją prądem.

Odskoczyła od niego, zrywając się niczym oparzona. Uwolniony Rud uniósł się nieco, masując własne gardło. Zaczął wstawać, podczas gdy stara skuliła się jakieś cztery metry dalej, nie spuszczając z niego wzroku. W półślepych oczach płonęła czysta nienawiść.

– Jak to zrobiłeś?! – wrzasnęła, łapiąc się z widocznym niedowierzaniem za szyję, i po raz pierwszy w jej głosie usłyszał wściekłość. W skalną, przerobioną na cmentarz półkę uderzyła kolejna fala wichru z deszczem: burza rozszalała się na dobre. – Skrzywiony! Odraza! Odraza! Mój Krąg! Mój!

– A weź sobie ten pieprzony Krąg, wariatko! – odkrzyknął. Stara kucnęła i zasyczała niczym kot. – Wsadź go sobie w... – zaczął, ale znowu skoczyła.

Tym razem jednak przewidział, gdzie uderzy, i przesunął się szybko w bok. Poleciała do przodu, na czworakach, niczym czarny pająk. Malkolm machnął nogą, prawie na oślep. Próbował ją kopnąć, ale była zbyt szybka. Zatrzymała się i okręciła wokół własnej osi, natychmiast ruszając do ponownego natarcia. Tym razem się jej udało: trafiła zakrzywionymi pazurami prosto w więzienny drelich. Tania tkanina puściła, wariatka doszarpała się do skóry. Rud syknął, a babsko zachichotało.

– Doigrałaś się, kochana – mruknął, przyjmując swoją ulubioną postawę bokserską, zapamiętaną jeszcze z treningów w FistClub i szlifowaną w salce ćwiczeń FKW Masovia. Nie miał co prawda swoich rękawic Twins do ciężkich sparringów, ale determinacja, zimno, głód, lęk i złość powinny mu wystarczyć.

Zmrużył oczy, przypominając sobie gadkę Zombreckiego z treningów. Masz zachować skupienie, być cały czas czujny, ględził Zombrecki, który przeskoczył na trenerstwo po rozległym, niemal śmiertelnym zawale. Patrzysz, jak rusza się przeciwnik, i uprzedzasz jego ruchy. Masz prawą dominującą łapę, więc ustawiasz się do niego lewą częścią tułowia, z lewą nogą wysuniętą do przodu i opartą całą stopą o podłoże. Prawa noga z tyłu i pół kroku w prawo od lewej, nogi ugięte, ciężar rozłożony równomiernie, tułów wyprostowany. Czaisz bazę, chłopaczku?

– Czaję – mruknął do siebie Rud. Ale było to wszystko, co zdążył powiedzieć, bo stara skoczyła ponownie.

W tym też momencie strzeliła adrenalina i Malkolm zobaczył wszystko z lekkim spowolnieniem: wykrzywioną gębę obłąkanej staruchy, jej siwe włosy i strugi siekącego deszczu. Uderzył, gdy tylko się zbliżyła: cios prosty prawą ręką w głowę, z lekkim wykrokiem, przerzutem ciężaru ciała na lewą nogę.

Trzasnęło i stara poleciała do tyłu, uderzając plecami o jeden z nagrobków. Cios był mocny, ale zaskoczony Rud zauważył, że obłąkana utrzymała się na nogach, choć potrząsnęła w zamroczeniu głową. Zza warg wypłynęła jej strużka bladoczerwonej krwi, szybko zmytej przez deszcz. Stara otarła usta rękawem. Splunęła.

– Teraz zginiesz, Skrzywiony głupcze z Grobowych Gór – powiedziała. – To Krąg Matki Gerdy! I tylko jej!

– Już mówiłem, gdzie możesz sobie wsadzić ten Krąg – odwarknął. To było jakieś szaleństwo i chyba zaczęło mu się udzielać. – Problemy ze słuchem?

Na tym dysputa się skończyła. Stara uniosła się i nagle, bez uprzedzenia, dotknęła obiema rękami ziemi.

– Zbudź się, Theo! – syknęła. – Zbudź się dla Matki Gerdy! To mój Krąg!

Coś zatrzeszczało.

Burza nadal szalała, w oddali uderzył piorun. Deszcz coraz częściej zacinał na ich skalną półkę. Malkolm skrzywił się z niesmakiem. Nie wiedział: podejść samemu i sprać ją po łbie czy czekać, aż znowu zaatakuje? Był zły. Nie czuł takiej złości od...

Tatusiu! Pomóż mi!

...od bardzo dawna. Niemal ciemniało mu przed oczami. I może to sprawiło, że się zawahał. Powoli opuścił gardę.

– Posłuchaj... – zaczął, ale w tym momencie skalna półka pękła.

Szczelina wykwitła niczym uderzenie błyskawicy, od wbitych w ziemię pazurów staruchy wprost do jego stóp. Była nierówna, zygzakowata, ale prowadziła wprost do niego, mijając po drodze sarkofagi i rozkopane groby. Przez górę przeleciał huk narastającego gromu.

– Zbudź się, Theo! – wyła stara i Malkolmowi wydało się, że wszystko na skalnej półce drży, począwszy od samej ziemi, po kości i kamienne groby. Wstrząs sejsmiczny?

Rud cofnął się w stronę otwartej górskiej gardzieli. Ale nie wszedł jeszcze do środka. Jeśli zbliżała się jakaś lawina, mogło zasypać wejście, a nie uśmiechało mu się wędrować z powrotem po gigantycznych katakumbach. Starucha tymczasem powtarzała swoje wezwanie i szczelina jeszcze się powiększyła, sprawiając, że pozbawiony oparcia Malkolm runął na plecy.

– Do diabła! – zaklął, ale Matka Gerda już była przy nim. Drapnęła go znowu do krwi, tym razem po twarzy, i natychmiast wymierzyła kolejny cios, w żołądek. Chichoty i wyzwiska się skończyły: najwidoczniej zamierzała skończyć z nim szybko i skutecznie.

Odruchowo zasłonił twarz rękami, ale niewiele to dało. Walnęła go raz jeszcze, zupełnie jakby należała do bokserskiej wagi ciężkiej. Rud skulił się z bólu.

Zabije mnie, pomyślał półprzytomnie. Ta naćpana wariatka mnie zabije...!

Nie wiedział do końca, jak to się stało. Już odpływał, z trudem osłaniając czaszkę. Stara trzymała go mocno nogami, silnymi jak u zapaśniczki. Ale w momencie, gdy po kolejnym ciosie głowa odskoczyła mu na bok, dostrzegł kawałek upuszczonego żelastwa znalezionego w katakumbach. Próbował nim skrzesać ogień, potem musiało mu wypaść... dość, że teraz po nie sięgnął. Złapał mocno, raniąc sobie palce. I ciachnął.

Zardzewiała stal wbiła się w bok staruchy niczym zdradziecki cierń. Kobieta zawyła. Przestała go okładać. Rud wykorzystał to: szarpnął się i znowu walnął ją w szczękę. Upadła, ale tym razem nie dał jej wstać. Ostatkiem sił podniósł się i rzucił na leżącą, łapiąc ją za gardło i ściskając tchawicę.

Upiorna starucha zaczęła się miotać i rzęzić. Z jednej strony próbowała rozewrzeć mu ręce, z drugiej – wyciągnąć z boku zardzewiały kawałek metalu. Ale Malkolm już tego nie widział. Odpłynął, zatapiając się w krwistej czerwieni...

Tato!

...która już kiedyś przysłoniła mu cały świat. Dyszał ciężko z wysiłku, kropla po kropli wyciskając życie z obłąkanej. Stara nie chciała jednak umrzeć i, choć brzmiało to paradoksalnie, powoli zyskiwała przewagę. Jego siły słabły, ale jej zdawały się utrzymywać na równym, morderczym poziomie. Rzeżąc i charkocząc, zaczęła gorączkowo machać rękami, usiłując go dorwać – na szczęście bezskutecznie.

– Zdechnij wreszcie! – wrzasnął z rozpaczą i wtedy coś się stało.

Starucha nagle zadrgała, tak jak wówczas, gdy chwycił ją po raz pierwszy. Oczy uciekły jej do góry, odsłaniając białka. A sam Malkolm poczuł, jak palce sztywnieją mu od lodowatego zimna przewodzonego napięcia.

Ciało Matki Gerdy zadygotało. Otworzyła usta, ale zaskrzeczała tylko wronim, zachrypniętym skrzekiem. Spojrzała na Ruda z wyraźnym zdumieniem i rozpaczą. Jej półślepy wzrok nagle zniknął i mężczyzna dostrzegł, że pokryte wcześniej bielmem oczy stały się żywe i błyszczące. Odbicie gwiazd? Błyskawicy? A może ślad rozpalonych iskier?

Tak skonała, wciąż miotając się w jego uścisku. Puścił ją dopiero, gdy zauważył, że pod jej skórą coś błyszczy – jakby palił ją wewnętrzny ogień. Czy zaczęła dymić? Odsunął ręce od trupa – bardziej z przerażenia niż z rozsądku – widząc jeszcze, jak od końcówek palców ciągną mu się błękitne iskry wyładowania.

Prąd.

Malkolm zsunął się z martwej. Obite ciało bolało, kręciło mu się w głowie. Co to niby było? Ostatnie wyładowanie ECS? Czy zwykły chip kontrolny mógł mieć taki potencjał? Nie... Bez szans, by oddał takie napięcie. Wyjaśnienie było jedno: obłąkana też musiała mieć w sobie Electronic Chip Supervision i ktoś w pobliżu, być może ukryty między grobami, puścił jej pilotem śmiertelną dawkę napięcia. Jakimś cudem jego to nie trafiło... poszło mu tylko po palcach.

Czy coś takiego było w ogóle możliwe, tak silny sygnał ECS? Nie wiedział. To wszystko nie trzymało się kupy... ale musiało, bo jeśli nie...

...bo jeśli nie, to ją zabiłem, pomyślał. Jezus Maria, zabiłem ją... zabiłem tę oszalałą wariatkę...

Implikacje tego prostego stwierdzenia przytłoczyły go nagle, zaciemniły obraz. Zabił. Nie, to niemożliwe...

Dotknął leżącego ciała, sprawdził puls. Nie było. Złożył ręce, położył je na klatce piersiowej starej i zaczął przeprowadzać reanimację.

Poddał się po jakichś piętnastu minutach.

Niepewnie i chybotliwie wstał. Patrzył jeszcze długo na leżące ciało, by wreszcie powolnym, trzęsącym się krokiem zawrócić w stronę jaskini. Po drodze natknął się jeszcze na głowę, którą stara wyciągnęła z grobu. Zewłok miał otwarte oczy i, jak mu się zdawało, nadal poruszał martwymi, popękanymi ustami. Rud nie zareagował. Nie myśląc już o niczym, wszedł do pieczary, by schronić się przed wzmagającym się deszczem. I wtedy dopiero się zaczęło. Stres pourazowy.

Z początku ledwo kontaktował – i, w gruncie rzeczy, nie było to takie złe. Siedział na jakimś głazie, na wpół się kiwając, na wpół usypiając ze zmęczenia i zimna. Był cały przemoczony, obity i obdarty.

Później zaczął gorzej oddychać. Z trudem nabierał powietrza i coś go kłuło w boku. Rozbolał go też żołądek. Przed oczami wciąż miał trupa staruszki i cień krzesła w tle – krzesła, na które go wsadzono. Wszystko wydawało się dziwnie nierealne i przez jedną, potworną chwilę wystraszył się, że zwariuje. Towarzyszyło temu dziwne uczucie odrętwienia i niezrozumiałe zawężenie pola świadomości: niby wiedział, gdzie jest, ale nie do końca.

Trwało to jakiś czas, jednak dość łatwo zaczęło przemijać – może dlatego, że to, co doprowadziło go do więzienia, w zasadzie go wypaliło. Wciąż czuł niepokój, ale – co zauważył nie bez pewnej ironii – radził sobie z podobnym szajsem całkiem nieźle. Bądź co bądź, swoje już przeżył. Na tym tle reszta, choćby i traumatyczna, nie potrafiła do końca go złamać.

W końcu zebrał się w sobie, wyszedł na zewnątrz i zaciągnął trupa Matki Gerdy do groty. Sprawdził go raz jeszcze, rzecz jasna bez większej nadziei. Z całą pewnością nie żyła. Co ją konkretnie zabiło – jego działanie czy ów tajemniczy elektryczny wstrząs – trudno było dociec.

Kim była jego ofiara? Z pewnym oporem przeszukał jej habit, ale nie znalazł żadnych dokumentów – nie wiedział nawet, gdzie są kieszenie w tej czarnej szmacie, którą się omotała. W końcu zdjął z trupa całe ubranie, odsłaniając starcze ciało okutane w jakieś szmaty i paski z wiszącymi woreczkami. Zbierała zioła? Co to miało być? I czemu łaziła boso? Dopiero teraz to zauważył. Tak czy owak, zaczął dokładniej przeglądać zdjęty z niej ubiór. Ale nieboszczka nie miała przy sobie mikro czy choćby zwykłych dokumentów, wydrukowanych na niezniszczalnym neoplastiku. Zero kluczy sygnałowych, zero słuchawek do mikro, zero ładowanych kredytami monet elektronicznych. Już po kilku minutach miał dość tego przeszukiwania. Usiadł, nie mogąc oderwać wzroku od martwego ciała.

Przesiedział tak kilkanaście minut, by wreszcie przełamać się i ostatkiem sił wyciągnąć trupa z powrotem na zewnątrz, w burzę i deszcz. W środku zostawił tylko przemoczony – ale dzięki temu oczyszczony przez wodę – habit i zagadkowe woreczki. Zaczął je rozsupływać skostniałymi palcami. Były cztery: w jednym tkwiły jakieś ususzone pędy, w drugim kilka kamyków przypominających nieco chalcedony. Czyżby jakaś odmiana krzemieni? Spróbował uderzyć jednym o drugi, ale bezskutecznie.

Trzeci woreczek zawierał jakieś proszki zapakowane w niewielkie, chyba szklane, a na pewno brudne puzderka, zaś czwarty – paski suszonego mięsa. Wołowina? Zjadł kilka łapczywie; były wyjątkowo pikantne – ktokolwiek je przyrządził, postarał się, by zabić smak oryginalnego mięsa, być może już nadpsutego. W tej jednak chwili kompletnie mu to nie przeszkadzało. Skromny posiłek przyniósł coś więcej niż kalorie. Dzięki niemu odzyskał nadzieję.

Dopiero po półgodzinie i po uważnych oględzinach Malkolm zdecydował się założyć czarny habit – albo coś, co mocno go przypominało. Nie znalazł w nim robactwa, tkanina nie śmierdziała też zbytnio i szybko schła. Z boku miała niewielką dziurę – pamiątkę po jego ciosie żelastwem, i była nieco poplamiona krwią. Ale w porównaniu z cienkim więziennym drelichem prezentowała się niczym zimowa kurtka. W innych okolicznościach zastanowiłby się może dwa razy przed założeniem ubioru trupa, ale nie sądził, by miał jakieś opcje. W tej chwili ważne było jedno: musiał jakoś pokonać chłód. Starucha była co prawda niższa, ale i habit wydawał się na nią za duży.

Przesiedział tak około trzech godzin, żując suche mięso i wsłuchując się w miarowy szum deszczu. Teraz było mu cieplej, ale nie kwapił się do snu. Jednak jego ciało miało inne zdanie. W jednej chwili Rud kiwał się lekko, by w drugiej zapadać w nerwową, niespokojną drzemkę. Przysypiał i budził się tak na zmianę, cały czas myśląc, że ona nie żyje, że ją zabił... i teraz po niego przyjdą. Ale kto niby miał przyjść? Nie wiedział. Ludzie Salowskiego?

Znów się otrząsnął. Zdawało mu się, że coś usłyszał. Czy dostrzegł jakiś cień? Ale to pewnie były zwidy, kolejne rzeczy ujrzane w malignie, do której doprowadziły go wyziębienie, stres i wyczerpanie.

Burza ustała, gdy przebudził się na dobre. Na zewnątrz wciąż było ciemno i chmury nie rozproszyły się jeszcze, ale nie padało. Ucichł także wiatr. Malkolm wstał chwiejnie, krzywiąc się lekko z bólu. Stara wariatka z pewnością przysporzyła mu siniaków... Ale nie narzekał. Mogło być znacznie gorzej.

Czy naprawdę spotkało go to, co spotkało? Wydarzenia sprzed kilku godzin nieco zblakły... Teraz, gdy był już w miarę wypoczęty, wydały się tak samo umowne jak wolty puszczone przez krzesło. Czy istotnie próbowali go usmażyć? I czy naprawdę zabił jakąś nienormalną staruszkę? Obłąkaną babcię, zapewne naszprycowaną czymś dającym adrenalinowego kopa?

Cóż... jeśli był odpowiedzialny za jej śmierć, z przyjemnością wysłucha wyroku. Co mogą mu teraz zrobić? Z powrotem wsadzić na krzesło?

Choć, po prawdzie, to ostatnie wydało mu się całkiem możliwe. W końcu wcześniejsza egzekucja musiała być zwyczajną hucpą, próbą wyciągnięcia go nielegalnie z więzienia i usadzenia w jakimś... chorym zoo, stanowiącym rozrywkę dla obłąkańców. Brzmiało to całkiem logicznie. Możliwe, że obserwują go teraz prywatne holodrony Salowskiego, nagrywając, jak się miota i tłucze ludzi po łbie... W sumie zabawny pomysł: wywieźć go gdzieś na kantony Syberii razem z grupką jemu podobnych wyjętych spod prawa politycznych i po podaniu im narkotyków napuścić na siebie. Kim była zatem Gerda? Orędowniczką demokratyczną? Zdziczałą, wrogą cywilizacji autochtonką? A może... rebeliantką, jak Tulpen? Ze wszczepioną chorobą psychiczną?

Cała ta teoria zarazem trzymała się kupy, jak i rozłaziła w szwach. Rud nie czuł się przecież jak ktoś, komu podano narkotyk. Co było zatem bezsprzeczne? To, że gdzieś go wywieziono, i to, że była tu noc. A także to, że jednak chyba naprawdę kogoś zabił – może w obronie własnej, ale zawsze. Pozostawało mu więc tylko jedno: czekać, aż po niego przyjadą. I zawloką z powrotem do kompleksu więziennego, ale tym razem ze sfabrykowanym dowodem ucieczki i holofilmem ukazującym kolejne zabójstwo w taki sposób, by wykluczyć obronę konieczną. Wszystko po to, by usmażyć go po raz kolejny, tym razem naprawdę, w majestacie cesarskiego prawa.

Lidia.

Imię córki na moment wyrwało go z odrętwienia. Jeśli tu zostanie i zaczeka, aż go zgarną, to już jej nie zobaczy, chyba że na ustawionej rozprawie. A na to nie mógł pozwolić. Musiał więc rozeznać się w sytuacji. I skontaktować się z Lidią. A przynajmniej upewnić się, że nic jej nie grozi. Salowski nie wyglądał co prawda na psychopatę, ale Malkolm wolał mieć pewność, że gubernator nie zrobi nic jego córce.

Dlatego wstał, zebrał się w sobie i – nadal nieco obolały – wyszedł na zewnątrz.

Wciąż było niewiele widać.

Na niebie jaśniały pojedyncze gwiazdy – konstelacje nadal zakrywały grube, ciemne chmury. W dole – jakieś trzysta metrów pod skalną półką – ciągnęła się linia lasu. Drzewa wydały mu się bardzo wysokie – czyżby sekwoje? Trudno było stwierdzić. Jeśli wysłali go gdzieś do syberyjskiego kantonu, to patrzył pewnie na tajgę, z jej sporymi jodłami i świerkami. Idąc tym tropem, Rud założył, że wywieźli go na Ural. Kiedy się wychylił, dostrzegł, że zarówno na lewo, jak i na prawo ciągnął się poszarpany masyw górski. Grobowe Góry, co? Na pewno nie jego i nie dzisiaj.

Gdyby tylko wzeszło słońce... Niestety, wyglądało na to, że na świt jeszcze sobie poczeka. Zejść raczej nie zejdzie, nie po ciemku. Nie był nawet pewny, czy zauważona na lewo od występu półki ciemna plama w dole to zamknięte w niewielkiej misie skalnej jezioro, czy czarna jama kopalni odkrywkowej. To ostatnie nawet by go nie zdziwiło: jeśli istotnie znajdował się na Uralu, to mogli tu kopać za węglem, ropą, solą... a nawet za złotem. Pytanie tylko, skąd stara znała polsko-cesarski? Najwidoczniej ściągnięto ją z jakiegoś kantonowego zadupia... Akcent miała podobny kompletnie do niczego.

Zastanawiając się nad tym wszystkim, zaczął dreptać i chuchać w dłonie, zakrywszy głowę kapturem. Starał się nie patrzeć na trupa staruszki i leżącą nieopodal głowę, która – rzecz jasna – w żadnym wypadku się nie ruszała. Kolejne z bezsensownych przywidzeń. Zerknął za to na groby i na zatarte inskrypcje, spojrzał do wnętrza jaskini. Tknęło go nagle, że nigdzie nie widzi krzyży. Zatem cmentarz żydowski, arabski czy po prostu miejsce pochówku niewierzących. Ale tak stary?

Jeśli to była Rosja, powinny być prawosławne, bogato zdobione groby, uznał. Do diabła zresztą z tym wszystkim... Jakie niby znaczenie miały jego dywagacje? Gdy tylko zrobi się jasno, dokładnie rozezna się w sytuacji. W końcu Matka Gerda nazwała to miejsce Czatownią. Całkiem trafnie: z tej wysokości obejrzy sobie całą okolicę. O ile mu na to pozwolą. I o ile stąd wcześniej nie zejdzie – co nagle okazało się bardzo prawdopodobne.

Wykute w skale schody zauważył w sumie przez przypadek. Wciąż dreptał w kółko i nagle coś mu mignęło. Może sprawił to nikły promień gwiazd, a może spojrzał pod odpowiednim kątem, dość, że ujrzał zejście. Patrzył na nie przez chwilę niezdecydowany. Ktokolwiek wykuł owe schody, wykorzystał do tego fragment ciągnącego się w dół żlebu. Korytowate wcięcie w skalnej ścianie niknęło w ciemności. Wprawdzie nikt nie zamontował łańcuchów czy mosiężnych kółek, ale Malkolm uznał, że mógłby tędy zejść nawet po ciemku, o ile chmury nie zakryją kompletnie gwiazd.

O tym, że pomysł nie okazał się tak świetny, jak myślał, przekonał się ledwie po dziesięciu minutach.

Z początku schodziło mu się całkiem wygodnie, ale szybko okazało się, że schody nie są tak dobrze wykute, jak sądził. Być może było tak dawniej, ale dziś miejscami traciły już swą formę lub zostały przysypane przez zwietrzałe fragmenty skał. Dodatkowo tu i ówdzie w skałę wrosły drzewa – niby świerkowate, ale powykrzywiane i ciemne, w zasadzie bezlistne, o grubych, rozłupujących kamień korzeniach. Rud oparł się w końcu o jedno i wydało mu się ono wręcz kleiste – jakby pień zgnił od środka i wypuścił na zewnątrz zepsutą żywicę. Krzywiąc się lekko, Malkolm wytarł rękę o habit, ale zapach – podobny nieco do słodko-kwaśnego oddechu Matki Gerdy – pozostał. Nie było to przyjemne, ale prawdziwy problem pojawił się niespełna dwadzieścia metrów niżej.

Schody urywały się, ustępując miejsca szerokiej skalnej szczerbie. Coś – może dawne uderzenie pioruna bądź osuwisko – musiało uszkodzić fragment zejścia. Przeskoczyć nie było szans, co najwyżej obejść, rezygnując ze schodów i czepiając się już samej ściany: jej rys, pęknięć, szczelin i ostrych półek.

– I koniec pieśni... – stwierdził Malkolm, patrząc niechętnie na ostatni, widoczny za rozłamem fragment drogi. Szkoda; nie wiedzieć kiedy pokonał już ponad połowę dystansu. Stąd widział nawet, że to, co brał wcześniej za kopalnię, było jednak niewielkim czarnym stawem, otoczonym przez wypiętrzoną cembrowinę skał. W toni odbijały się jasne promyki gwiazd.

Rud zaklął. I złapał za skałę. Szybko znalazł oparcie dla stóp, ale zrozumiał, że sporo zajmie mu dokładne obmacanie kamiennych progów i dziur. Nie miał w końcu osprzętu i na myśl o tym, że spadnie, zrobiło mu się niedobrze. Ile mu jeszcze zostało? Nie wiedział. Zaczął pełznąć niczym pająk, sprawdzając trzy razy każdy ze skalnych występów.

Zagrzmiało.

– No chyba jaja sobie robicie! – syknął Malkolm. – Burza? Znowu? A niech was jasna cholera...!

Ględził do siebie, wciąż wyszukując odłamy i pęknięcia. Nerwowy monolog pomagał mu się skupić... choć drżał na myśl o tym, co będzie, gdy znowu lunie deszcz. Na szczęście był to tylko pomruk dawnej burzy, jej ostatnie, leniwe westchnienie. O wiele bardziej powinien przejmować się czymś innym. Malkolm pokonał już bowiem cały dystans, ale źle obliczył wysokość i zawisł jakieś dwa metry nad schodami.

Jak pech, to pech.

Zaczął pomału się zniżać, centymetr za centymetrem. Było to o wiele gorsze od przesuwania się wzdłuż popękanej ściany i dopiero gdy dotknął stopami płasko wykutej powierzchni, odetchnął z ulgą. Obrócił się i stanął pewnie na skale, nagle zdając sobie sprawę, że zimno gdzieś zniknęło. Wysiłek i stres zrobiły swoje: po prostu się spocił.

Zostało na oko jakieś sto kilkanaście metrów do podstawy ściany, ale teraz poszło mu szybciej. Co prawda widać już było, że schody nie kończą się idealnym, gładkim zejściem – u podnóża góry tkwiło kilkumetrowe usypisko i Rud obawiał się nieco, że gdy na nim stanie, zsunie się razem z gruzem. Najwidoczniej dbające o ów cmentarny zabytek ekipy sprzątające nie otrzymały już od dawna cesarskiej zapomogi. W końcu nie postawiły nawet tabliczek zabraniających wejścia do cmentarzyska w Czatowni.

Malkolm przyspieszył. Po wejściu na usypisko przeszedł jakoś pierwsze kilkanaście metrów, ale nagle – tak jak przewidział – zaczął się zsuwać razem z kamieniami. Krzyknął, a potem przewrócił się i sturlał, wprost ku występom skalnym i zlepieńcom pokrywającym podnóże góry. W końcu zatrzymał się, osłaniając głowę przed spadającymi odłamkami. Miał sporo szczęścia: nie dość, że nie skręcił sobie karku, to nawet niczego nie złamał. Tak czy owak, dotarł na miejsce.

Siedział pod górą – a raczej górskim łańcuchem, którego końca nie widział, podobnie jak i szczytu samej góry. Masyw ciągnął się daleko i chyba zakręcał w prawo, niknąc w ciemności. Co ciekawe, bezpośrednio przed skałami ziemia była popękana i wypiętrzona, lecz dalej stawała się niemal nienaturalnie płaska, pokryta grupką twardzielców. Rud nie dostrzegł ich z góry, ale teraz widział je wyraźnie: krzywe kolumny i głowy kamiennych głazów. Nie było ich wiele. Pomiędzy nimi rosły samotne drzewa, a dalej widać już było las – niczym czarny, gęsty mur.

– Świetnie... – mruknął do siebie. – Zasrana wycieczka.

– To ty? – usłyszał czyjś lekko zachrypnięty, ale młody głos. Wzdrygnął się, szybko zerkając na wszystkie strony. – Jesteś Skrzywiony?

– Gdzie jesteś? – spytał niepewnie i nagle jeden z cieni odkleił się od skały, krzepnąc w niewielką sylwetkę dziewczyny.

Wyszła z ciemności tak, jakby się nagle zmaterializowała, i Malkolm szybko zrozumiał dlaczego. Po pierwsze, nie była wysoka – mogła mieć jakieś sto sześćdziesiąt, może sto sześćdziesiąt pięć centymetrów wzrostu. Po drugie, była cała ubrana na czarno. Nosiła podobne szaty co obłąkana staruszka, ale w odróżnieniu od niej na ich tle wyraźnie odznaczała się bladość dziewczyny – skórę miała niemal białą, płonącą w mroku jak negatyw. Tylko opadające na ramiona włosy były czarne – tak samo jak mocno podkrążone oczy; Rud nie wiedział, czy to makijaż, czy naturalne cienie.

Dziewczyna zaciskała czarne usta i taksowała Malkolma wzrokiem, jakby zastanawiała się, co z nim zrobić. Ładna, choć trudno było ocenić jej wiek. Siedemnaście? Dziewiętnaście? Dwadzieścia pięć? Wszystko tonęło w ciemności.

Gotka, uznał Rud. Ostatnią taką widział na holofilmie jakieś piętnaście lat temu. Ta moda chyba zniknęła... tak jak większość subkultur nieaprobowanych przez Zjednoczone Cesarstwo.

– Pytałam, czy jesteś Skrzywiony – powtórzyła. – Lepiej odpowiedz. I to szybko.

– Cóż... po tej wywrotce niemal na pewno – zauważył.

– Tak – przyznała. – Ładnie spadłeś.

Malkolm chrząknął.

– Słuchaj. Możesz mi powiedzieć, gdzie jestem?

– Pękł Krąg – zauważyła, powoli obchodząc Ruda dookoła i nie spuszczając z niego wzroku. – A skoro pękł, to Matka Gerda nie żyje. Pytałam więc, czy to ty.

– To znaczy?

– Czy ją zabiłeś. I czy jesteś Skrzywiony. Nikt inny nie zabiłby jej tak łatwo.

– Skrzywiony? – żachnął się. – A co to niby znaczy, do cholery?

– Nie wiesz? – zdziwiła się. – Musiałeś mocno uderzyć się w głowę. To Thea – wyjaśniła. – Kraina związana Prostym Prawem. Skrzywieni wyginają jednak to, co proste.

– Prostym Prawem?

– To, co rzucone, upada – objaśniła, uśmiechając się z widocznym pobłażaniem, jak do idioty. – To, co żyje, musi umrzeć. To, co się rodzi, wzrasta. Proste Prawo. Nie wiesz nawet tego?

– Jeśli to twoje określenie na prawa natury, niech ci będzie – odparł. – Wszystko jedno. Może zróbmy tak: pożycz mi mikro, albo chociaż powiedz, gdzie jestem. W zamian ja wyjaśnię, co stało się... z Matką Gerdą.

Dziewczyna zmrużyła oczy.

– Wymiana? – spytała. – Bez upodlenia? Dobrze... niech ci będzie, ale tylko dlatego, że jestem ciekawa. Skrzywiony, który nie wie, co znaczy być Skrzywionym! Nigdy jeszcze nie słyszałam czegoś podobnego...

– Wymiana? – nie zrozumiał.

– Za moje imię – uściśliła. – Jedno z ostatnich. Więcej nie potrzebujesz, a Kruczą Wieżę już masz... ale o tym przecież wiesz.

– Krucza Wieża, co? – prychnął. – Kolejna paranoja wymyślona przez Salowskiego? To ma być scenariusz jego chorej gry? Skrzywieni, Kręgi, Proste Prawo, upodlenia... nie obraź się, kochana, ale to wszystko brzmi jak bełkot. Może trochę jaśniej?

– Wystarczy kropla, więcej mi nie trzeba – wyjaśniła dziewczyna, unosząc lekko czarne, wyrysowane cienko brwi. – To dobra oferta, gdy chodzi o moje imię. Mówiłam, że mnie zaciekawiłeś. A ja od dawna nie byłam zaciekawiona. Jak zatem będzie?

Rud westchnął.

– To jakaś paranoja – stwierdził. – Wszyscy tu mają kuku na muniu. Ile zapłacił wam gubernator za tę szopkę?

– Zgadzasz się czy nie? – spytała gotka nieco zimniejszym tonem. Wciąż na niego patrzyła. Jej czarne oczy błyszczały w ciemności, a i ją samą było już widać coraz wyraźniej. Zbliżał się świt. – Mogłabym się nie targować – zaznaczyła. – Mogłabym wziąć, co moje.

– Wariactwo – żachnął się Rud. Wzruszyła ramionami. – Ale w porządku, niech ci będzie – oznajmił, uśmiechając się podobnie jak ona. Jeśli gubernator zamierzał wciągnąć go w jakąś chorą grę, dobrze by było rozeznać się w jej zasadach. – Nie wiem, czego ode mnie chcesz, ale potrzebuję czegoś ważniejszego niż twoje imię. Informacji o popieprzonych wymysłach Konrada... wybacz mój francuski. Imię dorzucisz bonusem.

– Informacji? – spytała niepewnie. Malkolm przewrócił oczami.

– Danych – wyjaśnił. – Wyjaśnień.

– To rozumiem – uznała. – Co zatem chcesz wiedzieć?

Rud westchnął. Co chciał wiedzieć? Cóż, było tego sporo.

– Część chyba rozumiem – uznał. – Jestem gdzieś w kantonie rosyjskim, najprawdopodobniej obok gór Ural. Ty... tak samo jak ta oszalała staruszka, siedzisz w kieszeni gubernatora. Wasza sprawa, nie mam pretensji. Salowski kazał wam jednak mówić, że to nie Rosja, a jakaś

Thea... miejsce, gdzie wysoko cenicie sobie prawo naturalne. Nieco to przygnębiające, ale okej, niech wam będzie.

– Proste Prawo – poprawiła. – Błogosławieństwo Ciemności.

– Czego znowu? – jęknął.

– Ciemności – powtórzyła spokojnie dziewczyna, nie spuszczając wzroku z Ruda. – Mówisz, jakbyś nie wiedział, kto zwyciężył, i to przed erami. Czy nie czujesz triumfu błogosławionej Ciemności nad przekleństwem Światła?

– Dziewczyno, nie bełkocz – poprosił. – Za dużo informacji naraz. Co miało niby zwyciężyć w kantonie rosyj... wróć, na Thei? Ciemność? Zło znaczy? W tym waszym scenariuszu wygrały siły zła?

Gotka kiwnęła niepewnie głową. Rud prychnął.

– To się kupy trzymać nie będzie – uznał. – Koncepcja może ciekawa, ale kraina czy świat, w którym wygrało zło, nie ma prawa funkcjonować. Posypie się to logicznie. Mniejsza zresztą o większość. Zróbmy może tak – zaproponował, sadowiąc się na omszałym kamieniu. Cała sytuacja zaczęła go bawić. – Proste pytania, proste odpowiedzi. Stoi?

– Stoi – zgodziła się.

– No to lecimy – zapowiedział. – Najpierw ta twoja Thea. To jakieś państwo? Kraina? Świat?

– Nie rozumiem, co masz na myśli – odpowiedziała po chwili. – Wszystko jest Theą... choć znajdujemy się dopiero w jednym z jej Odstępów, z dala od Dominiów. Czy naprawdę nie wiesz, gdzie jesteś?

– Odstępy, co? Niech ci będzie. Jestem zatem w Odstępach, czyli, jak rozumiem, na zadupiu. Z dala od czego? Dominiów? Okej, świetnie. A ci Skrzywieni? Wyginają

Proste Prawo Thei, tak? Magicy znaczy? Niech będzie, ich sobie na razie zostawmy. A Kręgi?

– Naprawdę nie wiesz – szepnęła – kim jesteś?

– Za chwileczkę – przerwał jej. – Najpierw, kochana, co nieco o Kręgach, w porządku?

– Najbliższy należy do Kruczej Wieży – powiedziała. – I jest już twój, jeśli zabiłeś Matkę Gerdę, która go stworzyła. Musisz się jednak pośpieszyć... bo jeśli ona nie żyje, to Krąg z pewnością pękł. Kruczą Wieżę szybko zaleje Pomrok.

– Pomrok? – prychnął. – Jeszcze lepiej. Czyli ten Krąg to jakieś magiczne pole siłowe? Chroniące przed Pomrokiem?

Dziewczyna nie odpowiedziała, patrząc na Malkolma niczym cielę na malowane wrota. Rud westchnął.

– A wiesz, że to rozsadza wam nieco koncepcję świata, w którym wygrało zło? – zauważył. – Skoro zło zatriumfowało, to przed czym się chować? Przed większym złem? Zabawna koncepcja. Dobrze, nie rób takich wielkich oczu. Wyjaśnij lepiej, o co chodzi z tym całym... jak to było? Upodleniem...?

– Czy nie upodliłeś nikogo poprzez swą krew? – zdziwiła się. – Skrzywieni często tak czynią, gdy pragną posiadać sługi.

– I to wszystko wymyślił Salowski? – Malkolm parsknął w odpowiedzi. – Wypijesz krew Skrzywionego i stajesz się Renfieldem z „Draculi”? „Ocal mnie, mistrzu”, i tak dalej? Nic dziwnego, że jego najdroższy synalek był taki popie...

Urwał. To, co było zabawne, nagle zabawnym być przestało. Wspomnienie Cypriana...

Tatusiu, pomóż mi!

...aktywowało kompletnie inne wspomnienia i Rud poczuł, że ma dosyć. Wstał.

– Okej, wystarczy bełkotu – uznał. – Thea nie Thea, spadam stąd. Wzywaj sobie, kogo chcesz. Ciało staruszki jest na górze, na skalnej półce. Zaatakowała mnie... w zasadzie bez powodu. Musiałem się bronić, ale to pewnie i tak nie będzie miało znaczenia...

– Nie! – zaprzeczyła gotka. – Zawarliśmy umowę!

– Co? A, tak. Dobra, niech ci będzie...

– To, co upadło, już nie powstanie – przyznała niejasno. – Wyciągnij rękę.

Cóż, najwidoczniej układ – tak jak wszędzie – trzeba było przypieczętować uściskiem dłoni. Malkolm wyciągnął prawicę, ale dziewczyna zmrużyła tylko brwi, jakby zrobił coś niewłaściwego. Podeszła bliżej, ale nie ujęła jego ręki. Zamiast tego złapała go nagle za palce i dziabnęła czymś ostrym. Syknął, bardziej z zaskoczenia niż z bólu.

– Zwariowałaś?! – obruszył się, wyrywając zranioną dłoń. – Co to miało niby być?!

Dziewczyna nie odpowiedziała. Patrzyła na wąskie, czarne ostrze wyciągniętego sztyletu i na spływającą po nim krew.

– Czerwona i czysta – oznajmiła z lekkim zaskoczeniem. – Słodka.

– Kompletnie cię porąbało... – wykrztusił, z niepokojem zerkając na rękę. Cięcie było gładkie, ledwie go drasnęła, ale czuł nieprzyjemne pieczenie.

– Milcz – rozkazała, zbliżając sztylet do twarzy. – Zaczekaj.

– Na co mam niby... – zaczął i urwał. Dziewczyna polizała sztylet, przymknęła oczy i zastygła w bezruchu. Zaskoczony Rud patrzył, jak stoi, kompletnie nie zwracając uwagi na niego ani na lekkie podmuchy wiatru. Szarzało już, powoli wracały kolory, ale niechętnie, jakby spętane siwizną parującej mgły.

– Malkolm – szepnęła. – Niech cię Świetlisty! Ciekawe. Tyle w tobie opowieści... i cóż za desperacja! A więc zabiłeś Gerdę? Świetnie.

– Co ty wyprawiasz? – spytał. Nie przypominał sobie, żeby się przedstawiał, ale jeśli i ona działała z poruczenia Salowskiego... – Posłuchaj, kochana. Jeśli myślisz, że dam się w to wciągnąć, to się grubo...

Przerwał. Patrzył, jak dziewczyna otwiera swe wielkie oczy i uśmiecha się do niego. Po ustach wciąż błądziła jej kropelka jego krwi.

– A więc wymiana. Teraz rozumiem... pomyślmy... Marla. Będę dla ciebie Marlą. Oto imię. Przyjmiesz je?

– Jak dla mnie możesz nazywać się i Michasia – uznał. – Może teraz łaskawie przestaniesz ze mną pogrywać i powiesz mi, gdzie jestem? Ale tym razem naprawdę?

– U siebie – odparła Marla, uśmiechając się nieco szerzej. – Pod Grobowymi Górami, przed Kościstym Lasem. Sporo za Nocną Obręczą. Zaledwie pół brzasku leśnym traktem od Kruczej Wieży. Krąg był niegdyś spory, lecz Gerda zbyt wiele razy skrzywiała Proste Prawo. Pójdziesz tam – dodała, wskazując na ścianę lasu. – Na wschód. Już pewnie wiedzą.

– Kto wie? – spytał Rud, krzywiąc się lekko. Dłoń ciągle go szczypała. – Kogo wynajął Salowski? Powiedz mu, że nie będę brał udziału w jego chorych gierkach! Jego syn... dostał to, na co zasłużył!

– Gniew! – zaśmiała się. Śmiech miała ładny, czysty, zniknęła gdzieś wcześniejsza chrypka. – Prawdziwy gniew! Jesteś niczym dar, głupcze z Grobowych Gór. Niczym cenny skarb! Jeśli nie zginiesz. Choć zginiesz prawie na pewno.

– Bzdury – syknął. Ale dziewczyna już skończyła. Z cichym chichotem pobiegła pomiędzy kamienie.

Normalka, pomyślał Malkolm półprzytomnie. Obłąkane staruchy rzucają się do bicia, a młode dziewczęta piją twoją krew. Była to na tyle paradoksalna myśl, że się uśmiechnął – nerwowo, rzecz jasna, szczerząc zęby jak wygłodniały wilk.

– Czekaj! – krzyknął we mgłę, ruszając tam, gdzie wydało mu się, że zbiegła. – Marla! Cholera jasna! Marla!

Nikogo nie było.

Zaczął znów nawoływać. Nie miało to najmniejszego sensu. Głos niósł się daleko: gotka z pewnością go słyszała, ale nie chciała wrócić. Miało to swoje plusy – jeśli pobiegła do jazdolotu, usłyszy choćby silnik. Inna sprawa, że jeśli będzie się dalej darł, to usłyszą i jego.

To ostatnie do niego przemówiło. Rud umilkł, bardziej z przezorności niż z lęku. Zamiast strachu czuł coś innego – narastającą wściekłość. Uczucie było dobre, dalekie od rezygnacji, depresji i stagnacji. I bardzo dalekie od dawnej, niezaleczonej rozpaczy.

Chodził jeszcze przez chwilę wokół. Niebo różowiło się już, ale rodzący się świt zdawał się przygaszony i blady, zupełnie jakby promienie słońca z trudem przeciskały się przez atmosferę. Malkolm schylił się, szukając śladów na wydeptanej trawie – dziwnie pożółkłej, choć mokrej od porannej rosy. Wciąż było sporo błota, pozostałości po burzy. Zebrał nieco wilgoci z kamieni i przetarł twarz. Zlizał też wodę z dłoni. Poranna survivalowa toaleta. Co teraz?

Plan się zasadniczo nie zmienił. Dotrzeć do cywilizacji, przetrwać. O to ostatnie martwił się najbardziej. Nigdy nie był specjalnym fascynatem szkół przetrwania. Nie miał też żadnego sprzętu, a o północy jako kierunku świata wiedział tyle, że rzekomo wpływa na rosnący na drzewach mech. Zawsze wolał skręcać rzeczy, naprawiać je i przekształcać – stąd też jego praca w SynchroWork – ale nie sądził, by umiejętności złotej rączki mogły się w tym momencie przydać. Dobrze chociaż, że Marla wskazała mu kierunek. O ile mówiła prawdę.

Za plecami miał zatem góry, które widział już w całej okazałości. Skoro dziewczyna wskazała wschód i las zwany Kościstym, to góry – na logikę – ciągnęły się grubym, krętym murem z północy na południe. Jak było w tym starym filmie? Czy to nie na wschód należało iść, by natknąć się na cywilizację? Albo chociaż na leśniczówkę... tę całą Kruczą Wieżę czy jak nazywało się to diabelstwo.

Thea, świat, w którym wygrało zło. Magiczni Skrzywieni, Kręgi ochronne, upodlenia, Odstępy... Pierdoły. Ciekawe, ile Salowski zapłacił za wymyślenie tych bzdur. Bo jeśli wykoncypował je sam, to ewidentnie powinien zająć się nim lekarz.

Rud, wzdychając, wyciągnął woreczek Matki Gerdy i wygrzebał ze środka ostatni kawałek suszonego mięsa. Ugryzł.

Była to jego ostatnia dająca poczucie normalności czynność.

Krawędź tarczy słońca wynurzyła się z wolna zza wierzchołków wielkich, ciemnych drzew. Była niczym czerwona, pulsująca korona, po której pływały płomienie odległych wybuchów. Taniec rozgrzanej plazmy, piekło kosmicznej lawy. Świt okazał się blady i choć sunące po lesie złoto urzekało dziwnym pięknem, to słońce – wielka, pomarańczowa kula, śląca ku ziemi ów cień złoconego światła – była potwornym wynaturzeniem, dużo większym od znanej mu życiodajnej gwiazdy.

Malkolm krzyknął przeraźliwie, cofnął się, potknął. Zasłonił oczy pięściami, modląc się, by wizja okazała się przywidzeniem. Ale wielkie słońce wciąż tam było – niepodważalny dowód, apoteoza szaleństwa, udręka. Odsunął pięści, spojrzał i znów odwrócił wzrok, wciąż krzycząc, osuwając się na kolana, uciekając od potwornej prawdy.

Umarł – to już wiedział. Nic dziwnego, że znalazł się w Piekle.

Ku chwale Piątego Dominium!
Mym przykrym obowiązkiem jest poinformować cię, prymacie, o stratach związanych z przejściem Blasku. Zapewne doszły cię słuchy o zauważeniu jego natężenia w kilku opuszczonych kowenach północnych Odstępów i o wyliczeniach traktu samego pasma. Śpieszę donieść, iż prognozy te okazały się trafne. Blask dotarł do Piątego Dominium i rozłupał fragment Płaskowyżu Pogardy. Następnie przedostał się przez lewe obrzeże Pandemy, prowincji Synodu hierarchy Noblosa, dokonując sporych, choć przewidzianych zniszczeń. Nie udało ocalić się Wieży Mathosa, fragmentu Dzielnicy Kanałowej ani Kopuły. Promień uszkodził też część wykopalisk usytuowanych w Trzecim Kwartale. Rozkazałem ich zamknięcie, z obawy przed powiększeniem się rozłamu, co uniemożliwiłoby dalsze badania Prastarej Pandemy w erze Kamiennego Imperium. Następnie, widząc skalę Bluźnierstwa, zgodnie z zaleceniami Najwyższego wezwałem oddział i pozbyłem się ocalałych.
Korzystając z okazji, jaką jest kreślenie do ciebie tych słów, zaznaczę, iż nie zamierzałem i nie zamierzam uwłaczać twemu wyrokowi i osądowi. Wiedząc, że nie przybędziesz przez co najmniej pięć komplet, wykonałem jednak to, co konieczne – pozostawiłem mamki i ich pomioty, które możesz osobiście zgładzić. Większość mamek jest w czasie lęgu... dotknęło je zatem przywiązanie do swych płodów, dlatego też zamurowałem je w ruinach Wieży Mathosa, a najbardziej agresywne zamknąłem w celach Karcerni – pozostałości po Kamiennym Imperium. Ufam, że osobiste usunięcie niedobitków przynajmniej częściowo ukoi twój zrozumiały gniew.

Wiecznie oddany
Skryptor Robert Hrakl, Piąte Dominium

ROZDZIAŁ DRUGI
SIEDZISKO

Atak powoli ustępował; zaczęła się gorączkowa racjonalizacja.

Słońce nie było takie wielkie – uznał Rud, starając się nie patrzeć na jego splugawioną tarczę. Z pewnością było to jakieś złudzenie. Jak to się nazywało? Bodajże refrakcja. Atmosfera działa jak soczewka i tworzy złudzenie powiększonego obrazu.

Druga sprawa to zanieczyszczenie samej atmosfery, nadające słońcu ten pomarańczowy kolor. Dobrze... lecz gdyby istotnie tak wyglądało, to czy cały oświetlony przez nie świat nie powinien stać się pomarańczowy? Punkt dla logicznego myślenia... ale problem polegał na tym, że chyba nieco tak było. Docierające do ziemi światło zdawało się przygaszone, jakby kolorystyczny efekt świtu miał utrzymać się przez cały czas. Dawało to specyficzną, złotą aurę, ale Malkolm nie pamiętał, jak brzmiało fachowe określenie owej dysproporcji światła. Chyba „złota godzina". Pewności nie miał. Nie był fotografikiem.

Tak czy owak, jakoś to sobie poukładał. I działało, dopóki znów nie spojrzał w słońce. Wisząca nad światem pomarańczowa kula nie przysłaniała może połowy czy choćby jednej trzeciej nieba, ale była o wiele większa od słońca, które znał. Logiczne klocki zaczynały się sypać... W dodatku można było w nią patrzeć znacznie dłużej niż zazwyczaj, podziwiając taniec plazmy.

Świetnie. Co mu zatem zrobiono? Operację rogówki? Wszczepiono szkła kontaktowe z virtualem? A może działał powoli uwalniany, wszyty pod skórą narkotyk? Każde z tych haseł otwierało kolejną szufladkę i Malkolm wrzucał do niej następną w pełni logiczną teorię. W końcu zamknął już wszystkie i umysł odetchnął z ulgą. Racjonalizacja wykonała swe zadanie. Nawet jeśli nie dała mu nic poza poczuciem, że wyjaśnienie istnieje – a jednocześnie, że na razie nie można go osiągnąć. Odhaczono.

Niestety, gdzieś w tyle głowy rozbrzmiewał cichy, denerwujący głos, jak żywo przypominający głos doktora Cukra. Który mówił: gówno prawda, kochany. Nie jesteś u siebie. Racjonalizuj sobie do woli, ale to jest Thea... świat, w którym wygrało zło.

Malkolm siedział więc, patrząc na fantazyjną czerwoną tarczę. Przez jakiś czas – długi zarazem i krótki – wielka kula płonącego gazu przysłoniła mu wszystkie myśli. Siedział, zapadając w stupor, wyłączając z wolna świadomość.

To, co wyciągnęło go z odrętwienia, było prozaiczne i składało się z dwóch elementów: głodu i zimna. W jednej chwili tkwił bez ruchu, wlepiając oczy w przestrzeń – w drugiej zaczął półprzytomnie rozglądać się dookoła i trzeć zziębnięte ramiona. W końcu wstał. Coś – może czas spędzony w więzieniu, może dawna tragedia, która nieomal pozbawiła go zmysłów – sprawiło, że jego umysł wykonał lekki skręt. Było to ledwie drgnięcie, ale wystarczyło. Thea? Niech sobie będzie. Nie było w końcu ważne, gdzie się znajduje. Ważne było to, co zamierza z tym zrobić. I jak ma powrócić do domu, w którym czeka na niego Lidia. A żeby to zrobić, musiał najpierw rozeznać się w sytuacji.

Zatem znajdował się w Odstępach, za Grobowymi Górami. W porządku, odhaczono. Następny punkt? Kościsty Las i Krucza Wieża – pęknięty Krąg, który według Marli powinien należeć do niego. Stworzony przez Matkę Gerdę, która – według nomenklatury Thei – miała być Skrzywiona, czyli posiadać jakieś właściwości, za pomocą których potrafiła „skrzywić" Proste Prawo – naturalne prawo Thei. Nie będzie zatem generatorów na prąd do utrzymania Kręgów – owych siłowych pól chroniących przed Pomrokiem – raczej rozwiązania magiczne lub do magicznych podobne. Trudno, niech i tak będzie. Pójdzie więc w stronę Kruczej Wieży. Druga opcja – powrót pomiędzy groby – wydawała się bezproduktywna, choćby dlatego, że nie znajdzie tam nic do jedzenia. A głód zaczął mu doskwierać coraz bardziej.

Ruszył.

W miarę jak zbliżał się do lasu, okolica nieco normalniała. Oświetlone dziwnym blaskiem drzewa wyglądały na stare i wykręcone, ale nie różniły się zbytnio od tych, które Malkolm widział na żywo czy pamiętał z holofilmów. Sporo wyglądało na chore, podobnie jak tamto na wykutych schodach. Pokrywała je jakaś czarna, smolista maź, wydzielająca znany mu już słodko-kwaśny zapach. Niektóre były skarlałe, przygniecione do ziemi, inne koślawe, przypominające nieco brzozy czy świerki, ale okopcone, o grubych, rozsadzających ziemię korzeniach. Większość nie miała liści.

Gdy tylko przekroczył linię drzew, powietrze wypełniło się kwasotą, a wokół pojawiły się rozłożyste pnie, których gałęzie przypominały nieco kości połączone grudłowatymi stawami.

Rud zatrzymał się i ujął w rękę jeden z ciemnych, nielicznych liści, posiadających żłobienia wyglądające jak żyły. Naczynia krwionośne? Puścił go szybko; powierzchnia była śliska, nieprzyjemna w dotyku. Paskudztwo.

Trakt znalazł bardzo szybko.

Droga przypominała zwykłą leśną ścieżkę bez oznaczeń. Była nieco kręta, ale do przejścia. Malkolm musiał się nabiedzić, by nie wejść do poburzowych kałuż – na szczęście klepisko było na tyle twarde, że nie wytworzyła się masa błota. Na linii drzew tu i tam tkwiły szare, obrąbane pnie – ktoś dbał, by trakt nie zarósł... choć Rud był przekonany, że nie używano go zbyt często. Przez moment bawił się myślą, że wszystko jest jednak naprawdę wymyśloną przez Salowskiego hucpą. Gdyby tak było, musiałby natknąć się gdzieś na ślady opon, foliowe torby czy porzucone niedopałki... Ale rzecz jasna niczego takiego nie było.

Szedł przez jakieś dwadzieścia minut, starając się nie myśleć zbytnio nad swą sytuacją.

Tymczasem trakt zaczął się robić trudniejszy – bywało, że musiał wdrapywać się na pochyłości czy przeskakiwać koleiny. Kilka z nich okazało się na tyle szerokich, że niemal przekształciło się w strumień wypełniony deszczówką. Zakładał, że gdyby zboczył ze ścieżki, doszedłby szybko do jakiejś wodnej żyły, a może i leśnej rzeczki. Ale okolica – miejscami otwarta na przegniłe bagna czy dziwnie wysuszone polany – nie zachęcała do eksperymentów.

Na rzeźbę natknął się jakiś czas później.

Pomnik wyglądał na stary. Porastały go pnącza i zielonkawa pajęczyna mchu. Wyjątkowo precyzyjnie wykonany, jak płaskorzeźby w Grobowych Górach. Wykuto go z białego kamienia i, ku zdumieniu Malkolma, wyglądało na to, że przedstawia świetnie mu znaną obłąkaną staruszkę.

– Bez jaj... – wymamrotał, podchodząc nieco bliżej.

Twarz staruchy, wyglądająca spod kamiennego kaptura, wpatrywała się w przestrzeń oczami bez zaznaczonych źrenic. W dłoni trzymała sztylet podobny do tego, którym ciachnęła go Marla. Jej usta uśmiechały się kpiąco, podczas gdy palec drugiej ręki zdawał się wskazywać wprost na podróżnika. Na fałdach wykutej szaty wisiała misternie wyżłobiona szarfa – pretekst do ukazania napisu, który Rud przeczytał dopiero po chwili, jakby umysł natrafił na właściwą zakładkę i poruszył ukrytym w mózgu mechanizmem.

– *Serve*... – szepnął. Czy naprawdę była to łacina? Uczucie towarzyszące czytaniu wydawało się z lekka schizofreniczne. *Serve*. Służ.

Ciekawe.

– Oznaczenie własności, co? – mruknął w stronę posągu. – Poddani postawili pomniczek? – Zbliżył się nieco i dotknął zmurszałego kamienia. – Tylko dlaczego wygląda na taki stary? Ile miałaś lat? Sto? Dwieście? Skrzywieni dostają bonusowe latka czy co?

Może pomnik był już tu wcześniej, podszepnął mu umysł. Tylko nieco go przerobili, gdy Matka Gerda zajęła się Kręgiem. Zresztą wszystko jedno. I tak miał powoli dosyć. Nienormalne czarne drzewa z gałęziami niczym wysuszone kości. Słońce niczym zepsuta, bulgocząca lawą kula. Dzień spowity przygaszonym, złotawym światłem. Thea ze Skrzywionymi, wyciągniętymi z grobu gadającymi głowami dawnych władców i cieniami, których pomrukiwanie Malkolm słyszał już od jakiegoś czasu.

Cofnął się od pomnika, rozejrzał. Istotnie, coś kryło się w gęstszej części listowia. Rud widział niemal żółtawe oczy jakiejś karłowatej sylwetki. Człowiek czy zwierzę? Możliwe, że wilk lub locha. Na tym zadupiu mógł się spodziewać wszystkiego, a jedyne, co miał do obrony, to zardzewiałe kawałki metalu.

– Dobrze... – szepnął do siebie, wciąż obserwując krzaki. – Świetnie. Siedź tam, gdzie siedzisz. Nie ma tu nic do oglądania.

Z tymi słowami zaczął powoli wycofywać się spod pomnika. Pomrukiwanie nieco się pogłębiło, ale Malkolm nie zareagował. Wrócił na trakt.

Na wyraźniejsze oznaki cywilizacji zaczął natykać się jakiś czas później. Nie było tego dużo i nie było to to, czego się spodziewał. Ot, dalsze ślady karczowania i niedbale ułożone, bo rzucone gdzieś na bok, stosy drewna. Żadnych zostawionych siekier czy innych narzędzi, żadnych pasów, dzięki którym można wspiąć się na co wyższe pnie. Brak niedopałków, butelek i innych cywilizacyjnych śmieci. Chociaż nie – przy jednym ze stosów leżała jakaś zmiętolona brązowa szmata.

Rud podszedł do niej, pociągnął. Zostawione przez robotnika odzienie wyglądało na znoszoną kurtę czy bluzę. Najbliżej mu było do źle skrojonej tuniki. Odzież, podobnie jak używany przez Malkolma habit, nie miała żadnych napisów, suwaków, metek czy choćby oznaczeń związanych z praniem i rozmiarem. Rud odrzucił ją zniechęcony i ruszył w dalszą drogę. Na szlaku pojawiły się tymczasem płaskie kamienie, teraz mokre, na których łatwo się było poślizgnąć. Czyżby podjazd dla wozów? Wyglądało na to, że był już blisko.

Brukowany trakt powiódł go stromo w górę, na kolejny nasyp. Podjazd zatem jednak odpadał, chyba że mieszkańcy Thei dysponowali jeepem cherokee. Śliskie kamienie stały się nagle problemem, ale wystarczyło uważnie stąpać. Gdy Malkolm już wszedł na górę, okolica znów stała się płaska i jednostajna, przynajmniej do momentu, kiedy zauważył pierwsze oznaki poważnego wyrębu. Zbliżał się do polany, i to całkiem sporej. Chyba dochodził do celu.

Nie mylił się. Wystarczyło dosłownie kilkanaście kroków, by Rud natrafił na pierwsze ruiny muru. A w zasadzie – częściowo murowanej palisady. Istny groch z kapustą. Malkolm zatrzymał się, spoglądając na porozrzucane głazy. Ciągnęło się to krzywo i zakręcało, miejscami zamieniając się w zwykły częstokół. Wyglądało to tak, jakby ktoś wykorzystał pozostałości po dawnej fortyfikacji i z braku chęci czy środków wypełnił co większe szczerby naostrzonymi palami.

Tuż pod murem płynął wątły strumyk – wspomnienie dawnej fosy. Można go było przekroczyć bez większych problemów. Dodatkowo pod ogrodzenie podchodziły już drzewa – od biedy można by było wspiąć się jakoś na ich powykręcane gałęzie i dotrzeć w ten sposób do palisady. Ewentualnie zrobić w niej dziurę kopnięciem – solidnie nie wyglądała. Po co zresztą kopać? Mur pełen był mniejszych i większych wyrw. Nie licząc stojącej otworem bramy.

Ta go zaskoczyła. Była sporo wyższa od muru i przypominała raczej kamienny, wyciosany łuk, ozdobiony wizerunkami ptaków – choć ich wygląd nie pasował do tego, do czego Malkolm był przyzwyczajony. Przypominały nieco kruki – to prawda – ale były znacznie większe. Tuż obok wyrzeźbiono i inne, znacznie mniejsze ptaki – te wyglądały, jakby artysta pozbawił je piór. Dziwne i skórzaste, zdawały się wylatywać z kamienia i obserwować Ruda pustymi oczami. Tak samo jak żywy, wpatrzony w niego okaz, siedzący na szczycie bramy.

Malkolm zaklął.

Pozbawione piór stworzenie miało ciemnofioletową skórę i oczy składające się z samych białek. Było też nieco większe od zwykłego ptaka – przynajmniej wielkości kota. Dziób był raczej blady, nie czarny, a jego krawędzie wyglądały na wyszczerbione, zupełnie jakby Matka Natura zdecydowała się wyposażyć stwora w ekwiwalent zębów.

– Słodziak – wykrztusił Rud.

Ptak – o ile był to ptak – pochylił głowę. Zaskrzeczał.

– Słodziak! – powtórzyło zwierzę. Jego głos przypominał nieco głosik zachrypniętego dziecka. – Słodziak!

– Oż kurna... – wymamrotał Malkolm. Na tym konwersacja się skończyła.

Ptak potrząsnął głową i skórzastymi skrzydłami nadającymi mu wygląd małego pterodaktyla. To wystarczyło, by za bramą zapanowało poruszenie. Ktoś tam siedział i ten ktoś najwyraźniej był wystraszony. Rud skrzywił się. Głupotą było myśleć, że go nie obserwowano, i to pewnie od jakiegoś czasu.

– Przepraszam za najście! – zaczął. – Zgubiłem się. Czy mogę wejść?

W odpowiedzi dosłyszał dalsze odgłosy czegoś na kształt kotłowaniny i ledwo słyszalnego pomruku, nieco podobnego do tego z krzaków. Siedzący na bramie pseudokruk patrzył na mężczyznę kpiąco. Malkolm westchnął.

– Pytam jeszcze raz – rzucił. – Potem idę przez bramę, w porządku?

Odpowiedziała mu cisza.

– Dobra – ogłosił Rud. – Gotowi albo nie, wchodzę.

W bramie pojawił się chłopak.

W zasadzie trudno było powiedzieć, ile ma lat. Zgarbiony i przerażony, nosił na sobie jakiś obłocony strój, podobny nieco do znalezionej już wcześniej przez Malkolma tuniki, ale wzbogacony o proste płócienne spodnie i niesprecyzowaną brudną szatę. Głowę o wyraźnie przetłuszczonych, czarnych włosach skrywała częściowo czapka podobna do rosyjskiej uszatki, ale cieńsza i zwieńczona spiczastym końcem, teraz oklapniętym. Błazen? Ale nie to zaskoczyło Ruda, a trzymany przez chłopaka łańcuch o szerokich ogniwach i to, co było do niego uwiązane. Stwór przypominał kompletnie pozbawioną owłosienia małpę o żółtych, świecących oczach i wysokich, spiczastych uszach. Na tym wszakże porównanie do naczelnych się kończyło: goła skóra pseudoszympansa była ciemnoszara i miejscami niemal fioletowa, niczym u poznanego już kruka, a ręce o wyraźnie zaznaczonych stawach długie – sięgające do ziemi, o palcach wyposażonych w czarne, tępe paznokcie.

Istota była wyjątkowo chuda i chyba garbata. Pokrywały ją strzępy szaty i coś na kształt pasa, który przełożono jej przez pierś. Nieco wypchnięty do przodu, kompletnie nie małpi – a bardziej ludzki – nos węszył czujnie, podczas gdy wychudłe stworzenie patrzyło wprost na Malkolma, świdrując go oczami. Rud cofnął się o krok. Gdzieś w czaszce tłukł mu się komentarz na temat ogolonych, ucharakteryzowanych małp z taniego holohorroru... dopóki nie przypomniał sobie, gdzie się znajduje.

– Pękł Krąg... – odezwał się chłopak łamiącym się głosem. Stwór zachichotał, ale dzieciak pociągnął za łańcuch i skołowany Rud usłyszał, jak chichot urywa się w pół dźwięku, przytłumiony przez gniewne warknięcie. – Czy jesteś Skrzywiony?

– Powiedzmy – przyznał niechętnie Malkolm.

– Skrzywiony...! – wycharczała łysa małpa. Jej głos przypominał głos kruka, choć zdawał się bardziej gardłowy. – Kościsty! Las! Skrzywiony!

– Cicho bądź! – warknął chłopak, wpatrując się z lękiem w Malkolma. – Błagam o wybaczenie... – wymamrotał. – To tylko plugawiec. Dobrze broni i węszy...

– Węszy! – ponownie zachichotał stwór, ale dzieciak oderwał wreszcie wzrok od Ruda, pociągnął mocniej i przewrócił istotę na ziemię. Kopnął ją kilka razy z wyraźną zaciekłością. Stwór skulił się, osłonił, ale wciąż nie przestawał chichotać. – Zamilcz lub nie dostaniesz żreć! – syknął chłopak.

Groźba poskutkowała. Plugawiec umilkł i powoli wstał, kołysząc się na krzywych, zgiętych nogach. Istota zobojętniała – przestała nawet patrzeć na Malkolma, jakby znane jej dobrze przedstawienie dobiegło końca. Nie wiedzieć czemu skojarzyło się to Rudowi z rodziną patologiczną, gdzie jeden psychol tłucze po łbie drugiego, bez większego zaangażowania i specjalnych rezultatów.

– Jestem Tork. Czy zechcesz wszystko obejrzeć, Skrzywiony? – spytał tymczasem chłopak. Lęk w jego głosie nieco osłabł. – Skoro przybyłeś, Krąg z pewnością się zrośnie!

– O, na pewno – mruknął Malkolm. – Zrośnie się jak jasna cholera.

Dzieciak uśmiechnął się, ukazując zepsute, pożółkłe zęby.

– Tak – przyznał skwapliwie, wycofując się w głąb bramy i tym samym zapraszając Ruda do środka. – Czy zapamiętasz Torka? I to, że to on powitał cię jako pierwszy?

– Na pewno.

Chłopak wyraźnie się odprężył.

– Dzięki ci, o, Skrzywiony! Teraz Krąg należy do ciebie! Matka Gerda stawała się słaba... – Rud wyczuł w jego głosie pogardę. – Zgładziłeś ją, prawda? To dobrze! Dawno dosięgła ją starość i słabość... przekleństwa śmiertelnych.

– Nie była taka słaba, jak by się zdawało – mruknął Malkolm.

Chłopak zaśmiał się cicho, ciągnąc za sobą plugawca, i tak właśnie przeszli przez bramę Kruczej Wieży.

Znajdowali się na czymś, co można by nazwać podwórzem. Wykarczowana przestrzeń wydawała się ciemniejsza niż na zewnątrz muru i o wiele bardziej błotnista. Stojące w pobliżu chaty przypominały spełnione marzenie historyka – prymitywne, tylko częściowo kamienne i przede wszystkim brudne. W żadnej nie palił się ogień; krzywe, cienkie kominy wyglądały na wygasłe. Na prawo ciągnął się spory ciemny budynek pokryty czarną strzechą. Stodoła? Spichlerz? Trudno stwierdzić. Ludzi nie było.

– Boją się, o, Skrzywiony – wytłumaczył pośpiesznie Tork. – Patrzą i drżą... Myśleli, że nikt nie przybędzie. Ale nie Grotz! On mówił, że jeśli Matka zginęła, to zabił ją Skrzywiony. Obawiał się więc twego przyjścia... w końcu sam pragnął przejąć Krąg!

– Tak? – spytał Rud nieco obojętniej, niż zamierzał. Miał wrażenie, że wraz z przejściem przez bramę zakończył jakiś etap, i poczuł się przez to bardziej zmęczony niż wcześniej. Marzył już tylko o jednym: by jakoś się ogarnąć, zjeść coś i wreszcie porządnie się wyspać. Gdyby sytuacja nie była tak groteskowa, w zasadzie można by ją uznać za śmieszną. Nie licząc krzesła, zabójstwa staruszki i nienormalnego słońca Thei. Wszystko to – łącznie z odepchniętymi w głąb świadomości wspomnieniami – wisiało nad Malkolmem niczym ciężki, spiżowy cień.

– O tam. Druga Brama. Już niedaleko – wskazał chłopak, skręcając w lewo od chat i dochodząc do wewnętrznej części znacznie lepiej utrzymanego muru. – Krąg – wyjaśnił, szarpiąc nieco mocniej za łańcuch plugawca. – Czekają.

– Cudownie – ogłosił półironicznie Rud, ale uspokojony jego wcześniejszymi słowami Tork wziął to za dobrą monetę. Zgiął się niemal wpół, ciągnąc ze sobą do ziemi plugawca. Coś błysnęło na moment w oczach istoty i nie był to miły błysk.

Malkolm uśmiechnął się wszakże obojętnie i odprowadził ich wzrokiem do krzywych, ciemnych chat. Doleciał go jeszcze przytłumiony, złośliwy chichot ciągniętego na łańcuchu wychudłego stwora.

– Dom wariatów – mruknął, odwracając się ku drugiej łukowatej bramie.

Ta także była zdobiona w niby-kruki i otwarta, choć zauważył wciągnięte do góry kraty. Mechanizm kołowrotowy? Miał nadzieję, że odpowiednio go zabezpieczono. Nie chciał, żeby to całe naostrzone żelastwo spadło mu na głowę. Wewnętrzny mur wydawał się wszakże znacznie szerszy, a przez to solidniejszy. Wypisz, wymaluj barbakan. Wszystko wskazywało też na to, że można się na niego bezproblemowo wspiąć.

– Słodziak! – wydarł się siedzący na bramie bezpióry kruk. Najwidoczniej uparł się, by odprowadzić Malkolma. – Słodziak!

– Raz kozie śmierć – szepnął Rud i przestąpił przez Drugą Bramę.

Ktokolwiek zbudował dworek, który go przywitał – bo na to od biedy wyglądała budowla – musiał zdecydować się na postawienie zewnętrznego muru dopiero po jakimś czasie, pewnie po to, by ofiarować mieszkańcom cokolwiek iluzoryczną ochronę przed Kościstym Lasem. Gdyż to tu, za wewnętrznym obwarowaniem, znajdowało się prawdziwe serce ostoi.

Wewnętrzny plac wyglądał na o wiele bardziej zadbany. Skończyła się prosta, błotnista wyręba, a pojawił wyłożony starymi płytami ni to podwórzec, ni to zaniedbany ogród. W jego centrum tkwiła wyschnięta i pokryta starym bluszczem studnia ze sporym kołowrotem przykrytym daszkiem, a także jakieś niesprecyzowane rzeźby, altany i cienie rzucane przez pobliskie dobudówki. Rosło tu kilka samotnych drzew – chyba takich samych jak w Kościstym Lesie.

Do stojącego za placem dworku przylegały mniej kształtne kamienne domki. Jakkolwiek górnolotnie by to zabrzmiało, wydawało się, jakby budowla od wieków chyliła się ku upadkowi. Była nieco gotycka i od biedy dało się ją uznać za nieukończony niski zameczek – wyjątkowo zresztą paskudny – jakby architekt miał wielkie plany, a potem rozpił się i rzucił robotę po wykonaniu jednej trzeciej kontraktu. Nieco na lewo, niczym wysunięty w górę kamienny palec, z dworku wyrastała krzywa, cienka wieża z jednym tylko oknem i przechylonym, nieco spiczastym dachem. Zapewne była to owa Krucza Wieża i istotnie, siedziały na niej niebieskoszare, łyse pseudokruki. Ptaki patrzyły na Malkolma czujnie białkami pustych, pozornie ślepych oczu.

Wszystko wyglądało na stare i zrujnowane. W dworku musiał hulać wiatr, a sama wieża trzymała się chyba tylko dzięki porastającym ją korzeniom. Jeśli pierdyknie, zauważył fachowo Rud, to rozwali stojące pod nią dobudówki i, przy odrobinie pecha, grzmotnie centralnie w studnię. Co prawda ktoś już o tym pomyślał, przystawiając do wieży drewniany filar przyporowy, ale było to zdecydowanie za mało. Gdyby miał tu wejść budowlany dział jego ekipy, trzeba by wszystko rozebrać i zaczynać od nowa. Ktoś powinien to dawno wpisać do rejestru zabytków...

Zaczął iść przed siebie, nieco niepewnie rozglądając się po bokach. I właśnie wtedy dostrzegł ludzi.

Chowający się przed nim mieszkańcy nie różnili się zbytnio od Torka. Ubrani w jakieś stare, bure szmaty. Bladzi chorobliwą bladością. Chudzi – nie licząc jednego grubasa, Rud nigdzie nie zauważył nikogo, kto ważyłby choć siedemdziesiąt kilogramów. Większość nosiła te dziwaczne ni to kaptury, ni czapy o spiczastych wierzchołkach, natomiast już wszyscy patrzyli na Malkolma z dziwnym głodem w oczach i – jak mu się zdawało – z jakąś zimną, prostą niechęcią. Jeden z mężczyzn na jego widok splunął i wskazał palcami ziemię u swoich stóp. Nigdzie nie było dzieci. Przyjemniaczki.

– Mnie także jest miło – mruknął do siebie Rud.

Widział już grupkę oczekującą na niego u szerokiego wejścia do wnętrza dworu. Kilku lepiej odżywionych mężczyzn i jakieś brodate karły. Plus jeden dziwnie blady, wysoki osobnik, niespuszczający z Malkolma wzroku. Czyżby ów Grotz? Co oni trzymali? Na pewno nie broń palną.

Blady opierał się na czymś przypominającym żeliwny miecz o szerokiej, obosiecznej głowni z zaokrąglonym, niemal schowanym jelcem. Diabelstwo musiało być ciężkie i Rud stwierdził, że nie trzeba było nim nawet ciąć. Wystarczyło walnąć płazem przez łeb, zwłaszcza że blady jegomość wyglądał na takiego, którego nie musiało się specjalnie namawiać do bitki. Malkolm westchnął. Cała ta sytuacja zaczynała go męczyć.

– Witam – rzucił z przekąsem.

– Witaj, Skrzywiony – odezwał się blady dziwnie szeleszczącym, choć czystym głosem. Z tej odległości można było dostrzec, że skrytą pod kapturem twarz ma szczupłą, a cienka, gładka skóra jest niemal prześwitująca. Przystojny, choć wokół wyblakłych oczu pulsowały drobne błękitne żyłki. – Czy życzysz sobie wejść do Kruczej Wieży?

– Życzę sobie – westchnął Rud. – A ty to kto?

– Suhael, o, Skrzywiony. Nadżywy.

– Jak miło – kiwnął głową Rud.

Nadżywy? Co to niby miało oznaczać? Coś błysnęło w pustych oczach bladego mężczyzny. Nachylił się nieco ku Malkolmowi. Jego cienkie, błękitnawe usta skrzywiły się w lekkim grymasie.

– Czy wziąłeś głowę Matki Gerdy? – spytał. – Jest wielu takich, którzy chcieliby ujrzeć dowód twej mocy.

Poza tym trzeba umieścić ją w centrum Kręgu. Musi nam jeszcze posłużyć.

– Niestety. – Malkolm wzruszył ramionami. – Została w Czatowni. Jeśli chcecie, to ją sobie bierzcie.

– Uczynię tak jeszcze dziś, o, Skrzywiony – zgodził się natychmiast Suhael. – Dziękuję za wiedzę i karę.

– Nawzajem – chrząknął Rud. – No dobrze, Suchy. Prowadź.

Blady cofnął się. Słysząc swe przekręcone imię, uniósł białe kreski brwi, ale nic nie powiedział. Malkolm osiągnął wszakże, co chciał: w grupce spadło chyba napięcie. Czego się spodziewali? Że zacznie podobnie jak oni gadać farmazony?

– Tędy – powiedział jego blady przewodnik i odsunął się, umożliwiając mu wejście do Kruczej Wieży.

Wnętrze było przede wszystkim ciemne – nie licząc wątłego światła wpadającego przez okna z witrażami – i przypominało średniej wielkości halę. Na wyższe piętro prowadziły schody pokryte niegdyś jakimś suknem, a teraz wyglądające jak cień dawnych siebie. Całość wspierały kamienne kolumny – pozostałość po lepszych czasach, gdy cały budynek nie był ruiną, lecz budowlą z kamienia. Na piętrze kłębili się ludzie, być może służba, chowająca się po kątach.

Widać było fragmenty dawnych przepierzeń z drewna – były tu niegdyś cienkie ściany, tworzące mniejsze i większe pokoje, ale teraz wszystko się rozpadło bądź celowo to usunięto. W powietrzu unosiła się stęchlizna, pełgały słabe płomienie kilku przymocowanych do ścian łuczyw. Nad wszystkim górował zapach mięsiwa; Rud nie był pewien, ale w tym samym budynku musiało być coś w rodzaju otwartej kuchni, zapewne w jednej z przybudówek. Plus był taki, że ciągnęło stamtąd również ciepło.

W wieży trzymano także plugawce. Były co najmniej dwa, przypięte do ścian za pomocą łańcuchów przymocowanych do mosiężnych kółek. Ku zdziwieniu Malkolma wyglądały jednak inaczej niż plugawiec Torka.

Pierwszy był podobnie chudy, ale skarlały i przygięty do ziemi. W długiej łapie trzymał kawał kości, którym uderzał smętnie o wyłożoną kamieniem posadzkę. Drugi był z kolei otyły i miał naderwane ucho, brakowało mu też chyba jednego oka. Ten siedział w pozornym bezruchu, patrząc w przestrzeń swoim żarzącym się na żółto ślepiem. W pewnym momencie wyrwał się do przodu niespodziewanym ruchem i pacnął przez łeb stworzenie, któremu z wyglądu najbliżej było do oskórowanego wyżła.

Paranoja.

Ale nie to sparaliżowało Malkolma, a fakt, że nagle ujrzał wysokie, jakby metalowe krzesło, stojące za długą, ustawioną w poprzek sali ławą. Widząc je, Rud zatrzymał się gwałtownie, wzbudzając konsternację w prowadzącej go grupce.

– Coś się stało, Skrzywiony? – spytał Suhael. Malkolm nie odpowiedział. Czy naprawdę widział to, co myślał, że widzi? Powoli, niepewnie dał krok do przodu i wytężył wzrok.

Tak, to było istotnie krzesło. Niezwykle podobne do elektrycznego, to prawda, ale zarazem zupełnie inne. Po pierwsze – chyba nieco większe i pełniące rolę ekskluzywnego siedziska. Po drugie: to, co Malkolm wziął za druty, było wyżłobionymi w drewnie pędami, mającymi dodać meblowi uroku i sprawić wrażenie, że cała konstrukcja sama wyrosła z pnia. Po trzecie, pasy do przymocowania rąk i nóg okazały się półobręczami, które służyły zapewne do wygodnego trzymania rąk. I po czwarte – to, co wziął za metaliczną opaskę na czoło, było wiszącym na oparciu hełmem. Hełmem, który został zaraz zdjęty przez siedzącego na krześle karła.

Rud wzdrygnął się.

Usadowiony na prowizorycznym tronie pokurcz o długiej, czarnej brodzie pomimo swej skromnej postury nie wyglądał na ułomka. Nosił krótką, ciemną kolczugę zarzuconą na szare szaty i widać było, że świdrując Malkolma bladymi oczkami, zerka odruchowo na oparty o krzesło najeżony kolcami morgensztern. Założony przez karła mocno porysowany hełm nie do końca pasował do reszty jego średniowiecznego image'u – od biedy można go było uznać za niemiecki kask z okresu drugiej wojny światowej.

– Grotz – odezwał się do karła Suhael – przybył Skrzywiony. Ten, który złamał Krąg.

Wśród odzianych w łachmany osobników, siedzących za stołem ustawionym przed krzesłem, zapadła cisza. Oskórowane psy przestały warczeć, ucichły gdzieś skrzeki i mamrotania. W nienaturalnej martwocie niczym wystrzał zabrzmiało tylko kolejne uderzenie kością przez plugawca. No i pięknie, pomyślał Rud.

– Nie wygląda na Skrzywionego – odezwał się karzeł chrapliwie, dziwnie głębokim jak na taką posturę głosem. – A Matka Gerda?

Suhael prychnął.

– Pytasz jak młody pomiot wyrwany z łap mamki – zauważył z wyraźną ironią. – Pewnym jest, że nie żyje. Czyż nie czułeś, jak pęka Krąg?

– A ciało? – spytał ktoś. Blady odwrócił się w kierunku głosu.

– Przyniosę jej głowę – obiecał. – Bez obaw. Nie dotknie nas Pomrok.

Za stołem zaszemrało, wróciły dźwięki. Malkolm czuł, że stał się niekwestionowaną atrakcją dnia. Westchnął.

– Słuchajcie, kochani – zaczął, może nieco protekcjonalnie, ale nie znał innego sposobu, by odciąć się od absurdu całej tej sytuacji. – Ujmę to tak: nie jestem stąd. Pochodzę z daleka. Nie za bardzo wyznaję się więc na waszych zwyczajach. Przykro mi z powodu pękniętego Kręgu, ale to nie ja zaatakowałem Matkę Gerdę. Rzuciła się na mnie i niemal wyprawiła na tamten świat.

Urwał. Wszyscy na niego patrzyli. Nie wiedzieć czemu, Rud poczuł się nagle jak idiota na scenie. Ale niewiele go to już obchodziło. Był zmęczony, wyziębiony i głodny. Na to ostatnie dało się jeszcze coś poradzić. Widząc, że jego przemowa niewiele daje, podszedł do stołu i złapał za coś, co przy odrobinie wyobraźni można było uznać za ciemny podpłomyk. Ugryzł. Jedzenie było twarde i gorzkie, ale dało się przełknąć.

– Może być i tak, że jednak mi odbiło – oznajmił z pełnymi ustami. – Nie wykluczam. Jeśli tak, to byłbym wdzięczny za mikro i dostęp do terminala. Z szydłem kontaktowym, jeśli nie macie tu dobrej sieci.

Tym razem coś osiągnął. W sali znów zaszemrało.

– Gada jak Skrzywiony – skrzywił się siedzący na krześle karzeł. – I jak nie Skrzywiony...

– Sam słyszałeś, jak mówił o Szydle, Grotz – odparował Suhael. – Skąd by o nim wiedział? Zejdź lepiej z Siedziska, nim w gniewie obejmie nas wszystkich Skrzywieniem...!

– Może i obejmie... – zauważył pokurcz, sięgając powoli po morgensztern. – A może i nie... Możemy się przecież przekonać... Wezmę tylko pałeczkę i...

– Zostaw to, Grotz! – rzucił ktoś siedzący za stołem. Rud zerknął: tym razem wtrącił się jakiś zasuszony, przycupnięty u rogu dziadek. Głos miał piskliwy i memlący, aż żałość brała. – Przez ciebie pourywa nam łby, przeklęty karle!

Grotz skrzywił się, zerknął na staruszka.

– Na twoim miejscu zamknąłbym gębę, Tifelu – warknął.

– Inaczej będziesz śpiewał, kiedy nadejdzie Pomrok – wycedził głośno Suhael. To przerwało przekomarzania i, dla odmiany, wszyscy spojrzeli teraz na niego. – Siedzisko nie jest dla ciebie, Grotz! Jesteś na to... za mały.

To poderwało karła. Zeskoczył z krzesła, złapał za morgensztern, zasyczał. Ale Suhael nie stał sam. Otaczająca go grupka powyciągała zza pazuch rupiecie, które przy odrobinie dobrej woli można by uznać za broń. Sam atakowany uniósł nieco wyżej swój miecz z obosieczną głownią. Rud cofnął się. Jeśli całe towarzystwo zamierzało wziąć się za łby, to nie zamierzał im przeszkadzać.

Na demonstracji siły wszakże się skończyło. Karzeł wyprostował się, splunął.

– Dobrze więc – powiedział. – Mówisz, że to Skrzywiony, a on żąda Subulam. Niech będzie, sam wręczę mu Szydło. – Grotz urwał, chrząknął. – Usiądź zatem, Skrzywiony. I wybacz wątpliwość... – dodał z wyraźną ironią. – Pękł Krąg.

– Istotnie, pękł – zgodził się Malkolm nieco zachrypniętym głosem.

Czy naprawdę mówili o szydle? Nie był może ekspertem, ale wpięte w terminal szydło – czy też „Subulam", jak je nazywali – o ile posiadać będzie odpowiednią długość, powinno złapać satelitę lepiej niż mikropłytka.

Pozostawało tylko pytanie, jakim cudem terminal i szydło kontaktowe znalazły się na Thei.

Możliwości były dwie.

Albo elektroniczny sprzęt dostał się tu podobnie jak on, albo wielkie słońce było jednak przywidzeniem i wciąż znajdował się na Ziemi, wplątany w jakąś dziwaczną, chorą grę gubernatora. Ale w to ostatnie jakoś trudno było już Rudowi uwierzyć.

Potrząsnął głową. Przede wszystkim zdecydował, że nie należy zanadto myśleć. Przynajmniej na razie. I... coś zjeść. To chwilowo było najważniejsze.

Odrzucając od siebie natarczywe myśli, usiadł, z lekkim niesmakiem patrząc na zastawiony blat. Stół nie prezentował się za dobrze: drewno było brudne i poplamione resztkami potraw, a miski nie wyglądały na dotknięte błogosławieństwem automatycznej zmywarki. Stygł w nich gulasz – albo coś, co go przypominało – wymieszany z rozgotowanymi warzywami.

Malkolm rozpoznał cebulę, czosnek i chyba groch, ale nie miał pewności. Jadło się to prymitywną, drewnianą łychą i gdy tylko włożył potrawę do ust, poczuł dominujący smak gorczycy. Paskudztwo, uznał, ale pożywne. Złapał kolejny gorzki podpłomyk i w przypływie intuicji zanurzył go w stojącym centralnie garnku z jakąś półprzezroczystą masą przypominającą miód.

Sytuacja się rozluźniła. Karzeł gdzieś zniknął, szmery zaczęły cichnąć. Wciąż na niego patrzono – ale tę natarczywość Rud mógł jeszcze wytrzymać. Nie miała takiego znaczenia w obliczu świeżego, gorącego jadła – choćby było to jakieś gorczycowe świństwo. Cóż... szczerze mówiąc, aż takie złe nie było, a już na pewno lepsze niż więzienne papki. Bardziej treściwe. I miało przynajmniej zapach.

Jedząc, patrzył na współbiesiadników. Jeśli założyć, że znajdował się w pseudośredniowiecznym dworku, to – jak pamiętał z jakiegoś programu edukacyjnego w holowizji – w budynku centralnym powinna jadać tutejsza elita. Reszta – czyli pospolite chłopstwo – kisiła się zapewne za Drugą Bramą, w tych starych czarnych chałupach. Ciekawe, gdzie uprawiano tutejsze warzywa.

Siedzący obok niego ludzie byli odziani w zgrzebne, znoszone szaty. Większość pozakładała proste dublety pozbawione kołnierzy, okryte czarnymi i brązowymi szatami. Trzech osobników, których uznał za pozujących na wielmożów, przysiadło w krótkich płaszczach z grubymi, złoconymi guzami. Wieśniacka arystokracja.

Patrzące na Ruda damy nosiły proste, słabo zdobione suknie, zarzucone na koszule pełniące zapewne rolę bielizny. Jedna z nich – według obowiązujących przy stole standardów najbardziej urodziwa – uśmiechnęła się do niego pożółkłymi zębami. Część jej twarzy pokrywała ledwie zaleczona pokrzywka. Witamy na Thei, pomyślał Malkolm ironicznie. Naturalizm w każdym calu.

Przynoszących potrawy sługusów było dwóch – każdy młody i pryszczaty, przypominający nieco Torka, choć odróżniali się od niego prostymi tunikami. Najwidoczniej chłopak, odziany w habit podobny do tego, jaki nosił Malkolm, musiał posiadać nieco wyższą pozycję... dziwne więc, że nie było go przy posiłku. A posiłek w czasach średniowiecznych był chyba na tyle istotnym wydarzeniem, że ustawiano go na konkretną porę dnia. Ten, kto się na nim nie zjawił, pewnie łaził głodny.

Rzecz jasna, Rud mógł się mylić. Habit i prowadzony na łańcuchu plugawiec nie musiały stanowić dowodu na wyższy status społeczny. Równie dobrze mógł być on niższy. Czy Tork nie udał się przypadkiem do stojących za Pierwszą Bramą chałup? To by go niejako dyskredytowało...

Nieważne. Te rozważania tylko męczyły Malkolma. Na razie skupił się na posiłku, czując, że wracają mu siły. Sięgnął po jedno z cenniejszych naczyń na stole – gliniany kubek – i wypił z niego coś, co od biedy można by nazwać popłuczynami po słabym winie.

– To wielka radość gościć cię tu, o, Skrzywiony... – zaszczebiotała dziewczyna z pokrzywką. Malkolm kiwnął głową, odmrukując coś niewyraźnie. – Gdybyś tylko pragnął... – dodała szybko, nachylając się nad stołem, ale nie dokończyła.

Siedzący tuż obok wielmoża trzepnął ją niemal odruchowo, nie przerywając wylizywania drewnianej łychy. Dziewczyna zamilkła, łapiąc za piekący policzek. Nie skrzywiła się nawet, jakby nic istotnego się nie stało. Rud zastygł na moment, powoli przeżuwając gulasz.

– Wybacz, o, Skrzywiony... – zakończyła, wciąż nie odrywając od niego wzroku.

– Nic się nie stało – odparł. Patologia przy biesiadnym stole, pomyślał. Nikt nawet nie mrugnął.

– Elżbieta chce zostać mamką – wyjaśnił Suhael. Malkolm obrócił się w lewo: jego blady towarzysz rozsiadł się nieopodal, sięgając po michę z gulaszem. Głowę wciąż miał zakrytą kapturem, ale widać było, jak się krzywi. – A już na pewno donosić pomiot kogoś tak znacznego jak Skrzywiony. – Spojrzał z wyraźną pogardą na dziewczynę. – Nie śpiesz się tak, Elżbieto – mruknął. – Myślisz, że w łożu nie dotknie cię Pomrok? A Skrzywieni wybierają sami. O ile chcą.

Krótko i na temat, pomyślał Rud. Z tego, co zrozumiał, pokrzywkowa dama postanowiła podwyższyć swój status na szczebelkach hierarchicznej drabiny. Wszystko dzięki zapłodnieniu przez Skrzywionego. Dziwne tylko, że Suhael użył określenia „mamka". Czyżby słowo „matka" było zarezerwowane jedynie dla Skrzywionych kobiet władających Kręgami? I ten cały „pomiot". Nie znali określenia „dziecko"?

– Nie jesteś u siebie – szepnął mu cicho wewnętrzny doktor Cukier. – Popatrz choćby na ich oczy, kochany. Niemal każde pokryte jest jakimś chorym bielmem...

– Pięknie – mruknął Malkolm. Cóż, kolejny chory drobiazg do kolekcji. Istotnie: wszyscy mieli jakby zamglony wzrok. Miał nadzieję, że nie od tutejszej diety. Wrócił do jadła.

To, że nie będzie różowo, zrozumiał, gdy wyjadł już gulasz – w chwili, kiedy karzeł wprowadził do sali skrępowaną łańcuchami kobietę.

Siedzący za ławą ludzie przerwali posiłek, a Suhael odwrócił się gwałtownie, tak że kaptur zsunął mu się z głowy, ukazując dziwne, mocno spiczaste uszy. Malkolm uniósł brwi, ale na zdziwienie nie było czasu. Grotz szarpnął za łańcuchy i kobietę – na oko trzydziestokilkuletnią – przygniotło do ziemi. Odziana podobnie jak Matka Gerda w czarny habit, nawet nie jęknęła, wpatrując się tępo w brudną kamienną posadzkę.

– Popatrz, Suhaelu – rzucił kąśliwie Grotz, ciągnąc skrępowaną na środek sali. – Oto Liota! Najwierniejsza służka Matki Gerdy. Jak wiecie – zwrócił się z emfazą do zebranych – Liota była niegdyś Skrzywiona, ale zbyt długo krzywiła to, co proste. W końcu pękła, jak wielu Skrzywionych.

– Powiedz nam coś nowego! – parsknął dziadek, którego Rud zapamiętał jako Tifela. Karzeł prychnął.

– Pęknięci, choć przepadli dla świata, potrafią niekiedy utrzymać Krąg, o ile się ich przyuczy – podjął. – Matka Gerda nie zdążyła tego uczynić z Liotą, lecz ona i tak potrafi wyczuć to, co krzywe... – Grotz poluźnił łańcuch tak, żeby kobieta mogła wstać. – Krąg pękł – powtórzył, odsuwając się od uwolnionej. – Popatrzmy więc, czy Skrzywiony naprawdę jest Skrzywionym. Liota nam powie. Wyjawi nam całą prawdę...

Rud westchnął. Nie miał ochoty na kolejny cyrk i bitkę, ale wyglądało na to, że nie miał wyjścia. Podniósł się i popatrzył na kobietę. Ale Liota nie zareagowała. Stała tylko, kiwając się i wciąż wpatrując w ziemię. Z kącika ust kapała jej ślina, długie, siwiejące już włosy opadały na ramiona. Splatała mocno palce, jakby usiłowała coś przed Rudem schować.

Widział już coś takiego. Pewnie w holowizji, może w więzieniu. Katatoniczne, zamknięte w sobie jednostki. Społeczne odrzuty, niepotrafiące poradzić sobie z rzeczywistością – niektóre, podobnie jak Tulpen, po karnej szczepionce Cesarstwa. Malkolm miał przed sobą wariatkę. Jedną z tych, które plują lekami w pielęgniarkę i podjadają znalezione po szpitalu pająki. Najwidoczniej nie opłacało się być Skrzywionym, jeśli płaciło się za to taką cenę. O ile Skrzywieni byli w ogóle normalni. Pamiętając zachowanie Matki Gerdy, miał co do tego spore wątpliwości.

Z wyraźną niechęcią Rud przyjął postawę bokserską. Nie zamierzał atakować – co najwyżej się bronić. Ale katatoniczka nie ruszyła w jego stronę. W zasadzie nie wykonała żadnego ruchu. Stała tylko, dygocząc i tocząc z ust ślinę, aż cała sytuacja zaczęła się dziwacznie przeciągać. Malkolm powoli opuścił ręce. Chciał już odwrócić się i z powrotem usiąść, gdy Liota opadła nagle na czworaki. Jej dłonie – podobnie jak ręce Matki Gerdy kilkanaście godzin wcześniej – dotknęły ziemi.

W sali było cicho jak makiem zasiał, nie licząc mamrotania wariatki. Pęknięta zaczęła coś zawodzić. Po chwili usiadła i złapała w palce nieco brudu, patrząc ze zdumieniem na trzymane w dłoniach drobiny.

– Nie da rady... – mruknął Suhael. Karzeł syknął, by go uciszyć. Malkolm uśmiechnął się kpiąco. Pomysł Grotza zawiódł? Cała scena zaczęła go bawić. Otworzył usta, by wygłosić ironiczny komentarz.

Służka krzyknęła i zaczęła unosić się w powietrzu. Rud zamrugał.

Wszystko jakby zwolniło. Malkolm zastygł, patrząc w zdumieniu, jak kobieta unosi się ponad pół metra nad ziemią. Oczy miała zamknięte, ręce i ciało sztywne. Przez zaciśnięte usta z trudem wydostawał się stłumiony jęk. Co tu się... Spróbował się cofnąć, ale nie mógł się poruszyć. Poruszyła się za to ziemia. Posadzka pod lewitującymi stopami Lioty pękła i wybrzuszyła się ku górze, jakby pragnęła ściągnąć obłąkaną na powierzchnię. Powietrze zdawało się falować i Rud nagle pomyślał, że ktoś coś złamał. Coś pękło. Rozwaliło się, a kiedy to się stało, wszystko poszło w diabły.

– Mmmm... – wyrzęziła Liota. – Mmmm...

Malkolm zaklął, ale przekleństwo zagłuszył narastający szum. Znikąd pojawił się wiatr, gasząc część rozmieszczonych w hali pochodni. Zawył przeraźliwie plugawiec, ktoś krzyknął w przestrachu. Uderzył lodowaty podmuch. Ziemia pod stopami Pękniętej zaczęła płonąć nikłym światłem i nagle ktoś wrzasnął:

– Blask!

Szybko to podchwycono i po chwili krzyczano ku sobie, ze zgrozą pokazując pęczniejące światło.

– Skrzywiony i Prosty! – wydarła się Liota. Zaczęła się kręcić w powietrzu: coraz szybciej i szybciej, dookoła własnej osi. Jej głos rozbrzmiał dziwnym chórem, jakby tajemnicza kontrolująca ją siła zdecydowała się dodać jeszcze jeden, przesadzony efekt specjalny. – Skrzywiony i Prosty! Skrzywiony i Prosty!

– Wyłączcie to – warknął Rud. Wcześniejszy paraliż ustąpił, teraz miał dosyć. Blask narastał, tężał i zdawał się rozrywać posadzkę. W powietrzu rozchodził się basowy, ciężki pomruk. – Wyłączcie to, do jasnej cholery!

Posłuchał go Suhael. Blady przeciwnik Grotza przełamał widoczny w jego postawie lęk, po czym podbiegł i uderzył wirującą kobietę głowicą miecza. Cios był celny: Liota zawyła i upadła, jakby spadła ze stołka.

Jeszcze przez moment słychać było szum, wicher, jęk i trzask, a także głośne buczenie, jakby ktoś przesterował stary piec akustyczny. Wszystko jednakże zamarło, a światło cofnęło się i zgasło. Jedynym śladem wcześniejszego chaosu była pęknięta posadzka, leżąca, nieprzytomna kobieta i stojący obok niej Suhael, a także poprzewracane od wichru jadło i wrzaskliwy pisk plugawca, który zostawił swą kość i zasłonił oczy wielkimi szponiastymi dłońmi.

– Dobra, wystarczy – syknął Malkolm. – Kończymy ten szajs.

– Dać mu Subulam! – wydarł się siedzący za stołem wielmoża. Pozostali zaczęli skandować: „Szydło! Szydło" i Rud odrobinę się rozluźnił. Może i był świadkiem paranoi, ale jeśli wszystko prowadziło do wręczenia mu szydła kontaktowego, to mógł przymknąć oczy na cały ten cyrk.

Tymczasem karzeł znalazł się na straconej pozycji. Jeszcze coś mamrotał, ale widać było, że chce już tylko zachować twarz. W końcu odwrócił się i minął gniewnym krokiem Malkolma, kierując się ku schodom prowadzącym na pierwsze piętro dworku.

– Poszedł po Subulam, Skrzywiony – wyjaśnił Suhael. – Będzie, jak zechcesz. – Jego twarz wydawała się nieprzenikniona, a pozornie puste, pozbawione emocji oczy taksowały Malkolma ze stoickim spokojem. – Czy pragniesz może wypocząć? Dopilnuję, by Grotz przyniósł Szydło, jeszcze zanim wyruszę po głowę.

– Zaczekam tutaj – nie zgodził się Rud. Nie miał ochoty na kolejne spacery połączone z wymuszonym zwiedzaniem. – Nigdzie się nie ruszam.

Usiadł z powrotem przy ławie, starając się nie patrzeć na leżące ciało, dookoła którego już zakręcili się słudzy. Po takim ciosie musiała mieć wstrząs mózgu... ale nie był to jego problem. Czy to on kazał jej odstawiać tę szopkę? Liczyło się jedno: fakt, że może naprawdę – jakimś niezrozumiałym cudem – na Thei znalazło się szydło kontaktowe.

– Kiedy dostanę szydło, zaprowadzicie mnie do... do sprzętu.

– Jak sobie życzysz, Skrzywiony – zgodził się Suhael, choć w jego głosie zabrzmiało coś na kształt lekkiej ironii. – To nie potrwa długo. Matka Gerda znosiła wiele skarbów z Grobowych Gór, lecz Subulam uznała za swój najcenniejszy dar... Dlatego trzymała go w wieży. Otrzymasz go wkrótce.

– Najcenniejszy dar? – Rud skrzywił się, sięgając po popłuczyny po winie. – Niech wam będzie. Ważne, by działało.

– Twierdziła, że słychać w nim głosy Odrzuconych – wyjaśnił blady mężczyzna. – A może i pierwszego spośród nich.

– Brzmi pięknie – odparł Malkolm. Głosy Odrzuconych? Czyżby „Nadżywy" gadał o transmisjach krótkofalowych? Rud upił łyk, nie patrząc już na odchodzącego Suhaela, i ponownie złapał za podpłomyk.

Nastrój przy stole, jak zauważył z niejaką satysfakcją, bezpowrotnie prysł. Nawet pokrzywkowa dziewczyna... jak tam miała na imię? Elżbieta? Nawet ona spuściła wzrok i nie patrzyła już w jego stronę. Najwidoczniej nie spodobała jej się scena z Liotą.

Swoją drogą, warto by zasięgnąć języka. Informacje uzyskane od Marli z trudem można było uznać za choćby podstawowe. Niby coś wyjaśniały, ale Malkolm nadal czuł się skołowany.

– To kiedy zaatakuje was ów Pomrok? – zagadnął wielmożę, który właśnie miał wstawać od stołu. – I skąd wiecie, że tak na pewno się stanie?

– Pękł Krąg, o, Skrzywiony... – wyjaśnił niechętnie i nieco niepewnie zagadnięty. – Czyż nie obudzi to Kościstego Lasu?

– Jak to: obudzi? Masz na myśli ten wasz upiorny zagajnik?

Wielmoża uniósł nieco brwi.

– Przyjdzie tu po was las? – upewnił się Rud. – Jak Las Birnam w „Makbecie"? Nie, wróć. Nie masz pojęcia, o czym mówię, co?

– To Odstępy, Skrzywiony – wtrącił się siedzący nieopodal stary grubas o szklistych, świdrujących oczach. – Bez Kręgu wejdzie tu Pomrok.

– Słusznie mówisz, Gemrodzie, tak będzie – przyznał wielmoża.

I znów w kółko Macieju, pomyślał Malkolm. Przydatnych informacji pojawiło się niewiele, co najwyżej garść kolejnych bzdur. Ale na razie musiał odpuścić z przepytywaniem.

Do hali wracał karzeł.

Na widok Grotza w dworku ucichło. Idący obok pokurcza Suhael trzymał rękę na głowicy przytwierdzonego do pasa miecza, ale karzeł nie wykazywał ochoty do kolejnych przepychanek. Krocząc, butnie rozglądał się po zebranych. Jego szare, szkliste oczy wwiercały się to w nich, to w oczekującego Ruda. W dłoniach trzymał owinięty tkaniną pakunek.

Jest, pomyślał Malkolm, wstając od ławy. Naprawdę mieli tu szydło kontaktowe. Może niewielkie, ale z pewnością wzmocni sygnał. Miał nadzieję, że da się je rozłożyć teleskopowo... Tak czy owak, pozostawało już niewiele. Zgodnie z obietnicą bladego gościa wystarczyło tylko znaleźć terminal.

Karzeł stanął. Wyglądał tak, jakby chciał splunąć.

– Oto Subulam, Skrzywiony – powiedział pogardliwym głosem. – Największy skarb Kręgu. Wiedziałeś, czego zażądać. Mówią, że jest starsze niż Kamienne Imperium. Ponoć to dar Odrzuconego... skażony przeklętym Blaskiem, przeciwieństwem błogosławionej Ciemności. Gdyby wiedział o nim Najwyższy...

– Za dużo gadasz, Grotz – przerwał Suhael. W punkt, pomyślał Rud. – Po prostu je oddaj.

Karzeł nie odpowiedział na zaczepkę. Burknął coś tylko niewyraźnie i wcisnął w ręce Malkolma podłużny pakunek.

Szydło było cięższe, niż myślał. Zaczął je rozwijać, szukając wzrokiem światełek sygnalizacyjnych diod i rozwijanego talerza. Czyżby harmonijkowy? Musieli go złożyć... ale przy odrobinie szczęścia powinien bez problemu...

Zamarł.

Szmatami owinięty był miecz. Podobny do tych, które robił jego zakręcony na punkcie średniowiecza kumpel, niejaki Mronkiewicz, zamęczający wszystkich wokół monologami o „broni białej". Półtoraręczny bastard o fantazyjnym, bogato zdobionym jelcu. Na pokrytej okładziną rękojeści wyrysowano jakieś znaki i coś przypominającego pędy roślin, a może splątane kości. Niewielka głowica była stalową kulą bez żadnych zdobień. Przez całe, podzielone niewielkim zbroczem ostrze ciągnął się napis „Subulam", co, jak Rud już się domyślił, musiało oznaczać „Szydło". Było tam coś jeszcze – ciąg niezrozumiałych znaków.

Półtorak wyglądał na utrzymany w idealnym stanie, jego ostrze zdawało się łapać resztki obecnego w sali światła. Miecz był piękny – dość wąski, lecz piękny. Tyle że z pewnością nie był szydłem kontaktowym.

– A czego się spodziewałeś, robaczku? – spytał złośliwym głosem doktor Cukier gdzieś wewnątrz głowy Ruda.

– Bez jaj... – szepnął Malkolm.

Komnata była bardzo mała i stara.

Stare było w niej łoże – z zakurzoną, nieprzyjemnie pachnącą pościelą. Stare były stojące obok świeczniki z trupami świec. Stare były ściany, wybudowane z krzywych, niewielkich kamieni, i stare spróchniałe schody prowadzące niemal na szczyt Kruczej Wieży, gdzie go ulokowano. Okno, o dziwo, zakryto czymś przypominającym prawdziwą szybę. Po wejściu Rud natychmiast zaryglował drewniane drzwi, posługując się czymś w rodzaju zawieszonego na łańcuchu skobla.

Był wściekły.

Gniew narastał w nim niczym wzbierająca fala. Przedtem maskował go zmęczeniem, rozpaczą, lękiem i wreszcie ironią. Ale kiedy przynieśli mu miecz, znalazł się na granicy eksplozji. Złapał się za głowę. Przed oczami zawirowały mu znane świetnie ciemnoczerwone plamy. Chciał ich wtedy uderzyć...

Tatusiu, pomocy!

...i z pewnością by to zrobił, gdyby nie wyraz twarzy karła. Czarnobrody bydlak uśmiechał się z satysfakcją, jakby był pewien, że Rud zaraz pęknie. Musiał mieć niezły ubaw – tak samo jak reszta tych zacofanych typków. Czy wiedzieli, co się z nim dzieje? Wiara, że jakimś cudem mają tu szydło kontaktowe, trzymała jego umysł w ryzach.... lecz w chwili, gdy nadzieja okazała się płonna, Rud zrozumiał, że stracił wszystko.

Jeśli jeszcze się łudził, że cała sprawa jest jakąś pomyłką, to widok miecza wypalił w nim ostatnie wątpliwości.

Kiedyś do jego firmy zaprosili cybercoacha, jednego z tych naładowanych gadżetami elektronicznymi trenera – w zasadzie cholera wie po co, sam pomysł był durny już w zarysie. Cyber wszakże przyjechał, błysnął białymi zębami i rozpoczął „szkolenie", kojarzące się z dawnymi sposobami prania mózgu przez akwizycyjne firemki, jeszcze sprzed dekretów Cesarstwa. Od samego słuchania tych pierdół bolały zęby, w natłoku okrzyków, gestykulacji i efektów specjalnych cybercoach strzelił jednak myślą, którą Rud zapamiętał. Brzmiała ona: mózg dokonuje wyboru już na starcie – reszta to racjonalizacja.

Idziesz do sklepu, widzisz dwa holowizory i w myślach już kupiłeś jeden – reszta to żmudny proces dostosowania świadomości do tego, co twoja podświadomość już zabrała do domu. Tak było też tutaj: Thea była realna, świat, w którym wygrało zło, był prawdziwy, a brak szydła kontaktowego sprawił tylko, że mózg wywinął mu koziołka, by trzepnąć go prosto w mordę.

Malkolm usiadł, wciąż trzymając się za głowę. Coś się w niej nadal tłukło: echo głosu doktora Cukra, szydło, które okazało się Szydłem, prąd, twarz Salowskiego, krzesło, Matka Gerda, wzlatująca do góry Liota, Tork i jego plugawiec... i przede wszystkim kula wielkiego, umierającego słońca. Koszmar, z którego nie można się obudzić – zaakceptowany, choć pełen niedomówień. Bo jak tu się niby znalazł? Ześlizgnął się po tęczy?

– Spokojnie – wymamrotał, wciąż próbując odegnać napierający na niego chaos. – Pomalutku. Jestem, gdzie jestem. To raz. Muszę się stąd wydostać. To dwa. I nie pęknę... – dodał cokolwiek chrapliwie. – To trzy.

Zaczął się uspokajać. Rozmasował czoło. Nadal nieco łupało go w skroniach, ale docisnął bolące miejsca zesztywniałymi palcami. Pościel, na której siedział, zalatywała starym kurzem.

Bez sensu, stwierdził. Dlaczego on? Po cholerę? Niepewnie odsunął ręce od głowy i przetarł twarz. A potem spojrzał przed siebie.

Przez przybrudzone okno patrzyło na niego wielkie czerwone słońce. Zakrzepła kula lawy, której nie chciał oglądać. Przymknął oczy, ale wiedział, że wisząca nad Theą anomalia wciąż tam jest.

A Lidia? Co z Lidią...?

Nie wiedział, kiedy przysnął. Ogarnęła go ciemność, w którą zapadł tak, jak wpada się w gęstą toń – bez nadziei na wynurzenie.

Nie miał żadnych snów.

Drzwi zaskrzypiały, napiął się łańcuch od skobla. Potem rozległy się uderzenia – jedno i jeszcze dwa. Malkolm wstał, mrużąc oczy. Ból w głowie wciąż lekko pulsował, choć już dużo mniejszy. Rud podszedł i odblokował drzwi, by wreszcie otworzyć je na oścież.

W progu stał Tifel. Odziany w strój stanowiący słabą kopię habitu Matki Gerdy staruszek patrzył na Malkolma z widocznym lękiem.

– Słodziak! – wydarł się siedzący na jego ramieniu oskórowany ptak wielkości kota. Coś się w nim zmieniło, choć Rud nie potrafił powiedzieć co. – Słodziak!

– Przyniosłem go, Skrzywiony... – wybąkał starzec. – Czy raczyłeś dotknąć go swym spojrzeniem? A może upił twej krwi?

– Macie jakąś obsesję z tą hemoglobiną – chrząknął Rud, odsuwając się od wejścia i wpuszczając Tifela do środka. Staruszek wdreptał do wnętrza, ciekawie rozglądając się na boki. – Najpierw ta wasza Matka, potem... dziewczyna, teraz ty. Nie możecie bez tego normalnie funkcjonować? Jak jakieś wampiry? Nieważne zresztą. W każdym razie: nie, nie dawałem żadnej krwi temu krukowi. Niby kiedy? I po cholerę miałbym to robić?

– Och, to nie kruk... – zaprzeczył starzec i w jego oczach błysnęło nikłe światełko. – To tylko pter. Niech nie zmyli cię nazwa Kruczej Wieży! To stary Krąg, to prawda, lecz nie widziano tu choćby jednego kruka, i to przynajmniej od ery. Dawno stąd odeszły, gdy Krąg zaczął maleć. To mądre i stare stworzenia. Mym zdaniem odleciały aż do Absalomu, o ile przebyły Szarą Połać. A stamtąd... kto wie? Może do samych Dominiów i do Iglicy, a już na pewno na północ, za Nocną Obręcz. Kruki, o, Skrzywiony, niosą ze sobą wojnę... ciągnie je zatem do Blasku i Pomroku.

– Jakżeby inaczej – westchnął Malkolm. Staruszek uśmiechnął się. Jego zęby, czy raczej ich pozostałości, były wręcz poczerniałe.

– Wiedziałem, że od razu to pojmiesz, Skrzywiony! W każdym razie naznaczyłem go. – Tifel podszedł do łóżka i delikatnie postawił ptera na jednej z jego gałek. Stwór poprawił się nieco i popatrzył na Malkolma spojrzeniem białych oczu. – Jestem tylko nieznacznie Skrzywiony i trudno uznać mnie za mistrza krzywej sztuki – dodał pokornie starzec. – Thea jest dla mnie twarda, potrafię ją jednak wykrzywić, gdy bardzo się postaram.

– Serio? – mruknął Rud.

– O tak! Piję czarny blekot i wiem, jak usłyszeć głosy czy zamglić wzrok. Grotz twierdzi, że jestem już stary, lecz nadal sporo mogę... a jem naprawdę niewiele, tyle co marny ponurak... więc gdybyś kiedyś uznał, że nie jestem potrzebny, nie trzeba mnie zgładzić, zapewniam cię... naprawdę nie potrzeba...

– Naznaczyłeś go? – upewnił się Malkolm. Staruszek kiwnął energicznie głową, zamlaskał.

– Z pewnością daleko mi do twych umiejętności, Skrzywiony, lecz wypaliłem na nim Martwy Szept –

objaśnił z dumą, wskazując na bladoniebieskiej skórze ptaka coś, co przypominało czarny, poplątany tatuaż. – Z czasem zrobię więcej, jeśli tego zapragniesz... choć lękam się, by przez mą nieuwagę nie stracił życia lub nie stał się Niemartwy...

– Słodziak! – wydarł się pter.

– Chyba na razie wystarczy – uznał Rud. Ta rozmowa do niczego nie prowadziła, a odpowiedzi mnożyły tylko kolejne pytania. – Za dużo szczegółów naraz. Wolałbym nieco... konkretniejsze informacje.

– Nie jesteś zadowolony? Czy zgładzisz mnie teraz, Skrzywiony? – wyjęczał staruszek. Rud przewrócił oczami.

– Nikt nikogo nie będzie gładził. Usiądź, tak? Tu, na tym łóżku...

– Mam usiąść, Skrzywiony? – Starzec wydawał się naprawdę przerażony.

– Tak! Skaranie boskie z wami. Siadaj. Uspokój się. Jestem zadowolony, tak? Bardzo mi pomogłeś.

– Słodziak! – wydarł się pter.

– Cholerny ptak! – syknął Rud. – No dobrze. Tylko jedno pytanko. Dasz radę?

Tifel kiwnął energicznie głową, ale widać było, że marzy tylko o jednym: by jak najszybciej opuścić komnatę. Malkolm podrapał się po brodzie, na której zaczęły odrastać już chrzęszczące włoski zarostu. Robił tak zawsze, gdy miał uporać się z problemem wymagającym większego emocjonalnego zaangażowania. Do diabła z tym wszystkim!

– Słuchaj. Zanim do was dotarłem, spotkałem dziewczynę. Ubrana jak gotka... nie, wróć. Ubrana na czarno. Miała podobny strój jak Matka Gerda albo ty. Na oko jakieś dwadzieścia... dwadzieścia kilka lat. Bardzo ładna. Podkrążone oczy, w zasadzie niemal sińce. Bardzo blada skóra. Czarne włosy. Niewysoka, szczupła. Powiedziała, że dokona ze mną... wymiany. Za krew.

– Dała ci swą krew, Skrzywiony? – wymamrotał starzec. Rud pokręcił głową.

– Nie, wypiła trochę mojej...

– Jeśli powiedziała o wymianie, to była to wymiana – uznał Tifel. – Nie było w tym upodlenia. Nie będzie ci służyć.

– Nie o to mi chodzi! Nie, czekaj, nie denerwuj się. Nie będę już krzyczał. Powiedziała, że ma na imię Marla. Znasz ją?

Staruszek pokręcił nerwowo głową. Zaczął znowu bełkotać coś trzy po trzy i dalsza rozmowa nie miała sensu. Już więcej informacji Rud wyciągnąłby od ptera. Kiwnął zdawkowo głową, odsunął się. Tifel patrzył na niego niepewnie, a gdy Malkolm otworzył drzwi, czmychnął przez nie z prędkością światła. Najwyraźniej nie miał ochoty zostawać z wariatem... choćby ten był potężnym Skrzywionym.

Rud usiadł na łóżku. Siedzący na gałce Słodziak, jak nazwał w myślach stworoptaka, patrzył na niego spokojnie, jakby rozumiał, jakie myśli kłębią mu się pod czaszką. Malkolm czuł się wyczerpany niemal jak wtedy, gdy przeżył noc w Grobowych Górach. Na moment położył się w cuchnącej kurzem pościeli, ale skończyło się tylko na wierceniu. Po jakiejś półgodzinie dał sobie wreszcie spokój i wyszedł na zewnątrz. Miecz zostawił; jeszcze tylko tego brakowało, by go sobie przytroczył i wziął udział w tym całym szaleństwie.

Krucza Wieża – jak zdążył już zauważyć, wspinając się na piętro z komnatą – była stosunkowo wąska; po krzywych schodkach mogła wejść jedna tylko osoba naraz, a pomieszczenia tworzyły na jej zewnętrznej powierzchni niepraktyczne bulwy. Minął dwa wykusze i kilka większych dziur. Jeśli konstrukcja miała pełnić częściowo rolę mieszkalną, to już dawno wymagała remontu. O jej funkcji obronnej nie było nawet co marzyć – wyobraził sobie, jak siedząca na samym szczycie Matka Gerda zrzuca na atakujących co najwyżej zawartość nocnika. Wszystko trzymało się na słowo honoru i było wyremontowane byle jak.

Popękany dziedziniec wyłożony kamiennymi płytami, murowane – ale tylko częściowo – przybudówki. Pełniący rolę obronną mur wewnętrzny Drugiej Bramy, który nie wyglądał, jakby mógł oprzeć się jakiemukolwiek atakowi. O Pierwszej Bramie nawet nie wspominając. To była rudera, rudera jak wszystko tutaj.

Zerknął na niebo. Słońce zaczęło już tonąć w linii wysokich drzew Kościstego Lasu. Która mogła być godzina? Ile w ogóle czasu zajęła mu podróż traktem, obiad i siedzenie w Kruczej Wieży? Ile czasu spał? Nie miał pojęcia...

Pokręcił się trochę. Zobaczył coś, co wyglądało na porośnięty chwastami ogród pełen żywopłotowych labiryntów, alejek i pnączy sunących po starych rzeźbach. Zajrzał do przybudówek, z których najbliższa, dociśnięta do części dworkowej – czy jak miał nazwać to pseudozamczysko – rzeczywiście okazała się kuchnią, połączoną z czymś w rodzaju łaźni. Budyneczek miał kształt niewielkiej szopy, był zatęchły, gorący i wilgotny, ale posiadał przynajmniej jedno aktywne palenisko. Tam Malkolm się umył, korzystając z pozostawionego w kącie cebrzyka, i z niechęcią założył z powrotem swój drelich. Na razie nie zaproponowano mu żadnego nowego odzienia, zatem wyglądało na to, że połazi jeszcze chwilę w więziennym uniformie i w habicie po zabitej staruszce. Musiał to jakoś rozwiązać, ale na razie nie miał do tego głowy.

Kiedy wyszedł z powrotem na zewnątrz – odświeżony i nieco rozluźniony – zaczął dostrzegać kolejne szczegóły. Przede wszystkim – nadal nie było tu widać zbyt wielu ludzi. Większość z nich dość szybko wyłaziła za Drugą Bramę, w stronę ogrodzonego wyrębu. Po co? Dzień wcześniej wyglądali na przestraszonych. Wycofanych. Trajkotali o pękniętych Kręgach, zbudzeniu Kościstego Lasu i Pomrokach, ale – co nagle sobie uświadomił – gdy Liota potwierdziła już jego Skrzywienie, uspokoili się. Przyszedł Skrzywiony, Krąg się zrośnie... i tym podobne nonsensy. Problem odfajkowany, zaliczono. Innego zdania był może tylko ten grubas, jak mu tam było? Gemrod. Stwierdził, że bez Kręgu Pomrok się wedrze...

Cóż – nie zaszkodzi, jeśli dowie się nieco więcej. Mógłby poszukać Gemroda i zadać mu kilka pytań, ale nie sądził, by wiele to dało. Rud sparzył się już na Tifelu, łatwo więc było przewidzieć, że poczęstują go kolejną porcją bełkotu. Lepiej poobserwować i samemu wyciągnąć wnioski – a jeszcze lepiej podpytać tutejszego pospólstwa. Oni mogli wiedzieć najwięcej bądź przekazać mu praktyczne informacje bez dodatkowych udziwnień. Taką miał przynajmniej nadzieję...

Z tą myślą przeszedł z powrotem przez Drugą Bramę, na wykarczowany teren otaczający serce Kruczej Wieży. Tak jak się spodziewał, panowało tam znacznie większe poruszenie. Ludzie kręcili się pod zewnętrznym murem i wyglądali raczej nerwowo. Mieli ze sobą pałki, krótkie miecze, morgenszterny i piki...

Skierował się w ich stronę. Tym razem drzwi domostw były już otwarte. Stały w nich odziane zgrzebnie kobiety i jakieś wyrostki, które patrzyły na przybysza z dziwnym głodem w oczach. Pomioty, parsknął w myśli. Ten element chorego scenariusza zaskoczył go najbardziej. Skąd pomysł, by wywalić ze słownika słowo „dziecko"? Zaskoczyły go też wypuszczone na zewnątrz zwierzęta. Chyba były to świnie – ale czarne i włochate, o dziwnie czerwonych oczach.

Cóż, jeśli pragnął zasięgnąć języka, miał ku temu świetną okazję. Podszedł szybkim krokiem do jednego z uzbrojonych wieśniaków. Ten także nosił pobrudzony dublet okryty równie brudną szatą z kapturem, spod którego patrzyły mętne jak u wszystkich oczy. Widać było, że biedak nie za bardzo radzi sobie z wciśniętą mu bronią: krótką, naostrzoną piką.

– Skrzywiony... – wystękał niewyraźnie.

Rud uśmiechnął się przyjaźnie, ale bez efektu.

– Pięknie – ocenił, starając się zabrzmieć jak najłagodniej. – Zbroimy się, co? Coś was niepokoi?

– Pękł Krąg... – zaczął niepewnie wywołany.

– Gdybyś tylko wiedział, ile razy już to słyszałem. I boicie się, że nadejdzie Pomrok, tak? To także już znam.

– Nie powinien tu przybyć, Skrzywiony – wymamrotał wieśniak. – Nieważne, co mówią... twoja jest Krucza Wieża. Las jej nie pożre.

– Nie pożre? Czyli miał to niby zrobić? Ale rozumiem, że teraz już wszystko będzie okej?

– Nie pojmuję, Skrzywiony...

– Mniejsza o większość – zrezygnował Malkolm. – Powiedz mi lepiej, czemu za Drugą Bramą nikt się nie zbroi.

– Tam jest przecież serce Kręgu... – szepnął wieśniak. – Tam jest naznaczenie, o, Skrzywiony! Naznaczenie Kręgu... ono padnie ostatnie.

– Cóż, dobre i to – uznał Rud. – Pole siłowe Kręgu. Pewnie lepiej być bliżej tego „serca", niż latać po tym całym theowskim wariatkowie.

Wieśniak uśmiechnął się niepewnie. Malkolm cofnął się. Nagle nabrał niesamowitej ochoty, by zrobić to, co zwykle robił w klubie bokserskim dla odstresowania. Zamachnąć się i strzelić prosto w mordę. Niekoniecznie wieśniaka. Kogokolwiek.

– Skrzywiony!

Głos doleciał od strony Pierwszej Bramy i należał do Suhaela. Blady mężczyzna siedział na wierzchowcu, ale cokolwiek to było, nie przypominało do końca konia. Zwierzę było czarne, miało podobny do końskiego trójkątny łeb i białe, pozbawione źrenic oczy. Jego odnóża kończyły się szczudłowato, choć było widać swoiste utwardzenie na końcówce, niczym kopyto. Stwór nie miał sierści i podobnie jak plugawiec zdawał się składać z samych mięśni nieokrytych skórą. Ciało stworzenia, uznał Malkolm, niemal promieniowało ciemnością. Dosłownie zasysało światło. Zmrużył wzrok.

– Mam ją – oznajmił Suhael, schodząc z rumaka. – Svart niesie szybko. Możemy kończyć, Skrzywiony. Zostało niewiele czasu, nim nadejdzie Pomrok.

– Tak...? – mruknął niepewnie Rud. Nadżywy nie odpowiedział. Ważne było jednak to, co trzymał w dłoni za siwe włosy i co patrzyło na Malkolma pustym, martwym wzrokiem.

Głowa Matki Gerdy wróciła do Kruczej Wieży.

Wyraźnie zadowolony z siebie Suhael nie bawił się w wyjaśnienia. Przekazał rumaka jednemu z wieśniaków i ruszył dziarsko przed siebie, niemal wyprzedzając Ruda. Jego zdecydowany krok sprawił, że Malkolm poszedł za nim.

Szli przez dziedziniec za Drugą Bramą, odprowadzani spojrzeniami i westchnieniami ulgi wieśniaków. Jasne, pomyślał Rud. Jest głowa, zatem wszystko w porządku.

Lawowata kula wielkiego słońca zachodziła już, gdy doszli do wieżyczki. Nie czekając na Malkolma, Suhael natychmiast wszedł do środka. Rud zawahał się na chwilę, ale wzruszył ramionami i przeszedł przez stare drzwi. Dałby głowę, że usłyszał przekleństwo – obrócił się więc przez ramię i zanim zamknęły się odrzwia, dostrzegł w drepczącym za nimi tłumku wykrzywioną, wściekłą twarz Grotza. Karzeł nie był najwyraźniej zadowolony z takiego obrotu sprawy. Przyniesienie głowy trupa nie pasowało do jego planów.

Z początku Malkolm założył, że udadzą się do jego komnaty, ale Suhael minął ją, kierując się na sam szczyt.

– Powinny być otwarte – powiedział do Ruda. – Matka nigdy nie zamykała drzwi.

Pięknie, pomyślał Malkolm. Mieli wejść do sanktuarium Matki Gerdy – miejsca, gdzie staruszka popijała ziołową herbatkę i robiła na drutach. Ciekawe, czy będą tu koty. Dziesiątki miauczących, ocierających się o nogi mlekopijów, tęskniących za swoją uroczą panią... Cała ta sytuacja osiągnęła punkt, w którym ewidentnie zaczynała go bawić.

Jeszcze kilka stopni i stanęli przed drzwiami. Były niewielkie i gotyckie w kształcie, bo zwężone u góry niczym odwrócony liść. Suhael popchnął je, odsłaniając niewielką celę z podestem, wykuszem i czymś przypominającym regał z dziesiątkami dzbaneczków i kilkoma zmurszałymi księgami. Wykusz zasłaniały drewniane drzwiczki. Blady otworzył je na oścież, tak że różowe światło zachodzącego słońca padło wprost na postument i Rud zauważył nagle, że walcowaty, kamienny kształt pokrywają plamy krwi.

– Przyspiesza – oznajmił Suhael. – Nadchodzi Pomrok, Skrzywiony. Klejnot prawie już zaszedł – stwierdził, wskazując na słońce. Tak się to zatem nazywało? Klejnot? – To przez drzewa. Kościsty Las rzuca cień.

Nadżywy wyciągnął głowę staruszki i, tak jak obawiał się Malkolm, postawił ją na postumencie. Oczy trupa zdawały się patrzeć na niego z wyrzutem.

– Gdyby nie ty, byłby tu już dawno. Od razu wyczułem, że odebrałeś życie. Czas, by znów służyła. Czas, by odnowić Krąg.

– To znaczy? – spytał ochryple Rud. Blady na sekundę zamarł, ale na zdziwienie nie było widać czasu.

– Napój ją swoją krwią, o, Skrzywiony – powiedział. – Niech dozna twego krwawego upodlenia. Nie wiem, czemu nie uczyniłeś tego wcześniej, lecz musisz złączyć Krąg. Karzeł wierzył, że zrobi to Liota. Jest może i Pęknięta, ale miałby ją wówczas dla siebie. Ale ty... jesteś silny. Utrzymasz Kruczą Wieżę, nie tak jak ja czy Grotz. Jest i pozostanie twoja. Zrób to zatem, nim trafimy w głęboką ciemność i zaznamy jej ukojenia.

– Chyba was pogięło.

Suhael nie odpowiedział. Ale Malkolm dopiero się rozkręcał.

– Mogę zaakceptować to, że jestem tam, gdzie jestem – powiedział martwym, zimnym głosem. – To jakaś paranoja, ale niech będzie. Nie, wróć. To wszystko zaczęło być chore już w chwili, gdy musiałem zabić tę waszą Matkę Gerdę. Ale teraz to już przesada. Chcecie, żebym... Chyba was popieprzyło!

– Skrzywiony....

– Żaden Skrzywiony! – wrzasnął, czując, jak przed oczami znowu pojawiają mu się powidoki czerwonych plam. Gniew rósł i rozpalał mu serce: powoli, ale nieubłaganie. Gniew, powiedział tamten ksiądz, pozostaje gniewem. Gdy on przejmuje władzę, pozostałe grzechy blakną i drżą... – W dupie mam waszych Skrzywionych, Theę i całą tę paranoję z Pomrokiem! – warknął, nie panując już nad sobą. – Ale karmienie trupa krwią?! – dokończył wściekle, łapiąc za głowę i wywalając ją przez okno. – Mam, kurwa, dość!

Suhael jęknął, a raczej zaskowytał ze zgrozy. Rud odwrócił się na pięcie, zamierzając wyjść z celi. Blady sięgnął ku niemu ręką, ale Malkolm ją odepchnął. Czerwone plamy zaczęły przysłaniać mu wzrok.

– Puszczaj! – warknął. – Puść, bo w mordę dostaniesz!

Nadżywy cofnął się, oklapł, oparł plecami o ścianę. Jego szare oczy otoczone przez błękitne żyłki zdawały się lśnić. Otworzył usta, ale nic nie powiedział. Nie było to potrzebne.

Znad Kościstego Lasu zerwały się chmary skrzeczących pterów i gdzieś uderzyło coś na kształt mosiężnego dzwonu. Padający na postument promień czerwonego słońca zamigotał i zgasł. Ktoś w dole krzyknął. Do krzyku dołączył chór innych krzyków.

Nadchodził Pomrok.

Altosie!
Wzbudziłeś mój gniew twym ostatnim listem. Zadajesz w nim bowiem pytania, które nie przystoją dowódcy czterech Szeregów Zakonu i samej Czarnej Katowni! Do tego w kilku miejscach – co już samo w sobie dowodzi ogromu twej głupoty – powątpiewasz nawet w rozkazy Najwyższego. I robisz to ty, mój spadkobierca! Wybrany spośród dziesiątek mych pomiotów! Czy chcesz przez to powiedzieć, że dokonałem złego wyboru? Czy mam cofnąć swe łaskawe namaszczenie?
Czego nie rozumiesz w pojęciu Nieskończona Wojna? Czy nie jest oczywiste, że skończy się ona wówczas, gdy On tego zapragnie... o ile to w ogóle nastąpi? Trwa już od er i pytanie o jej początek czy słuszność uwłacza Jego postanowieniom! Jak myślisz, głupcze, czy On sam zadałby takie pytania? Czy byłby na tyle nierozsądny, by ferować w tej sprawie wyroki? Nieskończona Wojna musi zatem trwać i wie o tym każdy, kto ma zaszczyt służenia Zakonowi! Czego tu nie rozumiesz? Czyżby dosięgła cię Słabość?!
Sztuki wojny uczyli cię najznamienitsi mistrzowie dowodzenia. I śmiesz pytać, czy wolno ci wykorzystać swą przewagę? Snujesz strategiczne plany, które mogłyby doprowadzić do zachwiania równowagi sił... Zachowujesz się tak, jakbyś naprawdę pragnął destabilizacji kluczowych obszarów! I ośmielasz się jeszcze wysyłać mi owe plany, bym je zaaprobował! Mój własny pomiot zdrajcą? Głupcze! Czy chcesz, by dosięgło nas bluźnierstwo Blasku?! Czy pragniesz, by nigdy nie dotknęło nas Wyzwolenie Pomroku?!
Nie pisz już więcej do mnie w tej sprawie! Utrzymaj granicę, którą ci wyznaczyłem! Nic więcej i nic mniej! Albo – klnę się na Iglicę – osobiście poderżnę ci gardło.

Trzecie Ramię Czarnej Katowni, Dunel Hebes

ROZDZIAŁ TRZECI
POMROK

Malkolm nie rozumiał, co w zasadzie widzi.

Zbiegł po krzywych schodkach wieży. Przez wykusze i dziury sączyło się umierające światło i już wtedy wyczuł, że coś się nie zgadza. Chodziło o samo powietrze, a może o snop słonecznych promieni – były jakby gęstsze. Rud czuł, że niemal może ich dotknąć.

Suhael został w celi. Kompletnie go sparaliżowało. Nie spodziewał się pewnie, że Malkolm będzie zdolny do takiego ruchu. Wraz z przyniesieniem głowy trupa wszystko się posypało, zamiast się naprawić. Ale Ruda niewiele to już obchodziło. Wypadł z wieży, niemal wyważając drzwi. Był wściekły.

Na zewnątrz powitał go zmierzch. Był to jednak ostatni jego poblask, coś na kształt powolnego tchnienia. Wszystko tonęło w ciemniejącym pomarańczu, ale na pokrytym płytami dziedzińcu widać było również pasma czerwieni, szybko ustępujące narastającej czerni. Widoczny w oddali Kościsty Las szumiał i trzeszczał. Wzlatywała z niego chmara pterów. Skórzaste ptaki skrzeczały przeraźliwie, ale Malkolm był pewien, że słyszy coś jeszcze – niczym zawodzenie niewidzialnego wichru. Czyżby kolejna burza? Czy o to był cały ten raban?

Kto jednak wrzeszczał?

Rozejrzał się nerwowo. Ludzi wywiało: może pobiegli za Drugą Bramę, może schronili się w dworku. Wciąż jednak słyszał krzyki – niektóre przypominały zawodzące crescendo, inne urywały się i zmieniały w gardłowe rzężenie. Banda wariatów! Powinien się był stąd wynieść od razu, gdy tylko zobaczył tego całego Torka z jego łysą małpą. Pomrok? Owszem. Umysłowy. Skrzywił się w duchu. Jeśli się poukrywali, ich sprawa. On miał serdecznie dość.

I w tym momencie dojrzał stojącą nieopodal sylwetkę. Dziewczyna – tak, tego był pewien. Stała bez ruchu tuż obok Drugiej Bramy. Trudno było powiedzieć, czy zamierzała uciec do dworku, czy zbiegła z jego wnętrza – dość, że zatrzymała się i wpatrywała czujnie w ostatnie pasma słonecznego różu. Bała się wejść w to światło i bała się stać dalej w mroku – coś ją zakleszczyło pomiędzy jednym a drugim wyborem.

Gdzieś dalej, za Drugą Bramą, trwała kotłowanina. Do Malkolma docierały jej urywane odgłosy, ale nagle zrobiło się tak cicho, że przez chwilę mężczyzna uwierzył, że są tu sami. On, stojący niepewnie pod wieżą, i dziewczyna, którą rozpoznał dopiero, gdy przeszedł kilka kroków. Elżbieta – pokrzywkowa dama od dalekosiężnych planów zaciągnięcia Skrzywionego do łoża.

– Hej! – Nie wiedzieć czemu zrobiło mu się głupio. Ona chyba naprawdę się bała. – Wszystko w porządku?!

Nie odpowiedziała, choć zerknęła w jego kierunku. Malkolm przyspieszył. Odległość nie była duża – maksimum sześćdziesiąt, siedemdziesiąt metrów – i powinien dobiec do niej w kilkanaście sekund, ale coś powstrzymało go w połowie drogi. Może była to ta dziwna cisza, może bezgłośny podmuch zimnego powietrza, a może fakt, że ostatnie promienie zachodzącego słońca zamigotały nagle i przygasły, ustępując miejsca rozlewającej się czerni.

Dziewczyna krzyknęła.

Jej głos wydał się mu dziwnie przytłumiony, jakby coś ją zagłuszało. A potem Rud zobaczył, jak Elżbieta się uśmiecha i wchodzi w cień. W mroku jej sylwetka nagle się rozluźniła, zniknął gdzieś wcześniejszy paraliż. Nie patrzyła już w jego stronę.

– Skrzywiony!

Głos doleciał z tyłu. Malkolm zawahał się, obrócił. Pod wieżą stał Suhael. W jednej ręce trzymał swój miecz, w drugim Szydło.

– Nie podchodź! – wrzasnął blady.

– O co ci znowu... – zaczął Rud, ale coś w postawie Nadżywego sprawiło, że odwrócił się gwałtownie i spojrzał w miejsce, gdzie jeszcze przed chwilą stała Elżbieta.

Dziewczyna zniknęła.

Musiała czmychnąć za Drugą Bramę, ale nie miał pewności. W dodatku coś się działo – cisza zaczęła już ustępować, jakby doszło do przesilenia, i nagle narastającą falą doleciał do Malkolma przyblokowany odgłos krzyków, szumów, dziwnie zwierzęcych wrzasków, szczęku oręża. Ktoś tam kogoś z wyraźnym zaangażowaniem tłukł.

– Nie utrzymają muru! – krzyknął ponownie Suhael. – Głowa! Gdzie jest głowa?!

– O czym ty znowu...

– Uważaj!

Elżbieta wyskoczyła z cienia niczym rozmazana czarna smuga. Zanim Rud się zorientował, uderzyła go w pierś, tak że upadł do tyłu, na moment tracąc dech. Cud, że nie złożył się jak scyzoryk. Nie była może silna, ale szybka.

Zatrzymała się teraz, a w jej ruchach była jakaś pokrętna logika. Stanęła, tak dobierając miejsce, by pozostawać w najciemniejszej części dziedzińca, pod rosnącym tuż obok kościstym drzewem.

– Pomrok! – wychrypiała. – Pomrok!

Malkolm zawahał się. Niby widział ją wyraźnie, ale nie miał pewności, czy rozpoznaje rysy. Twarz wyglądała na zniekształconą przez cienie, sylwetka kurczyła się w mroku. Zmrużył oczy. Tak szybko się zmieniła? Jak?

Skoczyła ku niemu ponownie. Przez ułamek sekundy zobaczył jej twarz – skrzywioną i szarą, z czarnymi bliznami po płynących łzach. Spróbował przyjąć obronną postawę bokserską, ale nie na wiele się to zdało. Dziewczyna zwaliła się na niego całym ciałem, usiłując go ugryźć i wydłubać mu oczy. Powstrzymał ją przed tym w zasadzie w ostatniej chwili. Jej ręce były zimne, twarz zmieniła się w upiorną maskę.

– Pomrok! – wycharczała.

Wtedy uderzył ją z główki, łamiąc jej nos i zrzucając ją z siebie jednym gwałtownym ruchem. Wstał szybko, widząc, jak Elżbieta usiłuje odczołgać się w cień. W tym jednak momencie dobiegł do niej Suhael i na oczach przerażonego Ruda wbił jej miecz w plecy.

Dziewczyna zadrgała, wyciągnęła do tyłu ręce, by złapać za ostrze, ale blady mężczyzna naparł mocniej, przygniatając jej ciało do ziemi. Oniemiały Malkolm patrzył, jak pokrzywkowa dama wije się wściekle niczym przydeptana żmija, aż wreszcie Nadżywy oparł na niej stopę i wyszarpnął broń.

Chlusnęło czarną, jakby zakrzepłą krwią. To wszakże nie wystarczyło: Elżbieta nadal drgała, charczała, wierzgała, uderzała rękami o kamienne płyty dziedzińca.

– Głowa! – warknął Suhael, odwracając się do Ruda i wciskając mu w rękę Subulam. Malkolm nie odpowiedział. – Szybko! Skrzywiony!

– Co...? – wymamrotał Rud. Trzymana w dłoni rękojeść zdawała się ciepła.

– Nadchodzą!

Trudno było powiedzieć, co przybyło pierwsze – cień czy wrzask. Dość, że Druga Brama wypełniła się nagle oszalałymi wieśniakami. Biegli w kierunku Wieży i Malkolm szybko dostrzegł, że wyglądali podobnie jak przemieniona dziewczyna. Ale nie było to wszystko. Za nimi coś narastało: niejasna plątanina Kościstego Lasu, który zdawał się przesuwać w kierunku grodu, i zbieranina nieokreślonych sylwetek – wyższych i niższych od ludzi, niby zwierzęcych, ale humanoidalnych. Rud stał jak sparaliżowany, z otwartymi ustami.

– Nadchodzą! – krzyknął Suhael.

Na oczach Malkolma jeden z biegnących mężczyzn zatrzymał się nagle i opadł na czworaki. Okrywający go cień zdawał się go pochłaniać, zamazywać mu kontury. Twarz zmieniła się w niewyraźną plamę. Kolejny wieśniak przeskoczył nad nim, wykręcając ciało w bok tak, że Malkolm usłyszał niemal chrupot pękających kości. Tuż obok przemknęło zwinne jak małpka dziecko. Było szybkie i zamglone niczym rozmazana smuga, ale Rud zobaczył wyraźnie jego świecące oczy.

– Nie ma czasu! – Blady nachylił się i szarpnął Malkolma za ramię. To go otrzeźwiło. Odwrócił się i zaczął biec, z początku nieskładnie, potykając się i ściskając w dłoni nieporęczne Szydło.

Suhael znów krzyknął coś o głowie, ale Malkolm nie słyszał jego rozpaczliwego nawoływania. Nie myślał już – chciał tylko uciec od wyjącego za plecami koszmaru, gry gasnącego światła i zwycięskiego cienia. Skierował się w stronę bramy dworku.

Pędzący dzieciak wyminął Ruda i stanął, zagradzając mu drogę. Z jego przykucniętej sylwetki parowała ciemność. Poszarzała twarz, która straciła naturalny kolor, roztapiała się i rozciągała, jakby coś rozluźniło wszystkie jej mięśnie, tworząc miękką maskę z trudem osadzoną na czaszce. Wyglądało to upiornie, ale najgorsze były oczy. Dziwne bielmo pokrywające oczy mieszkańców Kruczej Wieży i zagadkową szarość ich tęczówek, jakby wieśniacy pozakładali specjalne szkła kontaktowe symulujące zaćmę, Malkolm zauważył już wcześniej. Oczy dzieciaka składały się jednak z samego bielma niczym u ptera. Rozciągnięta skóra częściowo zasłaniała je od strony opadających powiek, ale obwisłe policzki sprawiały, że pod białymi gałkami widniała krwista czerń wyciągniętego na wierzch mięsa.

Dziecko skoczyło na niego bez ostrzeżenia, nie wydawszy nawet jednego dźwięku. Rud zamachnął się Szydłem. To był odruch, i choć wyrzucał to sobie później, odruch wyjątkowo celny. Ostrze przejechało po klatce piersiowej i Malkolm zobaczył, jak po sztychu płyną błękitne iskry wyładowania elektrycznego. Nie wiedział, czy ugodził śmiertelnie, ale cios wystarczył, by dzieciak upadł z lekko przypalonymi szatami.

Malkolm krzyknął, nie zdając sobie nawet z tego sprawy. Kątem oka dostrzegł jeszcze pędzącego ku niemu plugawca. Pokryty cieniem stwór ciągnął za sobą ciężki łańcuch i tylko to uratowało Ruda przed atakiem. Sekundę później Suhael popchnął go wprost w drzwi prowadzące do dworu Kruczej Wieży.

Reszta rozegrała się jak w malignie. Malkolm wpadł do sali pełnej przerażonych ludzi, którzy natychmiast zaryglowali drzwi i dosunęli do nich znany mu już stół. W słabym blasku pochodni ktoś krzyczał, ktoś upuścił źle trzymany oręż. Rud zakręcił się, potknął i zobaczył przerażoną twarz Gemroda. Grubas złapał go za ręce, pociągnął.

– Pomrok, Skrzywiony! – wydarł się piskliwie. – Ocal mnie przed Wyzwoleniem!

Zanim Rud zdążył coś odpowiedzieć, wkroczył Suhael. Blady odepchnął z wyraźną pogardą Gemroda, który poleciał do tyłu, niemal przewracając się na ziemię.

– Słaby – ogłosił, z niesmakiem patrząc wprost w szkliste oczy biedaka. – Powinieneś zdechnąć!

– Zostaw... – zaczął niepewnie Malkolm, ale w tym momencie atakujący dobiegli już do dworku.

Zamknięte odrzwia zatrzeszczały, obecny w sali drugi plugawiec zaskowytał, ludzie dobiegli do wrót wejściowych. Wtedy jednak trzasnęło okno z witrażem i do środka wpadł niknący w cieniu kształt.

To musiało być zwierzę, ale Rud nie widział nigdy czegoś podobnego. Humanoidalne i nagie, podobnie jak rumak Suhaela wyglądało na uformowane z samych mięśni. Tak mógł wyglądać człowiek, z którego zdarto całą wierzchnią powłokę, pozostawiając porośnięty żyłami, krwisty mięsień. Stwór obrócił głowę, węsząc w pochylonej pozycji. Długie ręce sięgały mu do kolan.

Oczy potwora lśniły w ciemności bladym światłem – a może łapały tylko poblask płonących pochodni. A potem bezskóry skoczył ku jednemu ze służących i wgryzł mu się w gardło. Był to jego pierwszy i ostatni atak. Tuż nad nim wyrósł nagle Grotz. Karzeł uniósł swój morgensztern i na oczach osłupiałego Malkolma rozłupał szkaradzie czaszkę. A potem grzmotnął w nią jeszcze raz, fachowo oceniając swe dzieło.

– Okna! – wrzasnął, odpychając nogą martwe stworzenie. Zaatakowany sługa, mimo ran, zaczął się podnosić, ale Grotz ku zdumieniu Ruda walnął go prosto w potylicę. – Okna! – wydarł się. – Pomrok napiera!

Ostrzeżenia nie trzeba było powtarzać. Przez rozbite szkło przedostał się właśnie oszalały wieśniak, ale załatwił go jeden z przybocznych Suhaela. Do potencjalnych dziur w obronie biegli już ludzie, podając sobie cokolwiek, co mogło zablokować atakujących. Nie na wiele się to jednak zdało – przez okno przedostał się kolejny bezskóry, tym razem przypominający kobietę o długich, wciąż doczepionych do czaszki włosach, i coś jak nieforemny cień byłego plugawca. Zginęli oboje. Przerażona tłuszcza rozgniotła ich na miazgę. Ale już napierali następni.

To był jakiś kompletny chaos. Malkolm kręcił się to w lewo, to w prawo, dostrzegając co najwyżej migawki scen. Pękające pod kolejnymi uderzeniami drzwi. Zaatakowany przez bezskórego potwora wielmoża, który wstaje z poszarzałą, rozciągniętą twarzą i rzuca się na Grotza. Dociśnięta do kąta kobieta, usiłująca drżącymi dłońmi wcisnąć do brzucha parujące, wyrwane wnętrzności. I wyjąca głośno dziewczyna, która po przedostaniu się przez okno wspina się po ścianach dworku niczym jakiś oszalały pająk. Kompletne szaleństwo. Rud w odruchu uderzył mieczem prosto w szparę, która zaczęła rozrastać się w drzwiach niczym ropiejąca rana. Coś ugodził – coś, co zawyło i cofnęło się, by znowu zaatakować. Machnął ponownie Szydłem, z zaskoczeniem obserwując, jak z ostrza błyskają kolejne iskry wyładowania. Prąd, pomyślał dziwnie spokojnie. Cholerny miecz jest pod prądem.

Sekundę później drzwi puściły i do środka wlał się niekształtny tłum. Oszalali mieszkańcy Kruczej Wieży – w mniejszym lub większym stopniu skażeni czymś, co nazywali Pomrokiem. A także bezskóre istoty, które cuchnęły trupem. I nieokreślone cieniste kształty – niby zwierzęce, a niby ludzkie – które wyjąc, skoczyły na ocalałych. Ciągnął z nimi cień, pasma stężonej ciemności rozlewającej się po ziemi niczym strumienie smoły. Ta zasysająca światło ciemność sprawiała, że od patrzenia w nią kręciło się w głowie. Ale – co Malkolm wyczuł w jednej przerażającej sekundzie – cień także przyzywał do siebie. Chciało się go dotknąć. Dotknąć i o wszystkim zapomnieć.

– Skrzywiony! – Suhael szarpnął go i Rud poddał się temu szarpnięciu. W dworku trwała już regularna bitwa i rozłupane drzwi prowadziły na pusty w sumie dziedziniec, pokryty pasmami czerni. – Głowa! Szybko!

Malkolm wybiegł tuż za Nadżywym, zostawiając za sobą krzyki i rzężenia mordowanych. Uderzył mieczem, nie widząc nawet, w co uderza, pobiegł, skręcił w prawo. Głowa Gerdy musiała gdzieś tu być, leżąc w ciemności pod wieżą, ale nic nie widział. Zobaczył za to co innego.

Druga Brama zniknęła.

Na jej miejscu – jak i całego muru wewnętrznego – rósł Kościsty Las. Ściana powykręcanych drzew nie wyglądała jednak normalnie – raczej jak migotliwy, ciemny hologram. Wypełniała przestrzeń tak, jakby ją pożerała, i powoli krzepła w swą materialną formę. Razem z martwymi drzewami po kamiennej posadzce sunęły korzenie ciemności – rozpryśnięte strumyki czerni.

Suhael przeskoczył nad jednym, starając się nie dotknąć owego cienia. Spowijająca Kruczą Wieżę ciemność podzieliła się na dwa rodzaje – tę zwykłą i tę ożywioną, rosnącą w przestrzeni niczym rak.

Nadszedł Pomrok.

– Nie ma jej! – jęknął Blady. – Nie widzę!

– Tam! – wychrypiał zdyszany Malkolm. Głowa trupa leżała nieopodal wielkiej wyschniętej fontanny, którą zauważył, gdy po raz pierwszy minął Drugą Bramę. – Wezmę ją...

– Uważaj!

Rud zatrzymał się. Spojrzał w dół. I zrozumiał, że nieopatrznie wszedł w ciemność.

Gruby jak ramię rosłego mężczyzny strumień cienia parował lekko, dociśnięty więziennym butem. Malkolm uniósł głowę i spojrzał na wyraźnie zdumionego Suhaela. Coś się najwidoczniej nie zgadzało. I szybko zrozumiał co.

Czarny strumień się cofnął.

W jednej sekundzie Rud stał na nim, w drugiej – ciemność odsunęła się od niego niczym oparzona. Na jej powierzchni zamigotały niebieskobiałe iskry napięcia. Rud zamrugał.

– Skrzywiony... – szepnął Suhael.

Nie było czasu, by analizować zjawisko. Malkolm zerwał się, pobiegł. I złapał za głowę Matki Gerdy.

– Mam! – odkrzyknął i to wyrwało Nadżywego ze zdumienia. Obaj ruszyli w stronę wieży, nie patrząc za siebie, a już na pewno nie w stronę widma Kościstego Lasu, które pęczniało i rosło, tak że wszystko coraz mocniej ogarniała atramentowa ciemność.

Coś przybywało – coś zza linii widmowych drzew, niosąc ze sobą złowieszczy pomruk i klekot, ale Ruda niewiele to obchodziło. Był już w połowie drogi do wieży, gdy zauważył jeszcze, że jakieś podobne do człowieka stworzenie – ale o wielkich, niby nietoperzowych skrzydłach – uczepiło się drewnianej podpory budowli i otwiera nienaturalnie szeroko szczękę, by wydać niski, gardłowy jęk.

– Nie patrz! – syknął Suhael. Ale Malkolm patrzeć nie zamierzał. Doleciał do drzwi i skierował się na krzywe, zniszczone schodki.

Trzymając w prawej dłoni rękojeść miecza, a w lewej siwe włosy trupiej głowy, na moment stracił równowagę, ale zerwał się i popędził dalej. Biegli na sam szczyt, do celi z postumentem, jakby gnała ich chorobliwa gorączka. I może tak właśnie było.

Zapewne dlatego nie zauważyli, kiedy ich zaatakowano.

Jedna z dziur w ścianie wieży wypełniła się nagle mrokiem. Coś uczepiło się krzywych kamieni tworzących budowlę i wyrwało kilka z nich, usiłując wgramolić się do środka. Suhael przebiegł obok, nie zauważając zagrożenia, ale Rud zatrzymał się, z przerażeniem widząc, jak skrzydlaty, upiorny stwór dostaje się do środka i blokuje mu przejście.

Istota wyglądała jak naga, chuda, łysa kobieta, a jej skrzydła przypominały płachty zakrwawionej skóry pokryte grubymi, ciemnymi żyłami. Zanim się odwróciła, Malkolm dostrzegł, że skóra musiała pochodzić między innymi z jej pleców – obnażone mięśnie ledwo osłaniały szary, pokryty żyłami kręgosłup.

– Pomrok! – syknęła, opierając się dłońmi o ściany. Jej głos przypominał głos starej, zachrypniętej kobiety i słychać w nim było dziwny głód. – Pomrok!

– Cholera jasna... – wymamrotał Rud. Istota uśmiechnęła się, otwierając usta tak szeroko, że z pewnością szczęka wypadła jej z zawiasów. Zamknęła ją zresztą zaraz z głośnym chrzęstem. Jej potworne skrzydła zadrgały.

– Nasze! – wyjaśniła piskliwie. – Nasze!

Malkolm nie odpowiedział. Wyciągnął ku niej ostrze.

– Wynoś się! – krzyknął, ale wynaturzona kobieta zachichotała tylko i skoczyła w dół schodów. Wtedy coś w nim pękło. Może wcześniej miał jakieś wątpliwości, może działał odruchowo, może nie do końca zdawał sobie sprawę z sytuacji. Ale teraz, widząc pędzącego ku niemu upiora, wbił Subulam prosto w wychudłą klatkę, pomiędzy drobne piersi, i docisnął tak, że wyraźnie dostrzegł iskry wyładowania elektrycznego.

Istota szarpnęła się. Jej ślepe, białe oczy rozpaliły się przerażeniem. Usiłowała złapać za ostrze, ale cofnęła ręce, gdy tylko strzeliło napięcie. Warknęła gardłowo i Rud zauważył, że z oczu znika jej bielmo. Zaczęła donośnie charczeć. A potem, po sekundzie, która wydała mu się wiecznością, dopadł ją Suhael.

Blady mężczyzna dostrzegł wreszcie, co dzieje się na schodach, zawrócił i odciął głowę potwora jednym prostym cięciem. Bezgłowe ciało osunęło się na schody. Malkolm wyszarpnął Szydło.

– Szybko! – ponaglił go Nadżywy. Rud nie odpowiedział. Działał jak automat: przeszedł nad wciąż drgającym ciałem, starając się na nie nie patrzeć i nie czuć wyraźnej woni przypalonej skóry.

Zostało im zaledwie kilkanaście metrów.

Z dołu wciąż słychać było odgłosy walki. Na zewnątrz narastała ciemność. Malkolm z Suhaelem nie patrzyli jednak przez wykusze i dziury wieży. Interesowała ich jedynie cela, do której wreszcie dopadli, zdyszani i wykończeni.

– Postument! – krzyknął Suhael. – Szybko!

Rud położył głowę Matki Gerdy na wyciosany z kamienia blok.

– Krew! – rzucił Blady. – Doprowadź do upodlenia!

– Jak mam...

– Daj jej krew, Skrzywiony! Czy nigdy tego nie robiłeś?

Żebyś, kurna, wiedział. W przypływie intuicji Rud przejechał jednak wnętrzem dłoni po ostrzu Subulam, starając się, by nie mieć kontaktu z zakrzepłą krwią zabitej poczwary. Cięcie było gładkie i tym razem nie pojawiły się iskry. Malkolm wysunął dłoń, by skropić głowę trupa.

– Do ust, Skrzywiony! – jęknął Nadżywy. – Musi się napić twej krwi! Szybciej!

Jeśli trzeba będzie ją jeszcze całować, spasuję, pomyślał z obrzydzeniem Rud. Przed oczami stanęła mu obłąkana Gerda całująca trupa w Czatowni i robiąca z niego upiorną pacynkę. Krzywiąc się niemiłosiernie, przechylił wszakże zewłok i pozwolił, by w półotwarte usta trupa wpadło kilka kropel czerwonej cieczy. Potem odsunął rękę.

– Dokonało się... – szepnął Suhael.

Rud wciągnął ciężko powietrze, opanowując narastające torsje. Chciał coś powiedzieć, ale zabrakło mu słów. Cudnie, pomyślał. Łeb trupa. Nie mogłem trafić do pieprzonej Narni, tylko do porąbanego horroru?

Na zewnątrz wszystko ucichło. Malkolm z początku nie zauważył różnicy. Wciąż słychać było krzyki i brzęk oręża. Lecz po chwili wszystko zaczęło niknąć jak cofająca się fala. Dostrzegł to w zanikającej ciemności. W mroku, który stał się nagle zwyczajnym brakiem światła. I w zniknięciu pomruku, który towarzyszył im od początku ataku.

A potem dostrzegł zmianę w otwartych oczach Matki Gerdy. Martwa głowa spojrzała w jego kierunku i poruszyła ustami, jakby pragnęła go przekląć.

To wystarczyło.

– Mam dość – wychrypiał Malkolm, nie patrząc na ożywiony łeb i kierując się ciężkim krokiem w stronę wyjścia z celi. – Mam dość.

Suhael nie skomentował. Ale Ruda nie interesowało, co powie. O wiele ważniejsze było dotarcie do komnaty. Szedł więc krok za krokiem po krzywych, wąskich schodkach, po omacku szukając drzwi. Oparł się o nie wreszcie i zaliczywszy ów etap, schylił się i zwymiotował.

Nawet w tym stanie wyczuł, że coś się nie zgadza. Wypluwał jednak dalej stęchłe powietrze zmieszane z krwią. Potwornie kręciło mu się w głowie, świadomość gasła. Wreszcie, gdy uwierzył, że zaraz wypluje sobie płuca, nacisnął na drzwi i wtoczył się do środka.

– Słodziak! – powitał go pter.

Rud nie odpowiedział. Miecz wyleciał mu z dłoni. Machnął ręką, próbując go złapać, ale chwycił tylko powietrze. Coś znowu się nie zgadzało. Gdy powoli niczym tonący statek osunął się na posadzkę, uświadomił sobie, w czym rzecz. Wciąż nie dochodził do niego brzęk padającego metalu.

Rozejrzał się dookoła, spróbował podnieść... i to był koniec. Ktoś nagle wyłączył światło.

Gdy wreszcie się ocknął, leżał w łożu. Ktoś uprzątnął brudną pościel i dał mu nową. Zauważył też z niejakim zdziwieniem, że był nagi i chyba go przemyto. Jego dawne ubranie leżało złożone na drewnianym stołku postawionym tuż obok łóżka. Przez okno wieży wpadały blade promienie Klejnotu.

Był dzień. Najwidoczniej Rud przespał całą noc, kiedy już urwał mu się film. W gruncie rzeczy możliwe, że przespał nawet część dnia. Dali mu się zatem wyspać, niespodzianka. Nie wiedzieć czemu, gdzieś w głębi był przekonany, że po prostu poderżną mu gardło.

Usiadł w pościeli, niepewnie rozglądając się po komnacie. Nie było w niej Słodziaka – to zauważył od razu. Do małego pomieszczenia wstawiono też dodatkowe meble: krzywe rzeźbione krzesło z leżącymi na nim tkaninami i kolejny stołek, na którym ktoś zapobiegawczo ustawił wypełniony wodą cebrzyk. Postarali się. Niemal full service. Brakowało tylko żarcia.

Malkolm przetarł twarz. I zamknął oczy. Przez chwilę nie chciał unosić powiek. Nie miał ochoty patrzeć na niewielką komnatę, okno i niedbale połączone kamienie tworzące ścianę wieży. Przede wszystkim zaś nie chciał widzieć powieszonego na ścianie Subulam. Miecz dostrzegł po przebudzeniu od razu, tak samo jak jego długą, czarną pochwę podpiętą do rzemieni. Szybko odwrócił wtedy wzrok. Czuł, że jeśli zapatrzy się w wyczyszczone, lśniące ostrze, koszmar powróci.

Małe kroki, pomyślał. Hasło zapamiętane z jakiejś reklamy albo podręcznika. Małe, niewielkie stąpnięcia. Najpierw oczy. Potem cebrzyk. Następnie...

Następnie głowa, dopowiedział sobie. Martwy, poruszający ustami łeb nakarmiony krwią. I bezskóre potwory.

– Oczywiście – mruknął do siebie. Głowy, obłąkani wieśniacy o szarych twarzach, cienie i tak dalej. – Wszystko pięknie – dodał, otwierając oczy. – Pieprzony koszmarek.

W sumie trudno powiedzieć, kiedy to wszystko zaczęło naprawdę wyglądać na koszmar. W chwili, w której zarżnął kobietę, która wyhodowała sobie skrzydła z własnej skóry? A może już znacznie wcześniej? Nie wiedział. Może wtedy, gdy udusił jakąś babcię na tutejszej wersji cmentarza.

Malkolm powoli, nie śpiesząc się, zaczął się zbierać z łóżka. Wstał i z ociąganiem spojrzał na to, co mu zostawiono. Ubranie, uznał, sięgając ręką do krzesła. Świeża i czysta czarna tunika, chyba podszyta lnem, zapinana na ręcznie robione guzy. Z rękawami do łokci. I spodnie – także z szarego mocnego lnu, ściągnięte skórzanym pasem. Ktoś się pięknie postarał. Pas nabity – jakżeby inaczej – czymś wyglądającym na mosiężne ćwieki. Oraz brązowe skórzane buty... chyba całkiem solidne, wciągane niemal do kolan – na oko znacznie lepsze od więziennych, zapinanych na rzepy bezmarkowców. Wyprano mu też drelich i habit Matki Gerdy, który przy okazji pocerowano. Więziennego stroju zakładać nie zamierzał, ale habit z kapturem – tym bardziej doprowadzony do stanu używalności – nie był złym pomysłem.

Kiedy uszyli mu to wszystko? Wzięli miarę?

Bogu dzięki, że zajęli się też bielizną. Bawełniany podkoszulek, więzienne gacie i skarpety wyglądały także na uprane i osuszone. Co to miało być? Podzięka za tę całą paranoję z pękniętym, a potem zrośniętym Kręgiem? Możliwe. Skrzywiony zrobił swoje, pomyślał.

Zaczął się ubierać. Najpierw znana mu świetnie bielizna, a potem podrzucony strój. Z pewnością był bardziej wygodny i solidny niż drelich, ale Malkolm zakładał go z ociąganiem. W głowie nadal tłukły mu się niewesołe myśli, gasnące powoli, gdy zapiął już pas i wciągnął na siebie zreperowany i oczyszczony habit.

Kawa, coś na ząb i spadam, pomyślał. Tu się niczego nie dowiem. Sami mówili, że to Odstępy... jakieś zadupie świata i, jak dla mnie, zbyt blisko Pomroku. Trzeba przejść się do cywilizacji; miejsca, w którym być może znają sposób, by się stąd wydostać. Ile stąd może być do jakiegoś miasta? Dziesięć, piętnaście kilometrów? Trzydzieści? Spakuję, co trzeba, i znikam. Ten cholerny las nie może się ciągnąć wiecznie... Nachylił się nad cebrzykiem i przemył twarz, po czym skierował się do wyjścia... by zatrzymać się nagle i popatrzeć na wiszące Szydło. Cóż, skoro po drodze mogło dojść do kolejnych przepychanek, pomysł, by zabrać ze sobą jedyną dostępną broń, nie był taki zły. Tym bardziej że wyglądało na to, że za pomocą pochwy i rzemieni będzie mógł przytroczyć to cholerstwo do pleców. Wygodnie, choć z drugiej strony... co on wiedział o szermierce? Będzie tym machał jak cepem, tak jak ostatnio? Idiotyzm. Mniejsza zresztą o większość. Lepiej to założyć. Bądź co bądź wszyscy mieli tu świra na punkcie tego całego Subulam. Żelastwo mogło się więc przydać.

Sprawa okazała się prosta. Zakładało się to niemal jak plecak, choć pasy przecinały klatkę piersiową krzyżowo. Po dociągnięciu rzemieni Malkolm spróbował sięgnąć po miecz. Udało się – wyciągnął go gładko, gorzej już było z włożeniem ostrza z powrotem. Przydałoby się lustro, by widzieć, gdzie należy trafić... nie mówiąc już o tym, że nie był w stanie tak wysoko unieść rękojeści, by trafić w otwór końcówką sztychu. Mógłby złapać za ostrze... ale żal mu było palców.

W końcu, zrezygnowany, zdjął ustrojstwo, by włożyć Szydło, i dopiero wtedy przytroczył je ponownie.

– Nie wyciągać bez potrzeby – mruknął. – Zaliczono. Świetnie. No to idziemy.

Po niedawnej batalii na schodach nie został żaden ślad. Oczywiście w ścianie wciąż ziała dziura, ale to niewiele znaczyło. Może była wcześniej, tylko Rud jej nie przyuważył? Co do reszty – nigdzie nie było widać krwi. Schody wyglądały na czyste i dopiero gdy wytężył wzrok, Malkolm zauważył jakieś ciemne plamy. Ale to także nie był żaden dowód na to, co tu się odbyło.

– Szukajcie, a zgłupiejecie – mruknął do siebie, schodząc po ostatnich stopniach.

Nie miał już ochoty na dalsze analizy. Jak to było z tymi małymi kroczkami? Proste, łatwe do realizacji cele. Cel numer jeden – kawa i śniadanie. Cel numer dwa – oporządzenie przed podróżą. Cel numer trzy – sama podróż. I cel numer cztery – cokolwiek, co umożliwi mu kontakt z córką. Pod tym kątem nic się nie zmieniło.

Na zewnątrz było chłodno i jasno. Jesień? Na Ziemi... gdy wsadzali go na krzesło, było upalne lato – zatem i pora roku się nie zgadzała. Ale ten problem wepchnął do myślowej przegródki z napisem „drobiazgi". Trafił do innego świata i miał przejmować się różnicą pór roku? Ważne było co innego – jak szybko się stąd wydostać. Na razie rozejrzał się krytycznie, znów szukając śladów niedawnej walki. I starając się nie patrzeć na wielkie, czerwone słońce.

Tu też wszystko już uprzątnięto. Musieli uwijać się jak pracowite mrówki. W oddali nadal stała Druga Brama i sam mur – ale to go nie zdziwiło. Nigdy nie było tu przecież Kościstego Lasu, a zaledwie gra cieni, przywidzenie... a przynajmniej miał taką nadzieję. Jedyne drzewa rosnące na dziedzińcu były tymi, które zapamiętał – martwe, łyse maszkary, pokryte dziwnym śluzem, z rozczapierzonymi gałęziami. Nic, tylko się na nich powiesić. Reszta także wyglądała jak wcześniej. Ta sama popękana i nieczynna fontanna, ten sam wyłożony starymi płytami plac. I ten sam dworek... choć tu już coś nie pasowało. Brakowało przynajmniej połowy drzwi i okien. A jednak.

Malkolm ruszył tam szybkim krokiem, mijając po drodze kilku wgapionych w niego wieśniaków. Kierunek był logiczny – jeśli miał coś zjeść i zabrać jakiś prowiant, to tam właśnie go znajdzie. Nie miał co prawda pojęcia, która jest godzina, ale musieli chyba mieć jakieś zapasy, które można było wyciągnąć już po obiedzie.

– Skrzywiony!

Rud zatrzymał się gwałtownie. Znał ten głos. Tork. Skrzywił się, odwracając się w stronę nadbiegającego chłopaka.

– Wybacz... – wypalił Tork, zatrzymując się i w zasadzie zagradzając mu drogę. – Obudziłeś się!

Rud chrząknął.

– Tak. Ile...

– Dwa pełne dni, o, Skrzywiony – przerwał mu podekscytowany chłopak. – Nadżywy zakazał ci przeszkadzać, ale zajęto się tobą jak należy. Suhael wszystkiego dopilnował.

– Dwa dni?

– Nadżywy nie pozwolił, byś sczezł w upodleniu – wyjaśnił szybko Tork. – Karzeł pragnął cię zgładzić, lecz

Suhael nie pozwolił. Mówił, że twój jest Krąg, i taka jest prawda! Należy okazać pokorę przed mocą, czyż nie? Dziękuję za wiedzę i karę!

– Grotz chciał mnie zabić?

– Mówił, że jesteś słaby – powiedział z lekkim zaskoczeniem chłopak, jakby Malkolm dopytywał się o rzecz najbardziej oczywistą pod słońcem. – Mówił, że Pomrok powróci. Ale nastąpił kolejny brzask, a potem zmierzch, i nic się nie stało. Krąg przetrwał, o, Skrzywiony! A Nadżywy twierdzi, że może być nawet większy niż wcześniej.

– Większy? – nie zrozumiał Rud.

– Matka Gerda była stara... – wyjaśnił Tork. – Karzeł twierdzi, że była już Pęknięta. Wędrowała do Grobowych Gór grzebać wśród kości Odrzuconych. Opuszczała Kruczą Wieżę. Mamka Geles mówiła, że pragnie przebudzić swych własnych Niemartwych. Sądziła, że będą jej strzec, bo Liota to za mało, by utrzymać stary Krąg... choć wielu sądziło, że nie chciała jej do tego przyuczać. Zbyt bała się o swą własną władzę.

– Tak, jasne... – Malkolm kiwnął głową. Najważniejsze to nie dyskutować. – No właśnie, Liota? Co z nią?

– Nie wiem, Skrzywiony. Chyba zajęły się nią mamki. Sporo miały ostatnio roboty... – dodał chłopak ze złośliwą satysfakcją. – Sam dotknąłem cienia, lecz po tym, co uczyniłeś, zrzuciłem błogosławieństwo ciemności. Kilkoro jednak zostało w Pomroku i tym poderżnęły gardła. Lecz nikomu znacznemu, Skrzywiony! Nic bez twego zezwolenia.

– Bardzo mnie to cieszy – oznajmił sucho Rud. „Tym poderżnęły gardła". Operacja się udała, pacjent niestety zmarł. – Potem się tym zajmę. Na razie muszę wypić kawę.

– Kawę, Skrzywiony?

– Tylko nie mów mi, że tu jej nie ma – zmartwił się Malkolm. Co prawda więzienie przyzwyczaiło go do paskudnej lury, ale na myśl o tym, że przyjdzie mu całkowicie zrezygnować z pobudzającego napitku, zrobiło mu się zimno. – Pijecie coś na pobudzenie w tym waszym... średniowiecznym grajdołku?

– Jest krwawe wino...

– Niech będzie. I chcę coś zjeść.

– Tak, o, Skrzywiony! Pozwól, a pomogę!

– Działaj – mruknął Rud, ale Tork nie usłyszał już ostatniego słowa. Popędził w stronę dworku. Malkolm ruszył za nim wolnym krokiem.

Wyglądało na to, że nie uwolni się tak łatwo od tych ludzi. Piorą mu ubranie, z miejsca pędzą, by przygotować coś w kuchni. Aż tak byli wdzięczni? Ciekawe. Nie wyglądali specjalnie na sługi zła... Odruchy mieli raczej pozytywne, jak na świat, który rzekomo stoczył się w ciemność.

Rud przeszedł przez próg dworu, kierując się ku na nowo postawionemu stołowi.

Dawne pobojowisko już uprzątnięto. Tu też zniknęła krew, szkło, trupy. Po hali dreptała służba, znów tliły się pochodnie. Zabrakło tylko plugawca, choć pozostał po nim łańcuch.

Malkolm już miał przysiąść za stołem, gdy jedna ze służek zabrała mu niemal sprzed nosa krzywy drewniany zydel i zaczęła go nerwowo szorować, łypiąc na Ruda spode łba. Innych zydli nie było. Siedzisko, zrozumiał krzywiąc się w duchu. Wygląda na to, że będę musiał klapnąć na to przeklęte krzesło.

Z trudem powstrzymując się od westchnienia, obszedł blat i zbliżył się do starego mebla, dziwnie przypominającego znane mu doskonale krzesło elektryczne. W gruncie rzeczy – czemu nie? Nie widział żadnych kabli, chyba zatem go nie usmażą... Na wszelki wypadek dotknął jeszcze oparcia wierzchem dłoni i usiadł, czekając na obiecane jadło.

Jeśli spodziewał się, że coś się wydarzy, to czekało go rozczarowanie. Słudzy wciąż się kręcili, pochodnie rzucały migotliwy blask. Tak pewnie wyglądało życie w średniowieczu. Jeśli nie polowałeś, nie reperowałeś czegoś, nie oporządzałeś obejścia, nie siałeś i nie zbierałeś, to siedziałeś i gapiłeś się w przestrzeń, czekając, aż dzień się wypełni. Niezbyt zachęcająca perspektywa.

– To dla ciebie, Skrzywiony!

Wciąż podekscytowany Tork przyniósł naczynie z napitkiem i miskę gulaszu, który gotowano zapewne na minimum kilka dni.

Rud westchnął i chwycił za kubek. Upił łyk. Od biedy można to było wziąć za letnie americano z winem, uznał, krzywiąc się po pierwszym przełknięciu. Dało się pić i chyba istotnie pobudzało, choć na razie nieznacznie. Może gdyby to podgrzać, byłoby bardziej „kawowe"? Ujął drewnianą łyżkę, z niechęcią patrząc na gulasz. O dziwo, potrawa smakowała nieco lepiej niż wczoraj; może zdążyła się już przegryźć.

– Teraz, gdy już tu jesteś, z pewnością poszerzysz Krąg – dorzucił przymilnie chłopak. – Za Pierwszą Bramą mówią, że weźmiesz cały Kościsty Las i sięgniesz może za Grobowe Góry... Nadchodzą dni pełne chwały dla Kruczej Wieży! Z pewnością stworzysz kowen!

– Kowen? – mruknął Malkolm pomiędzy jednym a drugim kęsem.

– Potrzeba przynajmniej trzech Kręgów, by stworzyć kowen, lecz ty z pewnością tego dokonasz! Mogę się przydać – dorzucił ochoczo Tork. – Wiem, że służą ci Suhael i karzeł i że masz Liotę, lecz wiele razy zapuszczałem się w Grobowe Góry. Potrafię znaleźć tam rzeczy skażone przekleństwem Blasku i wiem, gdzie grzebać, by napotkać kości Odrzuconych. Kilka z nich mogłoby wzmocnić Krąg!

– Hmm...

– Wiem, gdzie są jaskinie plugawców na północy – dodał rzeczowo chłopak. – I wiem, jak je obejść. A kiedyś dotarłem do Szarej Połaci i widziałem w oddali wieżyczki kowenu Absalom. A to już przecież na granicy Odstępów, Skrzywiony! To prawie Dominium!

– Brawo – zgodził się Rud, kiwając zdawkowo głową. Nie szkodziło dowiedzieć się czegoś więcej o wyglądzie tej całej szopki. – A ten cały Absalom? – spytał, przypominając sobie rozmowę z Tifelem. – Ten... kowen? Daleko to?

– Kilka niskich promieni – odparł chłopak, niepewnie patrząc na palce. – Wychodzi, że jakieś siedem.

– Jakich znowu promieni? Wiesz, co to kilometr? Albo mila?

– Mila? Wiem tylko, co to promień lub sznur – odparł niepewnie Tork. – Niski promień to to, co widać, gdy patrzysz, stojąc. Tak daleko, jak sięga wzrok.

Horyzont, zrozumiał Malkolm. Dobrze. Zasięg ludzkiego wzroku to będzie średnio jakieś... pięć kilometrów, może mniej, o ile patrzy się na bardziej pofałdowany teren. Chłopak musiał zatem gadać o jakichś czterdziestu kilometrach. Niedaleko. Wystarczyło tylko wyjść z tego przeklętego lasu.

Oczywiście można by pójść w kierunku przeciwnym. Złapać chłopaka za kark i spróbować przejść razem z nim przez góry, ale po pierwsze, żaden był z Ruda taternik, a po drugie – samo przejście przez górski masyw było z pewnością o wiele bardziej męczące i ryzykowne. Trzeba wydostać się na niziny, a tym samym na liczniej zaludnione obszary.

Wszystko, żeby zostawić ten nienormalny świat. Wszystko, żeby wrócić do Lidii.

– Tork – odezwał się Malkolm, kończąc powoli gulasz – mam do ciebie prośbę. – Zanotował, że po słowie „prośba" oczy chłopaka zrobiły się nieco większe. – Załatw mi jakąś torbę podróżną, włóż do niej żywność na drogę i mapy okolicy. Muszę skoczyć na spacer. Pooglądam sobie ten... Krąg, tak?

– Tak, Skrzywiony... – odparł niepewnie chłopak. – Zrobię, co każesz.

– Świetnie – zgodził się Rud, z trudem powstrzymując się od zwykłego w tej sytuacji podziękowania. Tork i tak zerkał na niego dość podejrzliwie. – Zatem ruszaj – rzucił i odłożył łyżkę, a chłopak zerwał się, zanim jeszcze Malkolm zakończył zdanie. Rud westchnął i zabrał się za resztkę gulaszu.

Przez jakiś czas tkwił na Siedzisku, dopijając krwawe wino i zastanawiając się nad swoją sytuacją. Czterdzieści kilometrów... Przydałby się pojazd... bądź tutejszy odpowiednik takowego. Koń, pomyślał z przekąsem. To oskórowane, czarne paskudztwo, które Suhael nazywał svart.

Wszystko świetnie, tylko że Malkolm nie miał pojęcia, jak na czymś takim się jeździ. Prawdziwe konie widział chyba tylko raz – w jednym z zoo Cesarstwa. Wciąż istniały, ale kosztowały majątek.

– Udało ci się.

Głos dochodził z cienia rzucanego przez jedną z drewnianych kolumn podtrzymujących strop, ale Rud rozpoznał od razu chrapliwy ton karła.

– Masz Siedzisko – dodał Grotz, wychodząc z kryjówki. – I masz Krąg.

– Najwyraźniej – odmruknął Malkolm. Wcale nie miał ochoty rozmawiać. – Ale jeśli cię to pocieszy, to przereklamowana sprawa.

– Wiem, co mnie pocieszy – stwierdził burkliwie karzeł, patrząc spode łba na Ruda. W dłoniach ściskał swój morgensztern.

– To fajnie.

– Stawaj!

Malkolm westchnął.

– Słuchaj, chłopie – powiedział powoli, wpatrując się w zimne, bladoszare oczy Grotza, pokryte charakterystycznym dla mieszkańców Thei bielmem. – Od samego początku jest tu dość nieprzyjemnie. Obłąkane babcie, gotyckie dziewczęta, latające damulki i ta cała afera z Siedziskiem. Plus Pomrok. Może po prostu dajmy sobie spokój, co?

– Powiedziałem: stawaj! – syknął karzeł. W sali zrobiło się cicho, słudzy pochowali się po kątach. – Zobaczymy, jakiś silny, gdy Suhael nie chroni ci pleców!

– Nie będę się z tobą bił – oznajmił Rud. Karzeł zawahał się, a potem splunął na ziemię.

– Skrzywiony i Prosty – powiedział nieco drżącym głosem, wskazującym, że jego właściciel wypił sporo krwawego wina. – Skrzywiony i Tchórzliwy! Jesteś... słaby. Nie utrzymasz Kręgu! To powinienem być ja, nie ty.

– Jeśli tak ci na tym zależy... – zaczął Malkolm, ale karzeł nie dał mu dokończyć.

– Liota jadła mi z ręki! – warknął. – A Matka... Matka była już stara. Stara i słaba. Dotknięta przekleństwem śmiertelnych...

– Tak słyszałem – zgodził się Malkolm. Z wariatami najlepiej rozmawiać, aż się zmęczą. Ale Grotz nie wyglądał na wyczerpanego. Wręcz przeciwnie: coraz bardziej się nakręcał.

– To mogłem być ja – powiedział z naciskiem, ale w pozornie twardym głosie czaił się obłęd. – Zasłużyłem na władzę w Kruczej Wieży! Ja, nie Liota ani Suhael! Wszyscy wiedzą, że Nadżywi to zdrajcy. Są Skrzywieniem Prostego Prawa. I ulegają przeklętej mocy Blasku!

– Suhael... Miło, że o nim wspominasz – zauważył Rud, widząc, że podpity karzeł postąpił jeszcze jeden krok. – Nie wiesz może, gdzie się podział?

– Wybija płody Pomroku – oznajmił z pogardą Grotz. – Nie jesteś tak mocny, jak ci się zdaje, Skrzywiony. Zostawiłeś za sobą śmieci. Za późno dałeś jej krew! A teraz oddasz mi swoją.

– Słaby pomysł – zauważył Malkolm, ale karłowi najwidoczniej znudziła się konwersacja, bo zerwał się nagle, by ku zdumieniu Ruda wskoczyć jednym zręcznym susem na stół. Syknął, rozrzucając resztki zastawy, a chwilę później zamachnął się morgenszternem.

Tylko fakt, że Malkolm przewidział ten ruch, sprawił, że karzeł nie roztrzaskał mu czaszki. Rud uchylił się w bok, nabijana żelastwem pałka trafiła w oparcie Siedziska. Grotz jęknął – czy to z wściekłości, czy rozpaczy wywołanej uszkodzeniem ukochanego krzesła. Szarpnął i morgensztern ponownie uniósł się w powietrze, gotów do kolejnego ciosu. Ale Malkolma już tam nie było. Zeskoczył, jednocześnie sięgając po Szydło.

Miecz wyszedł gładko z pochwy, zupełnie jakby Rud robił to już wcześniej. Ostrze zabłysło białobłękitnymi iskrami. Karzeł zmrużył ślipia.

– To, co Skrzywione, już cię nie uratuje – orzekł trzęsącym się ze wściekłości głosem. – Łeb ci rozwalę!

– Nie dosięgniesz – zauważył Malkolm. Ale czas na konwersację się skończył.

Grotz zeskoczył z ławy i zamachnął się pałką. Celował w nogi, ale Rud uskoczył. Karzeł zachichotał i naparł ponownie, ale wtedy Malkolm uderzył mieczem – co prawda nieco na oślep, ale to wystarczyło.

Szydło uderzyło w posadzkę i zanim Rud zdążył sobie pogratulować głupiego ruchu, po podłodze sypnęło iskrami i błękitnymi żyłkami wyładowań.

Znów prąd, pomyślał, patrząc, jak pajęczyna drgających nitek uderza wprost w czarne buty karła.

Grzmotnęło.

Grotz poleciał do tyłu przy akompaniamencie wyładowania i smrodu przypalonej skóry. Do Malkolma doszły przytłumione krzyki służby. Coś się tam kotłowało, ale jeden rzut oka wystarczył, by zrozumieć, że nikt nie ruszy karłowi z pomocą. Zebrała się co najwyżej grupka przerażonych gapiów.

– Zatłukę... – wymamrotał oszołomiony Grotz, podnosząc się z wolna.

Malkolm nie zamierzał jednak dawać mu drugiej szansy. Dobiegł szybko do przeciwnika i uniósł Subulam w nadziei, że uda mu się załatwić sprawę bez rozlewu krwi.

– Poddaj się, idioto! – krzyknął. – Ale już!

Grotz warknął i zamachnął się pałką. Ale czy to z powodu uderzenia prądem, czy też od walnięcia o posadzkę, zrobił to dość nieudolnie. Malkolm uderzył więc mieczem i przy kolejnym wyładowaniu iskier wytrącił mu morgensztern z ręki. Karzeł zamachał łapami, wypluł jakieś niezrozumiałe przekleństwo i sięgnął po ukryty za pasem sztylet, ale Rud nachylił się już i strzelił go centralnie lewym sierpowym wprost w brodatą, wykrzywioną w szaleństwie twarzyczkę.

– Koniec! – sapnął. – Koniec... Zrozumiałeś?

Cios nie był aż tak mocny, ale wystarczył. Grotz oklapł, zapadł się jakby w sobie, patrząc na swojego przeciwnika półprzytomnym wzrokiem. Z nosa trysnęła mu krew. Teraz, gdy był już blisko, wyraźnie czuć było od niego alkohol.

– Słuchaj, kretynie – wycedził Malkolm. – Nie interesują mnie twoje Kręgi, Pomroki i plany usadzenia dupy na tym starym krześle. Chcesz, to sobie na nim siedź. Ja się stąd wynoszę i kończę z tym cyrkiem. Pojąłeś czy mam ci zdjąć ten twój poniemiecki hełmik ze łba?

– Poj...hhh... pojąłem...

– To pięknie. – Rud wyprostował się. – Posiedź tu więc sobie, zrób zimny okładzik na czoło. A potem znikaj. Tak, żebym cię więcej nie widział.

Karzeł nie odpowiedział. Patrzył wciąż półprzytomnie i chyba to sprawiło, że Malkolm popełnił błąd. Gdy wstawał, dostrzegł nieopodal stojącego jak słup soli Torka. Chłopak trzymał kurczowo przyniesioną skądś torbę. Rud odwrócił się więc ku niemu i w tym samym momencie Grotz skoczył mu na plecy.

Gdyby karzeł miał jeszcze swój sztylet, los Malkolma byłby zapewne przesądzony. Zanim jednak Grotz złapał go za szyję, wściekły Rud zastosował jedyny skuteczny w takich przypadkach i podpatrzony w więzieniu sposób: dobiegł do jednej ze ścian i z całej siły uderzył w nią plecami.

To wystarczyło: Grotz stęknął i odpadł. Przed oczami Malkolma pojawiły się znane mu świetnie czerwone plamy gniewu. Upuścił na ziemię wciąż tryskający błękitem miecz, nachylił się nad leżącym, chwycił go za gardło i uniósł w powietrze.

Grotz wierzgnął rozpaczliwie i złapał za trzymające go mocno ręce. Szarpał się, próbował pluć i kopać, ale Rud nie czuł już nic prócz gniewu. Obraz zamazał się, zadrgał. A po twarzy karła – tak samo jak wcześniej po twarzy Matki Gerdy – przemknęły błękitnobiałe iskry.

– Nie możesz... – wycharczał Grotz, ale Malkolm nie słuchał. Jakaś jego część patrzyła z fascynacją, jak po twarzy karła pełgają elektryczne nitki. Im mocniej ściskał, tym było ich więcej. Skóra napastnika zaczęła prześwitywać, pojawił się rozbłysk. Hełm spadł mu z głowy, a włosy stanęły nagle dęba. Najgorsze były jednak oczy – ich zaćma zdawała wypalać się w skupisku błękitnego prądu. Bielmo zanikało.

Rud nie wiedział, jak długo to trwało.

W jednej chwili trzymał w rękach Grotza wstrząsanego przepływem napięcia – w drugiej rozluźniał uścisk. Za bardzo przypominało to krzesło elektryczne...

I za to będziesz się smażył. Słyszysz, Rudecki? Za to będziesz się smażył...!

...i czuł, że nie może tego ciągnąć. Odsunął dłonie, a półżywy karzeł upadł na ziemię, kurczowo łapiąc się za gardło. Malkolm cofnął się. Z niedowierzaniem spojrzał na swoje dłonie, po których nadal przemykały cienkie nitki wyładowań.

Grotz zakaszlał. I zaczął wymiotować czarną krwią. Zgiął się w nagłych torsjach, patrząc z wyraźnym niedowierzaniem na to, co z siebie wypluwa. Po jego ciele wciąż skakały błękitnobiałe płomyki. Trwało to chwilę, aż sięgnął po leżący obok morgensztern. Rud stanął w pozycji obronnej, ale atak nie nastąpił. Karzeł oparł się ciężko na stylisku broni i spróbował wstać. Zachybotał się, upadł.

Gdzieś z sali doleciał złośliwy, pełen satysfakcji chichot. Mieszkańcy Kruczej Wieży śmiali się, ale Malkolmowi nie było wcale do śmiechu. Patrzył, jak Grotz próbuje wstać i wreszcie mu się udaje, na tyle, by kaczkowatym, krzywym chodem wydreptać z dworku. Wychodząc, przegrany i upokorzony, nie odwrócił się nawet. Pozostawił za sobą tylko słabą woń alkoholu, krwi i spalenizny.

– Nie mam map, o, Skrzywiony – wyjaśnił Tork, gdy Rud opadł już na Siedzisko, wciąż rozpamiętując niedawne starcie. – Kiedyś miała je Matka Gerda, ale przepadły.

Malkolm westchnął.

– Opisz po prostu, co gdzie jest – zaproponował. – Na północy, południu... i tak dalej.

– Na północy leżą Plugawe Ziemie z jaskiniami plugawców – podchwycił szybko chłopak. – Są jednak daleko, za Popękańcem, choć tuż przed Nocną Obręczą.

– Popękańcem?

– To tu – wyjaśnił z przejęciem siedzący przy stole chłopak, próbując rysować nieudolnie na czymś przypominającym kawałek skóry. – Tak zwie się rozerwana część Grobowych Gór. Góry urywają się w tym miejscu, tworząc Popękaniec, a za nim są już Plugawe Ziemie. To sucha kraina. Być może jest tam inny Krąg należący do Niemartwych. Matka Gerda wybierała się tam niekiedy, ale łatwo tam zginąć.

– Serio? A to ci niespodzianka.

– Nie ma tam wody, a tylko rozpadliny i skały, podobnie jak na Pękniętym Płaskowyżu, daleko na wschód stąd – odparł z emfazą Tork. – To niebezpieczne ziemie. A za nimi leży już Nocna Obręcz. W jej cieniu są całe Odstępy.

– Jałowa ziemia i Niemartwi – mruknął Malkolm. – Pięknie. Czyli jeśli Krucza Wieża jest tu – podjął, wskazując na ciemną plamę – to Ural... znaczy Grobowe Góry są na lewo, na zachodzie.

– Tak, Skrzywiony. Powiedziałeś prawdę. Dziękuję za wiedzę i karę. Ale góry skręcają potem nieco na wschód, zmieniając się w Popękaniec i odgradzając nas od Plugawych Ziem.

– Dobrze. A ta cała Nocna Obręcz?

– Nie rozumiem, Skrzywiony...

– Pytam, czym ona jest. Nie rób takich wielkich oczu, tylko po prostu powiedz.

– Nocna Obręcz? To Linie Pomroku tak gęste, że kładą się cieniem niczym czarna rzeka. Przebiegają na granicy Kręgów i kowenów... a za Obręczą są ziemie Pomroku... lub ziemie Wyzwolonych, jeśli wolisz.

– W porządku, niech ci będzie. A południe?

– Od Kruczej Wieży? – upewnił się wciąż zszokowany niewiedzą Ruda chłopak. – Tam także jest część Kościstego Lasu, choć niewiele, i dociera tam twój Krąg.

– A za Kręgiem?

– Dalej, za resztką lasu, za naszymi polami, mieści się Dworzec. To stary Krąg, Skrzywiony, ale nie przejdziesz przez jego granice. Mieszka tam Wygnany i Matka Gerda mówiła, że spotężniał. Nie warto więc z nim zadzierać. Dawno by nas pożarł, gdyby nie przebiegająca tuż przy nas Linia Pomroku.

– Pożarł?

– Mamka Geles mówiła, że Wygnany oszalał dawno temu.

– A to dopiero nowość... – prychnął Malkolm. – A te całe Linie Pomroku? Możesz nieco... jaśniej?

– Jaśniej, Skrzywiony?

– Wyobraź sobie, że nie wiem, czym są, i po prostu mi o nich opowiedz.

– Zostawia je Pomrok – powiedział po chwili Tork. – Są niczym strumienie, pajęczyny lub blizny. Wysyła je ciemność, a one zostają. Niekiedy gasną... ale potrafią się przebudzić, ożyć. Pomrok ciągnie do nas i Kręgów, Skrzywiony. Czy nie taka jest jego rola? Bywa, że Linie pojawiają się także na umierających, jeśli ma zabrać ich Pomrok...

– Na pewno – mruknął Rud. – No dobrze. Zatem pozostaje mi wschód?

– Tak, Skrzywiony. O ile pragniesz pójść do Absalomu i dalszych kowenów, kulących się w lęku przed wielkim Szóstym Dominium!

– Powiedzmy. A więc?

– Przez Kościsty Las prowadzi prosty trakt, choć mówią, że erę temu dotarł tam Blask – podjął chłopak. – Słyszałem, że był to potężny Promień, Linia Blasku, która rozłupała ziemię. Jeśli jednak tędy przejdziesz, ujrzysz granicę Kręgu. Dalej będzie już Szara Połać, a za nią Absalom. To stary kowen, jeden z niewielu na samej granicy Odstępów. Gdybyś dotarł w jego pobliże, możesz dojrzeć Echo. To zapomniana rzeka i rzadko wzbiera. Chrony wysuszają ją i przemieniają w strumień.

– Chrony? Dobry Boże, znowu ten bełkot.... Okej, o tym za chwilę. Co jest za Absalomem?

– Nigdy tam nie byłem, Skrzywiony! – zatchnął się Tork. – Matka Gerda nie pozwoliłaby mi na tak dalekie odejście od Kręgu! Widziałem tylko Absalom... zapewniam cię!

– Dobrze, dobrze, nie podniecaj się tak – oznajmił ugodowo Malkolm, zabierając z ławy prowizoryczną mapę. – Pokażesz mi, którędy iść, a potem wrócisz.

– Mam wrócić, Skrzywiony?

– Tak. Idę sam. Wskażesz mi tylko trakt – wyjaśnił. – Czekaj na mnie za pół godziny przy Pierwszej Bramie. Rozumiesz, co znaczy pół godziny? – dodał niepewnie, widząc, że chłopak marszczy brwi. – Jak liczysz czas? Ile trwa na przykład jeden dzień?

– Jeden dzień to jedno trwanie... trwanie zaś to brzask, rozpalenie, wzniesienie i bladość, aż nadchodzi noc, czyli zmierzch, ciemność i niekiedy Pomrok – wydukał Tork. – I tak aż do brzasku. Dziesięć trwań to koło, trzy razy po dziesięć trwań to kompleta... A dwa razy po dziesięć komplet to jeden mały chron...

– Niech będzie. Mały chron... dwadzieścia miesięcy jak jeden rok, tak? A duży? Jest coś takiego jak duży chron? Nie rób takich wielkich oczu, pytam tylko.

– Jest... jest. Ale nikt nie wie, ile będzie trwać i jaki będzie następny: zimny, chłodny, ciepły czy gorący...

– A teraz? Jaki jest duży chron?

– Chłodny, Skrzywiony. Od co najmniej kilku małych chronów...

– Paranoja – mruknął Rud. – Dobra, nieważne. A co mamy teraz? W tym twoim porządku dnia?

– Rozpalenie. Klejnot płonie już wysoko, lecz jest jeszcze czas do wzniesienia.

– A gdybyś miał... nie wiem... podzielić rozpalenie na mniejsze części? Jak byś to policzył?

– Nie rozumiem, Skrzywiony...

Malkolm wzniósł oczy, jakby szukał czegoś na powale.

– Nie powiesz mi chyba, że nie macie na Thei jakichś jednostek czasu... nieważne zresztą. Bądź po prostu o dziesiątej pod Bramą. Mniej więcej.

– O dziesiątej? Liczysz trwanie dnia, Skrzywiony? – spytał z lekkim niedowierzaniem chłopak. – Niczym w Dominiach?

– Tak, właśnie. Wiesz więc, co to dziesiąta? O tej porze masz zatem być pod bramą – ogłosił coraz bardziej zmęczony rozmową Rud. – Przynieś mi jakiś prowiant i rzeczy, które zabieracie, gdy wyruszacie w podróż, rozumiesz?

Chłopak kiwnął głową.

– Świetnie – uznał Rud. – Ja ogarnę jeszcze kilka spraw. I zawołaj do mnie Tifela, zaczekam na niego przy fontannie. Mam mu coś do powiedzenia.

– Dobrze...

Wariactwo, uznał Rud, patrząc za oddalającym się Torkiem. Nie chodziło nawet o ten – może i praktyczny – podział czasu. Coś się tu nie zgadzało, coś sypało się na najprostszym poziomie. Tylko nie wiedział do końca co. Malkolm przyłapywał się jednak na tym, że słucha chłopaka, ale widzi, że jego wargi nie do końca odpowiadają wygłaszanym przez niego dźwiękom. Może winna była temu kolejna bitka, ale dałby głowę, że głos Torka robił się niekiedy szeleszczący i bełkotliwy.

Rozumiem przecież, co mówi, uznał. Sam w końcu do niego gadam...

Czymkolwiek to w każdym razie było, pasowało do całej tej paranoi związanej z Theą. Siedząc na twardym Siedzisku, przetarł oczy i rozmasował skronie. Trzeba się było zbierać... tylko że gdzieś głęboko pod czaszką wciąż tkwił przytłumiony ból i czerwone, wirujące plamy.

Musiał się stąd wynieść. I to szybko. Ale na razie jedyne, co mógł zrobić, to wyjść na zewnątrz i doczłapać jakoś do stojącej na popękanym dziedzińcu fontanny. Fontanny, która ku jego zdziwieniu na nowo zaczęła działać.

Tifel wyglądał na nieco przerażonego i wycofanego. Przybył jednak i nawet przyprowadził ze sobą ptera. Wielkie krukopodobne stworzenie siedziało mu na ramieniu, patrząc na Ruda białymi koralikami oczu.

– Słodziak! – przywitał się pter. Siedzący pod fontanną Malkolm uśmiechnął się krzywo. Nie skomentował.

– Racz mi wybaczyć, Skrzywiony... – zaczął lękliwie starzec.

– Hę?

– To, że go zabrałem – wyjaśnił szybko Tifel. – Jak jednak wiesz, naznaczyłem go Martwym Szeptem, a mamy teraz kilku martwych. Pozwoliłem mu więc spożyć nieco ciał, by przemówił ich głosem.

– Tak, świetnie – westchnął z rezygnacją Rud. – I co takiego powiedział?

– Chwileczkę... – speszył się starzec, wyciągając drżącą rękę i dotykając ptera. – Mów!

Malkolm przewrócił oczami, ale zanim pozwolił sobie na wygłoszenie ironicznego komentarza, Słodziak otworzył dziób i wrzasnął zupełnie ludzkim, pełnym przerażenia głosem:

– Nadchodzi! – krzyknął. – Widziałeś, Galom? Nadchodzi!

– Co do... – zaczął Rud, ale starzec machnął ręką i pter zamilkł.

– Jest tego więcej – wyjaśnił – ale nic nie jest warte twej uwagi. Zwykłe głosy tych, którzy zginęli. Dzięki ich słowom udało się wszakże wykluczyć atak plugawców, a myślałem, że przyłączyły się do Pomroku. Wiele ich na północy i słyszałem, że wybrały nawet swego pana. Ale zaatakowali nas tylko Wyzwoleni.

– Wyzwoleni?

– Z pewnością ich widziałeś, gdy zaatakowali dwór. Zrzucili już starą skórę.

– Masz na myśli te bezskóre typki?

– O tak! To ci sami. Długo musieli czekać na słabość Matki Gerdy. Lecz teraz...

– ...teraz jestem ja i silny jest już Krąg... Tak, słyszałem – prychnął Malkolm. – No nic. Mam tu inną sprawę, Tifelu.

– Tak, Skrzywiony?

– Chcę, byś zajął na razie Siedzisko. Ja muszę... hmm... Czeka mnie mała podróż.

– Ja?

– Tak, ty. Jeśli chcesz, możesz to zadanie przekazać Suhaelowi.

– Ależ, Skrzywiony... dopiero uderzył Pomrok...

– Tak, wiem. Nie będę tu jednak siedział. Rozumiem, że macie problem, ale mam własne kłopoty – zauważył sucho Rud. – Mówiłeś, że jesteś nieco... Skrzywiony. Dasz więc sobie radę. – Wstał, patrząc na wyraźnie pobladłą twarz starca. – Popilnuj mi Słodziaka.

– Słodziaka...?

– Tak, tego mikropterodaktyla, ptera czy jak mu tam. Bawcie się dobrze – dorzucił, odwracając się w kierunku Drugiej Bramy. – Mnie już zdecydowanie wystarczy.

Tak naprawdę wcale nie miał ochoty odchodzić.

Na myśl o tym, że ma przedzierać się przez ścianę Kościstego Lasu, by dojść na tajemniczą Szarą Połać, ogarniało go zniechęcenie. A potem jeszcze ten cały Absalom, do którego trzeba się dotelepać. I czy dojście do kowenu było w ogóle dobrym pomysłem? Nie wiedział. Równie bezsensowne było wszakże siedzenie na miejscu, w skansenie pełnym nawiedzonych dziwaków. Ile czasu miałby tu spędzić, objadając się gorczycowym gulaszem? Dzień? Dwa? Tydzień? Gdyby nikt na niego nie czekał, nie byłoby to może takie głupie. Tkwiłby w tym chorym cyrku, aż zacząłby tłuc po łbie każdego, kto próbowałby mu odebrać władzę.

– Przyniosłem ochronkę, Skrzywiony...

– Ochronkę? – spytał Rud. Stojący pod Pierwszą Bramą Tork kiwnął energicznie głową. Kucnął, rozplątując trzymany w dłoniach tobołek.

– Nie przepuści deszczu czy wiatru – wyjaśnił, wyciągając kawałek zielonkawej, wymiętolonej tkaniny. – Przypniesz ją sznurem do drzew... lub użyjesz gałęzi. – Zaprezentował zaskoczonemu Malkolmowi dość prymitywną, ale chyba praktyczną wersję namiotu. – Można też jej użyć jako owijki – wyjaśnił.

– Co to takiego ta „owijka"?

– Można się nią owinąć i jeśli chcesz, udać się w niej na spoczynek – wytłumaczył chłopak. – Do tego przyniosłem żarliwiec, gdybyś zechciał rozpalić ogień. – Zza pazuchy wyciągnął jakiś czerwony korzeń.

– Dziękuję – chrząknął Rud. – A coś do jedzenia?

– Jest w torbie, Skrzywiony, razem z krwawym winem. Prosto od mamki Geles. I odłamki z Kruczej Wieży... gdybyś ich potrzebował. Dwa mają większą wartość – wyjaśnił chłopak, pokazując oszlifowane kawałki jakiegoś kamiennego zlepieńca podobnego nieco do tego, co w woreczkach trzymała Matka Gerda. – Wiem, że wyglądają niepozornie, lecz pochodzą z czasu Kamiennego Imperium.

– Świetnie. Spisałeś się, Tork – stwierdził Malkolm. – Jakoś ci się odwdzięczę.

– Nie, nie trzeba, Skrzywiony! Dziękuję za wiedzę i karę... – odpowiedział szybko chłopak. – Jeśli jednak pozwolisz, posiadłbym jedną z mamek...

– Mamek?

– Jeśli będzie wiedzieć, że zezwoliłeś, ulegnie.

– Może później – powiedział niepewnie Rud. Co to znowu za bzdura? Czy naprawdę usłyszał prośbę o pozwolenie na gwałt?

Tork kiwnął głową: zapewne takiej odpowiedzi się spodziewał. Przynajmniej on nie był zaskoczony.

– Dziękuję... – wychrypiał, pocierając nerwowo pokryty trądzikiem policzek. – Zaczekam. Wyruszamy?

Malkolm kiwnął głową. Zerknął jeszcze na poustawiane krzywo chaty. Gdy przybył do Kruczej Wieży, powitała go obojętność i obojętność go żegnała. Cóż – nie zamierzał wpadać tu ponownie. Miał tylko nadzieję, że po jego odejściu cała ta rudera się nie rozpadnie. Ruszyli ku pierwszym czarnym drzewom Kościstego Lasu. Wysforowany naprzód Tork mruczał do siebie, rozglądał się, szukał przejścia. Rud dosłyszał coś o szarym głazie i ścieżce, tak jakby chłopak przypominał sobie dawno nieuczęszczaną trasę. Wreszcie, gdy odeszli już od Kruczej Wieży i minęli resztki karczowiska, Tork zatrzymał się nagle i z dumą wskazał nikły prześwit pomiędzy drzewami.

– Tam, Skrzywiony! – Przyspieszył kroku. – Trakt do Szarej Połaci, jestem pewien!

– I teraz którędy?

– Cały czas prosto. Trakt kilka razy skręca, choćby na Głazowe Pole, lecz potem, gdy miniesz Garb, zobaczysz strumień, będący częścią Echa. Wodę można pić, o ile nie będzie ciemna lub skażona Blaskiem.

– Garb?

– To niewielkie wzgórze. Jest tam grota i powinna być pusta. To wciąż twój Krąg, jeśli więc będą tam plugawiec, stado ponuraków czy szarak, a nawet pomiot Pomroku, ugną się. Jeśli nie, skrócisz je o głowę – wyjaśnił chłopak i na moment jego blade szare oczy rozbłysły. – Chciałbym to zobaczyć, Skrzywiony! Czy na pewno nie chcesz, bym poszedł dalej z tobą?

– Nie, nie trzeba – odpowiedział Malkolm. Było faktem, że bił się nieco z myślami, czy nie przymusić chłopaka do wędrówki, ale skreślił pomysł. – Idę sam.

– Jak pragniesz, Skrzywiony. – Tork kiwnął głową, by odwrócić się z pewnym ociąganiem i ruszyć w powrotną drogę.

Rud został sam.

Czy koncepcja z odsyłaniem chłopaka była dobra – sam do końca nie wiedział. Pewien był tylko jednego – dość miał już mieszkańców Thei: nawiedzonych babć, karłów, Nadżywych i pokręconych nastolatków proszących o zezwolenie na gwałt.

Ruszył przed siebie.

Szybko zauważył, że było dość ciężko. Leśna ścieżka wyglądała na cienką i krętą i zapewne szybko by ją zgubił, gdyby nie poustawiane w różnych miejscach kamienie oszlifowane w niewysokie kloce. Najwidoczniej Matka Gerda dbała o przejście na wschód... Po obu stronach traktu stały stare, pokiereszowane konary. Pnie były tu takie same jak wszędzie – czarne, śliskie i z nikłą ilością liści – ale Rud zauważył, że były też nieco krzywe, jakby las ponownie napierał na wcześniej odebraną mu przestrzeń.

Po jakimś czasie to zresztą się zmieniło: trakt stał się szerszy i o wiele bardziej widoczny. Niestety, podróż nie zrobiła się przez to łatwiejsza – wzdłuż wydeptanej i wyłożonej gdzieniegdzie kamieniami ścieżki leżały zwalone, próchniejące pnie. Jakby tego było mało, droga przestała być płaska – zaczęły się na niej pojawiać wzniesienia i kępy ciernistych krzewów. Pojawiły się nawet kamienne nasypy. Na szczęście szlak prowadził pomiędzy nimi i nie trzeba się było wspinać na ich piarżyste zbocza. Odcinek skończył się po jakimś kilometrze z okładem. Trakt stał się znów szeroki i pustawy: las zdawał się rzednieć.

Malkolm nie miał pojęcia, jak długo przedziera się przez Kościsty Las. Słońce musiało minąć opisane przez Torka wzniesienie i zmierzało w zwykłą, popołudniową „bladość", gdy Rud wyczuł nagle, że nie jest już sam. Ktoś za nim kroczył, chował się pomiędzy czarnymi drzewami. Zdradzały go szelesty i pęknięcia nadepniętych gałązek. Nie było to chyba zwierzę, ale Malkolm poczuł się nieswojo. Kilka razy przyłapał się na tym, że wyciągał rękę ku głowni zaczepionego na plecach Subulam.

Pierwsza myśl była oczywista – to musiał być chłopak. Nie posłuchał polecenia i szedł za nim niczym wierny pies. Druga myśl była już mniej sympatyczna – może był to opisany przez Grotza płód Pomroku? I ta właśnie koncepcja zagnieździła się wygodnie w mózgu Malkolma, powoli powiększając uczucie paranoi.

Rud przyspieszył kroku. Z początku miał ochotę na niewielki popas, ale świadomość, że łazi za nim jakiś tajemniczy i zapewne niebezpieczny stwór, sprawiła, że zapragnął jak najszybciej dostać się do przynajmniej pierwszej opisanej przez Torka lokalizacji. Ostatniego nerwowego odcinka w zasadzie nie zapamiętał: szedł forsownym, wyczerpującym marszem, nie zwracając już uwagi na odgłosy. Dlatego zdziwił się, gdy zauważył, że dotarł na Głazowe Pole.

Nie wiedział, czego się spodziewać, ale miał przed sobą sporej wielkości polanę z porozstawianymi wokół kamieniami. Większość wyglądała jak stare głazy narzutowe, ale niektóre przypominały mu niewielkie menhiry. Czy postawiono je celowo? I czy podobnych głazów nie widział już po drugiej stronie lasu, pod Grobowymi Górami? Możliwe. Tak czy owak, to tu zdecydował się na krótki odpoczynek.

Bezpiecznie skryty za jednym z głazów, rozsupłał torbę i wyciągnął to, co zapakował mu chłopak – zawinięte w jakieś szmaty podpłomyki, kawałki suchego mięsiwa, ser i wyglądający na skórzany niewielki bukłak z wodą. Nie było to może wiele, ale nie zamierzał się objadać. Syte śniadanie wciąż tkwiło mu w żołądku, wypił więc tylko łyk wody – bądź czegoś, co ją przypominało, pominąwszy mocno mulisty, słodkawo-kwaśny posmak. Rud skrzywił się. W czym to wcześniej trzymali? W kanistrze po benzynie?

– Głazowe Pole – mruknął do siebie, w gruncie rzeczy po to, by nie tkwić już w ciszy. Czy to normalne, by na polanie było tak cicho? Jak prezentowały się polany na holofilmach? Coś tam zawsze szumiało, skrzeczało, piszczało... nie pamiętał. – Czyli zaraz ten cały cholerny Garb. Pięknie.

– Ktoś za tobą idzie.

Malkolm odwrócił się gwałtownie, niemal upuszczając bukłak.

Drobna, śliczna, ubrana na czarno dziewczyna o mocno podkrążonych oczach siedziała nieopodal na płaskim kamieniu. Okryte habitem nogi podciągnęła pod brodę. Nie dałby za to głowy, ale chyba się do niego uśmiechała: jej czarne usta krzywiły się kpiąco. Marla.

– Naprawdę? – wychrypiał. Kiwnęła głową.

– Tak – przyznała. – Ale nie powiem ci kto. Będziesz miał niespodziankę.

– Chyba już mi wystarczy niespodzianek – uznał, chowając bukłak do torby. – To byłaś ty?

– Co: ja?

– Ty za mną szłaś?

– Nie musiałam. – Wzruszyła ramionami. – Upiłam twojej krwi. Będę zawsze wiedziała, gdzie jesteś.

– Co ty, kurna, nie powiesz...

– Chciałam zaproponować ci ponowną wymianę – powiedziała, nie zwracając uwagi na jego sarkazm. – Co ty na to?

– Jaką znowu wymianę?

– Za krew – powiedziała. – Nadal bez upodlenia: tak jak ostatnim razem. Chciałbyś?

– Znowu krew... – Pokręcił z niedowierzaniem głową. – Powiedzmy, że wiem, że jestem tam, gdzie jestem, ale kiedy znowu wyskakujecie z tą krwią, to już chybabym wolał, by to wszystko było intrygą Salowskiego...

– Nie ma żadnej intrygi – przerwała mu, uśmiechając się lekko. – A Salowski? Widziałam go w twojej krwi, to prawda. Tak jak i wiele innych rzeczy, które nie podlegają Prostemu Prawu. To w sumie ciekawe... Czy to możliwe, by świat mógł wzrosnąć bez niego? – spytała, powoli opuszczając nogi. Patrzyła teraz wprost na Malkolma, a jej oczy zdawały się błyszczeć. – Proste Prawo to przecież Proste Prawo – dodała, jakby tłumaczyła mu jakąś podstawową prawdę znaną każdemu dziecku.

– Prawo naturalne, co? – oznajmił kpiąco, zawieszając torbę na ramieniu. – Na Thei nie odkryliście Ameryki. Nie wiem tylko, czemu bijecie pokłony przed zwykłym naturalizmem...

– Mogłabym ci wyjaśnić czemu. – Uśmiechnęła się. – Wystarczy mi kolejna kropla twojej krwi. Udziel mi jej, a powiem ci, co zechcesz. Będę potrafiła zrobić to lepiej, niż myślisz, dzięki wiedzy o twoim świecie zawartej w tej jednej kropli. Zgadzasz się?

Rud parsknął.

– Po to, żebyś znowu opowiedziała mi banialuki o świecie, w którym wygrało zło? – Skrzywił się lekko, chrząknął. – Słuchaj, kochana. Po pierwsze, zło to kwestia gównianego wyboru, nie stan ogólny. Źli mogą być ludzie, nie świat. Świat jest obojętny. I ma gdzieś, jak go interpretujesz. W pewien pokrętny sposób pasuje to nawet do tego twojego Prostego Prawa – zauważył, ale nie skomentowała. Czekała, co dalej powie. – Po drugie, widziałem już kilka osób w tym cyrku – podjął. – Nie wyglądały mi na specjalnie złe, wręcz przeciwnie. Niektóre z nich nawet mi pomogły. Tak więc podobne bajędy opowiadaj swoim gotyckim koleżkom.

– Takiś pewny swego? – spytała zimnym, pozornie obojętnym tonem. – Zło jako wybór? To Thea... Malkolmie. Tu nie ma wyboru. Pamiętaj, że dzięki twej krwi widziałam już nieco twego świata. I wiem, że wciąż trwa w nim wojna o to, jakie będzie jego przeznaczenie. Tu owa bitwa to już przeszłość i cień. Nawet Nieskończona Wojna nie jest tym, za co się ją uważa. A ludzie? Tak nazywasz śmiertelnych? Cóż... a zatem jak niby ci pomogli bez patrzenia na swą własną korzyść? Gdzie, w Kruczej Wieży? – Prychnęła. – Znam to miejsce. Gdybyś im nie był potrzebny, z miejsca napoiliby cię krwią, by cię upodlić, lub poderżnęli gardło. – Wzruszyła ramionami. – Jesteś na Thei. Nie znajdziesz tu swych... okiennych wież, żelaznych domów i tych... pojazdów pędzących na kołach. To Thea, Skrzywiony i Prosty. I jesteś tu sam.

Coś w jej głosie sprawiło, że Rud się zawahał. Spojrzał na dziewczynę. Marla stała na kamieniu i z zaskoczeniem zauważył, że lekko zaciska pięści. Dlaczego się zdenerwowała? Patrzyła na Malkolma w niemym wyczekiwaniu, jakby od jego decyzji zależało więcej, niż chciała przyznać.

– Zróbmy inaczej – powiedział wreszcie. – Dostaniesz krew, ale przedtem odpowiesz na moje pytania.

– To tak nie działa – zaprzeczyła prędko, ale Rud wzruszył ramionami.

– Niewiele mnie to obchodzi – odparował. – Niech sobie działa, jak chce. Zrobimy to po mojemu. Udzielę ci... rabatu na moją krew, ale jej... sprzedaż potraktujemy jako sprzedaż kredytową. Decyzja – dorzucił, patrząc, jak dziewczyna marszczy brwi – należy do ciebie.

Nieco to trwało. Marla patrzyła na niego, ale widział, że porusza wargami. Szeptała do siebie i jej szept ciągnął ku niemu nikłym szumem. Ciszę Kościstego Lasu wypełniły dźwięki, których przedtem nie było. Malkolm potrząsnął głową i wrażenie zniknęło. Znów patrzył na milczącą dziewczynę, a ona spojrzała na niego i zauważył, że rozluźnia pięści.

– Rabat i kredyt – powiedziała wreszcie Marla. – Zaufanie i obietnica. Jesteś naprawdę Skrzywiony i może skażony przez Blask. Ale dobrze. Pytaj. Jedno pytanie w ramach owego... kredytu.

– Dwa – uparł się. – Dwa pytania lub nici z interesu.

– A o co chciałbyś zapytać?

– O Skrzywionych. Między innymi.

Marla zmarszczyła brwi.

– Dwa pytania to zbyt wiele – uznała. – Nie za jedną kroplę krwi.

– Być może – odparł. – Ale uważam, że jak za krew, która nie jest z twojego świata, to dobry interes. W dodatku moje pytanie może być tylko uzupełnieniem tego, co powiedziałaś mi wcześniej. Wiem już przecież, że jestem na Thei... i że zamieszkują ją ci wasi magicy... Skrzywieni.

– Czego więc chcesz?

– Zrozumieć, czym jest Thea.

Kiwnęła głową. Jej wcześniejsze zdenerwowanie i kpiący ton gdzieś zniknęły, a śliczna, blada twarz zmieniła się w martwą maskę. Ta dziewczyna, uznał, byłaby świetnym graczem w pokera.

– Sprytnie, Skrzywiony – przyznała po chwili. – Sto odpowiedzi w jednej. Ale bez krwi nie odpowiem tak, jak byś tego pragnął.

– A to czemu?

– Choćby z powodu twej wiary, że mówisz we własnym języku. Dziwisz się? Nic więcej ci nie powiem. A zatem Thea...

Rud wzruszył ramionami. Stojąca na kamieniu Marla przekrzywiła głowę. Nie patrzyła mu już w oczy i choć wydało się to dziwne, odczuł przez to ulgę. Zaczęła cicho, ale wyraźnie:

– Czy wiesz, że jest ona w tobie, w twojej krwi? Skryptorzy twego świata twierdzą, że go zrodziła. Widziałam to w ich słowach, które obok ciebie przemknęły... tam, na tej twojej Ziemi. Tyle słów, Malkolm, tyle znaków w lustrzanych obrazach, które nazywacie ekranami... wielka, potężna wiedza oparta na Prostym Prawie.

Urwała. Rud spodziewał się już, że to wszystko, ale Marla uniosła głowę. Poszukała znowu jego wzroku, ale tym razem nie poczuł tego samego napięcia co wcześniej. Jej chrapliwy, niski głos stał się spokojny, niemal hipnotyzujący.

– Mówiłam już, że Thea jest stara – przypomniała. – Niegdyś była miękka i młoda, lecz teraz wypełnia ją chłód. To miejsce starsze od twego świata, i być może od każdego, który znasz. Jej kości to zapomniane królestwa, jej piaski to stare groby. Skryptorzy mówią, że wystarczy wykopać trzydzieści sznurów ziemi, by znaleźć miasta Kamiennego Imperium, a sto, by ujrzeć chwałę Wiecznego Królestwa. A głębiej? Ziemia skrywa dziesiątki martwych światów, lecz teraz to tylko proch. Thea jest bowiem martwa, a ci, którzy walczyli o jej życie, zostali Odrzuceni. Czyż nie taki powinien być koniec... los każdego świata? – spytała i Rud otrząsnął się z jej głosu, uciekł wzrokiem. – Jak mówiłam, w twoim trwa ciągle walka, lecz tu bitwa jest tylko rozkazem Najwyższego, a przecież i on drży przed tym, który zwyciężył naprawdę, i tym, który przegrał. Taka jest więc Thea, Malkolmie. Mówiłam ci przecież. To miejsce, które straciło swe światło. I które wybrało ciemność.

Marla umilkła. Rud skrzywił się. Zmusił się, by znowu na nią spojrzeć. Jej blada twarz zdawała się gubić kontur. Padające na Głazowe Pole światło Klejnotu wypalało jej materialność, zdała mu się nagle nikła i ulotna.

– Niech ci będzie – uznał nieco zachrypniętym głosem. – Rozumiem, że rządzi tu ktoś, kogo nazwałaś Najwyższym. To on wykończył tych... Odrzuconych? Dobrych, znaczy? I zwyciężając, przegrał?

Nie odpowiedziała. Patrzyła na niego spojrzeniem ciemnych, podkrążonych oczu.

– Może nieco jaśniej? – dodał. – Bo wiesz, to się nadal kupy nie trzyma. Widziałem na przykład coś, co tu nazywają Blaskiem... wtedy, gdy pękła posadzka pod stopami Lioty. Ten Blask to jakieś przeciwieństwo Pomroku? A jeśli Blask istnieje, to może Thea nie jest tak opanowana przez zło, jak sądzisz?

Dziewczyna nadal milczała. Patrzyła tylko na niego z cynicznym uśmieszkiem i chyba to sprawiło, że wkurzył się jeszcze bardziej.

– Niech ci będzie. – Skrzywił się. – Jak interes, to interes. A zatem pytanie: czym są Skrzywieni i czy któryś z nich może odesłać mnie do domu?

Marla zamyśliła się. Jej uśmiech gdzieś zniknął.

– Zmyślnie – uznała wreszcie. – Znów pytanie w pytaniach i odpowiedzi w odpowiedziach. Dobrze. Mogłabym to obejść, ale... – Umilkła, dotykając palcami swych czarnych warg, jakby zastanawiając się nad najlepszym ujęciem sprawy. – No dobrze. Aby zrozumieć, czym jest Skrzywienie, musisz pamiętać to, co powiedziałam.

To, że Thea nie była niegdyś twarda. Nie była skuta mocą Prostego Prawa. Prawa, jak byś to powiedział w swym świecie... „realizmu".

– Życzliwy świat, co? – spytał. – Pozazdrościć.

– Thea była więc... miękka – podjęła – i byli ci, którzy potrafili zmienić to, co na pozór zdawało się w niej niezmienne. Mogli sprawić... – wskazała na niewielki kamyczek, który na oczach zdumionego Ruda uniósł się w powietrze – że coś wzleci do góry, choć powinno spaść. I spłonie, choć nie dotyka go ogień. – Kamyk znikł w cichym rozbłysku. – I tak dalej.

– Magia – mruknął. – Albo jakieś nadludzkie zdolności, co? Do tego sam już doszedłem.

– Wszystko jedno, jak to nazwiesz. – Wzruszyła ramionami. – Jest prawdą, że niektóre z owych przemian obwarowano Mocą Słów, a inne Mocą Woli. Tworzono też skrypty i zasady korzystania z miękkości dawnego świata. To nie ma już jednak znaczenia, bo wszystko minęło, i to przed erami... – powiedziała, patrząc, jak resztki popiołu z kamyczka opadają powoli na ziemię. – Thea stała się stara i twarda, a obecne w niej zło, z którym niegdyś walczono, w pełni zwyciężyło. A zło ceni Proste Prawo... – dodała, unosząc wzrok i spoglądając mu prosto w oczy. – Prawo krwi. Prawo bez nadziei, w mroku, w upodleniu i w nieuniknionej zagładzie. To, że świat jest taki, jaki jest, i że spoczywa na fundamentach twardych niczym głaz, stanowi kwintesencję Prostego Prawa.

Przerwała. Malkolm nie odzywał się. Czekał.

– Istnieje jednak skaza na tej twardości – podjęła wreszcie Marla, odwracając od niego wzrok. – Dotykająca najczęściej śmiertelnych, zbyt słabych, by znieść Proste Prawo. To Skrzywienie, potęga zaprzeczenia. Wykrzywienie tego, co Proste; odrzucenie tego, co realne. Niezgoda na spójność Thei. Powinieneś to znać – uznała, ponownie się uśmiechając. – W twym świecie jest mnóstwo Skrzywionych. Z różnymi rodzajami Skrzywienia. Zamykacie ich i karmicie medykamentami. Widziałam ich w twojej krwi.

– Masz na myśli chorych psychicznie? – spytał, mimo woli przypominając sobie Tulpen i jej niebieski krzyżyk. Czy ją także Marla ujrzała w jego krwi?

Dziewczyna wzruszyła ramionami.

– Być może – powiedziała. – Nie jestem pewna... choć całkiem możliwe, że masz rację. Jedna kropla krwi to zbyt mało, by w pełni pojąć twój świat. Wiem tyle, że jeśli na Thei pokaże się w kimś Skrzywienie i dozna on pierwszych objawów, które wy zwiecie „omamami", będzie je pielęgnował i wzmacniał. Już samo to, że jest Skrzywiony, ustawi go ponad innymi. A moc ta może być różna. Niekiedy wystarczy zwykły strach tkwiący w Skrzywionym, by ten mógł ściągnąć na Theę bestie swego lęku... lub ułuda gorąca czy zimna, by mógł je z siebie wyzwalać. Skrzywiony może także upadlać mocą swej krwi. Takie upodlenie wiąże mocniej niż upodlenie tych, którzy nie posiadają Skrzywienia... choć i oni, zazdroszcząc Skrzywionym ich mocy, próbują czynić to samo.

– To całe upadlanie brzmi jak zarażanie wirusem – zauważył kąśliwie Rud. Ale Marla jeszcze nie skończyła.

– Siła Skrzywionych może być wielka. Zdarza się czasem, że Skrzywiony widzi świat, który nie istnieje... a raczej istnieje tylko w jego głowie. Czerpie wówczas swą moc wprost z niego... o ile potrafi zapanować nad tak wielkim omamem. W ten sposób czynił podobno Nemerken, Pierwszy Skrzywiony... o ile skryptorzy mówią prawdę. Ten, który naruszył potęgę Świetlistego.

– Świetlisty? A co to za nowe diabelstwo?

– Nie o niego pytałeś.

– Mniejsza o większość. – Machnął ręką. – Jeśli Skrzywienie jest takie proste, to czemu nie biega tu już cała gromada tych waszych magików, a Thea nie przemieniła się w lunapark dla wariatów?

Marla uśmiechnęła się.

– Ponieważ, wbrew temu, co sądzisz, nie jest to proste. Skrzywienie jest trudną sztuką – powiedziała. – Nawet silni Skrzywieni mogą ulec mocy własnych omamów i do końca utracić to, czym byli. Stają się wówczas Pękniętymi. Można być Skrzywionym... – dodała jakby do siebie – ale nie przez cały twój czas. Prędzej czy później zapłacisz i zgniecie cię Proste Prawo. To wszystko. Oto odpowiedź na twoje pytanie, Skrzywiony i Prosty. Teraz chcę mojej krwi.

– Trochę tego za mało – zauważył. – Historyjka o wariatach wyposażonych w magiczne moce zależne od rodzaju wariactwa, na które zapadli, jest ciekawa, ale brak tu konkretów. Jakie ograniczenia ma ta moc? I jak ją stosować w praktyce? Zauważ, że i mnie nazywają Skrzywionym, a nawet Skrzywionym i Prostym. Co to niby ma znaczyć? A jeśli istotnie jestem Skrzywiony, to jak mam nauczyć się korzystać z tych... zdolności? Potrzebuję więcej informacji.

– Tyle ci wystarczy. Wywiązałam się z umowy – uznała. – Jesteś mi winien kroplę krwi.

– I ją dostaniesz. Chcę tylko, żebyś nieco rozwinęła swoją odpowiedź – zaczął, ale zauważył, że dziewczyna już go nie słucha. Coś się w niej zagotowało.

– Tyle ci wystarczy – wycedziła. – A ty dotrzymasz umowy! Albo teraz, albo później. Jeszcze będziesz mnie prosił... zobaczysz!

– Przecież chodziło mi tylko o to, żebyś....

– Będziesz prosił, a ja będę czekała! Ale tym razem nie pójdzie ci tak łatwo! Długo będziesz wzywał me imię! A gdy już przyjdę, zapłacisz!

– Ej, zaczekaj... – zaczął, ale Marla przysunęła się nagle ku niemu i było tak, jakby jej postać wypełniła mu całą przestrzeń.

Zawahał się, cofnął, przymknął oczy. Otworzył je dopiero, gdy usłyszał cichy, złośliwy chichot niczym srebrny dzwonek. Kamień stał już pusty, dziewczyny nie było. Marla zniknęła, jak gdyby nigdy nie istniała.

Przez jakiś czas błąkał się bez celu po Głazowym Polu, zaglądał za kamienie i klął. Nie mogła przecież rozpłynąć się w powietrzu! Po diabła zamykał oczy? Nie wiedział.

W pewnym momencie wychwycił jej zapach – mieszaninę truskawek i kadzidła, ale nie miał pewności, czy mózg nie płata mu figli. Zaczął ją wołać, ale nie odpowiedziała. Po jasną cholerę jeszcze negocjował? Widać przecież było, że dziewczyna jest pokręcona. Wystarczyło się z nią nie zgodzić i od razu dostała szału...

To gniew, zrozumiał, rozglądając się nerwowo wśród głazów. Choć tym razem nie jego, a ją poniosło. Wygląda na to, że Marla nie cierpi, kiedy kwestionuje się jej zdanie, i od razu unosi się gniewem. Co mówił ten nawiedzony księżulek? O gniewie, który rozpala. No i ją rozpaliło. A ja, przez durną emocję, straciłem kontakt z jedyną osobą, która mogła mi udzielić jakichś pożytecznych informacji...

Kręcił się jeszcze przez kilkanaście minut. Doszedł do granicy Głazowego Pola i zajrzał za pierwszą linię czarnych drzew. Klejnot... nie Klejnot, słońce, do cholery... było już dość nisko, opadało pomiędzy gałęzie. Ile czasu zmitrężył? Jak tak dalej pójdzie, będzie musiał spędzić noc gdzieś tutaj, w głuszy, kompletnie sam...

Coś trzasnęło.

Malkolm odruchowo złapał za rękojeść i powoli wyciągnął miecz. Śmieszne, ale najwidoczniej szybko nabrał odruchu chwytania za broń. Subulam wysunęło się gładko, niemal bezszelestnie. Lewą ręką ścisnął mocno za trzpień, prawą wyżej – za szorstką okładzinę trzonu. Z Szydłem w ręku poczuł się dziwnie pewnie. Po ostrzu przemknął delikatny strumyk prądu.

Spomiędzy drzew Kościstego Lasu wyszedł Grotz.

Już z daleka było widać, że karzeł wygląda jak kupa nieszczęścia. Na obitej przez Ruda głowie tkwił krzywo nałożony hełmik, a trzymany w prawej ręce morgensztern opadał w dół, jakby Grotz nie mógł go utrzymać. Karzeł stanął w bezruchu, kiwając się niczym pijany, a potem – zauważywszy Malkolma – ruszył ku niemu krzywym, niepewnym truchtem.

– Nie podchodź! – krzyknął Rud. – Oberwiesz!

Grotz nie usłuchał. Wciąż pędził, potknął się, przewrócił... ale wstał i szybko wznowił bieg. Malkolm zacisnął zęby. Nie wiedzieć czemu nagle zachciało mu się śmiać – z nerwów, a może z lęku, że naprawdę będzie musiał ciąć. Ale do niczego takiego nie doszło. Karzeł przebiegł jeszcze kilka metrów, zatrzymał się i, ku zdumieniu Ruda, osunął się na kolana.

– Skrzywiony... – jęknął. Z jego wcześniej pokrytych bielmem, a teraz brązowych i czystych oczu płynęły łzy. – Skrzywiony... wybacz! Ocal mnie! Ocal!

Malkolm powoli, nie wierząc w to, co robi, opuścił miecz. A potem zaklął.

Natenczas rozpętała się burza i cienie wezwane przez Nemerkena uderzały o mury twierdzy razem z kroplami przeklętego przez niego deszczu. Zgasło wszelkie światło, a okolicę zasnuły szare dymy. Nie widać było gwiazd ni kuli Oka rozpalonej nocnym srebrem. Nadeszła ciemność.
Mówiono potem, że Niemartwa Armia zajęła całą nizinę Bedlam, i nie wiadomo było, co jawiło się jako gorsze – jej liczba czy jej pełne spokoju oczekiwanie. Ciągnęła od niej groza i żywa ciemność, kłębiąca się mrokiem odbierającym wolę i dech. Pomiędzy umarłymi wznosiły się Strzępy zwołane z otchłani czasu – pamiętające w swych widmowych ciałach o dniach trwania Wiecznego Królestwa, a może i pradawnej Eryntii. Część z nich zawodziła, pojmując swe potępienie, potęga Nemerkena była jednak niezmierzona i nie pozwalała im odejść. Nad jego armią łopotały skrzydła Władców, a pod ziemią sunęły istoty starsze niż pamięć śmiertelnych.
Widząc ową moc z blanków Kamiennej Twierdzy, Wybranka Imperatora uśmiechnęła się tylko i odeszła w głąb swych komnat. Mówiono później, iż to ów uśmiech zwiódł chroniących ją bellatorów i Sługi Kamiennego Miecza. Dość, że obdarzyła ich owym gestem niby promieniem gasnącego światła i odeszła bez słowa, a potem znaleziono ją wraz z jej potomstwem leżących w łożu, jakby szykowali się do snu. Lecz ich oblicza były zimne, a z ust sączyła się czarna krew zepsuta przez truciznę.

Kroniki Kamiennego Imperium,
autor nieznany

ROZDZIAŁ CZWARTY

ABSALOM

Rud nie wiedział, co ma o tym myśleć. Był pewny tylko jednego: z karłem nie można się było dogadać.

Po scenie na Głazowym Polu Grotz dostał chyba czegoś w rodzaju załamania nerwowego – i to w najgorszym możliwym rodzaju. Zapłakany i rozdygotany bełkotał ni to do siebie, ni to do Malkolma, bredząc coś o przebaczeniu i litości. Rud próbował go jakoś zagadnąć, ale karzeł nie nadawał się do konwersacji. Jęczał o ocaleniu i wybaczeniu oraz próbował uchwycić dłonie Malkolma, by w końcu, wyczerpany zapewne całym tym żenującym spektaklem, osunąć się na ziemię i stracić przytomność.

Dopiero wtedy Malkolm nachylił się i pociągnął nosem. Zapach nie pozostawiał wątpliwości.

– Schlałeś się – mruknął. – I to chyba czymś mocniejszym niż to wasze krwawe wino. No, chłopie, pięknie. I co ja mam teraz z tobą...

Urwał.

Już pal licho, że w ogóle rozważał zrobienie czegokolwiek z pijanym Grotzem. Gorzej, że naprawdę nie miał pojęcia, co ma z nim uczynić. Zostawić go śpiącego w środku lasu wydało mu się średnio humanitarne, nawet uwzględniając fakt, że karzeł jeszcze niedawno pragnął rozwalić mu łeb. Gdyby Grotz był chociaż przytomny, może Rud nie miałby takich obiekcji. Coś jednak było w tej głuszy – coś, co kryło się między drzewami i w kępach czarnych krzaków. Malkolm miał zatem zostawić pijaka na pastwę jakiegoś wilka, który tylko czeka na pierwszego dającego się zeżreć naiwniaka? Bo w to, że nic mu się nie stanie, Rud szczerze wątpił.

– Stary, a głupi – mruknął do siebie, kucając. Wyciągnął rzeczy zapakowane przez Torka. – Idiota i kretyn – dodał, wyszarpując ochronkę. Zielonkawa, wymiętolona tkanina nie nadawała się może do ciągnięcia Grotza, ale jeśli Rud poszuka gałęzi, będzie mógł jakoś ją na nich rozpiąć i stworzyć prowizoryczne nosze. – Jak wytrzeźwieje, poderżnie ci gardło i nawet się nie zająknie. Będziesz miał wtedy nauczkę na przyszłość.

To, co Malkolm planował uczynić, z pewnością było głupie. Co opowiadała mu Marla? Skażony złem świat. I ludzie, którzy zabiliby go bez wahania, gdyby tylko okazał się niepotrzebny. Ponura wizja, choć może i ciekawa... rzecz jasna, z punktu widzenia filozofa, ale on filozofem nie był. Ziemskie Cesarstwo nie ograniczało może dostępu do edukacji i dzieł filozoficznych, ale można było wyczuć wyraźną tendencję do wspierania postaw totalitarnych i tak ulubionego przez Marlę „naturalizmu" w stosunkach międzyludzkich. Z ziemskiego punktu widzenia Rud był zatem ratującym wroga naiwniakiem. Przeżyta tragedia, Tulpen i elektryczne krzesło poprzestawiały mu jednak solidnie światopogląd.

W zasadzie nie mógł też narzekać na dziwaczną gotkę – może i się wkurzyła, ale na plus trzeba jej było policzyć fakt, że dała mu do zrozumienia, iż na Thei nie powinien czuć się komfortowo. Patrząc z tej perspektywy, była to jedyna dobra rada, jakiej mu udzielono, jedyna informacja o wymiarze praktycznym. A on co robi, gdy otrzymał już ostrzeżenie? Łazi po Głazowym Polu, by zrobić nosze dla swego potencjalnego mordercy.

Brawo.

Marudząc pod nosem, doszedł wreszcie do granicy polany i zaczął rozglądać się w poszukiwaniu ułamanych konarów. Niestety, nie było ich wiele, a w dodatku brakowało wystarczająco długich, by sklecić z nich nosze. Wreszcie, nieco zrezygnowany, Rud zamachnął się Subulam na jakieś rosnące gałęzie. Poszło mu dość gładko. Czarne, kleiste drzewa Kościstego Lasu ustępowały łatwo... choć w pewnym momencie przyszło Malkolmowi do głowy, że takim bezmyślnym rąbaniem może stępić ostrze. Jednak na tego typu rozważania było już za późno – urąbał dwa konary i po ich krytycznym obejrzeniu uznał, że jeśli przetka całość mniejszymi gałązkami i zwiąże wszystko sznurem, ma szansę na stworzenie całkiem dobrego podłoża dla ochronki.

Praca zajęła mu nieco dłużej, niż zakładał. Na początku uporał się jakoś z wsadzeniem Szydła w niewygodną pochwę na plecach – i to bez zdejmowania uprzęży, choć naklął się w trakcie niczym zmęczony szewc. Szybko przekonał się jednak, że praca z mieczem dyndającym na plecach nie ma większego sensu. Zdjął zatem cholerstwo i wziął się do roboty, co jakiś czas zerkając na chrapiącego smacznie karła.

Gdy wreszcie skończył, zauważył, że zmieniło się światło. A przysiągłby, że opisane przez Torka wzniesienie – czyli południe – było dosłownie przed chwilą. Może się tylko zachmurzyło?

Spojrzał w górę, ale niebo wydawało się czyste i tylko wynaturzone wielkie słońce wyglądało na nieco bledsze. Czy była to właśnie owa „bladość", tutejsze późne popołudnie czy też wieczór? Trudno mu było stwierdzić. Uznał w każdym razie, że musiało zostać już tylko kilka godzin do zmierzchu i wreszcie nocy... czy raczej ciemności czy jak to tam nazywali.

– I jeszcze opóźnia mi spacer – mruknął, kładąc śpiącego Grotza na nosze. Karzeł jęknął i zamamrotał. – Cholerny alkoholik. A to sobie wezmę – dodał, biorąc w dłoń morgensztern, by po chwili zastanowienia wsadzić go jakoś za pas. – Jeszcze by tego brakowało, żeby coś strzeliło ci do łba, kiedy już wytrzeźwiejesz, kochany.

Zaczęła się o wiele bardziej mozolna część wędrówki. Nosze jakoś dały się ciągnąć, o ile natrafił na w miarę płaską powierzchnię. Ale po zejściu z Głazowego Pola trakt nie był już tak wygodny jak przedtem. Jedyny plus stanowił fakt, że karzeł – nawet w swoim wojskowym przyodziewku – nie należał do zbyt ciężkich.

Teraz droga opadała zygzakiem i robiła się wąska. Czarne drzewa nachylały się ku idącym bezlistnymi konarami, tłumiąc snopy bladego światła. Ziemia zaczęła robić się podmokła, a graniczne kamienie wyznaczające szlak nagle zniknęły. Kilka razy, przedzierając się z mozołem pomiędzy grubymi pniami, Malkolm natrafił na odnogi ścieżki i musiał chwilę deliberować, by obrać właściwy kierunek. Pomagał w tym fakt, że leśna droga była miejscami brukowana – choć trudno ją było określić jako przejezdną. Być może kiedyś prowadziła tędy jakaś w miarę uczęszczana trasa, te czasy należały jednak do przeszłości. Skończyły się nawet ślady po wyrębach – najwidoczniej słudzy Matki Gerdy nie zapuszczali się tak głęboko po świeże drewno.

Kilka razy przystanął, by zaczerpnąć powietrza. O drzewa się nie opierał – nie miał ochoty dotykać ich śliskiej, przegniłej kory. Wśród korzeni i szarego mchu rosły grzyby albo coś, co na nie wyglądało – bąblowate, łatwo pękające guzy.

– Nie tak było w folderach – stęknął, sięgając po zachomikowany bukłak i upijając łyk wody. – Wyjdź z więzienia, mówili. Zobaczysz świat, mówili... – Uśmiechnął się krzywo ni to do siebie, ni to do śpiącego Grotza. – A, diabli tam. Szkoda czasu – uznał, ponownie schylając się i łapiąc za nosze. – Znów gadam do siebie. Najwidoczniej potrzebny mi jakiś inteligentny partner do...

Urwał. Coś zaszeleściło i zatrzeszczało w krzakach, przemknął niewyraźny cień. Malkolm oblizał wargi i wytężył wzrok. Cokolwiek to było, już został zauważony.

– Nie radzę – mruknął w przestrzeń. – Mam tu coś, co może zrobić kuku. Przemyśl sobie, czy warto.

Po wypowiedzeniu tych słów stał jeszcze przez chwilę, nasłuchując. Nic się jednak nie wydarzyło. Tajemnicza postać – lub, co było bardziej prawdopodobne, jakieś zwierzę – postanowiła nie ryzykować. Spomiędzy odległych pni nie doleciał już żaden dźwięk.

Rud nie skomentował. Powoli, nie śpiesząc się, pociągnął za nosze i ruszył w dalszą drogę.

Obiecany przez Torka Garb zobaczył dopiero, gdy zapadł już zmierzch.

Kościsty Las przerzedniał, ustępując miejsca łysym, niemal pozbawionym drzew wzniesieniom. Nie ciągnęły się długo – tuż za nimi widać już było drugą linię boru. Wypukły teren sprawiał wrażenie pustego. Nie było tu nawet kamieni, lecz kopce pokryte wilgotną, szarawą niby-trawą, za którymi coś niewyraźnie błyszczało, łapiąc resztkę wieczornego światła. To musiał być wymieniony przez Torka strumień. Plus był zatem taki, że Malkolm dotarł tam, gdzie zamierzał. Minus, że doczłapał tu o wiele za późno. Wszystko przez pijanego karła. Rud westchnął ciężko i dość niedbale puścił nosze. Grotz zastękał przez sen. Garb pysznił się w samym centrum łysego wzniesienia. Miał wysokość około stu pięćdziesięciu metrów i – co widać było dość wyraźnie – zaokrąglony wierzchołek, do którego można się było dostać w miarę łagodnym stokiem. Mniej więcej na wysokości pięćdziesięciu metrów widniała ciemna plama groty, o szerokości i wysokości na oko kilku metrów. Rud mógł tam chyba bezproblemowo dojść – choć pozostawało pytanie, czy pójście tam było rozsądne. Ale zbliżająca się noc niosła ze sobą chłód i wilgoć w powietrzu. Wyglądało na to, że znowu zbiera się na deszcz.

– Powiedzmy, że śpi tam niedźwiedź – mruknął Rud. – No dobrze. Co jeszcze? Wilki? Czemu nie. Tork mówił coś o plugawcach, ponurakach i szarakach, czymkolwiek są. I o pomiocie Pomroku. Pewnie jakaś kolejna tutejsza bzdura. Zatem włazić? – Odwrócił się w stronę noszy i spojrzał na mamroczącego coś przez sen karła. – Jak uważasz? Jakieś propozycje? Burza mózgów? Nie?

Grotz nie odpowiedział.

– Dobra – chrząknął Malkolm, wyciągając przeszkadzający mu morgensztern i kładąc go na ziemi, by spokojnym, pewnym ruchem wyciągnąć z pochwy Subulam. Obiema rękami mocno złapał za rękojeść. – Niech ci będzie. Zerknę. Ale to durny pomysł.

Ruszył.

Już w połowie drogi naszły go wątpliwości. Może byłoby inaczej, gdyby nie przestrogi Torka o czymś, co może spotkać w okolicach Garbu. Ale to ponoć mój Krąg. Cokolwiek tam będzie, ugnie się. Bzdury wygłaszane za dnia miały inną wagę, gdy wokół zapadała szybko rosnąca ciemność, a w twarz uderzały pierwsze krople deszczu. Cóż, na rozmyślania o tym, jaki jest sens pchania się do pieczary, nie było już czasu. Rud nawet nie zauważył, kiedy doszedł na miejsce. Spojrzał.

Niewiele było widać. Wnętrze spowijała ciemność i chyba coś w nim kapało – zapewne efekt coraz mocniej siąpiącego deszczu. Malkolm podszedł bliżej, wyciągnął szyję. Wyglądało na to, że – podobnie jak w Grobowych Górach – miał przed sobą coś w rodzaju obszernej jaskini, której koniec zwężał się i prowadził w głąb wzgórza. To, czy coś tam siedziało, trudno było stwierdzić. Przydałaby się odrobina światła. Gdyby tylko był dzień...

– Halo? – szepnął Malkolm, nie do końca zdając sobie sprawę z tonu wypowiedzianego słowa. – Hop, hop! – dodał głośniej, próbując przebić wzrokiem ciemność. – Jest tam kto?

Odpowiedziała mu cisza, nie licząc słabego echa jego własnych słów. Powoli opuścił miecz i podszedł jeszcze dwa kroki. Stał teraz niemal na skraju pieczary, próbując cokolwiek dostrzec, ale bez żadnych rezultatów. Chrząknął.

– Pusto – stwierdził. – Dobrze, niech i tak będzie. W takim razie...

Nie dokończył. Cofnął się za to szybko, wznosząc ostrze. Jakiś kształt poruszył się w ciemności i zmierzał teraz w jego kierunku. Na razie widział tylko cień i słyszał ciche plaśnięcia, jakby coś uderzało łapami o mokrą skałę. Cokolwiek to było, nie był to raczej wilk ani też inne w miarę lekkie i zwinne zwierzę. Malkolm westchnął nerwowo i mocniej ścisnął Szydło.

Przed grotę wyszedł dziadek.

Było to pierwsze skojarzenie Ruda. Postać była wszakże niska – niższa chyba nawet od karła – i nadmiernie włochata. Szare, miejscami wyraźnie siwe włosy robiły za całe jej odzienie. Z tego kłębu kłaków wystawały rozstawione na boki chude bose nogi i równie szczupłe, długie, niemal małpie ręce – jedyne części ciała kompletnie pozbawione owłosienia.

Ginąca w kołtunach twarz była niemal ludzka, ale mocno pomarszczona, o długim haczykowatym nosie i dziwnie szerokich, rozciągniętych niemal od ucha do ucha ustach. Małe oczka świeciły drobnymi gwiazdkami uwięzionego w nich żółtego światła, a dłonie z brudnymi pazurami opierały się na dziwacznie pokrzywionym kosturze.

– Cześć – wystękał Rud.

– Tata? – spytał dziadek. Głos miał skrzekliwy, podobny do głosu ptera. – Tata, tata?

– W sumie tak – przyznał Malkolm. – Ale raczej nie twój.

– Tata, toto? – zamruczał staruszek. – Toto tata tutu toto?

– No to sobie pogadaliśmy... – prychnął Rud. Dziadek przerwał na chwilę, przekrzywiając lekko głowę i oblizując usta długim czarnym językiem.

– Tyty toto? – spytał odrobinę bardziej zgrzytliwie. – Toto tyty tata tutu?

Coś zaszeleściło w głębi pieczary i nagle oczom zaskoczonego Malkolma ukazał się taki sam staruszek. Ten jednak nie trzymał w dłoni kostura, lecz kamień.

– Tata, tata? – spytał.

– Niech wam będzie – mruknął Rud. – Tata. Tata tyty srutu tutu. I tak dalej. Chciałbym tu przenocować. Dogadamy się?

To stało się nagle i w zasadzie nie wiedział nawet kiedy. Zdążył jeszcze zauważyć, że grota wypełnia się całą gromadką gderających swoje „tata toto" dziwaków, których małe, świdrujące oczka wpatrywały się w niego jak w obrazek. Trzy sekundy później było już po wszystkim.

Skoczyli na niego bez uprzedzenia, w połowie „toto tutu tata tete". Po prostu śmignęli, pędząc na swych krzywych nogach, jakby atak odjął im nagle z siedemdziesiąt lat. Rud machnął odruchowo, chybił. Sztych Szydła przeciął powietrze tuż przed biegnącym staruszkiem, który otworzył szeroko usta, ukazując rząd ostrych, jakby spiłowanych w kiełki zębów. W tym też momencie przestał przypominać człowieka. Ostatnia iluzja prysła: rozwarta paszcza otworzyła się zbyt szeroko, niczym pysk nakładanej na rękę pluszowej pacynki.

– Tyty toto! – wrzasnął i ponownie naparł, ale Malkolm nie bawił się już w ostrzeganie i konwenanse. Ciął, tym razem celnie.

Poczuł opór i to, jak ostrze przecina włosy i skórę. Chlusnęło czarną krwią, stwór zapiszczał i padł. Niestety, rozjuszyło to tylko pozostałe.

– Tata tete! – darły się na przemian, kucając i warcząc. W stronę Ruda poleciały przygotowane zawczasu kamienie i jeden nieomal trafił go w głowę. – Toto tyty!

– Oż ty...! – krzyknął, dusząc w ustach przekleństwo. Poleciały ku niemu kolejne pociski, z których jeden uderzył go w klatkę piersiową. Zrozumiał wtedy, że przy tak dużej liczbie leżącej w grocie amunicji będzie musiał przegrać.

Dlatego zaatakował.

Nie wiedział, ile ich było. Z pieczary wylazło jeszcze kilka, ale powstrzymały się już od swojego upiornego bełkotania. Zamiast tego ciskały kamienie. Malkolm ciął jeszcze dwa stwory i kopnął trzeciego. Subulam rozjarzyło się iskierkami prądu. Istoty były zwinne, ale Szydło trzymało je na dystans. A potem wszystko się skończyło.

Któryś z ranionych dziadków zalazł go od tyłu i rzucił mu się pod nogi. Wtedy na niego skoczyli – całą kupą, warcząc i mamrocząc. Popchnęli go, nie zwracając już uwagi na miecz, i Rud zwalił się na plecy. Jeden z upiornych staruszków skoczył mu na brzuch i otworzył paszczę. Zamierzał ugryźć, Malkolm spróbował się podnieść... i nagle głowa atakującego dziadka zniknęła z pola widzenia, celnie ugodzona morgenszternem.

Wyglądało na to, że Grotz wreszcie się ocknął.

Dziadki oderwały się od swojej niedoszłej ofiary. Niespodziewany przeciwnik pomieszał im szyki. Rud szybko zerwał się na nogi, ale gromadka poszła już w rozsypkę. Karzeł nie czekał, aż na nowo się zorganizują. Tłukł swoją pałką na lewo i na prawo, metodycznie i okrutnie, rozłupując łby, miażdżąc kości i mięśnie.

– Skrzywiony! – krzyknął w pewnym momencie. – Twój jest Krąg! Niech się ugną! Słyszysz?!

Ale na to nie było już czasu. Wokół trwała jatka. Z ośmiu, może siedmiu przeciwników nagle zrobiło się tylko trzech. Jeden – ten pierwszy z kosturem – usiłował uciekać, ale Grotz doskoczył do niego, uderzył, a potem walnął jeszcze kilka razy nieruchome ciało. Drugi zaatakował Malkolma, który odruchowo rąbnął go mieczem z góry i rozciął biedaka na dwoje. Krew trysnęła ciemnym strumieniem i to chyba otrzeźwiło Ruda. Spojrzał na ostatniego przeciwnika.

– Mój jest, kurwa, Krąg! – wydarł się, nie do końca zdając sobie sprawę z tego, co robi. – Mój jest Krąg! – wrzasnął, obracając miecz i wbijając go sztychem w ziemię. – Rozumiesz, pacanie?!

Dziadek zamarł.

Trwało to tylko chwilę, ale Szydło rozbłysło nagle prądem, po zboczu przemknęły wypalające niby-trawę iskry. Istota znalazła się w ich zimnym świetle i jej oczy przygasły. Zaczęła się kulić w czymś w rodzaju ukłonu, ale zanim zdołała wykonać pełny gest poddania, dobiegł do niej karzeł i zdzielił ją morgenszternem. Kudłaty staruszek zwalił się na ziemię. Jego nogi jeszcze dygotały, ale wkrótce zamarły w bezruchu. Iskry zniknęły.

– Szaraki... – powiedział zdyszany Grotz. – Powinny się ugiąć...

Malkolm nie odpowiedział. Opierał się ciężko na mieczu, patrząc na wypełniający pieczarę krąg małych, włochatych trupów.

Wnętrze jaskini nie należało do najprzyjemniejszych nawet bez trupów.

Przede wszystkim cuchnęło. Jedynym ratunkiem okazało się świeższe, wilgotne powietrze, które wpadało do środka razem z kroplami deszczu. Wystarczyło jednak pociągnąć nosem, by pośród wszechobecnej wilgoci wyczuć zapach stęchlizny – a nieco głębiej odchodów. Najwidoczniej szaraki wyznawały zasadę, że wszystko załatwia się w domu – zarówno kwestię pożywienia, jak i ubikacji.

Na szczątki Rud natknął się szybko. Po kątach walały się przegniłe resztki upolowanych przez stwory zwierząt i coś, co wyglądało na ludzkie kości. Malkolm nie wiedział, czy było tak naprawdę, ale zauważył spojrzenie, jakim Grotz obdarzył szczątki. Karzeł zatrzymał się na chwilę i zastygł w niezrozumiałym bezruchu, by wreszcie podnieść jeden z większych kamieni i położyć go na stare kości. Koncepcja była niezła i Malkolm też wziął się do roboty. Zaczęli przykrywać kamieniami trupy i śmieci, usypując coś w rodzaju niewielkich kopców, które przynajmniej częściowo zniwelowały smród.

– Pójdę po nosze – mruknął po wszystkim Rud i wyszedł na zewnątrz.

Grotz nie odpowiedział; został w grocie niczym jeden z wypełniających ją cieni. Nadal zachowywał się dziwnie: być może wciąż trzeźwiał lub męczył się z kacem gigantem, trudno więc było stwierdzić, co znowu strzeli mu do głowy nakrytej pseudoponiemieckim hełmem. Dość, że jego agresja chyba się wypaliła... i pomógł przy ataku tych pokrak.

Ledwie siąpiło, ale noc była już ciemna i chłodna. Malkolm minął trupy i zszedł ku porzuconym noszom. Zaczął je ciągnąć do groty, dopiero teraz orientując się, że cały czas walczył z przewieszoną w pasie torbą podróżną. Na szczęście nic się jej nie stało. Ale na przyszłość dobrze by było szybko ją zrzucić, gdyby miało dojść do kolejnej awantury. Kiedy dotarł na miejsce, zerknął czujnie na Grotza. Karzeł jednakże milczał, do czasu, kiedy Rud usiadł na jednym z w miarę płaskich kamieni i spoglądając spode łba, zaczął grzebać w torbie w poszukiwaniu zapakowanego przez Torka żarliwca.

– Nigdy wcześniej tego nie robiłem.

– Tak? – spytał Malkolm. Cichy głos Grotza ledwo przebijał przez słabnący szum deszczu i Rud nie przypominał sobie, by karzeł kiedykolwiek odzywał się tak niepewnie.

– Nigdy nie kładłem kamieni – wyznał Grotz. – Proste Prawo to Proste Prawo. Łatwe, gdy chodzi o tych, którzy zmarli. Trzeba ich porzucić lub pogrzebać, aby nie cuchnęli. Można ich też zjeść. I zniszczyć głowy, nim przyjdzie po nich Pomrok.

Rud nie odpowiedział.

– Ale teraz... – powiedział po jakimś czasie Grotz – czułem, że trzeba tak zrobić. Nigdy wcześniej o tym... – Przerwał, by dokończyć dopiero po dłuższej chwili: – To nie pasuje do Prostego Prawa. Rozumiesz mnie, Skrzywiony?

Malkolm chrząknął potwierdzająco. Coś kazało mu milczeć. Monolog karła go zaskoczył.

– Proste Prawo – szepnął Grotz – jest Prostym Prawem. Tak zawsze było. Tak musiało być...

– Powinieneś się przespać – odezwał się w końcu Rud. – Masz – dodał, wyciągając z torby wodę i twardy podpłomyk. Podał je karłowi, ułamawszy sobie solidny kawałek. – Trzeba coś przekąsić i strzelić solidnego komara – zakończył, widząc, że Grotz wyciąga niepewnie rękę i bierze podaną mu żywność. – Musi cię nieźle suszyć po wczorajszym...

– Piłem – przyznał karzeł, przytykając bukłak do ust. Jego brązowe oczy zdawały się świecić w ciemności. – Wiele krwawego wina. I potem więcej. Ale nie pomagało.

– Niestety, nie mam nic mocniejszego od tego waszego trunku – powiedział Malkolm, wciąż grzebiąc w torbie. Czy ta zawinięta rzemykiem kupa czerwonych korzeni mogła być opisanym przez Torka żarliwcem? Nie miał pewności. – Podobno sprawdza się system klin klinem, więc może zadziała.

– To nie pomaga, Skrzywiony... – Grotz odsunął bukłak od ust i cicho beknął. – To jest tam... – dodał niepewnie, wskazując gdzieś w okolice klatki piersiowej. Rud uniósł brwi. – Jest tam...

– Nerwoból – uznał spokojnie Malkolm. – Pewnie od noszy. Przejdzie.

Karzeł nie odpowiedział. Patrzył, jak Rud wyjmuje kłębek żarliwca i przygląda mu się z wyraźną konsternacją.

– Trzeba go skręcić – powiedział wreszcie, oddając bukłak. O podpłomyku chyba zapomniał: kawał ciemnego ciasta położył na swoim kamieniu. – Pozwól, że ja to zrobię.

– Nie krępuj się – zgodził się Rud.

Grotz wziął korzeń i przez chwilę obracał go w palcach. Potem wstał i zaczął spacerować po pieczarze, wyciągając co suchsze szmaty i patyki leżące po kątach. Szybko ułożył z nich kupkę, po czym wetknął do środka jeden z wygiętych korzeni i potarł nim o zebrany chrust. Płomyk pojawił się niechętnie, ale szybko pojaśniał i ożył w niewielką, dającą ciepło łzę czerwieni.

– I już – mruknął karzeł, oddając Malkolmowi resztę zawiniątka. – To korzenny płomień. Będzie palić się długo, Skrzywiony. Pójdę.

– Hę? A dokąd?

– Trzeba to zrobić – wyjaśnił Grotz, kierując się w stronę wyjścia. – To twój Krąg, lecz szaraki odeszły zbyt szybko i mogą pojawić się na nich Linie Pomroku, a nie mamy czarnego sztyletu. Niebawem wrócę.

– W porządku – zgodził się Rud, z zaskoczeniem patrząc, jak karzeł ujmuje w ręce swój morgensztern, podchodzi do pierwszego włochatego trupa i rozwala mu głowę na mokrą, nieforemną miazgę.

Noc trudno było określić inaczej jak nerwowa.

Z początku Malkolm nie zamierzał zmrużyć oka. Dziwne zachowanie karła nie uspokoiło go, wręcz przeciwnie. Z jednej strony, wciąż miał przed oczami agresywnego, dążącego do konfrontacji Grotza walczącego o pozycję w Kruczej Wieży. Z drugiej – zapijaczonego i łkającego osobnika, błagającego go o wybaczenie i ocalenie. Z trzeciej zaś – sojusznika, który bez wahania uratował mu życie.

To wszystko nie trzymało się kupy.

Jeśli było prawdą to, co mówili o upodleniu, może nieświadomie ochlapał karła krwią? Czy stało się to podczas ostatniej bójki? Nie przypominał sobie. A może miał do czynienia z kolejnym po Matce Gerdzie i Liocie chorym psychicznie? To tłumaczyłoby owo popadanie ze skrajności w skrajność. Wypisz, wymaluj osobowość typu borderline czy inne psychologiczne cholerstwo. Nie, to było bez sensu. Według Marli chorzy psychicznie byli po prostu Skrzywionymi... Mogło być też i tak, że przegrany karzeł schlał się do nieprzytomności i nadmiar alkoholu poprzestawiał mu klepki w mózgu.

Dobrze. Załóżmy, że Grotz naprawdę zmienił swe nastawienie. Może przeżyta trauma sprawiła, że sam zdecydował się ugiąć przed Skrzywionym. Niech i tak będzie. Jeśli tak się jednak stało, to po co było to całe mamrotanie o tym, że tak być nie powinno?

Rud siedział owinięty ochronką, która rzeczywiście skutecznie chroniła przed zimnem i wilgocią, i zerkał na chrapiącego smacznie karła, który najwidoczniej nie przejął się stawianiem warty i uznał, że noc trzeba solidnie przespać. Problem polegał wszakże na tym, że Malkolm nie miał pewności, ile ów sen potrwa i czy jeśli zaśnie także on, uda mu się obudzić. Grotz mógł w końcu ocknąć się w środku nocy, podrapać po łepetynie i po szybkiej zmianie zdania typowej dla wariatów zrobić z nim to samo co z szarakami. Biorąc pod uwagę to, co już się Malkolmowi przydarzyło, było to bardzo prawdopodobne. W gruncie rzeczy, czy natrafił tu na jakąkolwiek normalną osobę? Wszyscy byli jednakowo stuknięci. Nienormalni ludzie, nienormalny, skazany na zło świat... Świat, który po tym, co mnie spotkało, wydaje się w sam raz dla mnie...

Myśl pojawiła się i zanikła niczym płomień żarliwca. Trzeba się stąd wynieść, kretynie. Zostawić śpiącego karła i ruszyć dalej traktem... Ale była to już ostatnia refleksja, która zapaliła się i zgasła, gdy Rud wreszcie zasnął.

Obudził się, gdy dziwne słońce było już wysoko na niebie. Zerwał się nerwowo, wciąż okutany w ochronkę, kaszląc i kichając. Siadając, rozejrzał się niespokojnie, ale karła nigdzie nie było. Pieczara była pusta.

– I już kawa niepotrzebna – mruknął ochryple, czując, jak wali mu serce.

Nie rozwijając się jeszcze z okrycia, zaczął powoli dreptać w stronę wyjścia, by wyjrzeć na zewnątrz i ujrzeć karła przy dogasającym już ognisku, złożonym z drewna i martwych truchel szaraków. Najwidoczniej Grotz wstał o świcie, by urządzić stworom coś w rodzaju pogrzebu, o ile można było tak nazwać masowe spalenie ich ciał.

Rud chrząknął, oczyszczając gardło. Karzeł odwrócił się i ruszył w stronę groty. Nie miał przy sobie broni, morgensztern tkwił w pieczarze, oparty o kamień.

– Skrzywiony... – odezwał się Grotz. – Wybacz, lecz wziąłem nieco twego żarliwca. Niektórzy zaczęli już cuchnąć, a nie było ich jak zakopać.

– W porządku – zgodził się Malkolm. Karzeł uciekł wzrokiem. – Jadłeś już coś?

– Tylko to, co wczoraj. Ale wystarczy mi niewiele...

– Nie ma sprawy, zaraz zobaczę, co tam mam. – Rud cofnął się w głąb groty i rozejrzał za tobołkiem.

Torba leżała obok broni Grotza. Karzeł już ją otwierał, szukając korzeni, ale wszystko wskazywało na to, że na żarliwcu się skończyło.

– Zapraszam – rzucił Malkolm, zdejmując ochronkę. – Oporządź się. Ja skoczę tylko na stronę. Poranna potrzeba typu A – dodał, siląc się na stary dowcip, ale karzeł nie zareagował. – Potem zjemy i pogadamy.

Trzeba to będzie obgadać, uznał Rud, gdy przeszedł już kilkanaście kroków po Garbie, na bok otwartej groty, i z trudem rozsupłał spodnie. Dość tego cyrku. Karzeł zachowuje się inaczej, nie poderżnął mi gardła. Może coś mu się naprawdę przestawiło. Może ma dość. W tej sytuacji trzeba go solidnie pociągnąć za język.

– Jest nawet kran – mruknął, gdy wrócił do pieczary i przemył ręce wilgocią kapiącą z małego stalaktytu.

Grotz znów nie zareagował: siedział niczym słup soli nad świeżo wyjętym i ułożonym na kamieniu jedzeniem. Nie tknął chyba niczego, zupełnie jakby czekał na Ruda.

– Pełny serwis, co nie? – zakończył Malkolm, siadając naprzeciwko i krzywiąc się na dolatujący z groty zapach. – W sumie mogliśmy skubnąć coś na zewnątrz – zauważył, sięgając po podpłomyk i po coś wyglądającego na wędzone mięso. – Ale tam też pewnie niefajnie pachnie. No nic. Wsuwaj.

– Co mam zrobić, Skrzywiony? – spytał niepewnie karzeł.

– Zajadaj, chciałem powiedzieć. Czym chata bogata, i tak dalej.

Grotz kiwnął głową, ale nie wziął niczego od razu. Jego brązowe, jasne oczy patrzyły czujnie na posilającego się Malkolma, tak jak wcześniej. W końcu zdecydował się jednak sięgnąć po jedzenie i złapał za coś wyglądającego na gomółkę twardego, ale dającego się pogryźć sera.

Jedli przez jakiś czas w milczeniu, popijając wodą. Było jej już niewiele, ale Rud w pewnym momencie postawił pusty bukłak pod kapiącymi kroplami. Patrzył teraz na karła, który co jakiś czas strzelał ku niemu oczami, jakby wstydził się nocnych wynurzeń. Sytuacja robiła się krępująca.

– Pewnie domyśliłeś się już, że na razie zostawiam Krąg – odezwał się wreszcie Rud. – Zamierzam przejść się do Absalomu czy jak tam się nazywa to wasze pobliskie miasto. To znaczy ten wasz kowen złożony z trzech Kręgów...

– Tork mi mówił – przyznał Grotz. Malkolm kiwnął głową.

– Czyli go spotkałeś. A Suchy? Widziałeś gdzieś Suhaela?

– Nie, Skrzywiony. Wyruszył na svarcie, by oczyścić Krąg. Płody Pomroku...

– Tak, słyszałem. Niech sobie ubija, co tam chce. Chcę tylko, żebyś zrozumiał, że zupełnie nie jestem zainteresowany władzą w Kręgu. Mówiłem ci prawdę o tym, że jej nie chcę... wtedy, kiedy dostałeś... hmm... kiedy dostałeś szału.

– Wybacz, Skrzywiony.

– Wszystko jedno. – Rud machnął ręką. – Przestań z tym wybaczaniem. Co ci się zresztą stało? Nie obraź się, ale za pierwszym razem nie wyglądałeś na... człowieka chętnego do przeprosin.

– Człowieka?

– Nieważne. Wiesz może, co się w tobie... zmieniło?

– Zmieniło... – powtórzył po dłuższej chwili Grotz słabym, wyraźnie trzęsącym się głosem. – Nie wiem, Skrzywiony... Nie rozumiem. Wcześniej myślałem wyłącznie o Siedzisku, choć jestem tylko wygnanym karłem, bez linii krwi.

– Linii krwi?

– Pomioty mają tylko imiona, Skrzywiony – wyjaśnił Grotz. – Ten, który mnie spłodził, nie zgodził się, bym nosił nazwę jego rodu.

– A, linia krwi to nazwisko – zrozumiał Malkolm. – Czemu cię niby wygnano? I skąd?

– Z prowincji Szóstego Dominium... – wymamrotał karzeł. – Gdy chciałem odebrać to, co moje... nie pozwolili mi, Skrzywiony! Wyrzucili mnie w dzikie Odstępy! Ale miałem powrócić, i to z Kręgiem w ręku! Wcisnąłbym go im do gardła... i zrobiłbym to, gdyby nie Suhael i jego głupia wierność Matce!

– Wiesz, nie jestem specjalnie przywiązany do tego całego Siedziska... – zaczął Rud, ale Grotz pokręcił gwałtownie głową.

– Nie. To już nie ma znaczenia... gdy mnie dotknąłeś i poczułem palące zimno... nie jestem przez to sobą... Nie jestem!

– Hej, spokojnie...

– Nie potrzebuję już Kręgu... ani linii krwi. Nie łaknę zemsty... czuję coś innego... – jęknął bezradnie karzeł. – Teraz... czuję, że boli.

– Hę? Co takiego?

– O, tu – odparł z rozbrajającą szczerością Grotz, dotykając dłonią klatki piersiowej. – Gdy przeszło mnie twoje zimno.

– Zimno?

– Było jak błyskawica... – powiedział powoli karzeł. – Spaliło mnie.

Malkolm zastygł z kawałkiem sera w ręku. Grotz gadał o prądzie. Nie było co do tego wątpliwości. Trzepnęło go zatem ładunkiem elektrycznym i przepaliło mu mózg? A nawet jeśli, to skąd ów ładunek? Z Subulam? A niby skąd? Jedynym logicznym wyjaśnieniem było tu raczej krzesło. Elektryczny pociąg do piekła, do którego wsadził go Salowski...

– Już mnie nie ma – powtórzył tymczasem rozpaczliwie Grotz. – Nie ma mnie...

Małym ciałem wstrząsnął suchy, urwany szloch.

– Jesteś, przecież cię widzę... uspokój się, w porządku? – wypalił szybko Rud. Czyżby na jego oczach karzeł przechodził kolejne załamanie nerwowe? – Prze...przepraszam, nie chciałem naciskać. Uspokój się, okej?

– Jest... Proste Prawo... – wybełkotał karzeł. – Musi być... Skrzywiony... co się ze mną dzieje?

– Spokojnie, Grotz.

– Ocal mnie... ocal mnie, proszę.

– No, już. – Malkolm uśmiechnął się martwo, starając sobie przypomnieć, jak postępować w podobnych sytuacjach. Czy powinien złapać karła za rękę? – Oddychaj, tak? Spróbuj się uspokoić. Zaraz ci przejdzie.

– Skrzy...Skrzywiony...

– Siedź na tyłku i oddychaj. Oddychamy, tak? – powtórzył cokolwiek nieskładnie Rud, z niepokojem patrząc na Grotza. – Koniec gadania. Wszystko będzie dobrze.

Trwało to przez kilka długich, przeciągających się minut, ale zadziałało. Karzeł umilkł, przymknął oczy, jego oddech powoli się normował. Malkolm chrząknął, uśmiechając się jak życzliwy, choć nieco przerażony lekarz w domu wariatów.

– Posiedź sobie chwilę – powiedział wreszcie. – Ja wyjrzę na zewnątrz. Trzeba się będzie powoli zbierać.

– Mogę...

– Tak?

– Mogę iść z tobą, Skrzywiony?

– To znaczy?

– Tam, gdzie się udajesz – wyjaśnił nieco pewniej Grotz. – Nic mnie już nie ciągnie do Kruczej Wieży... nie mam tam czego szukać.

Martwy uśmiech Ruda zrobił się nieco szerszy.

– Jasne – odparł. – Możesz. W gruncie rzeczy nie ma to jak wspólny spacerek do kowenu... – zakończył, wychodząc pośpiesznie z pieczary na szarą trawę samotnego Garbu, wprost w zapach spalonych ciał i resztkę siwego dymu.

Co to miało być, do diabła?! Co tam się odwaliło?! Karzeł przeszedł odnowę moralną? Po tym, jak potraktowałem go prądem?

Musiał przejść przynajmniej kilka kroków, by sztuczny uśmiech zniknął mu do końca z zesztywniałej twarzy.

Sporo czasu zajmowało samo pakowanie. Rzeczy nie było wiele, ale Malkolm kręcił się i poprawiał je wszystkie, co jakiś czas zerkając na wciąż lekko nieprzytomnego Grotza. Krążył przy pieczarze, oceniał odległość, jaką trzeba przebyć, by dojść do wąskiego strumyka, sprawdzał, czy wszystko wzięte – słowem, odstawił cały ceremoniał. I to nie tylko z powodu karła.

Prawda była taka, że jego ochota do podróży nieco osłabła. To, co odstawił karzeł w grocie, wyglądało na prawdziwe i przez to mocno go zaniepokoiło. Grotz po przemianie nie pasował do wzoru. Świat opanowany przez zło, ludzie... wróć, śmiertelni – tak się przecież sami nazywali – przesączeni owym złem, a ten skubaniec wyłamał się ze schematu. I co gorsza, z trwającym wciąż załamaniem nerwowym: niby też się zbierał, niby szykował, ale chodził jak śnięty, miejscami mamrocząc do siebie i stając w bezruchu, jakby dopiero się budził. To denerwowało.

W końcu w męczących rozmyślaniach pomogło Malkolmowi to, co zwykle: wspomnienie Lidii. Twarz córki przebijała zawsze w tle – niczym wypalony na siatkówce powidok, stłumiony przez czerwone plamy gniewu. Budził się, widząc owe przebłyski, i z nimi zasypiał, tak samo jak z cieniem tkwiącej gdzieś w tle żony – zbyt bolesnym, by widzieć go wyraźnie. Co prawda to, co żywe w więzieniu, zostało teraz przygaszone, ale wciąż w nim tkwiło niczym cierń. Ból, który można było odsunąć – ale nie zapomnieć. Dlatego też zszedł w końcu z Garbu szybkim krokiem, nie patrząc już na drepczącego za nim karła.

Tork mówił prawdę. Strumień pod wzgórzem był ciemny i mulisty, choć płynął dość szybko, jakby coś wzmacniało jego nurt. W kilku miejscach można go było przeskoczyć i Rud wylądował gładko na drugim, trawiastym brzegu. Niespełna dwadzieścia metrów dalej zaczynały się już znane mu dobrze czarne drzewa Kościstego Lasu, gęstsze jednak niż wcześniej. Trakt zniknął.

– Droga zarosła, Skrzywiony – poinformował dochodzący do Malkolma karzeł. – Mało kto chadzał ku Szarej Połaci. Krąg sięga już niedaleko.

– Urządziliście się, jak widzę – zauważył Rud. – Do gór rzut beretem, wkoło uroczy lasek. Nieco pól do obsiania na południu, na zachód polanka na piknik. Jest nawet dorodny strumyczek. Z tego, co mówił Tork, tylko na północy nieszczególnie. Żyć nie umierać. Nie chciało się wam łazić za daleko, co?

– Nie rozumiem, Skrzywiony.

– Nieważne. Wiesz, którędy iść?

– Tak. – Grotz kiwnął głową i wskazał kierunek morgenszternem. – Tędy.

– No to chodźmy.

Zaczęli się przedzierać, smagani przez gałęzie i stąpając po mchu wciąż mokrym od nocnego deszczu. Tu drzewa były liczne, choć jak zauważył Malkolm, nieco mniejsze od rosnących po zachodniej stronie wzgórza.

Karzeł poszedł w ich stronę, przechodząc sprawnie pomiędzy czarnymi pniami. Cóż, jeśli trakt zarósł, jak sugerował, to właśnie tu drzewostan musiał być lichszy. Przyspieszyli i w ten sposób dotarli do mrocznych, wypalonych polanek podobnych do Głazowego Pola. Nie były jednak tak duże i wydawały się jakby osamotnione. Nieco dalej natknęli się na kilka przeciętych leżącymi pniami fragmentów ścieżki, która grubiała niekiedy i znowuż chudła, skręcając to w lewo, to w prawo.

W pewnym momencie ślad starego traktu znów się poszerzył. Usłyszeli wówczas szum – nieopodal strumień stał się znacznie silniejszy, przeradzając się w rzeczkę.

– Echo – mruknął karzeł. – Teraz wystarczy już iść, by go nie zgubić. Zaraz koniec, Skrzywiony.

– Czego? Lasu?

– Kręgu.

Rud wzruszył ramionami i nie odpowiedział. Kościsty Las już rzedniał, pojawiły się łyse wypryski ziemi i prześwity. Coś też majaczyło w oddali, trudny do oceny zarys.

Na granicę Kręgu natknęli się jakiś czas później.

Coś zmieniło się w wyglądzie samego lasu. Wykrzywione, skarlałe drzewa nieco się wyprostowały i pokryły jaśniejszą korą, jakby kamienistą i suchą, popękaną ze starości. Mech niemal znikł, a cienie stały się żywsze i głębsze. Zwiększyła się też liczba wiatrowałów, lecz trudno było powiedzieć, czy utworzyła je burza, czy jakaś inna siła; dość, że droga zrobiła się przez nie trudniejsza.

I wreszcie – poczuli nagle, że przebijają się przez niewidzialną, niemal elektryczną błonę, trudno wyczuwalną, ale obecną.

Malkolm uśmiechnął się krzywo, ale nie skomentował dziwnego wzrostu i spadku napięcia przy przekraczaniu granicy Kręgu. Chrząknął.

– Matka Gerda... – zaczął, by zająć czymś myśli – po co w zasadzie biegała do tych waszych Grobowych Gór?

– Z powodu Odrzuconych, Skrzywiony.

– Odrzuconych? – Rud zawahał się. – To znaczy?

– Odrzuceni. Dawni władcy, dawni śmiertelni i Nadżywi. Ci, którzy przegrali.

Ze złem, pomyślał Malkolm, ale nie skomentował. Wyglądało na to, że osławionych Odrzuconych historia Thei podsumowała jednym prostym określeniem.

– Tork coś mówił o grzebaniu w grobach... – zagadnął. – W grobach Odrzuconych.

– Odrzuceni to kości i stary pył – powiedział karzeł. – Ale wciąż jest w nich to, co miękkie.

– Miękkie? Czyli magiczne, co? To znaczy... Skrzywione?

– Na pewno Skrzywione – przyznał Grotz. – Matka o tym wiedziała. Dlatego tam chodziła. Już od licznych chronów nie potrafiła usiedzieć na Siedzisku.

– I uspokajała się spacerkami po górskim cmentarzu?

– Nie musisz kpić, Skrzywiony. Uczyła Liotę, by ta mogła utrzymać Krąg, lecz to było za mało. Potrzebowała tego, co mogła znaleźć w prochach Odrzuconych.

– A nie wystarczała moc Matki Gerdy?

– Jej Skrzywienie było coraz słabsze – wyjaśnił karzeł. – Zdarzało się już, że płody Pomroku podchodziły niemal pod Kruczą Wieżę. Raz ubiłem jednego pod Pierwszą Bramą.

– I Matka Gerda liczyła, że pomogą jej to zwalczyć jakieś stare zwłoki?

– Możliwe. Mówiła, że stworzy Niemartwych Odrzuconych, a to potężna moc. Ich Odrzucenie jest prawie jak Skrzywienie. Odpychałoby Pomrok niemal jak sam Krąg.

– Z pewnością... – mruknął Malkolm, przypominając sobie trzymaną przez staruchę ożywioną czaszkę. – Ale nie wyszło jej, co?

– Nie udało się. – Grotz kiwnął głową. – Za młodu mogła dokonać wiele. Sprowadzić armię Niemartwych, ożywić Odrzuconych.... Lecz ona zadowoliła się tym, co miała, a potem dosięgło ją przekleństwo śmiertelnych.

– To znaczy?

– Zestarzała się; czy nie na tym polega właśnie przekleństwo? A starość poprzedza śmierć.

– Nihil novi – mruknął Malkolm. Na tym rozmowa się skończyła: doszli do ostatnich samotnych drzew. Dalej, po widnokrąg – czyli według nomenklatury Torka w odległości promienia – miała być już tylko Szara Połać.

Podchodzący do granicy lasu Rud ujrzał ją jako pierwszy. Z początku myślał, że widzi jedynie monotonną szarą przestrzeń wypełnioną skalnymi formacjami, z zamglonym lekko horyzontem. Coś jednak majaczyło na zachodzie niby odległy, ciągnący się wyprysk na tle cienia.

– Absalom – zauważył Grotz. – Może dojdziemy przed zmierzchem. To ledwie trzy niskie promienie...

– Niskie? – zaciekawił się Malkolm. Podobnie mówił Tork...

– Wysoki promień jest wtedy, gdy patrzysz z wysoka – objaśnił karzeł.

– Cóż, logiczne. Dziękuję za wiedzę i karę – mruknął na pół żartobliwie Rud, ale Grotz wziął jego powiedzonko za dobrą monetę, bo kiwnął tylko głową i poprawiając zatknięty za pasem morgensztern, ruszył jako pierwszy.

Podjęli marsz po szarej, jednostajnej równinie, będącej zapewne dnem wyschniętego wielkiego jeziora. Widzieli płynącą wśród krzaków i kamieni rzekę Echo – dziwnie poplątaną, wąską i nieprzynoszącą świeżego powiewu. Nie licząc osamotnionych kęp i rachitycznych drzewek, nic tu nie rosło, a pofałdowania terenu okazywały się jedynie drobnymi zmarszczkami, które – niczym zamrożone przez czas fale – dopełniały obrazu martwoty.

Była to jednak martwota pozorna – pomiędzy pasmami cienia przemykały jakieś jaszczurkowate istoty, szybko chowające się na odgłos kroków. Ale Malkolm zwrócił uwagę nie na nie, ale na postumenty – fragmenty strzaskanych budowli, wyglądające z daleka niczym zwykłe skały, lecz z bliska obnażające swą prawdziwą naturę: wytartych wiatrem, przysypanych ruin.

Spojrzał pod nogi, rozumiejąc, że kroczy po zakrytym piaskiem placu, a leżące, pęknięte kolumny wyznaczają granicę jakiejś monumentalnej budowli, teraz zapomnianej, tak samo jak pozostałości prastarych rzeźb, patrzących w jego stronę ślepymi, wykutymi oczami.

– Kamienne Imperium – mruknął Grotz. – Imperium Głupców.

Malkolm poczuł się nieswojo. Zatrzymał się i dotknął połówki jakiejś starej fasady. Kamień. Ile pracy było potrzeba, by stworzyć coś takiego? Oderwał rękę od zimnej powierzchni i przyspieszył kroku.

– Walczyli i walczyli – mruczał drepczący obok karzeł – i było to na nic. Musieli upaść, Skrzywiony...

– Odrzuceni, co?... – upewnił się Rud. Widoczna w oddali panorama stała się ostrzejsza, Malkolm widział już coraz wyraźniej zarysy budynków i wież. – Z kim się tłukli?

– Z Najwyższym, tak mówią. Walczyli w imię Iglicy i Blasku. Czyżbyś o tym nie wiedział?

– Niestety, nie. Słabo u mnie z historią – przyznał Malkolm. – I to nie tylko z historią... Thei. Tam, skąd pochodzę, kiedy chciałeś się uczyć „niezatwierdzonej" historii, kryłeś się z podręcznikami po kątach.

– Uczyłeś się jednak, Skrzywiony?

– Nie tyle, ile bym chciał – przyznał niechętnie Rud. Wyglądało na to, że Thea przebiła Cesarstwo pod jednym względem: Grotz wiedział, o czym mówi, zatem wiedza o przeszłości była w miarę dostępna. Czy Odrzuconych można było potraktować podobnie jak skompromitowany ziemski ustrój demokratyczny? Chyba nie, bo w takim wypadku informacje na ich temat byłyby skąpe.

– Ja nie chciałem – przyznał po chwili Grotz. Jego ochrypły głos opadł, jakby idącemu pośpiesznie karłowi zaczęło brakować powietrza. – Nie myślałem, nie zastanawiałem się... Skrzywiony?

– Co tam?

– Odwróć wzrok!

Malkolm odruchowo spojrzał za siebie. Przed oczami mignęła mu wystraszona twarz karła i fragment odłupanego kamiennego łuku. Tuż obok wisiało coś półprzezroczystego, złożonego jakby z mgły i lodu – coś o ludzkiej sylwetce, o wydłużonych plamach oczu i ustach sprawiających wrażenie rozciągniętej maski. Przypominało w tym istoty, które przybyły z Pomrokiem do Kruczej Wieży. Ale ta postać – w odróżnieniu od atakujących Krąg – zdawała się częściowo przezroczysta i ślepa.

– Skrzywiony!

Ponaglany nerwowym głosem Grotza Rud niechętnie odwrócił wzrok.

– Strzęp – szepnął karzeł. – Wzniósł się. Gdzieś musi leżeć jego ciało, wzgardzone przez Pomrok. Chodźmy.

– Co to było, do cholery?

– Strzęp z Martwej Krainy – powtórzył cierpliwie Grotz. – Niekiedy powstają same, jeśli nie ściągnie ich wola Skrzywionego czy jego pożądliwość. Nie trzeba ich przywoływać. Ten nie ma ciała, zatem nie został wyrwany – dodał, cokolwiek niejasno. – Nie odwracaj się i nie patrz na niego. Absalom już blisko.

– Kolejny potworek do kolekcji – skwitował nerwowo Malkolm. Cóż, najwidoczniej na Thei były i duchy...

Szli dalej, niczym na autopilocie, niechętnie, niemal wbrew sobie, krok za krokiem, po piasku Szarej Połaci. Widzieli już drobne przebłyski miasta: fragmenty starego muru, który nie pełnił swej roli obronnej ze względu na wielkie dziury, dziwnie cienkie, rosnące za nim wieże i wiszące pomiędzy nimi linowe mosty, równie chude i ściśnięte domki, przypominające prototypy pierwszych kamienic... Nad miasteczkiem – bo patrząc z bliższej perspektywy trudno było to nazwać miastem sensu stricto – unosiły się smużki dymów.

Była to z pewnością aglomeracja – i to aglomeracja stara, zniszczona, choć jakoś trwająca, pomimo napierającej na nią Szarej Połaci. Rud stanął na moment, wytężając wzrok. Czyżby dostrzegał główną bramę? Ale zanim to stwierdził, uderzył na niego Strzęp.

Widmowa istota musiała ciągnąć za nimi, skryta pomiędzy kolumnami i prastarymi ruinami, i gdy tylko skupili wzrok na mieście, zaatakowała.

Malkolm z początku poczuł niewiele: tylko chłód. Niestety, po chłodzie pojawił się ból. Coś ukąsiło go boleśnie i zaczęło ssać z niego krew zimnymi jak lód ustami. Krzyknął głucho, sięgając po miecz, ale nie udało mu się go wyciągnąć. Usłyszał jeszcze ryk Grotza... a potem osunął się w ciemność.

Obudził się na granicy maligny, półnagi, przykryty jakąś drapiącą tkaniną. Było ciemno i duszno. Szarpnął się, próbując wstać z tego, na czym go położono – ale usłyszał jakiś chrapliwy głos i poczuł, że ktoś wlewa mu w usta słodkawy płyn, po którym ponownie zapadł w ciemny, męczący sen.

Tym razem nie była to zwykła ciemność: przyszły do niego twarze. Widział nachylającego się nad nim doktora Cukra z celi kantonu Masovia, chichoczącego niczym obłąkany plugawiec, i zaraz potem twarz Lidii, która wypełniła mu cały obraz. Ale oblicze córki szybko zastąpiła postać Marli kucającej na brzegu łoża niczym przyczajony czarny ptak. Blada dziewczyna o podkrążonych oczach patrzyła na niego ni to kpiąco, ni to litościwie. Chciał coś do niej powiedzieć, ale zeskoczyła na podłogę i dotknęła jego policzka. Przesunęła mu głowę, by nie musiał patrzeć na stojący w kącie cień – mrok przepełniający go grozą, o sylwetce kobiety w ciąży, wyciągający ku niemu dłoń z wszechogarniającej ciemności; widmo tej, której poderżnięto gardło.

Zaczął się szarpać i łkać – do momentu, w którym Marla nie ucałowała go i nie przemieniła się w Tulpen. Borderline, szepnęła. Borderline i elementy psychotyczne. Błękitny krzyż, wszczepiony lęk. Jej pocałunek był wszakże słodki i niósł ze sobą zapach trucizny, a trucizna usypiała. Malkolm więc spał.

Gdy wreszcie oprzytomniał, mały pokój zalewało wątłe światło górującego nad Absalomem Klejnotu. Tuż obok łóżka na niewielkim taborecie tlił się jeszcze trup świecy. Przez półuchylone okno wlatywało powietrze wypełnione trudnym do zdefiniowania smrodem, kojarzącym się z zapachem zgniłej kapusty.

To wszystko dziwnie uspokajało.

Malkolm usiadł z ociąganiem, tępo patrząc na wnętrze ponurej izdebki i na leżące pod ścianą Subulam. Resztę jego ekwipunku misternie złożono na skrzyni. Tuż obok stał jeszcze jeden stołek z wypełnionym wodą drewnianym kubkiem i pajdą czegoś, co przy odrobinie wyobraźni mogło udawać chleb. Rud skrzywił się do swoich myśli: ponownie full service. Odsunął tkaninę, którą go przykryto. Miał na sobie jedynie więzienne gacie – ktokolwiek tak go oporządził, postanowił ich nie zdejmować.

– No to dzień dobry – wychrypiał do siebie, spuszczając bose nogi na drewnianą podłogę. Kaszlnął, oczyszczając gardło, i dopiero po chwili zrozumiał, że odpowiedziało mu kaszlnięcie.

Stwór stojący nieopodal łóżka wyglądał na pomniejszoną wersję plugawca. Zgięty, chyba garbaty, odziany w jakieś cerowane tysiąc razy łachmany, patrzył na niego żółtymi oczami. Na głowie miał filcowy kaptur ze złamanym stożkiem i z długimi, wiszącymi fragmentami materiału do wiązania pod brodą. Pomarszczona twarz o haczykowatym nosie była szara, usta – wyjątkowo szerokie.

Paskudztwo stało bez ruchu w na oko za dużych ciżmach, patrząc na niego chciwie.

– Obudzony! – wychrypiało. – Obudzony!

– Nie do końca – wymamrotał Rud. Ale mały humanoidalny plugawiec nie odpowiedział. Zamiast tego obrócił się na pięcie i dopadł do drzwi, szarpiąc za doczepiony u framugi dzwonek.

– Obudzony! – pisnął chichotliwie, przez co jeszcze bardziej skojarzył się ze swoim plugawym odpowiednikiem. – Dzwonić! Dzwonić!

– Przestań tak... – zaczął Malkolm, ale urwał, słysząc, że ktoś dobiega do drzwi i otwiera je na oścież.

W progu stanął Grotz – tym razem bez hełmu i morgenszterna, za to ze ściskanym w dłoni udkiem z ptera.

– Skrzywiony! – krzyknął, dobiegając do łoża i ku zaskoczeniu Ruda łapiąc go za rękę. – Obudziłeś się!

Malkolm mruknął coś, usiłując wyswobodzić dłoń.

– Obudzony! – potwierdził mały plugawiec.

Grotz oderwał się od Ruda i zaczął grzebać po zakamarkach swojego stroju, wyciągając wreszcie coś wyglądającego na sakiewkę.

– Zapłata, Jagerfortz – oznajmił, rzucając małemu fragment oszlifowanego kamyka.

– Jagerfortz! – zgodził się stwór, pakując kamień pomiędzy żółte zęby. Malkolm chrząknął.

– Kto to? – spytał. – I ile spałem?

– To Dorian Ybbertoken Jagerfortz – wyjaśnił szybko Grotz. – Sługa Trzech Pięter i, jak widzisz, pokurcz.

– Pokurcz? Wygląda jak mały plugawiec...

– To pokurcz – powtórzył cierpliwie karzeł. – Choć prawda, że plugawego plemienia. Spałeś przez niemal cały dzień, Skrzywiony. Strzęp nie wgryzł się głęboko... Odgoniłem go.

– Dzięki – mruknął Rud. – A te Trzy Piętra? Co to?

– Jesteśmy w nim, Skrzywiony. Leży blisko muru. Można tu przebywać i spać, a nawet otrzymać posiłek, o ile masz odłamki. Nie ruszyłem twoich! Mam jeszcze własne.

– W porządku, dziękuję. Zwrócę ci – oznajmił odruchowo Malkolm, widząc, że oczy karła robią się większe i że stojący wciąż obok pokurcz Jagerfortz otwiera z zaskoczeniem swoje szerokie usta. – A skoro już mowa o posiłku...

– Zajmę się tym, Skrzywiony! – Karzeł zerwał się, ale Rud złapał go za rękę.

– Czekaj... – powiedział, patrząc uważnie w zaskoczoną twarz Grotza. – Niech zajmie się tym... Jager-jak-mu-tam-fortz. My musimy pogadać.

Siedząc na łożu i pogryzając skromne śniadanie przyniesione przez pokurcza, Malkolm patrzył spode łba na wpatrującego się w niego karła.

– Słuchaj, Grotz... – powiedział wreszcie, przełykając kawałek mięsa umoczonego w jakimś sosie smakującym gorczycą. Jakżeby inaczej. – Pogadajmy sobie na spokojnie. Chciałbym coś wyjaśnić. A więc – chrząknął – powiem krótko i na temat: nie jestem stąd.

– Stąd? Znaczy nie jesteś z Odstępów?

– Niezupełnie.

– Jesteś więc z Szóstego Dominium, jak ja? Z ulic Pyłu?

– Nie... cholera, jak ci to... Może inaczej. Najpierw coś uściślijmy, okej? Absalom to kowen, tak? Dobrze zrozumiałem?

– Tak, Skrzywiony – odparł niepewnie karzeł. – Ma przynajmniej trzy Kręgi, ale to Absalom jest jego sercem...

– A kto nim rządzi?

– To miasto pokurczy i okiełznanych Niemartwych... Rządzi nim nestor.

– A te twoje Dominia? To takie większe koweny, tak? Ile mają Kręgów?

– Wiele, Skrzywiony! I wielu hierarchów władających podległymi im prowincjami. Każde Dominium posiada też swego prymata.

– Prymata?

– Zwykły nestor nie udźwignąłby Dominium! Nie wiadomo nawet, czy dałby radę prowincjom, tak jak czynią to hierarchowie. Dominium rządzi jednak prymat, o ile nie zostanie zabity... choć rzadko się to zdarza. Nie tak łatwo ich zgładzić, choć wielu próbowało. Ich władza jest wielka, ustępują tylko Najwyższemu. Służą mu, nawet gdy walczą między sobą... – wyjaśnił skwapliwie Grotz.

– Walczą? Ci cali prymaci prowadzą więc wojnę?

– Wojna jest wieczna – odparł z powagą karzeł i zabrzmiało to niczym wyuczona formułka. Rud chrząknął.

– Dobrze, nie będziemy tego na razie analizować – oznajmił. – Chodzi mi o to, że nie jestem nawet z Dominiów, które uważasz za tak wielkie. Jestem... z daleka. Z bardzo daleka. Z miejsca poza Theą. Poza światem, który znasz. I muszę wrócić do domu. Czy wiesz może, kto mógłby mi w tym pomóc?

– Nie rozumiem... – wyszeptał niepewnie Grotz. – Czy nie doznałeś prawdziwego Skrzywienia? Czy nie złączyłeś Kręgu?

– No... powiedzmy.... Ale co to ma do rzeczy?

– Jeśli jesteś Skrzywiony, to Thea jest miękka w twych rękach. I twój jest Krąg! – Karzeł uniósł głos jak ktoś, kto w zdumieniu tłumaczy komuś rzeczy oczywiste. – Czy nie posiadasz swego Kręgu tam, skąd jesteś... tam, gdzie zrodziła cię mamka? Czy nie możesz do niego wrócić, gdy tylko tego zapragniesz i utoczysz swej krwi?

– Nie sądzę. – Malkolm uśmiechnął się krzywo. – Nie jestem chyba... takim Skrzywionym. Ale, jak rozumiem, są Skrzywieni, którzy to potrafią?

– O tak! O ile posiadają Krąg.

– A tu, w Absalomie, będzie choć jeden taki?

– Jeśli tak, to będzie jednym ze słabszych – uznał po chwili zastanowienia Grotz. – Silni Skrzywieni sięgają po wiele i nie kupczą Skrzywieniem...

– Czyli szansa jest? Dobrze. – Rud oblizał wargi, odłożył mięso. – Chciałbym więc, żebyśmy jednego znaleźli. Takiego słabszego Skrzywionego. W celu... eee... Skrzywionej konsultacji.

– Konsul...tacji?

– Porady – poprawił Malkolm. – Chcę sobie z nim pogadać. Da się to załatwić?

– Chyba tak... – powiedział w zamyśleniu Grotz. – Ale nie znam na tyle miasta, by zaprowadzić cię do jednego z nich. Przyda się tu przewodnik, o ile zechcesz za niego zapłacić.

– Zechcę. I to jak najszybciej.

Pokurcz Dorian Ybbertoken Jagerfortz chrząkał, stękał i pluł.

To, że on zostanie przewodnikiem, Rud zrozumiał już w momencie, gdy kończył kompletowanie odzienia i rynsztunku. Nie miał jednak pojęcia, że będzie aż tak ciężko. Garbata i zwinna istota zbiegła na dół Trzech Pięter niczym cyrkowa małpa, łapiąc się pazurzastymi dłońmi za poręcze drewnianych schodów. Ledwo za nią nadążyli. Ale był to dopiero początek.

Na parterze funkcjonowało coś w rodzaju karczmy i Malkolm wytrzeszczył oczy, widząc całą grupę podobnych przewodnikowi stworzeń i kilka jeszcze innych, nieznanych mu istot. Pod drewnianą ścianą siedział niesprecyzowany stwór o wydłużonych niczym mrówkojad ustach, pijący coś ze szklanej butli, tuż obok przespacerował się łysy humanoid przypominający wychudzonego niemiłosiernie upiora, a przy czymś w rodzaju baru siedział podobny do Grotza karzeł. To było jednak tylko mgnienie, bo drzwi otworzyły się i nagle znaleźli się w labiryncie brukowanych, wąskich uliczek, w cieniu krzywych domków o spiczastych daszkach i pod linowymi mostami, łączącymi wyjątkowo chude baszty.

Było to istne architektoniczne pandemonium, przypominające raczej jakiś upiorny lunapark, nie miasteczko. Wokół kręciła się cała masa pokurczy – podobnych do Doriana Ybbertokena Jagerfortza. Część nosiła jakieś wyklepane młotkiem, dziwacznie wyglądające zbroje. Ale i te widoki jedynie przelatywały im przed oczami, bo chrząkający, stękający i co chwila plujący przewodnik zasuwał przez Absalom niczym dzieciak z ADHD. Trzeba go było wreszcie walnąć w łeb, co z ochotą uczynił Grotz; wszystko po to, by pokurcz się uspokoił i ruszył nieco wolniej.

Na razie wchodzili coraz głębiej w miasteczko, oddalając się od otaczającego je muru. Jego fragmenty – także zresztą zamieszkałe przez pokurczy – coraz częściej zasłaniały wieżyczki i wywindowane w górę ni to chałupki, ni to kamienice skarlałych przedstawicieli plugawego rodzaju. Malkolm uznał, że – jako facet o przeszło stu osiemdziesięciu centymetrach wzrostu – nie zmieściłby się do większości z zabudowań. W zasadzie nie miał pewności, czy przez niektóre drzwi przecisnąłby się i Grotz – Absalom był enklawą spotworniałych liliputów.

Cała ta wycieczka zaczynała się robić męcząca właśnie z powodu owego ścisku i wszechobecnych pokurczy: mamroczących coś w swoim języku, który Grotz określił mianem „skurczonego", pokrzykujących i rzucających coś, co – od biedy – można było uznać za tutejsze przekleństwa. Brakowało tu przestrzeni i powietrza, a jedyny spory plac, na który się natknęli, był chyba miejscem publicznych egzekucji.

Budynek, do którego zmierzali, przypominał kościół w wersji mikro: zbudowany z obłupanych kamieni, bez krzyży, ale ze spiczastym – tak jak większość budowli w Absalomie – dachem, o ścianach pokrytych płaskorzeźbami przedstawiającymi – o dziwo – jakichś gigantów, miażdżących bosymi stopami trupie czaszki. Dorian Ybbertoken Jagerfortz zahamował tuż przed drzwiami z piskiem ciżem, zacharczał, otarł swój długi nos i wskazał na przybity do ściany szyld, który Rud – ku swemu zaskoczeniu – bezproblemowo odczytał. Napis głosił „Skrzywienie, Upodlenie". Zawijas u dołu układał się w imię „Strivarius Morh".

– Doprowadzony! – chrząknął Jagerfortz, czekając na swój odłamek, który Malkolm wysupłał i podał, uważnie obserwując reakcję Grotza. Nie zdążył jeszcze wypytać dokładnie o system monetarny i wartość zabranej z Kruczej Wieży waluty, ale karzeł się nie sprzeciwił, cena nie mogła zatem być zawyżona. Pokurcz raz jeszcze splunął, rozpędził się i znikł.

– Krótka piłka... – mruknął Rud. Chciał dodać coś jeszcze, ale Grotz napierał już na drzwi „kościółka", nie pozostało mu więc nic innego, jak ruszyć za karłem.

Wnętrze, jak na standardy Absalomu, było przestronne, choć zapchane po brzegi przez leżących pokurczy. Część rozłożyła się na jakichś suknach, inni spoczywali bezpośrednio na słabo oszlifowanej kamiennej posadzce. Malkolm uniósł brwi, ale zrozumiał, gdzie jest, gdy tylko usłyszał suchy kaszel. Szpital, uznał, albo coś, co go przypominało. Nie było widać tylko lekarzy.

– Sala Gaśnięć – wyjaśnił Grotz. – Wierzą, że przyjdzie tu Pomrok.

– Umieralnia? – skrzywił się Rud, dopiero teraz dostrzegając, że większość małych istot wygląda na stare. – Cudnie. A po co czekają na Pomrok?

– Słusznie jest wejść w cień, gdy nadchodzi koniec – bąknął karzeł, kierując się do krętych, przypominających wejście na ambonę schodków. – Jeśli Pomrok cię przyjmie, staniesz się Wyzwolony. Tylko cena może być zbyt wysoka.

– To znaczy?

– Przestaną pamiętać, kim byli, chyba że Pomrok ich wybierze i zachowa.

– Pocieszająca perspektywa – mruknął Malkolm. – Spaczone życie po życiu, co? Albo nic nie pamiętam, albo Pomrok zrobi ze mnie demona, tyle że pamiętającego poprzednie życie? Kiepska reklama wieczności.

– Mówisz, jakbyś pragnął, by dotknęła cię nicość, przestrzeń Martwej Krainy lub przekleństwo Blasku... – wymamrotał niepewnie Grotz. – Wybacz, ale nie rozumiem, Skrzywiony...

– No to jest już nas dwóch.

Zakręcające ślimakiem schodki prowadziły na jedyne piętro, przypominające raczej coś w rodzaju bardzo wysokiego strychu. Postawiono tam ściany wyglądające na biurowe przepierzenia, jakby ktoś uznał, że przestrzeń da się zagospodarować na małe pokoiki. Pokurczy tu nie było, nie licząc czegoś, co Malkolm uznał z początku za kolejnego plugawca, a co okazało się dziwacznym, budzącym obrzydzenie stworem – zlepkiem garbów, nieforemnych mięśni, krzywych kończyn i niewielkiej, śliniącej się, łysej głowy z jednym tylko otwartym okiem.

Skryty w półcieniu potworek poderwał się na ich widok, dobiegł kaczkowatym chodem do drzwi do jednego z pomieszczeń i otworzył je na oścież.

– Zaproszenie – zauważył karzeł.

Rud nie odpowiedział. Jeśli to miała być tutejsza wersja hostessy, nie chciał wiedzieć, jakie standardy piękna obowiązują w Absalomie. Przeszedł szybko przez próg, starając się nie patrzeć na rozchylającego odrzwia kalekę.

Wnętrze nie wyglądało zbyt zachęcająco. Na podłodze leżały jakieś zwinięte rulony, kawałki naczyń i resztki trudnych do sprecyzowania ingrediencji, w ściany wprawiono uginające się pod ciężarem butli, misek i pudeł drewniane półki. Sufitu nie było. Weszli w labirynt podzielony na mniejsze i większe sale połączone krótkimi korytarzami, w których łatwo by się zgubili, gdyby nie kaleka. Ich pokraczny przewodnik popędził przed siebie podobnie jak Jagerfortz.

Skręcili za nim w lewo, do owalnego pomieszczenia przypominającego kapliczkę, przeszli przez coś podobnego do zatęchłej garderoby, by trafić wreszcie do zawalonego księgami biurka okupowanego przez wysuszonego na wiór staruszka w dużych, ciemnych goglach.

– Strivarius – wychrypiał kaleka, dodając łamiącym się, upiornym głosem: – Z linii krwi Morhów, namaszczony. Skrzywienie. Upodlenie.

– Dziękuję – mruknął Malkolm, ale potworek odszedł dopiero po kaszlnięciu starca, który sięgnął drżącą ręką, by wyregulować jedno ze szkieł na twarzy. Dłoń wieńczyły dawno nieobcinane paznokcie.

– Mistrz Skryptor i Skrzywiony – przyznał Strivarius, przyglądając się z wyraźnym zainteresowaniem Rudowi. – Kamienny odłamek za poradę, dwa za proste Skrzywienie, trzy i więcej za Skrzywienie pierwszego rodzaju, oparte o silny omam, choć uprzedzam, że wywołanie takiego stanu może potrwać i wymaga wypicia stosownych dekoktów. Czego chcecie?

– Wynieść się z tej okolicy – oznajmił spokojnie Malkolm. – W miarę prędko.

– Z Absalomu? Wystarczy przejść przez bramę.

– Nie z miasta – doprecyzował Rud. – Z Thei.

– Z Thei? – słaby głos staruszka zadrżał lekko. – A dokąd to?

– Na Ziemię.

Zapadła cisza. Strivarius zastygł i przez chwilę Malkolm myślał, że mają przed sobą nieboszczyka, którego niespodziewana informacja doprowadziła do zawału. Potem jednak usłyszeli cichy charkot, który okazał się urywanym chichotem.

– Ziemia... – powiedział wreszcie starzec. – O, na Iglicę! Wielbiciel starych pism! Czego naprawdę chcesz, skryptorze? Interesy w Absalomie prowadzę ja i Teratha, ale ona jest nieudolna, zapewniam cię! Nic tu nie zarobisz!

– On nie chce zarabiać – wtrącił się Grotz. – To Skrzywiony, ale i posiadacz Kręgu!

Strivarius cofnął się na krześle, poprawił gogle.

– Skrzywiony... – wymamrotał po chwili. Dawna wesołość zniknęła. – Silny Skrzywiony z Kręgiem?

– Dokładnie – przyznał Malkolm. – Nieco zniecierpliwiony Skrzywiony, szczerze mówiąc.

– Tak... oczywiście... – zgodził się skwapliwie staruszek. – Jak sobie życzysz, Skrzywiony. Jak sobie życzysz...

– Więc jak? – spytał Rud. – Wiesz, co to Ziemia, tak? Skąd?

– To stare pisma... zapomniane skrypty...

Malkolm przewrócił oczami i sięgnął do tobołka. Ale zamiast grzebać wśród odłamków, podał woreczek Grotzowi.

– Zapłać mu za poradę – polecił. – Ma opowiedzieć o Ziemi. Wszystko, co wie.

– Tak uczynię, Skrzywiony... – przyznał ochoczo Strivarius, choć Rud wyczuł, że starzec potakuje mu po prostu, jak potakuje się komuś niespełna rozumu. – Ziemia, tak. To stara legenda. Bardzo stara... – dodał, łapiąc chciwie rzucony przez karła odłamek.

– Obyśmy się nie zestarzeli, czekając, aż sobie coś o niej przypomnisz – mruknął karzeł.

Strivarius zamlaskał.

– Dawni skryptorzy wierzyli, że Klejnot to rozpalona kula w Wielkiej Ciemności – zaczął szybko, jakby deklamował wyuczony fragment tekstu. – Owa błogosławiona ciemność nie była jednak ciemnością Wyzwolonych, lecz nieskończoną czernią, martwą i pustą. Ziemia, o której wspominasz, i Thea były światami krążącymi w owej czerni wokół innej rozpalonej kuli... daleko, daleko stąd. Zderzyły się jednak, tworząc niewielką kulę srebra, która zaczęła nocą oświetlać Ziemię... taką samą kulę, jaką był niegdyś Odłam i jego Rozsyp... – Starzec urwał, zamyślił się.

– I? – ponaglił Rud.

– Zderzenie to nie zniszczyło Thei i Ziemi, gdyż były zbyt masywne – podjął Strivarius. – Potworny cios sprawił wszakże, że Thea nie mogła pozostać na swojej trajektorii. Uleciała więc w Wielką Ciemność i popłynęła mrocznymi prądami, by narodzić się na nowo w blasku odnalezionego Klejnotu. To wszystko, co wiem.

– Interesujące – uznał Malkolm. – Co jednak, gdybym chciał znaleźć się na Ziemi?

– Aby tak się stało, musiałbyś być z nią związany, tak jak ze swym Kręgiem – zauważył Strivarius. – Skrzywieniem i krwią musiałbyś stworzyć nowy Krąg, niczym odbicie twego Kręgu. Wymagałoby to wszakże nie lada sztuki. Bez odpowiednich omamów mógłbyś nie tyle odejść, lecz coś do siebie przyciągnąć.

– Mniejsza o umiejętności – powiedział Rud. – Załóżmy, że jestem związany z Ziemią tak jak z Kręgiem, gdyż byłem tam... urodzony. Mógłbyś mnie wtedy odesłać?

– Skrzywiony... – zaczął niepewnie Grotz, ale Malkolm uniósł rękę, nakazując mu milczenie.

Starzec podrapał się po brodzie. Jego gogle nie wyrażały nic, ciemne szkła lśniły w płomyku stojącej na biurku świecy.

– To możliwe – zaczął ostrożnie – ale byłoby bardzo kosztowne. Musiałbyś oddać mi wszystko, co masz, może nawet Krąg...

– Łże! – Karzeł nie wytrzymał, wyszarpnął zza pasa swój morgensztern. – Zaraz rozwalę mu łepetynę i przegonimy z niej to kłamstwo!

– Czy mówiłem Krąg?! – pisnął starzec. – Nie, oczywiście, że nie! Błagam o wybaczenie!

– Upodlijmy go... – zaproponował Grotz i Rud z zaskoczeniem zauważył, że jasne oczy karła na moment przesłoniły się dawną szarością. – Zgodzi się na to, inaczej rozwalę mu łeb! Napój go swoją krwią, Skrzywiony, a zrobi, co zechcesz! Nawet jeśli sam jest Skrzywiony, nie jest tak silny jak ty! Ugnie się!

– Grotz – odparł Malkolm, łapiąc karła za ramię – to nie jest dobry pomysł. Nie będę nikogo upadlał.

– Słusznie... – pisnął przerażony starzec. – Upodleni tracą część siebie, przecież wiesz! A jeśli to uczynisz bez zezwolenia, dowie się o tym nestor Absalomu...

– Trzepnę go tylko raz – powiedział niemal przymilnie Grotz, ale Rud już go odciągnął. Szarość oczu znikała, wracał jasny brąz. – W lewe ucho, żeby lepiej reagował na pytania...

– Nie trzeba – oznajmił twardo Malkolm. – Strivarius?

– Tak?

– Szybka decyzja. Potrafisz to zrobić czy nie?

– Sam raczej nie podołam – przyznał lękliwie starzec. – Może kiedyś, gdy byłem młodszy. Ale mogę popytać... choćby w Szóstym Dominium.

– A to po co?! – syknął Grotz.

– Żyje tam potężny Skrzywiony, upodlony podobno przez samego prymata Szóstki – powiedział szybko Strivarius. – Upodlonego hierarchę zwą Widzącym, z racji jego wyjątkowej sztuki. Zarządza prowincją Hinnom. Zwykle nie miałbym szans na posłuchanie, lecz Ziemia... To go z pewnością zainteresuje. Mówią, że wielbi stare skrypty i historie, a jego Skrzywienie pozwala mu wejrzeć w to, co istniało, i to, co istnieje. Jeśli otrzymam zapłatę, zobaczę, co da się zrobić.

– Kręci – uznał karzeł. – Zależy mu tylko na odłamkach!

– To prawda – przyznał starzec, patrząc z niejakim zdziwieniem na Grotza. – Nie rozumiem cię, karle. Czy nie znasz Prostego Prawa? I czy nie mówi ono, by czynić to, za co ci zapłacono, chyba że uda się to skraść? A widać przecież, że kraść się nie opłaci...

– Rozsądnie – uznał Malkolm. Najwidoczniej nawet w skażonym złem świecie nie wyzbyto się odrobiny logiki. – Ile więc chcesz?

– Odłamek Wiecznego Królestwa lub jego wartość w Kamiennym – powiedział po chwili Strivarius. – I ani kawałka mniej. Za pomoc potężnego Skrzywionego z Dominium.

– To za wiele! – zaperzył się Grotz. – Chce nas obrabować!

– Czy tyle mamy? – spytał spokojnie Rud. Karzeł chrząknął coś niezrozumiale, ale kiwnął niechętnie głową. – Dobrze więc. Dostaniesz tyle, o ile wykonasz robotę.

– Zaraz się tym zajmę – obiecał skwapliwie starzec. – Zaczekajcie w komnacie obok, a ja porozmawiam z pomocą swego Skrzywienia z Widzącym.

– Wolałbym zaczekać tutaj – nie zgodził się Grotz, ale Strivarius zamachał rękami.

– Nie, nie! – zaprotestował, zerkając z wściekłością na karła. – Idźcie z Moraklem... nie wolno mi przeszkadzać! Rozmowa wymaga, by Thea stała się miękka w moich rękach. To zarazem omam słuchu i wzroku. Będę go musiał mocno wykrzywić... Taka sztuka wymaga ciszy. Tak... wymaga ciszy...

– To nie jest dobry... – zaczął Grotz, ale Rud nie miał już do tego cierpliwości. Złapał karła i pociągnął go do wyjścia.

Trwało to rzeczywiście długo.

Pomieszczenie, do którego przyprowadził ich kaleka, było czyste i przypominało parodię biurowej poczekalni. Rozsiedli się na czymś w rodzaju starej pocerowanej kanapy i ujęli podane przez Morakla kielichy z niezbyt czystym krwawym winem.

– Brakuje tylko ciasteczek i kolorowych pisemek – mruknął Rud.

– Czego? – zaciekawił się karzeł, narzekający przed chwilą na jakość trunku, ale Malkolm machnął tylko ręką. Ostatnią rzeczą, w jakiej pragnął edukować Grotza, był poziom ziemskich czytadeł.

Zamiast tego upił wina i zerknął na stojącego w kącie potworka.

– Morakl, tak? – spytał. – Od dawna tu pracujesz?

– Morakl martwy – odpowiedział chrapliwie stwór. – Morakl nieudany. Zepsuty pomiot. Mistrz ożywił i naprawił.

– Boże wszechmogący... – mruknął Rud. Na tym rozmowa się skończyła. Mężczyzna rozparł się na kanapie, odstawił kielich i przymknął oczy.

Coś go niepokoiło. Coś, co powiedział Strivarius. Problem polegał na tym, że nie potrafił określić co. Miał to na końcu języka. Była to jakaś prosta prawda, coś tak oczywistego, że niemal pchającego mu się w ręce. Najciemniej jest jednak pod latarnią. Diabli zresztą z tym; miał teraz inne problemy...

A więc istniała szansa na powrót. Może nikła, ale zawsze. Musiał wynieść się z tego chorego świata. Abstrahując od teorii związanej z powstaniem Thei, jakie były szanse, by obca planeta posiadała ten sam skład atmosfery co Ziemia i taką samą grawitację? Czy nie powinien się tu udusić, albo przynajmniej solidnie się rozchorować? I jakim cudem rozumiał, co do niego mówią? Gorzej: jak potrafił cokolwiek przeczytać? To wszystko zakrawało przecież na absurd...

Marla chyba coś wspominała... ale, jak na złość, nie pamiętał dokładnie co. Rzuciła coś o tym, że tylko mu się wydaje, iż mówi w swoim języku. Co mu zatem zaserwowano? Zainstalowany magiczny translator? Translator to zresztą jedno – ale co z jego przybyciem na Theę? I kto by miał go tu wysłać? Salowski? Raz już uwierzył, że gubernator wpakował go w ten skansen, ale zesłanie do innego świata to chyba lekka przesada...

Jedno było pewne: to, że nic nie wiedział. Piękny początek; nie miał pojęcia, jak się tu znalazł, i nie wiedział też, po co. Gdyby chociaż ten świat – ta pseudośredniowieczna, bajeczna krainka – był jakąś formą psychozy, odpowiedzią na stan, w jakim się znajdował... ale nie było to raczej możliwe. Tego typu rozważania do niczego zresztą nie prowadziły. Musiał je odłożyć ad acta: najważniejsze było w końcu to, by wrócić. Z powrotem znaleźć się w domu, nim trzaśnie ostatnia ułuda normalności w nienormalnym świecie... i pojawią się czerwone plamy, szaleństwo i gniew.

– Skrzywiony...

– Hm? – Otworzył oczy, otrząsając się z nieprzyjemnych myśli, i zauważył, że Grotz nie siedzi już na kanapie. Karzeł stanął przy drewnianej ścianie, bezczelnie przykładając do niej ucho. Skurczybyk podsłuchiwał.

– Coś tam się dzieje – wyjaśnił, odwracając się do Malkolma. – Na początku było mamrotanie i jakieś trzaski, ale teraz krzyczy. I nigdzie nie ma Morakla – dodał. Istotnie: raczej ożywiony eksperyment Strivariusa gdzieś zniknął.

– Czekaj... – mruknął Rud, podchodząc do ściany. Również nadstawił ucha.

Z początku nie usłyszał wiele, ale potem doleciały do niego jęki brzmiące jak błagania i niewyraźne „nie wiem, nie wiem", które wreszcie ustąpiły miejsca niesprecyzowanemu trzaskowi, zakończonemu nieprzyjemnym piskiem. Malkolm spojrzał na Grotza.

– Sprawdzamy – oznajmił, odruchowo sięgając po przymocowane do pleców Szydło. Karzeł kiwnął tylko głową, łapiąc w rękę swój morgensztern. Szybko wyszli z poczekalni, kierując się do biura Mistrza Strivariusa.

W korytarzu panował półmrok. Jakimś cudem z pomieszczenia wyssało sporo światła, choć ściany były dość dobrze widoczne, jakby promieniowały. Z oddali doleciały ich kolejne dźwięki, tym razem wyraźnie kojarzące się z charkotem i czymś w rodzaju jęku.

– Skrzywienie nie wyszło... – mruknął Grotz. Rud nie skomentował. Zamiast tego przyspieszył kroku, skręcając w kierunku biura. Byli blisko, widział już zarys ułamanych drzwi. Po cholerę, pomyślał. Po co się tam pcham?

– Mistrz! – usłyszeli nagle i na korytarz wprost z biura wybiegł przerażony Morakl. To było mgnienie, ale zdążyli dostrzec, że kaleka jest na wpół rozharatany. Coś, diabli wiedzą co, przecięło mu brzuch i sporą część klatki piersiowej, tak że zakrwawione flaki wydostały się na zewnątrz. – Mistrzuuuu!

– Ja pierdzielę... – wykrztusił Malkolm. Morakl prawie do nich dobiegł, ale przewrócił się nagle, zadrgał spazmatycznie, zabełkotał. Wkrótce było po wszystkim. Ciało znieruchomiało, a z pomieszczenia Strivariusa dobiegł złowieszczy jęk, który przerażonemu Rudowi skojarzył się z dźwiękiem wydanym przez uszkodzony komputer.

W tym właśnie momencie powinni uciec i gdzieś w tyle głowy Malkolm świetnie zdawał sobie z tego sprawę. Stał jednak jak sparaliżowany, chłonąc wyraźny obraz: wnętrze biura i trupa Strivariusa. Całość falowała, zupełnie jakby pomieszczenie znalazło się pod wodą, a w górze, nad ciałem pechowego Skrzywionego, wisiała jakaś spowita tkaniną postać.

Istota ponownie jęknęła, schyliła się i uderzyła w to, co zostało ze Strivariusa, rozdzielając trupa na dwa krwiste strzępy.

Dopiero wtedy się odwrócili i zaczęli biec ciasnymi korytarzami, potykając się o śmiecie i leżące gdzieniegdzie papirusy. Lewitujący potwór – czymkolwiek był – zauważył jednak ich ucieczkę i ruszył za nimi, ponownie wydając ów jęk podobny do komputerowego trzasku.

Zdążyli zbiec po ślimakowatych schodach, niemal łamiąc sobie na nich nogi, i przebiegli przez pół Sali Gaśnięć, skacząc nad ciałami pokurczy. Ale ich szczęście szybko się wyczerpało. Stwór przeleciał nad nimi i spłynął w dół, blokując im jedyną drogę ucieczki. Zatrzymali się gwałtownie. Rud zaklął.

Wisząca przed nimi istota odrobinę przypominała napotkany już Strzęp, ale była niemal w pełni materialna. Wyglądała jak bardzo wychudzony łysy starzec – a może coś w rodzaju pomarszczonego niemiłosiernie dziecka –

o lśniących bielą oczach. Z powodu okalającego ją postrzępionego stroju, przypominającego całun, nie potrafili stwierdzić, czym była naprawdę. Jej bose, chude stopy naciskały na powietrze tak, jakby usiłowała się od niego odepchnąć.

– Wyrwaniec... – wymamrotał Grotz. – Strzęp w pełni wyrwany z Martwej Krainy...

– A co to znowu za gówno?! – syknął przerażony Malkolm. Na tym wszakże konwersacja się skończyła: istota ruszyła ku nim, wyciągając swe ręce i wykręcając ciało. Jej ruchy nie wyglądały na płynne, a jakby poklatkowe. Była jednak szybka i Rud nie zauważył nawet, jak zamachnęła się na niego szponiastą łapą. Byłby to jego koniec... gdyby nie karzeł, który walnął morgenszternem prosto w jedną ze skrzywionych nóg potwora. To osłabiło nieco impet zabójczego ciosu, który rozszarpał tylko czarny habit Matki Gerdy.

Malkolm odruchowo uderzył Subulam – rzecz jasna, nieskutecznie. Aby mieć jakieś szanse, musiałby śmielej natrzeć na przeciwnika, a na to nie miał specjalnie ochoty. Wyrwaniec tymczasem zakręcił i przeleciał nad nimi, by spaść tym razem na karła. Szybki i zwinny Grotz uskoczył w bok dosłownie w ostatniej chwili. Istota zawyła i w przypływie wściekłości złapała jednego z leżących w sali pokurczy. Mogli tylko bezradnie patrzeć, jak rozrywa nieszczęśnika na pół. I chyba wtedy w całej Sali Gaśnięć rozległy się pełne przerażenia wrzaski.

– Wyjście! – krzyknął karzeł. Mieli szansę: incydent z pokurczem sprawił, że Wyrwaniec odsunął się od drzwi. Wypadli z budynku na łeb na szyję... i właśnie wtedy potwór złapał Ruda.

Na szczęście Wyrwaniec nie chwycił go za głowę, co zapewne skończyłoby się skręceniem karku. Dość, że złapał go za ramiona i zaczął się unosić.

Malkolm krzyknął, upuszczając miecz. Dotyk potwora – zimny i w odróżnieniu od niematerialnego Strzępu bardzo mocny – sprawił, że przeniknął go lodowaty dreszcz.

– Nie! – wydarł się rozpaczliwym głosem Grotz.

Ratunek przyszedł z niespodziewanej strony. Wyrwaniec już się obracał, by wznieść się wyżej i cisnąć Malkolmem o ziemię, gdy jakaś wysoka postać skoczyła z boku, złapała za jedną z nóg potwora i uwiesiła się na niej. Istota zawyła, szarpnęła się i puściła Ruda. Karzeł krzyknął, ale Malkolm stęknął tylko przy uderzeniu w ziemię i zaraz spróbował się podnieść, półprzytomnie rozglądając się za mieczem. Nie zauważył jednak Szydła, lecz stojącego nieopodal Doriana Ybbertokena Jagerfortza z szeroko rozdziawioną gębą.

– Nadżywy... – szepnął Grotz.

Przyprowadzony przez pokurcza Suhael wyciągnął czarny sztylet i wbił go w trzymaną postać. Wyrwaniec zawył i opadł ku ziemi. Nadżywy wyciągnął miecz i ciachnął. Gdyby było to zwykłe ostrze, skończyłoby się na powierzchownej ranie, ale szeroka głownia była wyjątkowo solidna i ciężka. Potwór zgiął się wpół. Suhael wyrwał broń i uderzył raz jeszcze, tym razem jeszcze skuteczniej. I docisnął Wyrwańca do ziemi.

Upiór szarpał się i wył. W pewnym momencie niemal wyzwolił się i wzleciał, ale Nadżywy nie zamierzał odpuścić. Ciachał metodycznie, z wyraźną zaciekłością. Suhael nie zamierzał dawać szans upiorowi – gdy dopadł już wroga, nie pozwalał mu wstać, brutalnie ponawiając uderzenia.

Komputerowy jęk Wyrwańca urwał się wreszcie, zastąpiony miłym dla ucha charkotem. Całun przestał drgać, tak jak i reszta skrytego pod nim ciała. Zewłok niemal natychmiast zaczął dymić.

– Do...doprowadzony... – wydukał kompletnie przerażony pokurcz Jagerfortz.

Po tym rozpoznasz Odrzuconego: oczy jego będą niczym woda i nie znajdziesz w nich błogosławionej mgły ni upragnionego cienia. Będzie on łaknął też Blasku i dążył do splugawionego światła, wznosząc je ponad ciemność. Jeśli zaś go zranisz, jego oczy szklić się będą i spłyną słabością. Wiedz wszakże, że silni, a nawet ci, którzy łakną Wyzwolenia, niekiedy łkają ze słusznego gniewu.

Uczyń więc tak: przyprowadź przed niego pomiot, młody i dorodny, najlepiej prosto z lęgu. Postaw go przed nim i uderzaj, aż zaleje się krwią – lecz nie gładź go przed czasem. Weź wreszcie sztylet i przyłóż go pomiotowi do gardła. Odrzucony zacznie się wtedy miotać, złorzeczyć, jego oczy zwilgotnieją i powie wreszcie: „Ocal go, a mnie weź zamiast niego!". Wówczas wiedzieć już będziesz, iż to Odrzucony.

Skrypt Nauk Dominium. O rozpoznaniu Odrzuconych,
Starszy Mistrz Skryptorów Orcus

ROZDZIAŁ PIĄTY
SŁUGA

Cała ta sytuacja przypominała wypadek, który przydarzył mu się kilka lat temu.

Malkolm stuknął wtedy jazdolotem w dyspozytor sieciowy, ustawiony na skrzyżowaniu. Tor przelotowy był zatkany i Rud pomyślał, że dobrze będzie posadzić maszynę i pomknąć zwykłą asfaltówką. Było pusto i skorzystał z lądowania na ślizgu, niemal w ostatniej chwili wysuwając opony. Robił to dziesiątki razy wcześniej, ale coś się przyblokowało, pojazd zadygotał, obrócił się i rąbnął we wzmocniony słup.

Dalej poszło już szybko – wygięło mu karoserię, system psiknął w niego plastmasą, a durny pokładowy komputer zdecydował, że należy wyrzucić go z wozu na skutek ryzyka pożaru wyliczonego na trzydzieści pięć procent. Drzwi uniosły się zatem, pas się odczepił i fotel wypchnął go na ulicę. Wciąż oszołomiony, nie kojarząc, co się, u diabła, stało, Rud strzelał oczami na lewo i prawo, nie rozumiejąc, czemu świat z bezpiecznego zmienił się nagle w chaos, czemu bombarduje go dźwięk syreny i czemu przód jego mercedesa avio 3000 wygląda jak zgnieciona puszka po piwie.

Teraz było podobnie.

Tuż obok leżał dymiący zewłok Wyrwańca. Obok stał Suhael, trzymając swój ciężki miecz. Podbiegł do niego Grotz, a pokurcz Dorian Ybbertoken Jagerfortz stał nadal z rozdziawioną gębą. Malkolm rozglądał się zaś półprzytomnie, jak przystało na człowieka, którego dopiero co usiłował zamordować latający upiór z horroru klasy B.

– Suhael zgładził Wyrwańca... – poinformował niepotrzebnie karzeł, patrząc z niepokojem na Ruda, ale ten z wolna odzyskiwał już rezon. Uniósł rękę, jakby chciał odgrodzić się od pytań, i chwiejnym krokiem podszedł do leżącego na ziemi Szydła. Następnie podniósł je i opierając ostrze o ziemię, wsparł się na nim ciężko.

– Za moment... – wychrypiał, przecierając dłonią napiętą, wciąż zszokowaną twarz. – Za jeden, kurna, momencik.

Usłuchali. Nie odezwał się nawet pokurcz, nie licząc donośnego przełknięcia śliny. W końcu Malkolm odchrząknął i odwrócił się w stronę Suhaela, patrząc na Nadżywego niemal przytomnym wzrokiem.

– Jakim cudem się tu znalazłeś? – spytał.

– Zrosłeś Krąg – odparł szybko Nadżywy. Jego chłodne, zamglone oczy patrzyły przenikliwie. – Zająłem się zatem płodami Pomroku. Nie było ich wszakże wiele i łatwo było je zgładzić. Tak się zdarza, gdy Krąg gasi Linie Pomroku – zaznaczył, chowając swój miecz. – Kiedy wróciłem, nie zastałem cię w Kruczej Wieży. Tifel, którego wyznaczyłeś do pilnowania Kręgu, niewiele wiedział, ale powiedziano mi w końcu, że wyruszyłeś w stronę Absalomu.

– Tork – mruknął Malkolm. Suhael kiwnął głową.

– Tak, Skrzywiony. Dziękuję za wiedzę i karę.

– Ale czemu za nami ruszyłeś? – spytał Grotz. – Skrzywiony nie kazał ci iść za sobą.

Blady zerknął na karła.

– To prawda – przyznał. – Niemniej jednak coś się wydarzyło. Uratowałeś Krąg, Skrzywiony – powtórzył – ale coś stało się z Kruczą Wieżą. Zmieniła się.

– Jak to: zmieniła? – nie zrozumiał Rud.

– Nie potrafię tego wyjaśnić – odpowiedział Suhael. – Choćby głowa Matki Gerdy... nie rusza się już. – Nadżywy skrzywił się, jakby wspomnienie staruchy wzbudziło w nim niesmak. – Wszystko jest inaczej. Wszystko jest bardziej kruche. Musisz wrócić, i to jak najszybciej.

– Nie sądzę, żeby...

– Skrzywiony... – przerwał Nadżywy. – Krąg może pęknąć ponownie. Tak jak wtedy, gdy był częścią kowenu Corax należącego do Wygnanego. Pamiętam to... – zaznaczył i Rud zauważył, że jego głos stał się nagle zimny. – Pamiętam przekleństwo Blasku i to, jak kruchy może być kowen. Dlatego musisz wrócić.

Malkolm nie odpowiedział. Co powiedziała Marla? Stwierdziła, że lud Kruczej Wieży nigdy by mu nie pomógł, gdyby nie widział w tym własnej korzyści. Gdyby go nie potrzebowali, z miejsca poderżnęliby mu gardło lub upodlili. Suhael wyglądał właśnie tak, jakby owa opcja, wcześniej niebrana pod uwagę, nie stanowiła dla niego większego problemu.

Co o nich naprawdę wiedział? Nie licząc ogólnych informacji. Raczej niewiele. Z pewnością mieszkańcom Kruczej Wieży pasowało siedzenie w Kręgu Matki Gerdy – choć nie pojmował do końca czemu. Czy nie byłoby rozsądniej osiedlić się w Absalomie lub w Dominiach, które – jak rozumiał – były o wiele bezpieczniejsze i skuteczniej chroniły przed Pomrokiem? Co ich zatem trzymało na tym zadupiu, które sami nazywali Odstępami? Karła wygnano, a reszta? Jaki miała cel, by tam siedzieć? Wygodę? Upodlenie przez Matkę Gerdę? Nieznane mu profity? A może tkwili w Odstępach przez jakieś irracjonalne lenistwo?

Cóż, na razie nie to było jego problemem, a Suhael, który patrząc mu prosto w oczy, opierał dłoń na rękojeści swego miecza, jakby zaraz zamierzał go wyciągnąć. Rud zmarszczył brwi.

– Słuchaj – odezwał się wreszcie. – Zostawiłem Tifela na miejscu nie bez powodu. Grotz już wie: nie jestem stąd. I zamierzam wrócić do miejsca, z którego przybyłem. A jeśli tak bardzo zależy ci na tym nieszczęsnym Kręgu, to go sobie weź. Ja nie zamierzam w nim siedzieć i nikt mnie do tego nie zmusi.

– Nie zmusi? – spytał powoli Suhael. – Czy nie zgładziłeś Matki Gerdy? Czy nie przyjąłeś Subulam? I czy nie zrosłeś Kręgu? Jesteś przecież Skrzywiony.

– Wasza Matka napadła na mnie, kiedy tu przybyłem – odparł zimno Rud. – Musiałem się bronić. A co do

Szydła, sami wcisnęliście mi je w ręce. Chciałem otrzymać coś... innego. A co do Skrzywionego, to fakt, że tak mnie nazywacie, jeszcze nic nie znaczy. Powtarzam: nie jestem stąd. I nie zamierzam tu pozostać. Dotarło?

Nadżywy nie odpowiedział. Patrzył na Malkolma bez słowa, by wreszcie odwrócić się w stronę karła.

– Grotz – odezwał się pozornie spokojnym głosem – czy to, co powiedział, jest prawdą?

– Tak – odparł niepewnie karzeł. – Ale jest też prawdą, że to Skrzywiony, zapewniam cię... Inaczej nie zrósłby Kręgu!

– I teraz zamierza go oddać... – wycedził Suhael. – I to komu? Mnie? To ty zawsze chciałeś Siedziska – zauważył, zerkając na Grotza. – Chociaż wiedziałeś, że to wszystko zniszczy. Byłeś zbyt słaby – rzucił pogardliwie. – I byłeś zbyt wielkim głupcem!

– To już nie ma znaczenia! – wypalił karzeł. – Nie chcę Siedziska. Już nie.

– I mam w to uwierzyć? – prychnął pogardliwie Nadżywy. – Zresztą i tak nie utrzymałbyś dużego Kręgu. Wszystko się rozpadnie... – powoli wyciągnął swój miecz – a wtedy pochłonie nas Pomrok.

– Nie musi tak być – zauważył Malkolm. Zmiana w postawie Suhaela zaskoczyła go. Przejście ze służalczości w pogardę było gładkie, zupełnie jakby cień buntu tkwił cały czas pod skórą Nadżywego. – Krąg nie jest mi potrzebny. Oddam go bez walki.

– Thea jest twarda – powiedział Suhael ni to do Malkolma, ni to do siebie. – A Proste Prawo jest Prostym Prawem. Mam wierzyć, że tak łatwo ulegniesz? – spytał, podchodząc do Ruda. Jego blade oczy uważnie obserwowały każdy ruch Malkolma. – Jesteś Skrzywiony. Nie ugniesz karku.

– Suhaelu, przestań... – wymamrotał Grotz. – Nie rozumiesz...

– Czego? – syknął Nadżywy. – Mówi, że nie jest stąd! I twierdzi, że nie panuje nad własnym Skrzywieniem. A to znaczy, że nie wie nawet, jak oddać Krąg! Zgładzić go będzie łatwiej – dodał, przyjmując postawę do walki. – Odsuń się, Grotz. Może jeśli upijesz jego krwi, uda ci się zapanować nad...

– Nie!

Wszystko rozegrało się szybko. W jednej chwili Suhael wznosił swój miecz, a w drugiej – pomiędzy Nadżywym a Rudem stanął karzeł. Grotz warknął i obnażył zęby. W rękach ściskał swój nieodłączny morgensztern.

– Ustąp albo połamię ci nogi – obiecał lodowato. Suhael uniósł brwi.

– Upodlił cię – stwierdził. – Sam poprosiłeś o krew? Żałosny karle...

– Ustąp, powiedziałem!

Cyrk, pomyślał Malkolm, także unosząc miecz i patrząc niepewnie na Nadżywego. Widział już, jak Suhael walczy, i szczerze mówiąc, niezbyt mu się to podobało. Może gdyby chodziło o bitkę na pięści, miałby jakieś szanse, ale o fechtunku wiedział w sumie tyle, że miecz należy trzymać za rękojeść i machać nim jak cepem, w nadziei, że nie oberwie się mieczem przeciwnika. Do tej pory jakoś to wystarczyło, ale teraz...

Gdzieś w tle pisnął Jagerfortz. Na tyle żałośnie, by zauważyli, jak kopnięty pokurcz upada na brukowaną uliczkę.

Było ich czterech – a przynajmniej czterech udało się dostrzec. Tęgi łysy mężczyzna, wysoka istota wyglądająca na mieszaninę człowieka i plugawca, szczupła starsza kobieta i pokurcz, który pasował do reszty towarzystwa jak wół do karety. Wszyscy nosili szare, źle wyklepane zbroje – a w zasadzie ich fragmenty, zawieszone na ciałach za pomocą skórzanych opasek i rzemieni – i wszyscy trzymali broń. Krótkie, szerokie miecze w jednej dłoni, a w drugiej – ciężkie pałki, podobne nieco do morgensztерna Grotza. Tylko pokurcz ściskał coś w rodzaju zaostrzonej dzidy, którą celował teraz w pochlipującego Doriana Ybbertokena Jagerfortza.

Policja, zrozumiał Rud. Mają tu pieprzoną policję.

– Stać! – ryknął łysy. – Broń na ziemię!

– Zbrojni kowenu... – wydukał Grotz.

– Broń na ziemię, powiedziałem!

Usłuchali. Pierwszy Malkolm, następnie Grotz i na końcu wciąż wpatrzony w Ruda Suhael.

– Cofnąć się!

To także zrobili. Niczym tancereczki, pomyślał Rud. Grzecznie kroczek do tyłu. Jedno trzeba było przyznać – zbrojni znali się na swojej robocie. Należąca do „policji Absalomu" kobieta schowała swoją broń i podeszła szybkim krokiem, by zebrać tę, którą zostawili. Zawahała się jedynie przy Szydle i Malkolmowi przeszło przez myśl, że nigdy nie spytał o wartość i historię swojego miecza. Na to było już jednak za późno.

Po zabraniu broni zbrojni nieco się rozluźnili, a kobieta, odłożywszy miecze i morgensztern przy swoich towarzyszach, podeszła, by przeszukać Ruda. Na ziemi wylądował wkrótce czarny sztylet Suhaela i coś należącego do Grotza, co można było uznać za najeżony kolcami kastet.

– Thea jest twarda, a siła jest ponad słabością – powiedział łysy i zabrzmiało to niczym wyuczona nudna formułka, którą musiał często powtarzać. – Zgładzono pokurcza z Sali Gaśnięć. Kto tego dokonał i czemu?

– Zrobił to Wyrwaniec – oznajmił Grotz, wskazując na ledwo dymiące truchło. – Przywołany przez Mistrza Strivariusa, Skrzywionego... którego także zgładził.

– Po co przywołano Wyrwańca?

– Nie wiemy – wtrącił się Malkolm. – Wiadomo nam tylko tyle, że zapłaciliśmy Strivariusowi za poradę. Mistrz przyjął zapłatę i kazał nam czekać. Potem pojawił się Wyrwaniec. Najwidoczniej Strivariusowi nie wyszło coś ze Skrzywieniem.

Zapadła cisza, podczas której zbrojny najwyraźniej główkował, bo podrapał się po łysej głowie.

– Zapłata za poradę wywołała niepokoje – stwierdził wreszcie. – A nestor Absalomu ich nie pochwala.

– Nie zamierzałem... – zaczął Rud, ale urwał, słysząc ciche syknięcie Grotza. Łysy chrząknął i splunął.

– Mistrz Strivarius zawodził już wcześniej – uznał. – Dosięgło go przekleństwo śmiertelnych, rodzące słabość ciała i umysłu. Przyczyną niepokojów była zatem jego nieudana porada... – Zamyślił się i znowu podrapał po czaszce. – Kara będzie niewielka. Kto doprowadził was do Mistrza Strivariusa?

– Ten pokurcz – oznajmił zaskoczony Rud. – Ale nie rozumiem, co...

Jagerfortz jęknął rozpaczliwie po raz ostatni. Istota wyglądająca na pół człowieka, pół plugawca podeszła do niego szybkim krokiem i przyszpiliła do ziemi ostrzem miecza. Pokurcz zabulgotał, zadrżał i zmarł. Jego zabójca nachylił się nad ciałem i wprawnym ruchem wyszarpnął schowaną w stroju Jagerfortza sakiewkę.

– Co, do... – zaczął Malkolm, ale tęgi mężczyzna podszedł nagle i zdzielił go pałką w żołądek. Rud zgiął się konwulsyjnie, pociemniało mu przed oczami, zakaszlał.

– Cisza! – wydarł się zbrojny. – Dość niepokojów! Zrozumiano?

– Tak – odparł szybko Grotz. – Dziękujemy za wiedzę i karę!

Zbrojny nie odpowiedział. Odwrócił się i odszedł, pozostawiając na ziemi broń i trupa Doriana Ybbertokena Jagerfortza.

To wszystko przypominało koszmarny sen. Co miało oznaczać zabicie pokurcza? Czy tak wyglądał tutejszy mechanizm sprawiedliwości? Rud próbował to sobie jakoś poukładać, ale przed oczami rozsypywały mu się tylko puzzle: tępa twarz łysego osiłka, kobieta zbierająca ich broń, pogarda w oczach Suhaela i wreszcie przebity mieczem pokurcz – niczym kończąca zdanie kropka.

– Dobra – oznajmił wreszcie ochrypłym głosem. – Dosyć przedstawienia. Suhael, nadal rwiesz się do bitki? Proszę uprzejmie, ale za momencik. Grotz?

– Tak?

– Idziemy na wódkę. Czy to całe wasze krwawe wino, wszystko jedno. Prowadź do najbliższego pubu. Wiesz, co to pub? Nieważne. A bar? Knajpa? Wódopój? – Malkolm zawahał się, miał to na końcu języka. – Gospoda? Karczma? – wypalił wreszcie. – Wziąłeś odłamki, więc kupujesz. Nadżywy? Skończ już z tym groźnym wytrzeszczaniem na mnie oczu. Idziesz z nami.

– Jeśli myślisz, że... – zaczął zimno Suhael, ale Rud machnął tylko ręką i podszedł do pozostawionej przez zbrojnych broni. Podniósł Subulam, by po męczącej gimnastyce i delikatnym złapaniu za ostrze włożyć je z trudem do zawieszonej na plecach pochwy. Najwidoczniej nabierał wprawy... choć zranił się w palec wskazujący.

– Nic już nie myślę. Po prostu rusz ten swój sztywny, blady tyłek.

O dziwo, to wystarczyło. Pierwszy wyruszył karzeł. Jako drugi poszedł ssący palec Rud, powstrzymując się ostatkiem woli, by nie spojrzeć za siebie, na trupa pokurcza oraz groźnego Nadżywego. Ale ryzyko, że Suhael znienacka zaatakuje, było raczej wątpliwe. Nie w momencie, gdy dopiero co zainteresowali się nimi zbrojni kowenu. Nadżywy wyruszył zatem za nimi – choć jakby wbrew sobie, ze świeżo odzyskanym mieczem w garści. Schował go dopiero, gdy skręcili w jedną z bocznych uliczek.

Jak się okazało, gospody nie trzeba było szukać zbyt długo. Ta, na którą natrafili, nosiła nazwę Krzywy Plugawiec. Z zewnątrz prezentowała się nawet okazale – jak skrzyżowanie sporej chałupy z kamienicą podpieraną przez kilka drewnianych słupów, pełniących zapewne rolę nie do końca udanego portyku. Stały pod nią beczki i przynajmniej dwóch lokalnych pijaczków pokurczów, a w środku była ciemna, zasnuta źle odprowadzonym dymem z paleniska i cuchnąca.

To ostatnie Malkolmowi nie przeszkadzało; bywał już w podobnych knajpach, z reguły zajmowanych przez harleyowców, którym jego firma zdejmowała cesarskie tłumiki prędkościowe z upgrade'owanych jednośladów. Rzecz jasna, półlegalnie. Najważniejsze było to, że pomimo zaduchu w środku było na tyle przestronnie, by poustawiać długie, szerokie blaty, przypominające stół z Kruczej Wieży.

W głębi znajdowała się otwarta izba i chyba coś wyglądającego na piec. Stał tam stół z żywnością i napitkiem, ławy i zydle oraz coś, co Rud uznał za kramik, tuż przy wejściu do spichlerza. Obok niego ustawiono koryto. I to ono zwróciło jego uwagę na tyle, że wyrwał do przodu, mijając drepczących wokół pijanych pokurczy, ludzi i istoty, którym nie zdążył się nawet przyjrzeć.

– Za odłamek... kamienny... brać? – zaczepił go jakiś pokurcz, usiłujący mu wcisnąć podejrzanie wyglądające ziele. – Krzywy chrust, tak? Krzywy chrust?

– Dziękuję, nie teraz. Chyba już to jadłem – wymigał się Malkolm, mijając natręta i dochodząc do celu. – Bingo – wyszeptał, gdy upewnił się, że koryto – choć brudne i pamiętające chyba lepsze czasy – było w istocie rynną, nad którą wisiało kilka prymitywnych, zamykanych na skobel kraników. – Mają tu piwo. Jesteśmy, kurna, w domu. Grotz!

– Tak, Skrzywiony?

– Cokolwiek to jest, chcę tego cały kufel.

– Chcesz napitek? Jest droższy niż...

– Nieważne, chcę napitek. I to jak najszybciej. Też sobie kup. Usiądę tam, w porządku? – Wskazał na w miarę czystą ławę, stojącą nieopodal okna. – Powiedz, żeby ci dali najlepszy napitek, jaki tu mają. Suhael?

– Czego chcesz? – spytał niechętnie Nadżywy.

– Klapnij i się odpręż. Stawiam piwko. Pozabijać zdążymy się później. Może sobie na razie pogadamy?

Suhael nie odpowiedział, ale z kamienną miną odwrócił się od Malkolma i skierował w stronę pokurcza wyglądającego na karczmarza. Rud dojrzał, jak wręcza mu odłamek i przyjmuje wypełniony krwawym winem kielich, by usiąść wreszcie daleko w kącie karczmy. Malkolm westchnął, unosząc oczy ku powale.

– Jak sobie chcesz – mruknął, kierując się na swoje miejsce. – Cholerny świr.

– Mam napitek – oznajmił karzeł, stawiając przed Rudem drewniany kufel, przypominający miniaturową wersję beczki z uchwytem. Znajdujący się w środku płyn wyglądał na ciemny, ale – ku uldze Ruda – pienił się niczym prawdziwe piwo. Upił łyk.

Było to słaby trunek, ale można było wyczuć ni to zbożowy, ni to chlebowy posmak, a także żywiczno-chmielowe nuty. Całość była mocno mętna – niemniej jednak było to piwo, w smaku przypominające koźlaka, o czym Rud pomyślał z rozbawieniem. Świat zdominowany przez zło i piwo spod znaku Rogatego... Jakżeby inaczej.

– Skrzywiony?

– Hę?

– Porozmawiam z Nadżywym – zaoferował Grotz. – Nie byłoby dobrze, gdyby znowu cię zaatakował, a chyba tego pragnie. On... nie rozumie.

– W porządku – zgodził się Malkolm, upijając kolejny łyk tutejszej wersji koźlaka. – Idź. Ale mogę cię zapewnić, że sam rozumiem jeszcze mniej – mruknął, patrząc na plecy karła, oddalającego się w stronę ławy Suhaela. – Tu nie wystarczy nawet zgrzewka żywca – dodał, ponownie przechylając kufel. Przymknął z lubością oczy.

Jedno trzeba było Thei przyznać. Wyglądała na znacznie bardziej przystępny świat, w momencie gdy Rud znalazł piwo. I to normalne, nie w gadającej reklamami puszce. Puszce, która – jakieś sto lat temu – natchnęła go do założenia SynchroWorku.

Firma powstała z początku jako wyraz buntu przeciw wpychanej wszędzie elektronice – odpowiedź na lukę w rynku związaną z masową komputeryzacją. Jeśli żyjesz w świecie, w którym piwo wygłasza reklamy, gada do ciebie szafa, a kran ma zainstalowany chip o mocy dziesiątek teraflopów, okazuje się nagle, że nie można wymienić głupiego kolanka pod umywalką bez zapoznania się z tysiącstronicową instrukcją. Najlepiej wymieniać wówczas całe moduły – przekraczając tym samym koszt zwykłej naprawy o kilka rzędów.

I tak właśnie powstał SynchroWork – kompleks usług naprawczo-modernizacyjnych z warsztatem do zleceń specjalnych. Założyli biznes razem z Mrowiakiem i Liebensteinem i działali z początku jako zwykła firemka usługowa, by rozrosnąć się wreszcie w sieć „modernizacyjną", wykonującą nietypowe usługi dla mediów – choćby i tamtą współpracę z Mronkiewiczem, świrem od antyków. W sumie to on powinien zjawić się na Thei. Byłby wprost zachwycony...

– I jak? Dobre?

Niespodziewany chrapliwy głos sprawił, że Malkolm niemal zakrztusił się piwem. Odstawił kufel i cofnął się odruchowo na zydlu. Gdzieś w tle rozbrzmiał pijacki śpiew i chichot wstawionego pokurcza.

– Marla...

Siadła naprzeciwko i spojrzała na niego, przekrzywiając głowę. Podwinięte na zydlu nogi objęła rękami, brodę wsparła na kolanach. Jej podkrążone oczy wyglądały jak dwie ciemne studnie.

– Nie miałem cię przypadkiem wezwać? – spytał. – Długo wołać twoje imię i tak dalej?

– Może. – Wzruszyła ramionami. – I możliwe, że tak jeszcze będzie. Na razie miałam ochotę cię zobaczyć. Co tam u ciebie?

– U mnie? – spytał, ponownie upijając piwa. – Niewiele. Zaakceptowałem fakt, że jestem na jakimś bajkowym zadupiu. Przespacerowałem się po okolicy z nie do końca normalnym karłem, który najpierw chciał urwać mi łeb, a teraz został moim akolitą. Zadźgałem grupkę leśnych dziadków. I zostałem zaatakowany przez latającego żywego trupa w szpitalnym trenczu.

– Brzmi jak fajna zabawa.

– Właśnie – odparł, odstawiając kufel. – A tak przy okazji, skąd w ogóle znasz słowo „fajna"? Bo mam dziwne wrażenie, że nie powinnaś.

– Upiłam twojej krwi, Malkolm – przypomniała. – Wiesz, co w niej jest? Całkiem sporo. A ja potrafię to znaleźć. I chcę więcej.

– Nie sądzę, żeby to był dobry pomysł. Po tym, jak się zdenerwowałaś...

– Zawarliśmy układ – zmarszczyła brwi – i on nadal zobowiązuje. Jesteś mi winien jedną kroplę krwi.

– Tak? – spytał nieco kpiąco, zapewne przez piwo. – Jak jesteś taka zasadnicza, to sama ją sobie weź.

To był błąd. Najpierw coś błysnęło w jej oczach, a potem czarne usta skrzywiły się w uśmiechu. Rud nie zauważył, jak zerwała się z zydla i przebiegła po stole z czarnym sztyletem w dłoni. Zanim zdążył zareagować, ciachnęła go po dłoni i odskoczyła.

Syknął z bólu, ale hałas stłumił gwar gospody. Marla cofnęła się i usiadła z powrotem na zydlu. Pełen triumfu uśmiech wciąż nie schodził jej z twarzy.

– Ty...! – zaczął, ale urwał, widząc, jak dziewczyna oblizuje sztylet i zastyga na moment w bezruchu.

Przymknęła oczy, broń nieomal wypadła jej z rąk. Trwało to krótko – na tyle, by wciąż jeszcze w lekkim szoku, spojrzał na swoją rękę. Drasnęła go tylko, ale na myśl o tym, że równie dobrze mogła poderżnąć mu gardło, zrobiło mu się zimno. Zdusił w ustach przekleństwo, widząc, że odziana na czarno gotka ponownie otwiera oczy, w których bielmo zostało na moment przesłonięte przez głęboką czerń.

– I już – powiedziała. – Następnym razem uważaj, o co prosisz, mój drogi Malkolmie Rudecki.

– Kim ty jesteś, do jasnej cholery...? – wychrypiał.

Marla wzruszyła ramionami.

– Kim tylko zechcesz – powiedziała. – Boli? – spytała z dobrze udawaną troską.

– A jak myślisz?! – warknął.

– Nic ci nie będzie – uznała, a w jej oczach coś błysnęło. – Spory z ciebie śmiertelny, więc zamiast jęczeć, powinieneś wiedzieć, że umów się dotrzymuje. A ty wreszcie wywiązałeś się ze swojej... więc przyjmij to tak, jak należy!

Malkolm zmarszczył brwi. Coś się zmieniło. Zauważył, że dziewczyna zaciska pięści, a w jej kpiącym tonie przebija gniew. Znów zrobił coś, co ją rozwścieczyło. Dostała to, czego chciała... powinna więc triumfować. Było jednak inaczej i Rud zaczynał sądzić, że coś jej chodzi po głowie. Planowała coś względem niego – tego był pewien, a jego uparta postawa w jakiś pokrętny sposób udaremniała jej plany. Dziwne.

– À propos tej całej umowy – powiedział zimno. – Zakładam, że skoro wzięłaś, co miałaś wziąć, wywiążesz się do końca ze swojej części.

– To znaczy? – spytała spokojniej, ale Rud nie dał się zwieść.

– Może i dobry z ciebie negocjator – powiedział – ale tym razem przeoczyłaś coś małym druczkiem. Nie wiem, czy pamiętasz, ale wcześniejszej odpowiedzi na temat Thei udzieliłaś mi na zasadzie kredytu. Wyglądało to dokładnie tak, że udzieliłem ci wtedy rabatu na moją krew i zgodziłaś się ją zakupić w formie kredytowej. A to wiąże się z kilkoma sprawami.

– Ciekawe. Niby z jakimi?

– Po pierwsze, rabat ma to do siebie – oznajmił – że jest dość płynny. Wiem, co mówię, bo od lat siedzę w tym interesie, i pragnę cię poinformować, że rabat to zniżka, która jest odliczona od ceny określonego towaru. Dawaliśmy go często w SynchroWorku. Udzieliłaś więc odpowiedzi w zamian za oczekiwany produkt, który teraz dostałaś. Zapomniałaś tylko o jednym.

– Tak? A o czym?

– Że w trakcie naszych negocjacji nie ustaliliśmy, ile tak naprawdę warta jest kropla mojej krwi. I ile wynoszą odsetki i prowizja od udzielonego ci na nią kredytu.

Zapadła cisza.

– Gdybyś się tak nie śpieszyła i miała czas, by postudiować trochę zawartą w mojej krwi ekonomię, to wiedziałabyś, że rabat może być gotówkowy – kontynuował spokojnie Malkolm, widząc, że dziewczyna patrzy na niego w lodowatym milczeniu. – Ten tyczył się kropli krwi rozumianej jako produkt, podczas gdy udzieloną przez ciebie informację można rozpatrywać jako wasze... odłamki, czyli w moim rozumieniu gotówkę, którą częściowo zapłaciłaś za moją krew. Udzieliłem ci zatem rabatu gotówkowego przy sprzedaży kredytowej. Można więc uznać, że nadal się nie rozliczyliśmy – zakończył, modląc się w duchu, by nie wyczuła, jak bardzo naciągany jest ten wywód.

– Nie rozliczyliśmy? – spytała chrapliwie. – Chyba sobie żartujesz.

– Po prostu zakładam, że moja krew jako źródło informacji o moim świecie i o mnie samym jest bezcenna. Na Thei nie ma takiej drugiej. Powiem więcej: sądzę, że się z niej nie wypłacisz. Zatem... używając określenia z mojego świata: jesteś w czarnej dupie, moja droga.

– Chwileczkę.

Marla przymknęła oczy, szukając wyjścia z impasu. Jej powieki drgały, jakby przeszukiwała fragmenty wiedzy zdobytej z krwi. Rud uśmiechnął się do siebie i upił piwa. Cała ta sytuacja zaczęła mu przypominać dawne negocjacje z klientami i przez krótką chwilę poczuł się jak w domu.

Dziewczyna otworzyła oczy.

– Popełniłeś błąd – powiedziała. – Udzielając rabatu na produkt, nie poinformowałeś o jego cenie i o wysokości oprocentowania udzielonego kredytu. Zachowałeś się jak... jest takie słowo w twym świecie... przedsiębiorca, który doprowadza... – Znowu się zawahała, ale dokończyła pewniejszym głosem: – ...konsumenta do podjęcia decyzji w związku z umową, której by inaczej nie podjął. Jest na ten temat odpowiedni dekret Cesarstwa... coś o działaniu wprowadzającym w błąd poprzez rozpowszechnienie fałszywych informacji bądź ich zatajanie. Twoje działanie... hmmm... promocyjne było więc nieuczciwe, bo nie podałeś ceny opartej na prawdziwych przesłankach, a tylko wywołałeś u mnie przeświadczenie o szczególnej atrakcyjności produktu. To, co uznajesz za swą siłę, jest więc także twą słabością.

– Pat – zgodził się.

– Tak – przyznała, uśmiechając się triumfalnie. – Szachy, prawda? Ciekawa gra. Spodobałaby mi się. Moja propozycja jest więc taka: możesz zadać jedno pytanie.

– Pięć pytań.

– Jedno.

– Cztery – oznajmił, odstawiając opróżniony kufel. – I tylko dlatego, że wypiłem piwo.

– Dwa – zgodziła się – i tylko dlatego, że zamierzam jeszcze wrócić do naszego interesu... choć już na innych warunkach. To ostateczna i nienegocjowalna oferta.

Malkolm oblizał wargi, kątem oka zerkając na odległy stolik, przy którym siedzieli Grotz i Suhael. Żaden nie patrzył w jego stronę, karzeł gestykulował i tłumaczył coś zawzięcie Nadżywemu. Rud westchnął.

– Niech ci będzie – zgodził się. – Ale stawiasz mi drugie piwo.

Marla uśmiechnęła się znowu, ale jej podkrążone oczy pozostały ciemne.

Podany przez karczmarza – mamroczącego coś pod nosem pokurcza – napitek nie różnił się od wcześniejszego. Marla zapłaciła i kiedy w pazurzastej łapie zniknął niewielki odłamek, Malkolm zdecydował się zamówić jeszcze jakieś jedzenie. Nie wyraził zainteresowania „paluszkami Skrzywionej" czy „larwami na zimno", zatem zarówno jemu, jak i dziewczynie przyniesiono coś wyglądającego na polany sosem podpłomyk. Marla przyjęła jeszcze gliniany kubek z mocniejszą wersją krwawego wina. Pewne rzeczy, uznał Rud, nie zmieniały się najwidoczniej niezależnie od miejsca w kosmosie. Dziewczyny, choć i tu zdarzały się wyjątki, bardziej ceniły drinki. Pakując kawałek smakującego, jakżeby inaczej, gorczycą podpłomyka do ust, patrzył, jak blada, ładna gotka dotyka ustami brzegu naczynia i upija nieco trunku. Czekał.

– Już możesz zadać swoje pytanie – uznała, odstawiając krwawe wino. Malkolm, próbujący właśnie piwa, niemal zakrztusił się napitkiem.

– Miałem mieć dwa!

– Na pierwsze już odpowiedziałam – przypomniała, nadal uśmiechając się do niego czarnymi wargami. – W ramach rabatu, którego sam mi udzieliłeś. Czyżbyś zapomniał? Zostało ci więc jedno pytanie, i ani jednego więcej.

Rud zaklął cicho. Odstawił piwo, patrząc na siedzącą spokojnie dziewczynę, która oderwała kęs jadła i włożyła go do ust. Niech to diabli! Mógł o tym pomyśleć wcześniej... Cóż, mleko się rozlało. Teraz musiał się zastanowić, jakie pytanie zadać.

Rzecz jasna chciał się dowiedzieć, kim jest Marla, ale przypuszczał, że to jedna ze Skrzywionych – a o nich już sporo wiedział. Co jednak, jeśli wie, skąd się tu wziął i po co? Niestety, obawiał się, że wiedza dziewczyny na ten temat jest co najwyżej mierna. Wnosił to z faktu, że gdy ją pierwszy raz spotkał, wyglądała na zaskoczoną jego przybyciem, a to, kim jest i skąd pochodzi, stało się jej znane dopiero wtedy, gdy spróbowała jego krwi. Dopiero wówczas uznała, że Malkolm jest interesujący, i zdecydowała się zrobić z nim interes.

– I jak? Namyśliłeś się już? – ponagliła go Marla. – Zaczynam się nudzić.

– Powiedzmy, że tak – odparł. – Ale zanim zacznę, chciałbym uściślić kilka kwestii. Jak rozumiem, liczą się tylko takie pytania, na które udzielisz mi odpowiedzi. Jeśli czegoś nie wiesz, pytanie automatycznie się kasuje i mogę zadać następne.

Kiwnęła głową. W jej ciemnych oczach błyszczało widoczne rozbawienie.

– Po drugie, twoja odpowiedź zostanie podana tak, żebym ją zrozumiał. Podobno masz już wiedzę na temat mojego świata – przypomniał. – Wykorzystaj ją zatem, by odpowiedzi były... klarowne. Nie potrzebuję kolejnych informacji, które niewiele mi mówią. I po trzecie, jeśli jakaś odpowiedź będzie wymagała doprecyzowania, zrobisz to. Mogę zadać wtedy pytania uzupełniające, ale nie potraktujesz ich jako dodatkowych pytań, o ile będę trzymał się tematu.

– To nieścisłe – zauważyła. – W ten sposób mogłabym odpowiadać bez końca.

– Tak, ale tu posłużymy się czymś, czego na Thei ewidentnie brakuje: zdrowym rozsądkiem – oznajmił. – Odpowiadasz więc tak, by wyczerpać temat, choćby wymagało to dygresji. Wiesz, co to dygresja? – spytał, a Marla skinęła głową. – Zgadzasz się?

Marla nie odpowiedziała, ale nie musiała. Widać było, że przyjęła warunki. Tym razem się nie uśmiechała: była poważna, jakby od jego następnego pytania sporo zależało.

– Dobrze... Mógłbym spytać o sytuację geopolityczną – zaczął – i może to zrobię, o ile rozumiesz, o co mi chodzi. Części się jednak domyślam. Mam jednak wcześniej pytanie retoryczne... czyli takie, na jakie nie musisz odpowiadać, nie stanowi więc ono części naszej umowy. Pozwolisz?

– Spróbuj.

– Pamiętasz, co mówiłem na początku, kiedy cię poznałem? Nadal sądzę, że ten wasz cały Pomrok i jego Wyzwoleni napadający na biedne osady... to znaczy te wasze ochronne Kręgi... rozwalają wam koncepcję złego świata. Kupy się to nie trzyma – rzucił pogardliwie, licząc, że pociągnie ją za język. – Według mnie dobrzy są bowiem ci, którzy w tych Kręgach siedzą, a złe to, co na nich nastaje. To tak na marginesie.

– Doprawdy? – Wydęła wargi. – I mówi to ktoś, kto ma u siebie swój własny Pomrok.

– Jaki znowu...

– Na twojej Ziemi istnieje koncepcja Nieba – przerwała mu, upijając krwawego wina. – Dobrego miejsca, o którym marzy każdy, kto w nie wierzy. Ale nikt nie chce szybko się tam znaleźć, prawda? Podobnie jest z Pomrokiem. To moc, której się pragnie i lęka, ucieleśnienie wyczekiwanej ciemności – stwierdziła, odstawiając kubek. – Ale dość już tych gierek, Skrzywiony i Prosty. Nie marnuj mojego czasu. Zadaj swoje pytanie.

– Świetnie. A oto i ono: jak mam, do cholery, wrócić?

– Nie wiem – odpowiedziała szybko. – Ta wiedza jest w posiadaniu tego, który cię tu ściągnął. Możliwe, że jesteś związany z Ziemią, która w pewnym sensie jest twym Kręgiem... lecz coś przełamało ów Krąg... – Wzruszyła ramionami. – Na to pytanie nie znam odpowiedzi. Możesz więc zadać mi inne, zgodnie z naszą umową.

– Wybieram się do Szóstego Dominium – powiedział po dłuższej chwili. – Jest tam pewien Skrzywiony typek, hierarcha zwany Widzącym. Podobno jego moc jest spora, mam zatem szansę na powrót na Ziemię... o ile się na to zgodzi.

– Raczej cię zamknie w swych lochach. Albo od razu zabije.

– Tak myślisz? Zobaczymy. Tak czy owak, z chęcią bym o niego zapytał, ale obawiam się, że niepotrzebnie zmarnowałbym swoje pytanie. Może więc zróbmy tak: zorientuję się nieco w swojej sytuacji i wrócimy do tego później. Co ty na to?

– Nie – odpowiedziała krótko, odstawiając pusty kubek. – Albo zadasz pytanie teraz, albo pytanie przepada.

– Nie ustaliliśmy czasu, w jakim mogę je zadać...

– To prawda – zgodziła się. – Dlatego teraz go ustalam. Musisz zadać swoje pytanie albo uznam, że wywiązałam się ze swojej części umowy.

Cholera, pomyślał Rud.

– Dobrze – powiedział po chwili. – Pytań mam w sumie od groma. Czym jest dokładnie Pomrok, Wyzwoleni... czym są dokładnie Linie Pomroku i Dominia... wiem tyle, że koweny to jakieś zbitki Kręgów, a Dominia to zbitki kowenów... Część informacji wyciągnąłem od Grotza, ale to wszystko za mało. Nie wiem nawet, kto tu, u diabła, rządzi! Nie wiem, kim jesteś ty. I jeszcze tyle pytań na temat historii Thei...

– Decyduj się.

– Niech ci będzie – mruknął, odstawiając do połowy opróżniony kufel. – I tak mam w głowie sieczkę i groch z kapustą. Ujmijmy to zatem tak: biorąc pod uwagę to, czym są Dominia i Odstępy, jak mam bezpiecznie dotrzeć do Widzącego?

Marla nie odpowiedziała. Znów przekrzywiła głowę, a na jej czarnych ustach wykwitł wcześniej wygasły uśmiech.

– Zmyślnie – pochwaliła – ale nie dość. Biorąc pod uwagę to, czym są Dominia i Odstępy? Dobrze, Malkolmie Rudecki. Oto twoja odpowiedź. – Nachyliła się nad stołem, by przesunąć palcem po nieheblowanym drewnie. Jej cienki palec pozostawił po sobie drgającą ciemną linię. – Jesteś w kowenie Absalom. Pomiędzy nim a Szóstym Dominium, zwanym także Verm lub Dominium Pyłu, znajduje się stara Bruzda z czasów walk pomiędzy Szóstką a nieistniejącym już Siódmym Dominium. Bruzda ta ciągnie się z południa na północ niczym stara rana, lecz można ją przekroczyć bezpiecznie w kilku miejscach.

– Bruzda? – spytał.

– Zrozumiesz, kiedy zobaczysz – powiedziała. – Na razie nie przeszkadzaj. Ten, o którego ci chodzi, został osadzony przez prymata Vermu w Przełomie Ogniwa. To jego nagroda i kara. Jego moc została bowiem dostrzeżona, a zatem zesłano go na granicę, by można było w pełni wykorzystać Skrzywiony wzrok, którym dysponuje. Możliwe, że odsunięto go też po to, by nie zagrażał pozycji prymata. Jego zadaniem jest obserwacja kowenów i granicy Odstępów, po to, by przewidzieć napływ Pomroku od tej strony Nocnej Obręczy. Dokładnie tu – narysowała coś wyglądającego na fragment gór – przebiega część zachodniej granicy Vermu. Rzecz jasna, zachodniej dla Dominium, gdyż dla ciebie ta granica leży na wschodzie.

– Gdzie mam więc iść?

– Interesuje cię Ogniwo, osamotniony odprysk górskiego masywu zwanego Łańcuchem. Łańcuch jest tu. – Nakreśliła niedbale kolejną ciemną linię, nieco na lewo od wyrysowanej mapy. – Ciągnie się on ze wschodu na zachód, odcinając część Odstępów i kowenów od północy... i od Nocnej Obręczy, a także tkwiącego za nią Pomroku. Potem zmienia się w rozłupane resztki zwane Popękańcem i opada ku południu, przemieniając się w Grobowe Góry. Jego częścią było niegdyś także Ogniwo, lecz dawny masyw, podobnie jak Popękaniec, zniszczyła wojna Wiecznego Królestwa.

– A ten cały Przełom?

– To wąska szczelina pomiędzy wysokimi ścianami Ogniwa – wyjaśniła. – Jedna z dróg do podległej Widzącemu Hinnom: ostatniej, wysuniętej na zachód prowincji Szóstego Dominium. Znajdują się tam lochy bez nazwy, będące pozostałością po starej twierdzy. W tym właśnie miejscu jest Widzący i jego upodlone sługi. To także najdogodniejsze dojście od strony Absalomu. Dalsze koweny, takie jak leżący na północy Gemertolk czy Sarepta, muszą przejść przez Pęknięty Płaskowyż, pozostałość po Łańcuchu.

– Pęknięty Płaskowyż?

– To jeden z Kręgów kowenu Sarepty, wchodzący częściowo na Bruzdę. Pełno tam skalistych wzniesień, zdradliwych gruzów i niebezpiecznych wyrw... nie licząc patroli zbrojnych z Suchego Dworu, pierwszego Kręgu Sarepty. Większość podróżnych korzysta więc z wijącej się i przez to długiej Ścieżki Odrzuconych lub przekracza skażone fragmenty Bruzdy z dala od Płaskowyżu.

– Skażone, co? Pięknie.

– Na szlaku, którym pójdziesz, raczej nie będzie skażenia – uspokoiła Marla. – Nic ci zatem nie grozi. Nawet Nieskończona Wojna toczona jest w innych regionach. Ta Bruzda nie interesuje też hierarchy Vermu, jest zatem szansa, że nie skieruje ku niej swego Skrzywionego wzroku. Wschodnie granice Dominiów nie budzą wielkiego zainteresowania prymatów, a więc i Widzącego...

– Mam być szczery? – prychnął, upijając piwa. – Bruzdy? Twierdze? Skażenia? Nieskończone Wojny? Nie wygląda to za dobrze.

– Jeśli chcesz bezpiecznie dotrzeć do Widzącego, musisz iść tędy – stwierdziła, odsuwając się od rysunku, który nakreśliła na blacie. – Prosto na wschód. Idąc w tym kierunku, przedostaniesz się przez Bruzdę. Będziesz mógł na nią wcześniej spojrzeć, jeśli wejdziesz na Wzgórze Odrzuconych, choć nie polecam ci za bardzo tego miejsca. Poczekaj... O, tu... – stwierdziła z namysłem, pokazując mu wcześniej wyrysowaną ścieżkę. – Tu możesz przejść przez Bruzdę, przekraczając resztkę Martwego Mostu.

– Martwy Most?

– Łatwo go znajdziesz, o ile jeszcze stoi. To niemal cały czas prosto. Przejście w tym miejscu będzie najbezpieczniejsze. Kiedy go przekroczysz, dotrzesz do podnóża Przełomu Ogniwa. Powinno tam być wejście do Czarnej Poterny, prowadzącej w głąb góry i samych kazamatów. Musisz ją odnaleźć, bo inaczej zagubisz się w jaskiniach i korytarzach Przełomu. Większość jest pusta... ale część zamieszkują sługi Widzącego. Najlepiej jest zatem przejść Czarną Poterną, choć nie wiadomo, jak hierarcha Hinnom zareaguje na nieproszonych gości. Droga w tę stronę powinna być jednak łatwa, bo Widzący nie obawia się gości z zachodu. Gorzej będzie z powrotem – zakończyła, uśmiechając się kpiąco – ale to już twój problem. Zadowolony?

– Powiedzmy – mruknął.

– W takim razie – uznała Marla, wstając od ławy – nasza umowa została dopełniona. Miło robić z tobą interesy, Skrzywiony i Prosty. Do zobaczenia. Za jakiś czas... o ile przeżyjesz.

– Już się zbierasz?

– Muszę dokładniej poznać to, co ofiarowałeś mi w swojej krwi...

– Hej, czekaj. – Uniósł się z zydla, ale dziewczyna uśmiechnęła się tylko i, co wydało mu się nagle dziwaczne, wycofała się tyłem. Zamarł z rozdziawionymi ustami, patrząc na nienaturalny ruch gotki, przypominający puszczony wstecz holofilm. – Mar...Marla?

Nie odpowiedziała. Dziewczyna siedziała przed nim... i nagle zniknęła. Zupełnie jakby rozpłynęła się w powietrzu.

Czując się jak idiota, Rud wyciągnął niepewnie rękę i dotknął pozostawionego przez nią naczynia. Kubek przechylił się lekko, a Malkolm odetchnął z ulgą.

– Jednak tu była – stwierdził, powoli opadając na zydel.

Suhael upił się krwawym winem.

To, że karzeł i Nadżywy tak długo siedzieli sami w kącie karczmy, z początku mu nie przeszkadzało – Rud mógł dokończyć trudne negocjacje z Marlą. Dopiwszy jednak swe drugie piwo, Malkolm westchnął, odstawił pusty kufel i skierował się w stronę Suhaela i Grotza.

– I jak? – zagadnął, łapiąc za stojący nieopodal wolny zydel i dosiadając się do towarzyszy. – Nadal nie w humorze?

– Próbowałem, Skrzywiony – powiedział chrapliwie karzeł. – Ale Suhael nie chce słuchać. Siedzi tylko i wychyla kielich za kielichem...

– Właśnie widzę – mruknął Rud. Istotnie, siedzący za stołem Nadżywy wyglądał jak ktoś, kto po przekroczeniu granicy rozluźnienia decyduje się pić na poważnie. – Suhael? Wciąż ciągnie cię do bitki?

Nadżywy nie odpowiedział. Jego przystojna twarz zdawała się jeszcze bardziej blada niż zwykle, a nieliczne widoczne pod skórą błękitne żyłki stały się wyraźniejsze. Nie zwracając uwagi na Malkolma, Suhael znowu napił się wina, niczym automat.

– Swoją drogą, już wcześniej chciałem spytać o tę całą Nadżywość – ciągnął niewzruszony Rud. – O co z tym chodzi? Masz nadwyżkę energii? Dłużej żyjesz?

– Nadżywi nie są dotknięci przekleństwem śmiertelnych – wciął się usłużnie Grotz. – Nie starzeją się i nie gasną, choć mogą zginąć od chorób lub od ran.

– No tak – mruknął Rud. – Chodzący problem dla systemu opieki zdrowotnej. Mniejsza zresztą o większość. Chciałbym, Suchy – dodał nieco zimniejszym tonem – żebyś wysłuchał, co mam ci do powiedzenia. Możesz na sekundkę się skupić? Dziękuję. A więc tak: nic nie jestem wam winien. Ani tobie, ani Grotzowi, ani Kręgowi. Sorry, Grotz... nic do ciebie nie mam, ale taka jest prawda – stwierdził, zerkając w stronę karła. – Co do reszty, to Matka Gerda rzuciła się na mnie pierwsza, a cała sprawa z reperacją tej waszej bariery ochronnej wyszła tylko dlatego, że Suchy powiedział mi, co mam zrobić – zaznaczył, ponownie patrząc na Suhaela. Nadżywy ani drgnął. – Przykro mi, że coś się tam teraz zepsuło, ale mam własne problemy. Dlatego zrobimy tak: wstanę teraz od tej ławy, załatwię potrzebę fizjologiczną typu drobnego i wrócę do Sali Gaśnięć. Może uda mi się stwierdzić, czemu pojawił się tam ten cholerny upiór. Następnie zamierzam przenocować w Trzech Piętrach, by z samego rana wyruszyć z Absalomu. I to na razie tyle. Jeśli więc zamierzasz mnie zabić, to wiesz, gdzie mnie szukać. No i sorry, ale w niczym już nie będę pomagał. Zrobiłem swoje i Krąg Kruczej Wieży to już nie mój problem – zakończył i wstał z zydla. – Grotz?

– Tak, Skrzywiony?

– Jeśli chcesz, możesz wracać do Kruczej Wieży. Albo podejść ze mną do biura Strivariusa. Nie nalegam. Zrobisz, jak zechcesz.

– Pójdę z tobą.

Malkolm kiwnął głową.

– Dziękuję – powiedział, świadom faktu, że coś zachrypiało mu w gardle. – Spotkajmy się za chwilę na zewnątrz. Muszę tu siknąć.

– W środku? – zdziwił się karzeł, a Rud uniósł wzrok na powałę.

– W porządku, rozumiem. Toalety brak. Tyle rzekomo mieliście er – zauważył, odwracając się w stronę wyjścia – i nie wpadliście na to, by pobudować ubikacje?

Nadżywy wyruszył za nimi. Z początku Malkolm i Grotz nie zauważyli, że blady zdecydował się podążyć ich śladem. Suhaela dostrzegł jednak w końcu karzeł – Nadżywy nie śpieszył się, ale dotrzymywał im kroku. Rud nie był tym faktem zachwycony. Zakładał, że Suhael zrezygnuje i powróci do Kruczej Wieży. Niestety, Nadżywy śledził ich i idąc wąskimi uliczkami Absalomu, Malkolm zastanawiał się, po co wyznał mu swoje plany. Najwidoczniej piwo zrobiło swoje i rozwiązało mu język. Teraz pozostawało tylko zżymać się na własną głupotę i mieć nadzieję, że agresywne zapędy Suhaela ostudziła nieco interwencja zbrojnych z kowenu.

Na miejscu szybko stwierdzili, że zarówno trup pokurcza Doriana Ybbertokena Jagerfortza, jak i zewłok Wyrwańca zniknęły. Niestety – o czym skwapliwie poinformował Ruda Grotz – za zabranie ciał nie odpowiadały służby porządkowe. Pokurcz i Wyrwaniec byli na tyle dużą porcją mięsa, by zainteresować zaradnych mieszkańców kowenu. Ciała zostały zapewne już oczyszczone i przygotowane do przetworzenia. Na miejscu nie zostało praktycznie nic.

– Po diabła wam te całe katakumby w Grobowych Górach, skoro tak sobie radzicie... – mruknął z niesmakiem Malkolm, a karzeł z miejsca zaczął coś mówić o erach, Odrzuconych i przeklętych „smętarzach". Rud machnął ręką. – Ciekawe, czy w biurze też już porozkradane – dodał, rozglądając się za stojącymi w pobliżu zbrojnymi. Nikogo jednak nie było. – Dobra, wchodzimy.

O dziwo, Sala Gaśnięć wyglądała tak samo jak przedtem. Zniknął tylko zmasakrowany przez upiora trup pokurcza. Wszystko wyglądało tak samo, także gdy wspięli się na ślimakowe schody i weszli na piętro.

– Bali się Skrzywienia – zakomunikował karzeł, gdy ostrożnie zerknęli do środka pomieszczenia. – Nawet jeśli wygasło... – dorzucił, patrząc czujnie w głąb korytarza.

– Jeśli siedzi tam kolejny potworek, rezygnujemy – zdecydował Rud, ale na szczęście, nie licząc panującego w korytarzu półmroku, pomieszczenie było puste. Nawet widziane przez nich wcześniej falowanie przestrzeni zniknęło, jak gdyby nigdy nie istniało.

Kilkanaście kroków dalej natknęli się na trupa Morakla, którego, jak uznał Grotz, na szczęście nie dotknęły Linie Pomroku.

– Nie zostanie Wyzwolony ani Niemartwy – stwierdził karzeł. – Martwi niekiedy powracają dzięki Pomrokowi, ale ten był martwy już wcześniej....

Jakby na potwierdzenie jego słów upiorny eksperyment Mistrza Strivariusa leżał w bezruchu. Na jego ciało nikt jeszcze się nie połakomił i Malkolm zaczął się zastanawiać, czy zbrojni w ogóle tu przybędą, by sprawdzić, co się dokładnie stało. Na razie miejsce pozostawało puste – może po to, by wygasły w nim resztki Skrzywienia. Skażony teren, niezbędna kwarantanna. Cóż, jeśli to miało oznaczać, że Rud będzie się mógł rozejrzeć...

Przeszli ostrożnie dalej – przez owalne pomieszczenie z ołtarzem, dziwaczną garderobę i krótki korytarz prowadzący do biura Skrzywionego. W pewnym momencie Grotz potrącił leżący na ziemi stary garnek i naczynie poturlało się z głośnym łoskotem. Rud syknął, ale na strachu się skończyło. Byli sami.

Rozerwane ciało Strivariusa spoczywało tuż obok jego zawalonego księgami i szpargałami biurka. W powietrzu unosił się zapach kojarzący się ze spalenizną i czymś, co Malkolm uznał za przyspieszony proces gnilny. Wystarczył rzut oka, by zrobiło mu się niedobrze. Krew, flaki i inne resztki Strivariusa walały się po całym biurze i Rud ledwo powstrzymał odruch wymiotny.

Tatusiu, ratuj!

– Załatwimy to szybko – powiedział chłodnym tonem. – Jakoś musiał wzywać tego całego Widzącego. Popatrz, czego mógł użyć, a ja zerknę na te księgi.

– Na skrypty, Skrzywiony?

– Dokładnie – zgodził się Malkolm, starając się skupić na tytułach, a nie na leżących wokół flakach. – Rozdzielenie dyspozycji, jak w dobrej firmie.

– Nie rozumiem...

– Nieważne. Po prostu poszukaj czegoś, co może się nam przydać.

Księgi, czy też skrypty, prezentowały się okazale... choć nie każda wyglądała na ciekawą z punktu widzenia Ruda. Tytuły takie jak „Krzywość zielna", „Upadlanie mamek" czy – nieco bardziej interesujący – „Ingredientim" mówiły mu niewiele. Żaden z tomów nie został też podpisany przez autora. Najwidoczniej w świecie, w którym zwyciężyło zło, zniknęły i prawa autorskie. W końcu zrezygnowany Malkolm włożył do torby „Skrypt Nauk Dominium" – i tom o tytule „Cronicus". Reszta dzieł prezentowała się na tyle chaotycznie i bezwartościowo, że zrezygnował z dodatkowego obciążenia torby.

– Skrzywiony...

– Hę?

– Chyba znalazłem... – wymamrotał Grotz.

Stojące na biurku naczynie, ochlapane krwią i przykryte kawałkiem papirusu z niezrozumiałymi symbolami, przypominało garnek lub niewielką miskę, starą i popękaną, a także niemiłosiernie brudną i śmierdzącą.

– Nocnik? – spytał z niesmakiem Rud. – A jednak. Cofam, co mówiłem o braku toalet.

– To Splugawiona Czara – wyjaśnił karzeł. – Matka Gerda miała podobną.

– Cóż to za przyjemne urządzonko?

– Prawdą jest, że trzeba zostawiać w niej nieczystości, a także raczyć się nimi i mieszać w niej swe płyny. Z czasem wytwarza się w ten sposób Krzywy Opar, mogący wzmocnić Skrzywienie, by ujrzeć to, co zakryte. A także rozmawiać z tymi, którzy są daleko.

– Komunikator z podglądem? Zrobiony z nocnika? – skrzywił się Rud. – Za każdym razem, kiedy myślę, że mnie już nie zaskoczycie, wyciągacie takie...

– To żyje, Skrzywiony.

– Czekaj... – mruknął Malkolm i niechętnie zerknął do naczynia. Istotnie, coś tam falowało... jakby echo niedawnego Skrzywienia, przysłaniające wnętrze czary.

Wydawało się, że w środku pojawiła się gęsta mgła wymieszana z plamami krwi, które kręciły się wolnym wirem, by nagle rozwiać się niczym odległe chmury i umożliwić spojrzenie w dół – ku popękanej ziemi i dziwnie postrzępionym szczytom, tworzącym wielkie koło o gładkich ścianach. I nagle, nie wiedząc skąd, Rud zrozumiał, na co patrzy, tak jakby wizji towarzyszyła informacja. Ogniwo.

– Skrzywiony...

Malkolm nie słuchał. Patrzył, jak obraz przybliża się i zarazem oddala, zupełnie jakby trzeba go było dostroić. Gdzieś tam – w Przełomie Ogniwa – znajdowały się lochy Widzącego, ruina dawnej twierdzy... Rud pobłądził wzrokiem i uciekł od tkwiącej tam woli, niezdającej sobie sprawy z jego istnienia. Coś ciągnęło go w górę, w odległą przestrzeń wypełnioną blaskiem... światłem, które było materialne i zimne, a przy tym dziwnie palące.

– Skrzywiony?

Głos karła docierał do niego niczym przez watę. Rud nie mógł skupić się na denerwujących go, nawołujących dźwiękach, bo tam, poza granicą światła, niczym rysa na tle stężonego blasku widniała linia – ostra i jasna niczym uderzenie błyskawicy. Przypominała cienką, nienaturalnie wysoką wieżę lub wbity w nieboskłon pręt. Widziałem to, pomyślał Malkolm. Mam to na końcu języka. Widziałem to wtedy, gdy...

– Skrzywiony!

Wizja urwała się. Rud ujrzał jeszcze, jak od odległej linii odrywa się coś na kształt świetlnego punktu i leci w jego kierunku, ale w tym właśnie momencie od Czary odciągnął go Grotz. Dopiero wtedy Malkolm rozejrzał się półprzytomnie. W głowie łupało.

– Skrzywiony!

– Nie wrzeszcz... – stęknął, patrząc na pobladłego wyraźnie karła. – Już jestem. Zakryj to.

Karzeł puścił jego rękę i przykrył Splugawioną Czarę jednym z papirusów. Malkolm potrząsnął głową.

– Nie trzeba było tego oglądać – zauważył. – W holokinie mam tak samo. Zawsze łeb mnie bolał od wizotronicznych efektów specjalnych.

– Widziałeś coś?

– Niewiele – przyznał, przecierając skronie palcami. – To była wizja plus informacja, ale nieco się rwało. Na pewno dostrzegłem Przełom Ogniwa, ten na wschód stąd. A potem jakieś chmurki i jakby odległą wieżę, ale bardzo cienką. Coś się od niej odczepiło. Jakaś świecąca gwiazdka. Rozumiesz, o czym mówię?

– Nie jestem pewien, Skrzywiony...

– Nieważne – uznał Rud. – Wygląda w każdym razie na to, że Strivarius w ten sposób połączył się z Widzącym, ale coś mu nie wyszło. Wiemy zatem tyle samo, ile na początku... – Podrapał się z namysłem po od dawna niegolonej brodzie. – Czy to możliwe, że Wyrwaniec pojawił się sam z siebie?

– Nie wiem – powiedział Grotz. – Ale słyszałem, że Wyrwańców, tak jak i Strzępy, tworzą Skrzywieni.

– Zatem można założyć, że nasłał go Widzący. Tylko po co miałby to robić, skoro już wcześniej gawędził ze Strivariusem?

– Nikt nie przewidzi zamiarów Skrzywionych.

– Możliwe – zgodził się Malkolm. – Ale logiczniej jest zakładać, że Widzący wysłał Wyrwańca przez to, o co pytał Strivarius. A pytał o Ziemię... i o mnie. Patrząc z tej perspektywy, podróż do Przełomu Ogniwa nie wydaje się najlepszym pomysłem. Problem w tym, że nie mam żadnej innej koncepcji.

– Co zatem uczynisz?

– Teraz? Najpierw stąd wyjdę. Cuchnie tu śmiercią. – Skrzywił się, przesuwając wzrokiem po trupie Strivariusa. – Następnie nieco pozwiedzam ten wasz cały Absalom. Typowy turystyczny spacerek plus bar pod wieczór. A potem... zrobię chyba to, o czym mówiłem Suhaelowi. Pójdę do Trzech Pięter, żeby się z tym wszystkim przespać.

– Z pewnością panuje tu rozpusta – zgodził się Grotz. – Znajdziemy wiele Domów Mamek, lecz nie wiem, czy uda się wziąć każdą z nich do łoża. Nie mamy tylu odłamków, by zapłacić za każde pożądanie...

– Miałem na myśli przespanie się z problemem! – jęknął Rud. – Chyba wiesz, co to metafora? Nieważne, nie odpowiadaj. Chodźmy.

– Tak... – odparł nieco zawstydzony karzeł. – Dziękuję za wiedzę i karę.

– Przestań z tym swoim tekstem – uciął Malkolm, kierując się w stronę wyjścia. – Normalnie jak dziecko... – mruknął do siebie, by nagle pojąć, że chyba istotnie ma rację. Kim był Grotz teraz, po tym, gdy zafundował mu pranie mózgu prądem?

Tylko tego mi brakowało, pomyślał. Stałem się jego mamką.

Zwiedzanie okazało się średnim pomysłem.

Po pierwsze, Rud nie mówił do końca na serio, a po drugie, sporo już zobaczył, pędząc przez Absalom z Dorianem Ybbertokenem Jagerfortzem. Był też zmęczony, a kowen okazał się dość monotonny. Męczące były jego wąskie, pół kamienne, pół drewniane budyneczki, chylące się ku wąskim, częściowo brukowanym alejkom. Męczące były równie wąskie okienka i tak samo wąskie wieżyczki utrzymane w stylu upiornego Gaudiego. Ale najbardziej dawały się im we znaki wąskie drewniane kładki, rozkładane na co drugiej uliczce po to, by mieszkańcy nie wchodzili w śmierdzące nieczystości.

Jak się bowiem okazało, pokurcze – i nieliczni widoczni na ulicach ludzie, o których Malkolm zaczął już myśleć per „śmiertelni" – załatwiali swoje potrzeby po kątach, niekiedy przykucając i oddając się grubszej sprawie przy akompaniamencie nieprzyjemnych dźwięków.

Nie przeszkadzało im to w rozmowie – w powietrzu unosiły się gwar, chichoty i odgłosy burkliwych przekleństw. Język tych istot brzmiał dziwnie i był jakby poskładany z krzykliwych bezokoliczników. Pokurcze krzyczały więc do siebie: „Brać! Kupić! Biec! Srać!" – co chwilę przetykając prymitywne stwierdzenia dokuczliwym śmiechem przypominającym ataki kaszlu. Dałoby się to zresztą wytrzymać, gdyby nie towarzyszący stworom smród.

W pewnym momencie Grotz wskazał coś wyglądającego jak rząd drewnianych sławojek – zapewne innowacyjny pomysł nestora – ale Rud miał wrażenie, że całość cuchnie jeszcze gorzej od uliczek miasteczka.

– Łaźnia – tłumaczył niewiele rozumiejącemu karłowi. – Miejsce, gdzie można się umyć. Z gorącą wodą i parą. Macie coś takiego?

– Umyć się? – spytał zaskoczony Grotz. – To ściąga zarazę! Mówią, że czynią tak w Dominiach, lecz w Odstępach wie każdy, iż obmycie to pierwsza ze skaz! Torturze tej poddają się nadzorcy, a może i nestorzy, lecz tylko ich moc może dać odpór takiemu zepsuciu ciała...

– Jeszcze jeden powód, by iść w stronę Vermu – mruknął Malkolm. – Będziemy chyba... a nie, czekaj! Jeszcze nie wracamy. Widzisz to, co ja?

– Chyba nie do końca...

– Jarmark!

Istotnie, doszli do czegoś, co wyglądało na targowisko. Ta uliczka wydawała się znacznie szersza, być może prowadziła na rynek, i o wiele czystsza. Krążył po niej istny tłumek pokurczów, schylonych nad rozłożonymi towarami – głównie żywnością, tkaninami i czymś, co wyglądało na broń, niestety dostosowaną do wielkości splugawionej rasy. Jedyne, czym mógłby zainteresować się Malkolm, to pokryte skórą, drewniane tarcze – wystarczająco duże, by ochronić przynajmniej ramię, ale nie do wykorzystania. Subulam było mieczem półtoraręcznym i choć Rud zakładał, że mógłby nim w razie potrzeby walczyć jedną ręką, to takie ciosy byłyby zapewne jeszcze bardziej nieporadne niż owo „młócenie cepem", które zdążył już zaprezentować. Biorąc pod uwagę fakt kompletnej nieznajomości szermierki, powinien się zresztą w ogóle cieszyć, że przeżył, a nie patrzeć łakomie na sprzedawane przybory do zabijania.

Leżały tu także kompletnie do niczego nieprzydatne fragmenty mieczy i zbroi, których – jak udało się Malkolmowi wywnioskować z bełkotliwych wyjaśnień sprzedającego je pokurcza – używano do „ohydy". Słowo to pojawiało się zresztą często i budziło niezrozumiałą radość sprzedawcy. Czym jest owa „ohyda", wytłumaczył Grotz.

– To resztki pozostałe po Odrzuconych – wyjaśnił karzeł. – Cenne, o ile prawdziwe. Warto je mieć w domostwie, by obrzucać je ekskrementami i pluć na nie ku uciesze Pomroku. Tak się robi „ohydę”. Bywa też, że lepi się kukłę Odrzuconego i przyodziewa w to, co powyciągano z grobów, by przenieść ją po ulicach, a na koniec podeptać i rozerwać... choć o wiele większa radość jest wtedy, gdy zohydzi się trupa Odrzuconego. Kiedyś Matka Gerda...

– Tak, wiem, co wyczyniała ta wasza Matka – uciął wywód zniesmaczony Rud. – Widziałem, co robiła z głową jakiegoś starego Odrzuconego króla... i to mi wystarczy.

– Czego więc szukasz, Skrzywiony?

– Pochwa – mruknął ni to do siebie, ni to do karła. – Ewentualnie, jeśli już. To całe noszenie miecza na plecach jest może wygodne w podróży, ale średnio się sprawdza, gdy ktoś rwie się do bitki. Zawsze jest ryzyko, że zanim wyciągnę Szydło, przeciwnik podejdzie i strzeli mnie w pysk. O chowaniu cholerstwa nie wspominając.

– Najlepsza jest pałka – zauważył ze znawstwem Grotz. – Taka jak moja Kara.

– Nazwałeś morgensztern Kara? Pedagogicznie – uśmiechnął się lekko Rud. – Ale to chyba nie dla mnie. Niech już będzie miecz, jednak pokombinowałbym z pochwą przypiętą do pasa. Już samo chowanie Szydła bez zdejmowania tej cholernej uprzęży... nie dość, że długo to trwa, to ostatnio o mało nie uciąłem sobie palca. Choć z drugiej strony, pochwa przy boku będzie cały czas obijać mi się o nogi. Do dupy z takim interesem. Może jakieś rękawice tu są?

Niestety, rękawic nie było. W dodatku większość ze sprzedawanych przez pokurczy skarbów przypominała raczej śmiecie, a nie prawdziwy ubiór ochronny. Bida z nędzą, uznał Malkolm. Patrząc na to, co oferował targ, można się było dziwić, czemu zbrojni od razu nie skonfiskowali całej ich broni podczas incydentu pod Salą Gaśnięć.

Zawodziła także prezentacja. Pół biedy, kiedy stragany istotnie na stragany wyglądały – było nawet kilka takich, które przypominały rozstawione stoliki z prowizorycznym daszkiem czy pałąkiem, na którym wisiały produkty takie jak gotowane i pieczone robactwo, smażone gryzonie czy strzępy tkanin. Gorzej, jeśli pokurcz kładł wszystko na niedbale rozrzucony koc. Słabo prezentowała się również reklama – jeden ze starszych pomarszczonych stworów zachwalał „krzywe znaki", to znaczy amulety na gnidy, przez cały czas drapiąc się nimi po pełnej robactwa głowie.

W końcu – niezbyt chętnie – Grotz zakupił coś wyglądającego na kawałek solonej rzepy: jedyną potrawę, którą można było bez obaw wziąć do ręki. Rud ugryzł, mając nadzieję, że nie nabawi się pasożyta czy tutejszej wersji gronkowca – choć o tym powinien był pomyśleć już w momencie, gdy spożył posiłek w Kruczej Wieży.

Rynek znajdował się kawałek dalej. Niewielki i okrągły, przypominający nieco zubożałą wersję Starówki z kantonu Masovia. Tu także rozłożono stragany z bardziej ekskluzywnym dobrem – garnkami, topornie wykonanymi ozdobami, ubiorami, bronią dostosowaną do rozmiaru pokurczy, żywnością i oczywiście „ohydą" – ale stojący obok nich klienci przesunęli się, by zrobić miejsce na prowizoryczną, dopiero co ustawioną arenę. Coś tu się działo. Ekwiwalent rozrywki, uznał Malkolm – zapewne tłuką się po mordzie ku uciesze zebranej gawiedzi.

Dookoła ryneczku z centralną studnią wbito drewniane paliki, które połączono sznurem, tworząc nieforemny wielokąt. Do fontanny zaś przywiązano odzianego w łachmany osobnika – chyba człowieka, choć porządnie zmasakrowanego. Tuż obok skakał pokurcz uzbrojony w kiepskiej jakości dzidę i usiłował dziabnąć uwiązanego.

Każde udane pchnięcie wywoływało salwę śmiechu, każde nieudane – także śmiech, ale połączony z rzucanymi w stronę pokurcza kamieniami. Wyglądało na to, że biedak już solidnie oberwał: gdyby nie podobny do Grotzowego hełm, głowa z pewnością pękłaby mu dawno niczym stare jabłko.

– Skazany – zauważył Grotz.

– Ten przywiązany? – zaciekawił się Malkolm. Karzeł pokręcił głową.

– To Niemartwy – odpowiedział. – Nie można go zabić inaczej, jak tnąc jego członki lub paląc go żywym ogniem. Wiedzą o tym, więc dali pokurczowi włócznię. Będzie go dźgał, aż się zmęczy i padnie.

– Niemartwy? Mówiłeś już coś takiego przy Moraklu – przypomniał sobie Rud. Przywiązany osobnik odwrócił się nagle i Malkolm ujrzał jego przegniłą twarz tylko częściowo zakrywającą gołą czaszkę. – Bez jaj... – szepnął. – Zatem to jest... Niemartwy? Jak to możliwe?

– Z pomocą Skrzywienia – wyjaśnił Grotz – lub przez przecięcie Linii Pomroku. Bywa, że jeśli w gasnącym śmiertelnym jest choćby cień Skrzywienia, Linie Pomroku budzą się, by zabrać jego ciało i uczynić go Wyzwolonym. Ale dzieje się tak rzadko. Najpierw trzeba oddać się w pełni błogosławionej ciemności, choćby czynem opartym na Prostym Prawie.

– Czynem opartym na... czyli co trzeba zrobić?

– Na przykład kogoś zgładzić dla zaspokojenia żądzy – wyjaśnił karzeł tonem znawcy. – Ale i to nie zawsze daje pewność. W dodatku Linie Pomroku można przerwać... o ile nie jest na to zbyt późno.

– Czyli po to zmasakrowałeś wtedy trupy tych leśnych dziadków... – wymamrotał Malkolm. – Mówiłeś, że może zabrać ich Pomrok... Przyblokowałeś sprawę, co? Pięknie...

– Pewniejszy byłby czarny sztylet, ale przecinając nim nieumiejętnie Linie, też można zrodzić Niemartwego – klarował karzeł. – Niektórzy specjalnie tak czynią, o ile biegli są w skryptach. Ja wolę rozłupać łeb Karą, zanim trup powstanie. Same z nimi kłopoty.

– Co ty nie powiesz... – szepnął Rud, widząc, że pokurcz potyka się nagle o własne nogi i upada na ziemię tuż obok Niemartwego, który z wyraźnym podnieceniem nachyla się nad nieszczęśnikiem. Przez tłumek przeleciała salwa radosnego śmiechu, przytłumiająca rozpaczliwy wrzask rozrywanego pokurcza.

– Będzie go żarł – zauważył Grotz. – Czasami wychodzi z tego nowy Niemartwy, choć nie zawsze. Wszystko w rękach Pomroku. Jeśli zaczekamy, zobaczymy, czy...

– Nie, dzięki serdeczne – zaprotestował Malkolm, odwracając się plecami od obrzydliwego widowiska. – Ja już się napatrzyłem. Wracamy do Trzech Pięter. Mam jednak dość tego popieprzonego miasteczka.

Tym razem podróż zajęła im więcej czasu. Głównie z powodu ciężkiego, duszącego nastroju.

Jak orientował się już Rud, powoli kończyła się bladość, czyli specyficzna pora dnia przed zmierzchem. Był to chyba jedyny czas, w którym gasnące światło Klejnotu nie malowało świata Thei na stare złoto – jakaś zagadkowa zmiana sprawiała, że kolorystyka przypominała chłodny, jesienny i niemal ziemski poranek: wszystko barwiło się na szary, statyczny chrom z lekkim odcieniem błękitu. Pora ta, jak stwierdził zagadnięty przez Malkolma Grotz, miała się z czasem wydłużać – trwał w końcu chłodny chron, a w nim, według zapewnień karła, królowała bladość. Spytany o pory roku na Thei Grotz zaraz się zresztą rozgadał: przypomniał o podziale na duże chrony – chłodny, zimny, ciepły i gorący; raz jeszcze potwierdził nieregularność czasu ich trwania i wyjątkowe zjawiska atmosferyczne, które miały towarzyszyć zimnemu i gorącemu – takie jak Zimny Wiatr czy Suchość.

Rud słuchał owych rewelacji jednym uchem – większość informacji była niczym innym jak powtórką z rozrywki, w pewnym jednak momencie zainteresował się kwestią przetrwania w dużych chronach. Zarysowana przez karła ekonomia Thei wyglądała prosto, choć drastycznie – prowincje konkretnego Dominium produkowały określone dobra i żywność w zamian za „wymuszoną ochronę" ze strony prymatów, ale jak rozwiązano kwestie siania i zbierania plonów, możliwych tylko w ciepłym i gorącym chronie? Wyglądało na to, że trwający nieokreślony czas zimny chron narzucał wyjście dość brutalne – na Thei rozpowszechnił się kanibalizm, traktowany nawet nie jako zło konieczne, lecz jeszcze jeden objaw Prostego Prawa.

Od kanibalistycznych rozważań – nie wiadomo, jak i czemu – doszli do kwestii rodzin, które to pojęcie nie do końca było karłowi znane. Zamiast matek były bowiem mamki, przywiązane do swych dzieci tylko w czasie lęgu, trwającego do momentu osiągnięcia przez potomstwo jakiej takiej dojrzałości. Owo przywiązanie kojarzyło się zresztą mocno raczej ze swoistym biologizmem, pozbawionym uczuć wyższych. Samo pojęcie „dziecka" w zasadzie też nie istniało – wyparły je pogardzane „pomioty".

Co ciekawe, słowa „matka" czy „ojciec" przetrwały, ale w innej formie – gdyż tyczyły się Skrzywionych, obejmujących opiekę nad pojedynczym Kręgiem. Wszystkie implikacje owych dziwacznych rozwiązań niosły ze sobą kolejne – i to na tyle kuriozalne, że zmieniające jakoś podstawowe stosunki społeczne w ich spotworniałą wersję. Obserwowana z punktu widzenia Malkolma Thea z wolna przestawała się jawić jako świat, w którym wygrało zło, a zaczynała przypominać świat przez zło opętany, i – z braku lepszego określenia – przez owo zło skrzywiony.

– Ale rody przecież istnieją? – dociekał Rud. – Sam mówiłeś mi o liniach krwi...

– Wiele z nich ginie – wyjaśnił Grotz. – Jeśli pomioty doznają namaszczenia i wchodzą w linię krwi, to po zgładzeniu tych, którzy ich spłodzili, biją się między sobą. Czy nie jest tak w twoim świecie?

– Czasami... – chrząknął Malkolm, wyczuwając, że temat wydaje się dość delikatny. – Patrz, chyba doszliśmy do Trzech Pięter. Miałbyś ochotę na to, by strzelić kielicha przed snem?

Niestety, kielich musiał poczekać.

Najpierw usłyszeli krzyki – coś jak narastający szum dochodzący z dopiero co miniętych uliczek. Potem dostrzegli biegnące pokurcze, które pędziły na łeb na szyję w stronę Trzech Pięter. A na samym końcu odczuli drżenie podłoża i ujrzeli spadającą gwiazdę.

To, co sunęło ku nim z nieboskłonu, przypominało rozpaloną światłem kometę – o dziwo niewielką, choć dość jasną. Musiała coś emitować – ciepło czy drgania grawitacyjne, bo w Absalom uderzała powolna fala, która skojarzyła się Rudowi z naporem ciężkiego promieniowania.

W pierwszym odruchu cofnął się, podobnie jak Grotz, ale płonący meteor nie kierował się na nich – ciążył ku dołowi na oko jakieś sto metrów dalej. Kula spadała wolno, niczym zdalnie sterowany pocisk, wyhamowując przed uderzeniem w powierzchnię. Ale jej lot nie mógł trwać wiecznie i nagle grzmotnęło. Huk wymieszał się z wrzaskami pokurczy i łoskotem pękających kamieni.

– Na bok! – krzyknął wychodzący z zaułka Suhael.

Malkolm dojrzał Nadżywego i odruchowo sięgnął po miecz, ale blady nie wykonał kroku w jego stronę. Wyglądało na to, że śledzenie się skończyło.

– Ukryjcie się!

– Co? – spytał niepewnie Rud.

– Ma rację! – syknął Grotz, łapiąc Malkolma za ramię i ciągnąc go w stronę Trzech Pięter. – Coś tu się dzieje, a jeśli teraz zginiesz, pęknie Krąg Kruczej Wieży!

– Dobra, czekaj... – zaczął Rud, ale w tym właśnie momencie pojawiła się światłość.

Blask uderzył nagle z miejsca upadku gwiazdy, niczym wydłużony w czasie strzał flesza, i rozświetlił uliczkę zimnym snopem. Tkwiące w przejściu pokurcze wrzasnęły, jakby ktoś przypiekł je rozżarzonym żelazem. Podobnie wrzasnął Grotz, choć bardziej z przerażenia niż bólu, a Suhael schował się szybko w cień, uciekając przed zimną światłością. Ta zaś zgasła powoli, niczym konająca fala, w akompaniamencie zagadkowego trzasku. Pozostał po niej tylko powidok i zwęglone trupy.

– Przekleństwo Blasku... – wymamrotał karzeł. – Zapowiedź Promienia! Musimy się skryć! Nadchodzi!

– Kto?! – krzyknął Malkolm, ale wtedy ujrzał niewyraźną jeszcze sylwetkę.

Był to chyba człowiek – nienaturalnie wysoki, mający więcej niż dwa metry – odziany w zbroję, która nadal promieniowała światłem upadającej gwiazdy. Zbrojny kroczył powoli, jakby sztywno, pozostawiając za sobą dymiące, wywołane upadkiem zgliszcza. Tuż za nim ciągnęło pasmo poszarpanego, migotliwego blasku.

– Posłaniec! – krzyknął Grotz. – Wysłannik Iglicy! Skrzywiony, musimy się skryć! Szybko!

Wciąż oszołomiony Rud usłuchał. Dojrzał jeszcze, jak odziany w płytową i chyba złotą zbroję rycerz wyciąga wielki dwuręczny miecz o dziwnie powykręcanej, płomienistej głowni i uderza nim w pokurcza, który – zapewne przez przypadek – wybiegł tuż przed nadchodzącego. Cięcie okazało się mocne; przepołowiony stwór upadł na uliczkę, płonąc pozostawionym przez klingę światłem.

Nie było sensu wbiegać do Trzech Pięter, ku którym najwyraźniej zmierzał nieznajomy, skręcili więc odruchowo w stronę jednej z wąskich uliczek, zapchanych przez uciekające pokurcze. Kotłowało się tam od spanikowanych stworów i Malkolm zaklął wściekle, usiłując przedrzeć się przez kłębiące się ciała. Uliczka okazała się ślepa – nie dostrzegli tego wcześniej i Grotz, widząc omyłkę, zaskowytał niczym przerażone zwierzę. Musieli wrócić, a droga była jedna – zajęta przez Posłańca, który stanął teraz i niczym nakręcany mechanizm obrócił ku nim głowę, zakrytą starym hełmem z przyłbicą przypominającą dziób drapieżnego ptaka. A potem powolnym, ale pewnym krokiem ruszył w ich kierunku.

Rud zdusił przekleństwo. Rycerz tymczasem przeszedł jeszcze trzy ciężkie kroki, zatrzymał się i uniósł przyłbicę, jakby pragnął dokładniej obejrzeć swe ofiary.

– O cholera – szepnął Malkolm.

Kimkolwiek była zakuta w zbroję istota, nie wyglądała do końca na człowieka. Jej skóra była wysuszona i szara, jakby przepalił ją wewnętrzny żar, a oczy miała białe i pozbawione źrenic niczym svart. Posłaniec oparł się oburącz na swym ciężkim, pofałdowanym na kształt płomienia mieczu. Z tej odległości można było dostrzec, że zarówno broń, jak i zbroja lata świetności mają już dawno za sobą. Złoto wciąż błyszczało, ale dużą część płyt pokrywał brud i pęknięcia. I dziwna pleśń, z której kapały krople stężonego światła.

– Spróbujmy powoli... – powiedział Rud do wyraźnie przerażonego karła. – Prosto i w prawo. Żadnych gwałtownych ruchów...

– Zabije nas.

– Powoli, powiedziałem.

Zaczęli iść, sztywno i ostrożnie. Posłaniec patrzył na nich, nieznacznie obracając głowę. Zupełnie jak pieprzony Terminator, pomyślał nerwowo Malkolm. Jeszcze nie zadecydował, co z nami zrobić. Trwa proces decyzyjny... proszę czekać na aktualizację systemu.

– Skrzywiony... – wychrypiał cicho Grotz – on...

– Widzę. Idź.

Posłaniec poruszył się. Najpierw obrócił się, jakby zamierzał przyjrzeć się im dokładniej, a potem oderwał prawą dłoń od rękojeści miecza. Ku zdumieniu Ruda wyciągnął ją w ich stronę, jakby zamierzał pochwycić uciekinierów stalową rękawicą, a potem ruszył, pozostawiając za sobą delikatną poświatę blasku.

Malkolm wyciągnął Subulam.

Zrobił to niemal odruchowo, przestraszony, nie widząc nawet, że po ostrzu przepływają błękitne linie wyzwolonego prądu. W powietrzu uniósł się delikatny zapach ozonu.

Posłaniec cofnął rękę i wzniósł miecz – jakby niepewnie i z oporem. Rud oblizał wargi.

– Daj nam odejść! – krzyknął. – Nie mam ochoty na... Grotz! Stój!

Karzeł nie usłuchał. Przerażenie, a może szaleńcza brawura dodały mu skrzydeł i popędził przed siebie z uniesionym morgenszternem. Malkolm zaklął. Nigdy nie był specjalnie tchórzliwy, ale decyzja Grotza wyglądała na wariactwo. Posłaniec obrócił się ku niemu i dziwnie powolnym, ale zdecydowanym ruchem zdzielił karła rękojeścią miecza. Grotz odpadł w bok niczym szmaciana lalka. Rud otworzył usta do krzyku, ale w tym samym momencie do Posłańca dobiegł Suhael.

Czający się wcześniej w cieniu Nadżywy zdecydował się uderzyć w najlepszym możliwym momencie. Ciężki miecz opadł na lewą nogę przeciwnika, akurat pomiędzy szczeliny starej zbroi. Posłaniec zgiął się, a uderzona kończyna oddała nieco światła wymieszanego z bladą posoką.

Malkolm nie wiedział, co go poderwało. Może leżący na ziemi Grotz, a może ruch Suhaela. A może widok jasnej krwi, od której przed oczami zatańczyły mu czerwone plamy. Dość, że ruszył w stronę przeciwnika ze wzniesionym Szydłem i wykonał rozpaczliwy zamach. Ale Posłaniec nie był dziadkowatym szarakiem czy nawet upiornym Wyrwańcem. Pochylony po ciosie Nadżywego, znalazł czas, by zasłonić się swym wielkim mieczem.

Gruchnęło.

Płomieniste, rozpalone blaskiem ostrze ścięło się z Subulam roziskrzonym od prądu, który z miejsca strzelił ku stalowo-złotej zbroi. Rud zadrżał. Nieoczekiwany wystrzał energii elektrycznej sprawił, że wypuścił miecz z dłoni. Sztych Szydła grzmotnął w ziemię, a Malkolm niemal przewrócił się na przeciwnika.

Atak wykorzystał jednak Suhael. Nadżywy krzyknął i ponownie zamachnął się mieczem. Tym razem celował w bok przeciwnika. Posłaniec zdołał się wszakże obrócić ku Suhaelowi, tak że ostrze Nadżywego odbiło się od zbroi, nie czyniąc mu żadnej szkody. Tymczasem Malkolm zdążył się cofnąć i ponownie unieść Subulam. Niestety, jego szczęście już się wyczerpało. Posłaniec wyprostował się i odpychając Nadżywego, uderzył Ruda lewą, wolną ręką.

Cios nie był przesadnie mocny, ale Malkolm znowu wypuścił z rąk miecz. Oberwał prosto w splot słoneczny i natychmiast zwinął się z bólu, nie mogąc złapać oddechu. Dla niego walka już się skończyła. Posłaniec chyba doskonale o tym wiedział, bo złapał go za habit i podniósł, jakby zamierzał przyjrzeć się swej ofierze. Rud jęknął i chwycił za trzymającą go rękę, ale mógł co najwyżej szarpać za płytowe zarękawie, majtając nogami w powietrzu.

I wtedy po zbroi przeleciał prąd.

Błękitne zygzakowate linie popłynęły od palców Malkolma przez ramię Posłańca, by uderzyć w napierśnik i hełm skumulowanym wyładowaniem. Posłaniec zadrżał, a jego białe oczy rozbłysły iskrami. Trzymający się kurczowo jego ręki Malkolm dostrzegł, jak przeciwnik opada powoli na kolana, wciąż drżąc jak w febrze. Coś błysnęło w jego twarzy – jakby prąd wyzwolił w nim wewnętrzne, ukryte światło – ale w tym momencie dobiegł Suhael i wbił ostrze w szparę pomiędzy hełmem a stalowym obojczykiem wroga. Posłaniec padł.

Wciąż jeszcze dygotał, ale wyglądało to na pośmiertne skurcze, a następnie – gdy Malkolm wyzwolił się już z uścisku trzymającej go rękawicy i opadł na plecy – zaczął gwałtownie czernieć. Emitowany przez niego blask zmroczniał, a samo złoto ustąpiło szybko czemuś na kształt korozji. Trwało to tylko kilka chwil, w trakcie których patrzyli w zdumieniu, jak ich niedawny przeciwnik starzeje się i marnieje w zastraszającym wręcz tempie, zapadając się w siebie przy akompaniamencie głośnego trzasku pękającej zbroi.

Rud stanął chwiejnie na nogi. Nie myślał o niczym, odwracając się plecami do wpatrzonego w Posłańca Suhaela. Interesowało go tylko niewielkie, leżące nieopodal ciało Grotza. Doszedł do niego i klęknął w brudnej ziemi, by powoli odwrócić karła na plecy i stwierdzić, że oddycha. Odetchnął z ulgą i klepnął go po policzku.

– Skrzywiony... – zakaszlał przebudzony Grotz. – Prze...przepraszam...

– Cicho bądź. Nic ci... nic ci nie jest?

– Nic. Wybacz mi... chciałem go... ale jestem tylko... jestem tylko upodlonym karłem...

– Przestań z tym karłem, idioto... – syknął cicho Malkolm. – Nie jesteś żadnym karłem!

– Ale...

– Nie gadaj głupot – stwierdził ochryple Rud, podnosząc Grotza na nogi. – Jaki znowu karzeł? Dawno nie widziałem kogoś tak wysokiego.

Do Widzącego, hierarchy prowincji Hinnom,
niegodnymi dłońmi Skrzywionej Cel Sito,
w sprawie niepokojów wzdłuż Nocnej Obręczy

Widzący Hierarcho!
W pokorze dosyłam ostatni raport, skreślony w błogosławionej ciemności Twego upodlenia, ufając, że znajdziesz go godnym swej uwagi. I aby jej nie nadużywać, w tym krótkim liście nadmienię tylko o kilku punktach.
Po pierwsze, udało mi się odnaleźć dowody na istnienie wymienionych przez Najwyższego dwóch zaginionych Dominiów. Jest całkiem prawdopodobne, że jedno z nich – które wstępnie nazwałam Siódmym – zajmowało dużą część dzisiejszych Odstępów leżących przed Nocną Obręczą. Wskazują na to resztki porzuconych Kręgów i ruiny prastarych kowenów. I tak, po przeprowadzeniu dokładnej anamnezy, mogę z całą pewnością stwierdzić, że za utratę Siódmego Dominium odpowiadają wciąż żywe skupiska Blasku. Ich nagromadzenie odkryłam w kilku rejonach i sądzę, że mogą być one połączone. Za wart odnotowania uważam też fakt, że jeśli istotnie było tam Siódme Dominium, to idąc owym tropem, Ósme powinno znajdować się za obszarem Obręczy, na ziemiach Pomroku zajętych przez Wyzwolonych. Sądzę, że dzięki jego odkryciu udałoby się odnaleźć i ostatnie, Dziewiąte Dominium, zwane Przeklętym. Są to wszakże tylko me niegodne Twej uwagi przypuszczenia.

Po drugie, jest prawdą, że wzdłuż całej Nocnej Obręczy wykwitły Linie Pomroku. Część mieszkańców leżących przy Obręczy kowenów zdecydowała się przejść w cień i dołączyć tym samym do błogosławionej ciemności. Inni – szczególnie nestorzy większych obszarów – zwrócili się z błaganiem o łaskę upodlenia przez Szóste i Piąte Dominium. Wiem, że odrzuciłeś przynajmniej jedną z owych próśb.
Po trzecie, muszę potwierdzić pojawienie się sił, o których doniosłam już w moich wcześniejszych raportach. Zakładam, że są co najmniej dwie. Jedna wydaje się krążyć wśród licznych w Odstępach Kręgów i wygląda na to, że gładzi je bądź zmienia. Możliwe, że jest to Wędrowiec, lecz nie mam co do tego pewności. Druga to objawieni Posłańcy, ciągnący za sobą pasma Blasku i kierujący się ku dalszym częściom Odstępów – w kierunku Plugawych Ziem, a może i za Obręcz, wprost w Pomrok. Jeśli tak, to pozostaje nam tylko czekać na wynik owych wędrówek. Ich finał rozegra się w końcu poza granicami Nieskończonej Wojny.
Jeśli zezwolisz na me kolejne niegodne przypuszczenie, to wyznam, iż sądzę, że przekleństwo Blasku ma szansę na zwycięstwo, i – być może – stworzy coś znacznie potężniejszego niż Niemartwe Ziemie.

Ku chwale Najwyższego
Skrzywiona Cel Sito, podległa Szóstemu Dominium

ROZDZIAŁ SZÓSTY
PUŁAPKA

To, co wydarzyło się potem, Malkolm określił krótko: burdel na kółkach. Dookoła biegały nadal wrzeszczące pokurcze, na środku placu przed Trzema Piętrami leżał wielki, odziany w czarną, przerdzewiałą zbroję zewłok, gdzieś w tle wciąż żarzył się ogień i ćmiło umierające światło, a do ich uszu doleciał dźwięk trąbek całkiem słusznie kojarzący się Rudowi z syreną policyjną. Wyglądało na to, że nestor Absalomu zdecydował się działać i pędziły już ku nim theowskie odpowiedniki sił specjalnych. A na spotkanie z nimi nie mieli specjalnej ochoty.

O dziwo, najbardziej trzeźwo myślącym z całego towarzystwa okazał się Grotz. Karzeł, gdy doszedł już do siebie, pierwszy popędził do Trzech Pięter, by zabrać z wynajętej izby resztę dobytku. Wrócił szybko z klamotami, rozdzielił je, a następnie pobiegli za Suhaelem. Pomysł, by podążyć za Nadżywym, wydawał się logiczny, tym bardziej że Suhael jako jedyny zachował zimną krew. Widać też było, że nie biegnie w kierunku zachodniej bramy, prowadzącej na Odstępy, lecz prowadzi ich w zupełnie innym kierunku. Zdążyli jeszcze usłyszeć krzyki i jęki zatrzymywanych przez zbrojnych obywateli miasteczka, ale skręcali to w lewo, to w prawo, by wreszcie znaleźć się w istnej plątaninie uliczek. Gdy ją w końcu opuścili, trafili na tę prowadzącą do długiego budynku.

Podłużna chata miała dwuspadowy dach pokryty czymś wyglądającym na słomę i natychmiast skojarzyła się Rudowi z oborą. Nie była to jednak obora, a najzwyklejsza stajnia, w której stało kilka svartów i podobnych do oskórowanych leniwców stworzeń o wielkich, czarnych oczach, które zadyszany Grotz określił mianem „górskich łazów".

Zrobiło się spokojniej. Nie słyszeli już odgłosów pogoni, o ile jakaś w ogóle istniała, i Malkolm przypuszczał, że zbrojni musieli zabrać się za swoje zwyczajowe „przesłuchiwanie" połączone z mordowaniem. Ale teraz nie miał głowy do rozmyślań na temat theowskiego aparatu sprawiedliwości. Wciąż widział Posłańca i opuszczający go Blask. A także własny, pełgający po dłoniach prąd...

A zatem naprawdę go zabił. Spalił elektrycznością. Najwidoczniej mniejsza dawka napięcia robiła coś z psychiką ofiary czy, jakkolwiek nieprawdopodobnie to brzmiało, kasowała w niej „ oprogramowanie zła". Dawka większa doprowadzała zaś do śmierci. Tu akurat zaskoczenia nie było.

Czy gdyby w porę powstrzymał prąd podczas spotkania z Matką Gerdą, spotkałoby ją to samo co Grotza? Tylko skąd w ogóle brał się ów prąd? Tak miało wyglądać echo egzekucji na elektrycznym krześle?

Było już kompletnie ciemno, gdy Suhael odzyskał ze stajni swojego svarta, wręczając pilnującemu go pokurczowi niewielki kamienny odłamek. Drapiący się po łbie zarządca stajni Jummeker Morlet Unhansen nie znał niestety opcji „wypożyczenia", ale po przeliczeniu odłamków będących w posiadaniu wciąż zszokowanego Ruda wskazał na ostatnią zagrodę. Przeszli tam szybko, by stwierdzić, że w środku znajdowało się coś, co może było kiedyś dorodnym wierzchowcem, lecz wyglądało teraz na wychudzone i chorowite. Svart, ale inny niż rumak Nadżywego. Jego czerń blakła, ustępując miejsca trupiej, przepalonej bladości.

– Gaśnie – ocenił Grotz. – Ale zarządca stajni twierdzi, że ma tutaj starego Skrzywionego, czy raczej Pękniętego, bo jego moc dawno nad nim zapanowała. Nie potrafi on wiele, ale za resztę naszych odłamków może z tego zdychającego svarta zrobić unsvarta. Da się go użyć, dopóki się nie rozpadnie.

– Niech robi – zgodził się Malkolm. Jeśli moc Pękniętego miała wzmocnić ledwo dychające zwierzę, warto było zaryzykować. Choć na myśl o tym, że miałby usiąść na czymś, co przypominało konia obdartego ze skóry, robiło mu się słabo. – Byle szybko.

– Zajmie to tylko chwilę – uspokoił go Grotz. W tle rozległo się ciche prychnięcie wychodzącego ze stajni Nadżywego, ale karzeł nie zareagował.

Przybyły po jakimś czasie Pęknięty okazał się starym, chylącym się ku ziemi pokurczem, którego jeden ze sług

Jummekera Morleta Unhansena przyprowadził na sznurze. Dziadek śmietnikowy, uznał Rud. Typowy kloszard w wersji pokurczowej. Jakby na potwierdzenie tych przemyśleń Pęknięty wierzgnął i zajęczał. Najwidoczniej nie podobała mu się rola wyprowadzanego zwierzęcia, ale sługa zarządcy syknął tylko i mocniej pociągnął za owiniętą wokół szyi pętlę.

– Hej... – zaczął niepewnie Malkolm, ale nikt nie zwrócił na niego uwagi. Zamiast tego dziadek dopadł do zdychającego svarta i zanim Rud zdążył zareagować, poderżnął mu gardło podanym przez przewodnika czarnym sztyletem. Po chwili nachylił się i zaczął chłeptać ze świeżej rany, jednocześnie mamrocząc coś do siebie półprzytomnie. To wystarczyło, by Rud zaklął i wyszedł na zewnątrz.

Miał dość. W zasadzie miał już dość wszystkiego.

– Skrzywiony i Prosty – odezwał się powoli Nadżywy, oparty o jedną z belek podtrzymujących opadający dach. – A może Skrzywiony i Słaby? Widziałem, jak patrzysz na tego svarta. Nie widziałem nigdy, by ktoś tak patrzył.

– Co ty nie powiesz.

– Może to prawda, że nie powinieneś posiadać Kręgu – zauważył blady. Jego półprzymknięte oczy zdawały się wyłapywać resztki światła. – Ale Posłaniec... widziałem, jak wyciągał ku tobie rękę. Chyba nie chciał cię zgładzić.

– Zebrało ci się jednak na rozmówki? – spytał zdenerwowany Malkolm. – W porządku, pogadajmy sobie od serca. Oto moja odpowiedź: powtarzam, niewiele mnie to obchodzi. Twierdzisz, że zreperowałem wasz Krąg. Świetnie, ale to, jak już tłumaczyłem, nie jest mój problem. Uważasz, że coś się w nim znowu zepsuło? To także nie mój kłopot. Już mówiłem, żebyście brali sobie to wasze leśne zadupie i nie zawracali mi głowy. Nie jestem stąd, do cholery! I nie mam pojęcia, kim jest ten wasz cały zasrany Posłaniec z Iglicy!

– Niepotrzebnie krzyczysz, Skrzywiony – uciął blady. – Od tych wrzasków zaraz przybiegną tu zbrojni. A tym razem nie zrobię nic, by uratować ci skórę, tak jak uczyniłem to już kilka razy.

– Wiadomo przecież, czemu to zrobiłeś – prychnął Rud. – Za każdym z tych razów nie ratowałeś mi przecież tyłka, tylko działałeś we własnym interesie.

– Czy nie tak powinno się działać?

– Pasowałbyś do miejsca, z którego pochodzę – zauważył zimno Malkolm. – Wszyscy byście do niego pasowali. W Cesarstwie poczulibyście się jak u siebie.

– Czemu zatem chcesz tam wracać?

– Nie zrozumiesz. Wiesz czemu? Bo chociaż nasze światy niewiele się różnią, u mnie zdarzają się ludzie, którzy pozostają ludźmi, podczas gdy u was wszyscy jesteście chorzy – wyjaśnił lodowato Rud, podchodząc krok bliżej do Nadżywego. – Zupełnie jakbyście byli opętani. I może jesteście. Te wasze zakryte zaćmą oczy... Ale ja mam na to lek.

– Cofnij się!

Ruch Suhaela był szybki, niemal umykający wzrokowi. Malkolm zauważył go dopiero, gdy wyciągnięte przez bladego ciężkie ostrze niemal dotknęło mu gardła.

– Jeśli mnie dotkniesz – warknął Suhael – utnę ci głowę. Nie zgodzę się na takie upodlenie!

– Nie wiesz, co chcę...

– Cofnij się, powiedziałem!

– W porządku – zgodził się Rud, powoli opuszczając rękę, po której przebiegła iskierka wyzwolonego prądu. – Jak sobie chcesz. Ale jeśli zmienisz zdanie...

– Nigdy – odparł Nadżywy, nie opuszczając ostrza, i Malkolm zrozumiał, że w głowie bladego dokonuje się chłodna kalkulacja. I chyba domyślał się jaka.

Do tej pory Suhael działał we własnym interesie, choć jego przywiązanie do Kręgu Matki Gerdy było cokolwiek niezrozumiałe. Środki użyte do utrzymania tego stanu rzeczy nie przewyższały profitu. Teraz jednak, gdy pojawiła się groźba upodlenia, sytuacja zaczęła się zmieniać.

– Po co ci w zasadzie ten Krąg? – spytał Rud, pragnąc odsunąć myśli Nadżywego od własnego gardła. – Nie myślałeś, żeby to zostawić?

– Jestem Nadżywy – odparł powoli Suhael. – Jestem żywym Skrzywieniem Prostego Prawa.

– Nie rozumiem... nie, czekaj! – powiedział szybko Malkolm. Myślał gorączkowo, starając się nie patrzeć na ostrze. – Wtedy, gdy jeszcze kłóciłeś się z Grotzem w Kruczej Wieży... karzeł powiedział, że Siedzisko nie jest dla ciebie. Nie dla Nadżywych, dodał, choćby i w Odstępach... Musisz tam... musisz więc tam tkwić, co? W Odstępach, na theowskim zadupiu, w cieniu Pomroku. Inaczej cię zarżną... w tych waszych przereklamowanych Dominiach.

Cios był celny. Suhael nie odpowiedział, ale powoli, patrząc wprost w oczy Ruda, opuścił miecz.

– Żywe Skrzywienie Prostego Prawa, co? – wychrypiał Malkolm. – Grotz mówił, że nie umierasz, chyba że cię zabiją. Nie dotknęło cię w końcu przekleństwo śmiertelnych... a to niezbyt podoba się śmiertelnym, prawda?

– Milcz – wycedził blady, ale na powstrzymywanie Ruda było już za późno. Wcześniejszy szok, niespodziewana bitka i sprawa z prądem sprawiły, że nie mógł przestać. – Milcz albo...

– Ukrywasz się więc na tym śmietniku cywilizacji – wycedził, czując, że każde słowo jest celne. – Nie Dominia, nawet nie koweny. Wystarczy ci jakiś zapomniany Krąg. Nic dziwnego, że tak ci na nim zależy... nawet jeśli nie zamierzasz pełnić tam żadnej funkcji. Przecież wtedy, gdy kłóciłeś się z Grotzem w Absalomie, chciałeś, aby to on napił się mojej krwi, by zapanować nad Kręgiem. Lepiej schować się w cieniu, co? Sprytnie.

Suhael nie odpowiedział. Rudowi zdało się, że jakaś nić porozumienia – coś ponad złem i twardością Thei – przeleciało pomiędzy nimi, ale Nadżywy odwrócił wzrok i chwila minęła. Malkolm z trudem powstrzymał się, by nie odetchnąć z ulgą.

– To dlatego za mną idziesz – zakończył. – Dbasz o własny interes. Ryzykujesz nawet natknięcie się na kogoś z Dominiów. Wszystko po to, by przesiedzieć kolejne... nie wiem, sto lat, w Odstępach. Niech ci będzie. Co to mnie w sumie obchodzi? Zróbmy tak: znajdę sposób, jak się stąd wynieść, ale zanim to zrobię, rozwiążę problem Kręgu... a przynajmniej spróbuję, okej? To mogę ci obiecać.

Przerwał na moment. Było jeszcze coś... i postanowił to wykorzystać. Coś o Kruczej Wieży.

– Sam mówisz, że coś jest nie tak z Kruczą Wieżą – podjął. – Zapewne nie powinienem jej posiadać. Możliwe, że cokolwiek się tam stało, moja obecność tego nie naprawi. Ale może załatwię to jakoś z Widzącym. Jeśli zainteresuje się moim... przypadkiem, a pewnie tak będzie, to zapewne doradzi coś w kwestii twojego Kręgu. Dlaczego by nie? Ale aby to zrobić, muszę dotrzeć do Przełomu Ogniwa. W porządku?

Suhael nadal milczał, ale uniósł głowę i popatrzył na Ruda, jakby zastanawiał się nad pokrętną logiką jego wypowiedzi. Malkolm ponownie otworzył usta... ale czas na konwersację już minął.

Ze stajni wyszedł prowadzony przez karła unsvart. Z pyskiem owiązanym mocnym wędzidłem i o martwych oczach. Szedł powoli, sztywno i pachniało od niego śmiercią. Niemartwy koń, zrozumiał Rud. Nie potrafię w ogóle jeździć, a oni załatwili mi niemartwego konia...

– Jest twój, Skrzywiony – poinformował z wyraźną dumą Grotz.

Na czarnym nocnym niebie błyszczał Odłam. Srebrny satelita Thei, jak wyznał Strivarius, był niegdyś całością, ale – jak uznał Malkolm – coś musiało rozsadzić go od środka. Teraz nad planetą płynął rozłupany kawał dawnej kuli, której resztki tworzyły ciągnący się za nią Rozsyp. Cokolwiek rozegrało się tu przed erami, musiało otrzeć się o globalny kataklizm. Pięknie, pomyślał z przekąsem Rud. Jeśli któryś z tych olbrzymich kawałów spadnie kiedyś na Theę, skończy się bal karzełków...

To nie było jednak jego zmartwienie. Bądź co bądź, już go tu nie będzie. A przynajmniej musiał w to wierzyć. Problem polegał na tym, że aby wynieść się z Thei, musiał najpierw dosiąść niemartwego unsvarta.

Sam proces wchodzenia na martwego konia był wystarczająco upokarzający. Zwierzę na szczęście stało spokojnie – choć Rud miał wrażenie, że chętnie by go ugryzło. Wydawało ciche jęki, kojarzące się z ludzkimi, jego ciało było zimne, a pod bladymi, odsłoniętymi mięśniami dało się dostrzec coś, co Malkolm uznał za plamy opadowe.

Swojego czasu naoglądał się holoseriali kryminalnych ze scenami autopsji i przeczuwał, że prędzej czy później unsvart rozsypie mu się pod nogami. Ile w końcu można rwać zesztywniałe ścięgna? Jakim cudem to cholerstwo w ogóle chodziło? I jak udało mu się na nim utrzymać? Nie było tu siodła i ledwo przekonał Jummekera Morleta Unhansena do odstąpienia mu czegoś na kształt koca, którym przykrył skórę zwierzęcia. Za prowadzenie odpowiadało wędzidło umożliwiające kierowanie łbem unsvarta.

Ku zaskoczeniu Malkolma Suhael posadził przed sobą na wierzchowcu Grotza. Zaskakujące było nie tylko to, że stać go było na taki gest solidarności, pozornie nieprzekładający się na logikę świata Thei. Czy zabranie karła nie było w sumie czymś „dobrym"? To dowodziło, że Marla nie mogła mieć racji. Nawet jeśli rządziło tu zło i nawet jeśli ci ludzie byli przez nie opętani, nic nie jest do końca zero-jedynkowe. Świat to nie komputer... nawet tak chory jak ten.

Rzecz jasna, o ile Suhael nie traktował karła jako potencjalnej kanapki, dopowiedział złośliwie wewnętrzny głosik. Tak jak w przypadku więźniów uciekających z kantonu Syberii. Oni także, tak jak ich przodkowie, zabierali ze sobą chodzący prowiant. Chcesz zer i jedynek? Oto i one – posunięte do granic psychopatii zimne strategie przetrwania. Czym zresztą jest dobro, jeśli nie ułudą narzuconą na biologiczne determinanty, zachowania wmanipulowane człowiekowi przez samolubny genom? Ci ludzie... czy raczej śmiertelni, byli przynajmniej szczerzy. Tu Rud nie zostałby skazany za to, co zrobił... bo chociaż ci, którzy zamordowali mu ciężarną żonę i zgwałcili córkę, działali w ramach Prostego Prawa... to i on uczynił to, co należało, także korzystając z jego zasad. Thea jest bowiem twarda... a to, co upadło, już nie powstanie.

Tatusiu, pomóż mi!

Malkolm zatrzymał wierzchowca. Głos, który od siebie odsuwał... głos, o którym powinien pamiętać, rozbrzmiał mu pod czaszką, sparaliżował ruchy. Przed oczami dojrzał powidok czerwonych plam. Lidia, przypomniał sobie. Lidia! Dobry Boże, czy ja ją zapominam?! Lidia, dla której znosił to wszystko... I do której musiał wrócić. To było jego jedyne dobro... dobro wymykające się analizie, dobro, które mu odebrano... Dobro dławione przez Theę.

– Skrzywiony?

– Tak? – odpowiedział martwo, słysząc głos karła. Otrząsnął się i spojrzał w stronę jadącego z Nadżywym Grotza.

– Dojeżdżamy do wschodniej bramy.

Istotnie, widać już było otwarty, niechroniony w zasadzie łuk przejścia. Jak wytłumaczył im wcześniej pokurcz Jummeker, stacjonowała tu tylko niewielka grupka zbrojnych, złożona głównie z pokurczy. Starym zarządzeniem nestora kowenu Absalom Grulla Yrma brama wschodnia miała być zawsze otwarta, cholera wie po co, choć Grotz uważał, że dzięki temu Widzący lepiej dostrzega to, co dzieje się w mieście. Malkolm powątpiewał w aż takie zdolności Skrzywionego, ale musiał przyznać, że decyzja mogła mieć jakiś szerszy sens. Za Absalomem ciągnął się w końcu niewielki pas ziemi niczyjej, prowadzący nie tylko do tajemniczej Bruzdy i Martwego Mostu, ale i do Przełęczy Ogniwa. Najwidoczniej urzędujący w niej Widzący nie chciał mieć problemów w razie ewentualnego wysłania ekspedycji karnej mającej na celu spacyfikowanie kowenu, gdyby naszła go na to ochota.

– Wyjeżdża się bez problemów? – mruknął półgębkiem, zerkając na stojące w bramie straże i modląc się w duchu, by w kluczowym momencie nie zlecieć z unsvarta.

– Brama jest strzeżona, ale przed atakami plugawców i innych stworzeń – zauważył Suhael. – Ale jeśli jest w tobie lęk, możemy wyruszyć pierwsi...

Malkolm nie odpowiedział. W pewnej chwili podkusiło go, by jakoś pogonić niemartwego wierzchowca, ale zrezygnował. Jak na razie wciąż był na etapie nauki skręcania i stopowania unsvarta. By przyspieszyć, musiałby zapewne ścisnąć go nogami lub klepnąć w zad, ale na myśl o tym, że miałby uderzyć dłonią w niemartwe ciało, stracił ochotę do jeździeckich eksperymentów.

– Panie przodem – chrząknął, ale Nadżywy nie zauważył lub nie chciał zauważyć kąśliwej riposty. Zamiast tego wysforował się naprzód i przekroczył bramę jako pierwszy. Nikt go nie zaczepił, tak samo jak Ruda.

I tak opuścili miasteczko pokurczy.

Z początku jechali po ciemnej, ginącej w mroku nizinie. Zadrzewioną miejscami i zakrzaczoną ziemię oświetlało nikłe, srebrne światło Odłamu i Rozsypu, a w coraz czystszym powietrzu pozbawionym smrodu miasta unosił się nocny chłód. Podobnie jak pod Grobowymi Górami widniały tu czarne cienie narzutowych głazów czy menhirów i Rud zaczął wierzyć, że jakaś pradawna siła rozorała ziemię pazurami i powyciągała jej kamienne wnętrzności. Głazy trzeba było omijać po ciemku, nie mieli jednak wyjścia, jeśli planowali podążać na wschód. Gdzieś tam, trudno powiedzieć, jak daleko, znajdowała się przecież opisana przez Marlę Bruzda, Ogniwo i jego Przełom z tajemniczymi kazamatami Widzącego.

Jechali w milczeniu, jakby pragnęli odsunąć od siebie to, co dopiero się wydarzyło. Tu, w cieniu Absalomu, nawet słowa były niepewne – jakby nawet ich cichy szum mógł ostrzec zbrojnych kowenu. Zamiast słów wybrali zatem cichy wiatr i stąpanie przypominających końcówki szczudeł kopyt svarta i unsvarta, a Malkolm pozwalał, by niewypowiedziane pytania buzowały mu pod czaszką.

Na duchy natknęli się po niecałej godzinie męczącej podróży.

Zgodnie z planem zamierzali porządnie odjechać od miasteczka i dopiero wtedy rozłożyć coś w rodzaju obozu, by przespać resztkę nocy. Rud z nadzieją wypatrywał choćby niewielkich, kryjących ich przed potencjalnym wzrokiem zagajników, ale nie było ich wiele. Rosły tu tylko te same co wcześniej bezlistne drzewa, wyglądające w zasadzie na martwe. Jeśli gdzieś mieli się rozłożyć, to najlepiej pod osłoną ich pni, z dobrym widokiem na słabo widoczną plamę świateł odległego miasta. Najważniejsze, żeby nie wiało – podmuchy, niepowstrzymywane niczym na pustkowiu, zaczęły dawać się im we znaki.

W końcu, gdy światło Odłamu wzmogło się, ujrzeli majaczący nieopodal zarys wzgórza. Czy Marla mówiła coś o wzgórzu? O tym, że można z niego obejrzeć Bruzdę? Możliwe, choć Malkolm nie miał pewności.

– Tam, proszę wycieczki – powiedział, wskazując niewyraźne wybrzuszenie. – Klapniemy sobie w tym miejscu i rozłożymy obóz. Nie będzie może tak wiało.

Jego towarzysze nie odpowiedzieli. Być może byli równie zmęczeni jak on. Zapowiedź odpoczynku sprawiła jednak, że Nadżywy przyspieszył, a unsvart Ruda ruszył za nim, wiedziony jakimś zapomnianym instynktem.

Do celu dojechali już po kilkunastu minutach. Wzgórze, jak się okazało, nie było może wielkie, choć wyższe od znanego Malkolmowi Garba na Głazowym Polu. Prawie nie rosła na nim trawa – lub to, co uchodziło na Thei za trawę – tak że przypominało wyliniały kopiec pokryty garścią kamieni. Część z nich wyglądała na ociosane – zupełnie jak te na Szarej Połaci i Rud uznał, że stanowiły jeszcze jedną pozostałość po słynnym Kamiennym Imperium.

– Chyba nie ma co włazić na samą górę – zauważył, niechętnie zerkając na widoczne na szczycie resztki kamiennych ruin. – Może rano... teraz tylko połamiemy sobie kulasy. Grotz?

– Tak, Skrzywiony?

– Wyciągaj tę całą ochronkę. Trzeba spróbować zrobić jakiś namiot... albo przynajmniej jakoś się owinąć. Starczy dla nas dwóch. Co do Suchego...

– Dam sobie radę – uciął Nadżywy, nie reagując na przezwisko. Nie patrząc na Malkolma, zszedł zgrabnie ze svarta i dobrał się do wiszących na grzbiecie wierzchowca pakunków. – Mam, co trzeba.

– Jakżeby inaczej – rzucił półgębkiem Rud, patrząc z zazdrością, jak Grotz zeskakuje ze svarta. W końcu, kurczowo trzymając się zimnego ciała unsvarta, i on ześlizgnął się na ziemię. Jeśli nawet zauważono jego nieporadność, nikt niczego nie skomentował. – No to do roboty.

Uwinęli się szybko. Suhael rozłożył swoją ochronkę i udrapował ją na kształt posłania. Podobnie zrobił karzeł, pomagając Malkolmowi. Ochronka nie była zbyt duża i przeznaczona raczej dla jednej osoby, ale Grotz – ku uldze Ruda – bezceremonialnie zabrał nie tylko leżący na unsvarcie koc, ale i jakieś tkaniny przytachane przez Nadżywego, a potem wyruszył na poszukiwanie gałęzi. Ułożył je w zgrabny kopczyk przetykany martwą trawą i zaczął męczyć się z wyciągniętym z torby żarliwcem.

– Jeśli zbrojni mieliby nas szukać po przygodzie z Posłańcem, to od tej strony nie powinni zobaczyć płomienia – wyjaśnił. – Wzgórze chroni nas od Absalomu.

– Grotz – zagadnął Malkolm, gdy karzeł nie bez trudu rozpalił wreszcie ogień – nie zdążyliśmy pogadać. Może teraz masz chwilkę?

– Jak sobie życzysz, Skrzywiony.

– Świetnie. Wiesz więc może, kim był ten cały Posłaniec? I czemu wciąż przeklinacie Blask? Równie dobrze moglibyście złorzeczyć na ciemność, a przez cały czas roztkliwiacie się nad Pomrokiem, który jest niby taki błogosławiony... podczas gdy, z drugiej strony, chronicie się przed nim tymi całymi Kręgami. Może mógłbyś mi więc wytłu...

Owinięty ochronką Suhael prychnął.

– A tobie co się znowu nie podoba? – spytał Rud.

– Pytasz o rzeczy, które wie nawet mały pomiot! – warknął Nadżywy. Najwidoczniej wcześniej tłumione niezadowolenie znalazło w końcu drogę na zewnątrz, ale Malkolm był już zmęczony i nie miał ochoty na fochy Nadżywego.

– Mówiłem już, że nie jestem stąd! – warknął. – Mam ci to może narysować, skoro tak wolno kojarzysz?!

– Skrzywiony głupiec! – syknął blady, gwałtownie wygrzebując się z ochronki.

– Dureń! – zauważył, również odrzucając tkaninę, Malkolm. – Spiczastouchy kutafon!

– Plugawy pokurcz!

– Menda z kijem w tyłku! Nie jarzysz nawet, o czym mówię, prawda, przygłupie?

– Upodlony przez mamkę! – wściekł się Nadżywy, stając przy ogniu. Coraz bardziej zdenerwowany Malkolm wstał także i nieświadomie przyjął postawę bokserską. – Nienamaszczony!

– I kto to mówi? – zauważył zimno Rud. Przed oczami zaczęły mu wirować delikatne czerwone plamy. Gdzieś w tle słyszał nawoływania Grotza, ale nie miało to już dla niego większego znaczenia. – Dobrze, bladziaku. Chciałem kulturalnie, więc będzie wymiana kulturowa. Thea kontra Ziemia. Dziś nauczymy pana nowych słówek, panie Suchy, a brzmią one: „ty tępy skurwysynu".

Nadżywy skoczył, ale Malkolm był już przygotowany. Strzelił Suhaela prosto w przystojną szczękę, aż trzasnęło.

– To się nazywa „prawy podbródkowy" – ogłosił lodowato, podczas gdy zaskoczony Nadżywy złapał się za twarz i jęknął, odskakując do tyłu. – Zastosowałem go przy waszej drogiej Gerdzie. Podczas uderzenia przenosisz ciężar ciała na lewą nogę, wykonując jednocześnie skręt tułowia. Lekcja numer jeden. Wystarczy, dupku?

Nadżywy nie odpowiedział. Zgięty, wyciągnął rękę, wskazując na zbliżające się do ognia niemartwe widmo.

Malkolm spojrzał i wciągnął nerwowo powietrze. A następnie zadygotał z nagłego przenikliwego zimna.

Duch – bo na to wskazywał wygląd istoty – nie przypominał Strzępu, do którego Rud zdążył się już przyzwyczaić. Był bardziej niematerialny i cichy, niemal ulotny, i falował lekko niczym holo z mgły. Wyglądał jak niewyraźny cień człowieka połyskujący skradzionym światłem. Jego twarz sprawiała raczej smutne niż upiorne wrażenie, włosy i szatę targał niewyczuwalny wiatr. I patrzył wprost na Ruda.

– Odrzucony... – jęknął wyraźnie przerażony Grotz.

Istota zareagowała. Odwróciła się nienaturalnie szybko, zupełnie jakby przeskoczyła klatka w holoanimacji. Spoglądała teraz na karła, choć jej wzrok wydawał się patrzeć poza niego, w nieskończoną przestrzeń. Otwarte szeroko oczy nie mrugały, martwe źrenice były nieruchome.

– Cholera jasna... – wyszeptał Malkolm. – On... czy to...

Duch odwrócił się ponownie do Ruda. I zaczął sunąć ku niemu. Jego usta otworzyły się w głuchym jęku, ręce uniosły. Fałdy starej szaty dotknęły płomienie, ale nie uczyniły jej żadnej szkody. Mówił coś, patrząc na Malkolma, ale nie było słychać słów. Coś jak...

Tatusiu, nie! Tato!

Lęk nagle wyparował z Ruda. Czymkolwiek była ta istota, nie miała prawa, by użyć tych słów! Jej oczy pozostały otwarte i tchnęło z nich bólem, ale nie miała prawa tego powiedzieć. Nie miała!

Po wciąż zaciśniętych dłoniach Malkolma przeleciały niebieskie zygzaki uwolnionego prądu. Coś trzasnęło, a w powietrzu uniósł się zapach ozonu.

Tatusiu, pomóż mi!

Odrzucony przysunął się bliżej. Widać było, że jego szybko poruszające się usta szukają klucza wypowiadanych przez Ruda słów, jakby „pomóż" i „tato" miało ułożyć nową sentencję, ale Malkolma niewiele to interesowało. Wyciągnął rękę.

Coś jak echo grzmotu poniosło się pod Wzgórzem Odrzuconych.

Błysnęło błękitem i zatrzeszczało uwolnionym prądem. Niebieska iskra przeleciała po widmie i obróciła je w nicość, zanim Odrzucony ułożył własne zdanie z ukradzionych Rudowi słów. Malkolm krzyknął, nie zdając sobie sprawy z własnego krzyku, a potem wygasił prąd – dziedzictwo elektrycznego krzesła.

Zabiłeś mi dziecko, skurwysynu – rozbrzmiało mu pod czaszką głosem Konrada Salowskiego. *Mojego jedynego syna. I za to będziesz się smażył. Słyszysz, Rudecki? Za to będziesz się smażył...!*

– Skrzywiony? – wyszeptał niepewnie Grotz.

Gdzie bowiem tkwi serce prawdziwego zła? – zakrakał ksiądz. *Gdzie kryje się jądro ciemności? Jest ono w wierze, synu. W pewności, że zło jest dobrem. Prawdziwy mrok nie musi być bowiem ciemnością. I piekło jarzy się jasnym płomieniem. Płonie tak poprzez gniew.*

Rud drgnął.

Coś go opuszczało – niczym zimne westchnienie, pamięć płomienia. Zamrugał i spojrzał na swoją rękę. Gdzieś w tle rozbrzmiewały niespokojne pytania karła i narastający szum Wzgórza Odrzuconych. Wzgórza, które go dostrzegło.

– Zbieramy się stąd – oznajmił po dłuższej chwili. – Już. Znajdziemy inne miejsce. Koniec potworów, tłuczenia po mordzie i duchów. Starczy. Ale to nie znaczy... to nie znaczy, że sobie nie pogadamy. Suhael?

– Tak... Skrzywiony? – spytał niepewnie Nadżywy.

– Koniec tego cyrku. Koniec zasranych dąsów. Nie wiem, co mi się stało... może i nie wiem nic, ale wiem tyle, że jak widzisz, strzelam pieprzonym prądem, i to na odległość dłuższą niż ostrze twego miecza. Spróbuj znowu machać do mnie tą swoją szabelką, a przysięgam, że nie będę bawił się w szermierkę, tylko przypiekę ci dupsko. Zrozumiałeś?

– Tak... Skrzywiony. Dziękuję za wiedzę i karę.

– No i świetnie – ogłosił Malkolm, z zaskoczeniem zauważając, że trzęsą mu się ręce i nogi.

Grotz i Suhael patrzyli na niego z widocznym przerażeniem. Zaraz dostanę zawału, pomyślał, i ta w miarę trzeźwa konstatacja przebiła się przez zimną mgłę ledwo wstrzymywanej wściekłości. Strzeli mi żyłka we łbie i polecę na twarz. I taki będzie finał Pana Malkolma Groźnego, Pogromcy Duchów.

– Zbieramy się – powtórzył, z trudem opanowując narastający dygot i paniczny lęk. – Byle jak najdalej od tego porąbanego miejsca.

Jechali szybko i w milczeniu. Nie oddalili się jednak zbytnio od Wzgórza Odrzuconych. Gdy stanęli, wciąż coś się tam działo – narastała srebrnoszara mgła, a z pośpiechu niewygaszone ognisko rzucało światło na lewitujące cienie. Malkolm miał jednak dosyć – i podróży, i ciemności, i lęku. Dlatego pierwsze wybrane przez Grotza miejsce pod rzadkim zagajnikiem wydało mu się idealne. Tam też się rozłożyli, nie rozpalając ognia i owijając się w ochronki. Karzeł jako pierwszy postanowił pozostać na nocnej straży.

Malkolma powitał Klejnot. Niebo wyglądało na czyste i dziwne bez cieni rzucanych przez lecące jazdoloty, a w tle słychać było trzask palącego się ogniska.

– Przypiekłem trochę mięsa, Skrzywiony – odezwał się Grotz, podchodząc i wręczając Rudowi kawałek poczerniałej pieczeni. – To, co zabrałem z Trzech Pięter. I mam krwawe wino.

– Room service, pięć gwiazdek – ogłosił Malkolm.

– Co to znaczy?

– Nic. Dziękuję. Ale zaczekaj jeden momencik... Zaraz wracam. Skoczę na tak zwaną... potrzebę poranną.

Załatwiając to, co trzeba, i myjąc dłonie zebraną z trawy rosą, Rud rozejrzał się po okolicy. Zagajnik okazał się niewielką kępką czarnych drzew podobnych do tych z Kościstego Lasu, a przestrzeń wokół wyglądała na typową równinę – przypominającą takie, jakie widział na starych płaskofilmach. „Wichrowe wzgórza", pomyślał, stary tytuł chyba jeszcze sprzed powstania Cesarstwa, na podstawie zapomnianej książki. Tam też, pomimo nazwy, mieli ciągnące się w nieskończoność wrzosowiska... choć tę suchą niby-trawę trudno nazwać wrzosem. Nie mówiąc już o tym, że było tu też kompletnie inne wzgórze... wciąż jeszcze widoczne na widnokręgu niczym kamienny garb.

Malkolm wzdrygnął się i nabrał jeszcze rosy, by przemyć twarz skostniałą od porannego chłodu. Dawno już się nie golił i policzki zaczęły mu zarastać szpakowatą szczeciną. Pal licho zęby, jakoś je umyje, choćby kawałkiem namoczonej szmatki. Ale czym miał się tu ogolić? Szydłem?

– Gdzie Suchy? – spytał bardziej dziarskim tonem, gdy wrócił do obozowiska. Grotz wzruszył ramionami.

– To Nadżywy. Oni mało śpią lub śpią przez całe chrony.

– Chcesz powiedzieć, że biedakowi się przysnęło? Na cały chron?

– Nie, Skrzywiony! – zaprzeczył karzeł, podczas gdy Malkolm rozsiadł się na swoim posłaniu i sięgnął po upieczone mięso. – Poszedł sprawdzić, czy nie ciągną za nami Odrzuceni.

– Odrzuceni, co? Pytanie numer jeden... Ale o tym za moment. Mam inną sprawę. Chodzi mi o wartę. Dzięki serdeczne, że mnie nie obudziliście, ale nie wymagam specjalnego traktowania. Korona by mi z głowy nie spadła, gdybym trochę wyziębił tyłek, okej?

– O...okej – odpowiedział niepewnie Grotz i Rud z trudem powstrzymał się od parsknięcia. Karzeł najwidoczniej się starał, ale efekt był komiczny. Może gdyby upił trochę jego...

Głupi pomysł, zreflektował się. Jeszcze trochę i uwierzy, że żłopanie czyjejś krwi jest normalne. Potem zaakceptuje jakąś kolejną pierdołę i nawet nie zauważy, jak się roztyje i zamieszka w Kręgu.

– Dobra – stwierdził, upijając łyk ciepłego krwawego wina. Jedno trzeba było przyznać: cholerstwo rzeczywiście działało tak jak mocna kawa. – Czas zagrać w dziesięć pytań. Gotowy?

– Tak... Skrzywiony.

– Przestań już z tym Skrzywionym – żachnął się, unosząc się lekko i wyciągając dłoń. Karzeł popatrzył z niejaką konsternacją na wyciągniętą rękę, a wtedy Malkolm z westchnieniem złapał Grotza za palce i lekko nimi potrząsnął. – Tak się witamy – wyjaśnił, siadając z powrotem – a tak się przedstawiamy. Malkolm Rudecki, a ostatnio Malkolm Rud.

– Malkolm Rud – powtórzył powoli karzeł. – Dziękuję za wiedzę i karę, Skrzywiony. Jak wiesz, ja jestem tylko Grotz.

– Ładnie – chrząknął niepewnie Malkolm. – Tak czy owak, będę wdzięczny za posłużenie się czasami przynajmniej imieniem. Od Skrzywionego zaczynają boleć mnie uszy.

– Nie pragnąłem zadawać ci bólu, Skrzy... Rud!

– Daj spokój, Grotz, nie musisz zaraz wstawać. Siadaj. No, dziękuję. Łyknij sobie krwawego wina... Co za cyrk! Mam cały czas uważać na to, co mówię? Dobrze, będę. Zaczniemy od początku. Kim są Odrzuceni? Mam już swoje... podejrzenia, ale z chęcią bym je skonkretyzował.

– Nie wiem zbyt wiele, Skrzy... wybacz, zapo...

– Daj spokój! Możesz mówić, jak zechcesz; nieważne. Kim zatem są?

– To Odrzuceni – wyjaśnił karzeł. – Nie jestem skryptorem, lecz wszyscy wiedzą, że w Dawnych Erach, jeszcze przed Wiecznym Królestwem i Kamiennym Imperium, nazywano ich inaczej. Byli śmiertelnymi, jak wszyscy z nas. Toczyli wojny i tworzyli krainy. Lecz po wielu erach i niezliczonych chronach w końcu przegrali, a świat stał się taki, jaki powinien być. A ich odrzucono. Ostatni schronili się w takich miejscach jak Grobowe Góry... które wówczas nazywały się inaczej. Wreszcie wytępił ich Nemerken, pierwszy Skrzywiony, a z ich górskiego miasta uczynił jeden wielki grobowiec.

– Pierwszy, co? Czyli wtedy coś zaczęło się sypać... No dobra. A dalej?

– Odrzuceni nie ugięli się pod Prostym Prawem, zostali więc zgładzeni. Ich miasta stały się grobami, a ciała pyłem. I wreszcie wszędzie zapanowała ciemność – zakończył Grotz. Jasne, pozbawione dawnego bielma oczy karła na moment rozbłysły od pełgających płomieni. – Ale ja już tak nie myślę, Skrzywiony. Nie wierzę już, że ciemność jest błogosławiona i że Proste Prawo jest... proste.

– Rozumiem – mruknął Malkolm. – A ten cały Posłaniec? I Iglica?

– Tu też nie wiem zbyt wiele – zastrzegł Grotz. – Zaledwie tyle, co wiadomo w Odstępach.

– Nie szkodzi. Dawaj. Nie, nie chodzi mi o mięso... mów, znaczy.

– No dobrze. Dominiów jest sześć. Odstępy są przy Szóstym, lecz daleko stąd istnieje Pierwsze Dominium, zwane Dominium Najwyższego, którego nikt nigdy nie widział. Najwyższy włada nim od niepamiętnych czasów, jako najważniejszy z prymatów. Prowadzi on Nieskończoną Wojnę, a może jest jej ofiarą... zaś stojąca w sercu Pierwszego Dominium Iglica jest jego wiedzą i karą. Tak mówią. Wiedzą i karą.

– Wasze ulubione powiedzonko, co?

– To prawda, Skrzy... Rud.

– Co zatem z tą Iglicą?

– Wiem tyle, że śle ona niekiedy przez Theę przekleństwo swego Blasku. Z początku pojawia się jej Posłaniec. Przybywa i ciągnie za sobą zapowiedź Promienia: stężonej fali Blasku. Nie gładzi się go, gdyż jego trakt wyznacza linię Promienia, sprawdzaną przez Skrzywionych u skryptorów.

– Logiczniej byłoby go wykończyć – zauważył Malkolm. – Skąd wiecie, że to nie on odpowiedzialny jest za Promień?

– Wcześniej już tak czyniono i nie powstrzymało to przejścia Blasku. W końcu Posłaniec znika, a drogę, którą przeszedł, przenika Promień, rozłupując ziemię, miażdżąc budowle i wypalając ducha. Oto kara przeklętego światła: rana zadana błogosławionej ciemności.

– Czyli Promień jest jak ten wasz cały Pomrok – mruknął Rud. Grotz pokręcił głową.

– Nie, Skrzywiony! Pomrok płynie Liniami i tworzy Wyzwolonych, lecz niesie ukojenie. Nie każdy chce w niego wejść, lecz są tacy, którzy go szukają i łakną, licząc na to, że staną się Wyzwolonymi, którzy pamiętają, kim byli wcześniej. Nikt jednak nie pragnie bluźnierczej, martwej światłości. Ona nas pali. Pali i niszczy lub kazi bluźnierczym Blaskiem.

– Słabo to wygląda – ogłosił Malkolm. Wpatrzony w płomień karzeł pokiwał głową. – Ale u mnie też nie jest lepiej. Mamy tam... swoje Linie Pomroku i nawet coś jak wasze Dominia. I mamy Najwyższego, choć nazywa się inaczej. Można w sumie powiedzieć, że wylądowałem tu przez jednego z jego hierarchów. A Blask... o, chłopie, powinieneś zobaczyć, jaką śliczną skonstruowaliśmy bombkę. Atomową. Blask i Promień jak się patrzy, w pięknej, grzybowej pigułce. Zapewne coś podobnego zrobiło kuku waszemu księżycowi.

– Księżycowi?

– Nieważne. O, a tak przy okazji, skąd jest to całe Szydło?

Karzeł oderwał wzrok od płomienia.

– Z Grobowych Gór...

– To już słyszałem... ale może wiesz coś więcej na ten temat? Kiedy spotkałem Matkę Gerdę, wyciągnęła z grobu głowę jakiegoś... Konrada. – Skrzywił się na wspomnienie imienia kojarzącego mu się z gubernatorem. – Gadała w każdym razie z martwym łbem i chyba go ożywiła. Wiesz może, kto to taki? Może Subulam należało do niego?

– Nie – odparł wracający nieoczekiwanie Suhael. Malkolm uniósł głowę i zerknął na Nadżywego, który przez chwilę zawiesił na nim swój czujny, chłodny wzrok. – Ten, którego zwała Konradem, był kimś, kogo zwano królem, prymatem całych Odstępów... a może i ziemi za nimi. Musiał zginąć, nim przybył Pomrok, a więc Matka nie mogła go znać. Potrafiła wszakże zajrzeć za zasłonę Martwej Krainy po to, by dręczyć zmarłych i drwić z ich upadku, jeśli należeli do Odrzuconych.

– Taka była mocna?

– Tak, choć dawno temu. Pamiętam ją z czasów, gdy trwał jeszcze Corax, ale wtedy wyglądała już na przygniecioną mocą Prostego Prawa. Nie była jednak aż tak stara, jak pradawni Władcy, i nie mogła pamiętać żywych Odrzuconych.

– Corax? Ten cały kowen, którego nie ma?

– Tak. Zniszczył go Promień. Być może udałoby się go odtworzyć, lecz własny pomiot Matki zbiegł do Dworca i zdradził ją, by stworzyć własny Krąg.

– Zwą go Wygnanym. Mieszka w Kręgu Dworca – dorzucił przysłuchujący się Grotz.

Rud nie skomentował. Patrzył na Suhaela, w którego głosie słychać było rezerwę, ale i wcześniejszy szacunek. O ile Nadżywy nie udawał i nie planował go zgładzić.

Zaczynam myśleć tak samo jak oni, pomyślał. Zaczynam kombinować w ramach Prostego Prawa... Wzdrygnął się.

– Tak, karle – zgodził się Nadżywy. – Dziękuję za wiedzę i karę. W każdym razie Matkę Gerdę ciągnęło do Grobowych Gór. Dość, że znalazła tam Szydło i przyniosła je do Kręgu, twierdząc, że jest to największy z jej skarbów.

– Ale dlaczego tak powiedziała, nie wiadomo? – upewnił się Rud.

– Nie.

– Cóż. – Malkolm chrząknął, podnosząc się na nogi. Z niechęcią zerknął na przywiązanego nieopodal unsvarta. – Mniejsza o większość. Czas ruszać. Koniec pogawędek.

Cały ten obszar przypominał Szarą Połać. To, co jednak tam było martwe, tu rozrastało się dziwną, szarą zielenią oraz kępami czarnych krzaków. Gdzieniegdzie pojawiały się zagajniki, lecz rosnące tam drzewa wyglądały podobnie jak te z Kościstego Lasu.

Doszli wreszcie do nierównego terenu, wybrzuszonego mniejszymi i większymi wypukłościami. Zdarzało się też, że musieli ominąć kilka niespodziewanych mokradeł, wytworzonych przez wąskie, niknące pod ziemią i wybijające z niej strumyki. Niestety, płynąca w nich woda nie wyglądała zbyt zachęcająco i Rud zatęsknił w duchu do tabletek z chlorkiem, które pomogłyby uzdatnić tę ciecz do norm typowej kantonowej kranówki. Na szczęście –

a może wskutek zapobiegliwości – mieli jeszcze sporo krzepiącego krwawego wina... choć jego cierpko-słodki posmak nijak miał się do czystej źródlanej wody.

Na popas stanęli, gdy Klejnot wszedł już w bladość. Poranne złoto przygasło i Theę pokrył znany już dobrze Malkolmowi zimny chrom, kojarzący się z chłodnymi jesiennymi porankami w szarym betonowym mieście. Wszystko stało się jakby ostrzejsze, ale i bardziej martwe, niczym obraz, na który ktoś rzucił srebrnoszary filtr. Była to ta pora, w której „bladość" Klejnotu wyrysowała ostro kontury każdego źdźbła i kamienia, każdego czarnego drzewa. Tworzyło to dziwnie przygnębiający obraz. Na razie nie rozpalili ogniska, a Suhael z braku lepszego zajęcia wybrał się na polowanie. Grotz drzemał, odsypiając nocną wartę, a siedzący w ochronce Malkolm znowu bił się z myślami. Czy dobrze pamiętał wyrysowaną przez Marlę mapę? Daleko na północy musiała być linia Łańcucha, urywająca się na północnym wschodzie, gdzie przemieniała się w cienie dawnych masywów, rozłupanych i przygniecionych jakąś potworną wojną. Pęknięty Płaskowyż. Nie widział go, podobnie jak gór na północy, zatem zakładał, że czekało ich jeszcze sporo kilometrów. Ile mógł dojrzeć na tak zwanym wysokim promieniu? Sześćdziesiąt? A teraz był na niskim, widział zatem mniej. Tak czy owak, Pęknięty Płaskowyż musiał się ciągnąć na południe i był zakończony wspomnianym przez nawiedzoną gotkę Ogniwem – ostatnim górskim odpryskiem na jego drodze – oraz Przełomem Ogniwa. Miejscem, do którego miał dojść.

– Niemal cztery niskie promienie – ogłosił powracający ze zdobyczą Suhael, jakby czytał mu w myślach, i Malkolm przełożył to szybko na dwadzieścia kilka kilometrów. W gruncie rzeczy niewiele. – Ale nie należy tak liczyć, Skrzywiony – zastrzegł Nadżywy. – Czeka nas przecież Bruzda.

– Bruzda – mruknął Rud, z lekkim niesmakiem patrząc na zwierzę upolowane przez Suhaela. Przypominało chudego czarnego królika bez sierści, z częściowo odciętym przez miecz łbem. – Jakżeby inaczej. Powiesz mi, co to takiego?

– Bruzda to Bruzda. Najwięcej jest ich między Dominiami i jak wiadomo, to właśnie w nich zwykle toczona jest Nieskończona Wojna.

– „Jak wiadomo", co? A więc wiesz więcej na temat tej całej wojny?

– Nie – odmruknął Nadżywy, zabierając się do skórowania bezuchego zająca. – Nie wiem i wiedzieć nie chcę.

Nie mieli rondla ani wody, lecz przebudzony Grotz szybko wystrugał rożen i oparł go na dwóch kijkach. Obracać się to jakoś dało, choć bez większej wygody. Ze względu na przygotowanie posiłku popas przeciągnął się, i tak złapał ich zmierzch.

Zaczęli jeść. Upolowany stwór smakował jak ziemska wieprzowina. Po posiłku Malkolm zaczął zastanawiać się, czy sen rzeczywiście nie jest najlepszym pomysłem, gdy Suhael stanął przy ognisku i przyjął postawę, którą od biedy można by uznać za bokserską.

– Czy tak? – spytał zaskoczonego Ruda. – Czy tak to uczyniłeś?

– Hę? A, czekaj, moment... – Malkolm wygrzebał się z ochronki i przyjął postawę. – Jesteś praworęczny? Którą ręką wykonujesz... hmm... podstawowe czynności?

– Obiema.

– No dobra. Załóżmy, że jesteś praworęczny. Stajesz wtedy tak... lewą częścią tułowia do przeciwnika. Wyprowadzisz wtedy mocniejszy cios. Ej, czekaj... nie tak zaraz!

– Wybacz. Dziękuję za wiedzę i karę.

– Nie ma sprawy. Wysuwasz nogę do przodu, o tak... Prawa stopa w tyle, nogi ugięte, broda do klatki piersiowej. Załapałeś? Świetnie. Teraz garda...

– To cenne słowa, Skrzywiony. Dziękuję za...

– Nie dziękuj! Widzisz ten mieczyk? Dziś krótka lekcja, ale coś za coś. Pomożesz mi machać tym cholerstwem. Nie rób takich wielkich oczu. Jestem Skrzywionym od prądu, nie od miecza. Ale nie zmienia to faktu, że chciałbym się tego nauczyć.

Ćwiczyli.

Nadżywy, ku zaskoczeniu Malkolma i konsternacji przyglądającego się przebudzonego Grotza, łapał podstawy boksu bez większych problemów. Gdyby tylko był tu trener Zombrecki z FistClubu... ale Zombrecki znajdował się cholera wie ile lat świetlnych stąd... albo ile wymiarów, w zależności od tego, jak Rud zdecydował się spojrzeć na problem.

Szkolenie w walce mieczem wyszło o wiele gorzej.

Subulam, jak się okazało, Malkolm trzymał jeszcze dobrze, bezpośrednio pod jelcem, w ujęciu, które blady określił mianem „szerokiego". Niestety, tu jego wrodzone umiejętności się kończyły. Nadżywy poinstruował go zatem o pracy nóg i zmiennym środku ciężkości. Ale był to dopiero początek.

Zaczęli ćwiczyć uderzenie bez zamachu, od góry, by potem opracować najwygodniejszą dla Ruda pozycję zasadniczą. Stanęło na czymś, co Suhael nazwał pozycją „z dachu ramienia". Takie ustawienie oznaczało, że Malkolm mógł ciachnąć przeciwnika na wprost siebie, korzystając z energii samego ruchu, przelanej niejako na uderzenie.

– Masakra – stwierdził po półgodzinie ćwiczenia tego samego ruchu Rud. – Ale niech będzie. Koniec tłuczenia cepem...

– Mogę cię wiele nauczyć – odparł Suhael. Brzmiało to może jak obietnica, ale Malkolm wiedział, z czym się ona wiąże. I niekoniecznie chodziło o boks.

– Na pewno – uznał, patrząc na ostrze Szydła, po którym pełgały wywołane przez niego nieświadomie błękitne iskierki prądu. – Ale teraz proponuję zrobić to samo, co Grotz.

– To znaczy?

– Pójść spać – wyjaśnił Rud, wskazując mieczem karła, który, znudzony szermierką, przysnął.

We śnie przyszła do niego Marla.

– Cześć, Skrzywiony i Prosty – powiedziała, siadając obok wygaszonego ogniska i z rozbawieniem zerkając na śpiących Grotza i Suhaela. – Jak wycieczka?

– Ciebie tu nie ma... – szepnął półprzytomnie.

– Fakt – przyznała. – Ale jest coś, co nas wiąże. Twoja krew. A ponieważ możemy się już nie zobaczyć, wpadłam się pożegnać.

– Czemu...? – wymamrotał Malkolm przez sen. Marla wzruszyła ramionami.

– Cóż... Albo uda ci się wrócić do Kręgu, choć w to wątpię, albo zginiesz u Widzącego, co jest o wiele bardziej prawdopodobne. Stąd to pożegnanie. Jeśli coś ci się stanie, nie mów, że cię nie ostrzegałam.

– Dzię...dzięki.

– Lepiej się z tobą rozmawia, kiedy nie śpisz – zauważyła z lekkim przekąsem. – Bez tego mamrotania. No nic. Mam sprawę, tak na koniec. Słuchasz?

– Słu...cham.

– Twoja krew, Skrzywiony i Prosty – wyjaśniła. – Kiedy zrozumiałam, że jednak zginiesz, pomyślałam, że zagadnę o tę waszą sprawę z organami. Wiesz, u ciebie na Ziemi. Jest tam coś takiego... – Z namysłem podrapała się po nosie. – Podpisuje się taki skrypt, że w razie śmierci wasi... medycy? Tak, medycy... w każdym razie, że mogą zabrać organy. Kojarzysz?

– Ta...tak.

– Świetnie! – ucieszyła się i niemal klasnęła w ręce. – Co zatem powiesz na takie rozwiązanie: nie mamy jak tego zapisać, a ty jesteś średnio przytomny... ale byłabym bardzo wdzięczna za twoją zgodę ustną na pobranie krwi. Organy średnio mnie interesują, ale krew to co innego. Nawet jeśli nie mam pewności, czy coś da się z nią zrobić po śmierci. A zatem? Co ty na to?

– Nie ma mowy – szepnął.

Marla zmarszczyła brwi.

– Psujesz każdą zabawę, Malkolm – oznajmiła obrażonym tonem i zniknęła, a Rud obudził się, kaszląc i rozglądając nerwowo po okolicy.

Nie było jej. Tylko mu się przyśniła, ale czuł, jak mocno bije mu serce. Czy Marla naprawdę nawiedziła go we śnie? A może to wszystko było tylko jakimś potwornym majakiem?

Długo wiercił się w ochronce, patrząc na rozgwieżdżone nieznanymi konstelacjami niebo i na świecący mocno Odłam i Rozsyp. A potem w końcu zapadł w sen, tym razem bez koszmarów.

Gdy nadeszła kolejna bladość, dostrzegli Przełom Ogniwa.

Na razie jawił się im tylko jako szara plama widniejąca na horyzoncie. Poniżej ledwie migotała szarość – cień poszarpanych wzniesień Pękniętego Płaskowyżu. O tym ostatnim poinformował ich Suhael, który widział lepiej od nich, pomimo bielma wciąż obecnego na oczach.

– Rzut beretem – skomentował Malkolm, z wyraźną niechęcią pociągając za wodze unsvarta. Niemartwe zwierzę zaczęło już niemiłosiernie śmierdzieć. – A Bruzda?

– Jest przed nami, Skrzywiony – powiedział Grotz. – Ale stąd jej nie dostrzeżesz. Musimy podjechać bliżej.

– W porządku.

Owo „bliżej” zajęło im resztę dnia. Pomimo wierzchowców nie poruszali się szybciej niż siedem, może osiem kilometrów na godzinę, głównie dlatego, że niemartwy unsvart szedł co najwyżej stępem. Można by go pewnie zmusić do kłusowania, ale Rud nie miał na to najmniejszej ochoty. Prowadzący svarta Nadżywy uznał to najwidoczniej za zaplanowaną prędkość, bo nie oponował, choć smród martwego ciała z godziny na godzinę stawał się coraz gorszy. Wreszcie ujrzeli Bruzdę.

Przypominała nieco wyschnięte koryto rzeki, ale było to nie do końca trafione porównanie, głównie dlatego, że była na to zbyt głęboka. W gruncie rzeczy, pomyślał Rud, wyglądała tak, jakby jakiś gigantyczny dzieciak wydrapał ją kijkiem, tworząc co ostrzejsze zygzaki – niekiedy płytsze, a niekiedy głębsze.

Tuż za Bruzdą widniał Przełom Ogniwa. Szarociemna góra przypominała rozłupany wulkan. Stojąc u jej podnóża, widzieli tylko gładkie ściany, osmalone i oszklone przez jakiś pradawny kataklizm. Był to jedyny w okolicy szczyt, gdyż pozostałe wyglądały na zmiażdżone i tworzyły co najwyżej konglomerat popękanych skał. Pomiędzy nimi ziały jamy i ciągnące się setkami metrów rozpadliny.

– Hinnom – ogłosił zgaszonym głosem Grotz. – Prowincja Szóstego Dominium...

– Marla mówiła coś o moście – przypomniał sobie Malkolm. – Chociaż nie widzę powodu, by nie przejść Bruzdą... na przykład w tym miejscu – dodał, wskazując na płytszy fragment dziwacznej koleiny.

– Jak sobie życzysz, Skrzywiony – zgodził się Nadżywy. Rud kiwnął głową i ruszył unsvartem ku wybranemu miejscu.

– Jeśli Widzący zerka z tej swojej góry, to pewnie już nas dostrzegł – dodał, kierując głowę niemartwego rumaka ku gładszemu zboczu. Unsvart zaczął schodzić sztywno w stronę piaszczystego dna. – Może się okazać, że będzie na nas czekać komitet powitalny...

Piasek poruszył się nieznacznie i unsvart stanął. Malkolm zmarszczył brwi. Ta część Bruzdy wyglądała na płaską jak stół, ale coś pod powierzchnią sprawiało, że przejście wyglądało na utrudnione. Czyżby ruchome piaski?

Spod powierzchni wysunął się Niemartwy.

Żywy trup wyglądał jak wysuszona pradawna mumia. Jego ciało – żółte i jakby pergaminowe – zdawało się pękać i trzeszczeć przy każdym ruchu. Potwór otworzył usta i wydobył z siebie ledwo słyszalne jęknięcie.

Rud zaklął.

Chciał wycofać unsvarta, ale niemartwy rumak zamiast do tyłu ruszył przed siebie – jak na złość. Odgłos uderzeń szczudłowatych kopyt sprawił, że spod piasku wygrzebały się z wolna kolejne niemartwe ciała. Jedno, wyglądające na dziecko pozbawione nóg, przyspieszyło, sunąc po ziemi, i złapało unsvarta za nogę w poszukiwaniu drogi do przerażonego Malkolma. Drugi trup, w zasadzie szkielet, na którego głowie wciąż pozostała kępa upiornie falujących włosów, złapał za wystające mięśnie wierzchowca i zaczął wdrapywać się od strony zadu.

– Skrzywiony! – krzyknął Grotz. – Skacz!

Łatwo było powiedzieć. Obciążony mieczem i torbą Rud, nieobeznany z kierowaniem niemartwym koniem, rzucał przerażonym wzrokiem to w lewo, to w prawo, szukając dogodnej drogi ucieczki.

– Zostaw – usłyszał zimny głos Suhaela, powstrzymującego szarpiącego się karła. – Chcesz zginąć na darmo?

Tyle, jeśli chodzi o wdzięczność i ustawienie do pionu prądem, pomyślał przestraszony Malkolm. Rada o skoku była w każdym razie cenna i postanowił z niej skorzystać, tym bardziej że kilku kolejnych umarlaków pojawiło się tuż przed niemartwym wierzchowcem. Starając się na nich nie patrzeć, Rud ześlizgnął się ze zwierzęcia na piasek.

Od tyłu złapał go wysoki, wychudzony trup.

Rud krzyknął, nie zdając sobie nawet sprawy z nagłego rozbłysku błękitnych iskier. Gdyby pomyślał, mógłby skierować prąd na Niemartwych, ale panika zrobiła swoje. Część nieporadnie rzuconych iskier osmaliła tylko bok unsvarta, a inne przeleciały po Niemartwym, który oderwał się co prawda od Malkolma, lecz nie zrezygnował z ofiary. Tyle wszakże wystarczyło, by Rud uderzył go barkiem. Trup jęknął żałośnie, ale poleciał na plecy. Droga była wolna.

Niestety, Malkolm popełnił błąd. Zamiast pobiec do tyłu, popędził przed siebie. Nogi ugrzęzły mu w piasku, ale gdy tylko zobaczył wyłaniającą się przed nim Niemartwą kobietę o pustych oczodołach i wygłodzonej, rozwartej szczęce, oprzytomniał, zatrzymał się gwałtownie i skręcił. Do granicy Bruzdy miał około szesnastu, może dwudziestu metrów, ale ów dystans wydał mu się potwornie długi. Niemartwi byli powolni... ale nie tak powolni, jak zapamiętał z wielu holofilmów. Powstawali może ślamazarnie, ale kiedy znaleźli się blisko ofiary, zasuwali już jak mały jazdolocik.

– Kurwa mać... – jęknął, częstując Theę kolejnym nieznanym tu przekleństwem. Niemartwi wyłazili już zewsząd, niczym karaluchy z nieczynnej rury odpływowej.

Nie zdając sobie do końca sprawy z tego, co robi, sięgnął za kark, wyciągnął miecz i pobiegł, pamiętając, by się przynajmniej nie potknąć o ostrze. Koncepcja eleganckiego trzymania głowni przy ramieniu odpadała – nie zamierzał uciąć sobie głowy w biegu. Znów wróciła opcja z krzywo trzymanym cepem – ale na to nie było już rady. Ważne, że się przełamał. Równie dobrze mógł zginąć w starciu z umarlakami, zamiast stać i czekać, aż po niego przyjdą.

Pierwszego zagradzającego mu drogę trupa ciachnął w brzuch, a raczej w podtrzymujący resztki tułowia kręgosłup. Cios był zbyt lekki i ostrze uwięzło w kości – na szczęście udało mu się je wyszarpnąć i pobiec dalej, podczas gdy zawodzący cicho Niemartwy odpadł na bok. Na jego miejsce wygrzebywało się jednak już dwóch następnych. Jeden wyglądał na karła przypominającego upiorną wersję Grotza, drugi – na odzianego w resztki zbroi płytowej rycerza, który na całe szczęście nie potrafił wydostać się do końca i tylko wyciągnął w stronę Ruda rękę zakrytą stalową rękawicą. Malkolm karła przeskoczył, a rycerza ominął, ale bieg był tu trudny – buty grzęzły w grząskim piasku.

Tymczasem w zagradzającym mu przejście murze Niemartwych powstał niespodziewany wyłom. Malkolm zauważył wyraźnie wkurzonego Grotza, który najwyraźniej postanowił wyrąbać sobie do niego drogę. Karzeł zamachnął się i podciął morgensztернem nogi trupa. Tuż obok wyłonił się Suhael, który dokończył dzieła ciosami miecza. Najwidoczniej ocalenie Ruda znowu zaczęło się opłacać.

Malkolm pobiegł przed siebie, w ostatniej chwili wyszarpując odzienie z martwych łap. Zostało mu tylko kilka metrów i podłoże było już twardsze, przebył je zatem sprintem. Niemartwi tylko mu mignęli, tak samo jak Nadżywy i karzeł. Dopiero przebiegłszy kilkanaście metrów za granicę Bruzdy, obejrzał się odruchowo. Grotz i Suhael biegli już za nim, a blady złapał za wodze svarta. Niemartwi zostali w Bruździe, nie licząc dwóch, którzy przeszli przez granicę i stanęli na zwykłej ziemi, skonsternowani i zagubieni. Niespecjalnie interesowało to uciekających, którzy zatrzymali się dopiero po jakimś czasie i spojrzeli za siebie, ciężko dysząc z wysiłku.

– Udało się – oznajmił Suhael.

– Nie dzięki tobie! – wypalił Malkolm. – Ruszyłeś dupę dopiero wtedy, kiedy zaczęło się to opłacać!

– Czy nie tak stanowi Proste Prawo?

– Do diabła z nim! – wychrypiał Rud.

Konsternacja widoczna w oczach Nadżywego sprawiła jednak, że machnął ręką. Jaki był sens rozmowy ze ślepym o kolorach?

– I to jest to wasze skażenie, co? – wykrztusił zamiast tego. – Niech cię cholera, Marla!

– O czym mówisz, Skrzywiony? – zainteresował się Grotz. Wciąż łapiący z trudem powietrze Rud zamachał ręką.

– Nieważne... A wam powiem tylko tyle: możecie... możecie wsadzić sobie wasze Proste Prawo tam, gdzie Klejnot nie dochodzi. Owinięte różową wstążeczką. To, co upadło, już nie powstanie? Tam... – chrypnął, pokazując Bruzdę wciąż drżącą ręką – macie dowód na to, że Proste Prawo to bzdura. Trupy nie wstają i nie łażą, do cholery!

– Ale to nie trupy... – wymamrotał wyraźnie skonsternowany karzeł. – To Niemartwi.

Malkolm spojrzał na Grotza. Otworzył usta, ale nie odpowiedział. Żadna celna riposta nie przyszła mu do głowy.

Stracili unsvarta. Rozkładający się wierzchowiec został w Bruździe i ich wędrówka się wydłużyła. Swoją drogą, skąd się to wszystko wzięło? Ta cała niemartwa, leżąca pod piachem menażeria? Czy byli to starzy wojownicy?

Odrzuceni polegli w Nieskończonej Wojnie? A może wędrowcy, których pochłonęło zagadkowe skażenie Bruzdy? Jedno było pewne – prowincja Hinnom, najdalej wysunięta na zachód część Vermu, Szóstego Dominium, zapewniła sobie wyjątkową ochronną fosę. Plus dla Widzącego, pomyślał Malkolm zgryźliwie. Facet wie, jak wykorzystać zasoby... nawet te, które od dawna już gniły. Gratulacje.

Klejnot już zachodził, gdy doszli do Martwego Mostu. Spowita gasnącym światłem w kolorze czerwonego złota konstrukcja miała niemal pół kilometra długości i około sześciu metrów szerokości. Stała na ośmiu mocno uszkodzonych filarach i wyglądała na kompletnie zrujnowaną. Gdyby pod spodem płynęła rzeka, to rozłamane, sięgające w dół podstawy powinny dawno zostać rozbite przez wieloletnie uderzenia prądów, ale cienkie, krzywe filary opadały w dół jedynie ku kanionowi popękanych skał.

Tu Bruzda była głębsza i coś poruszało się w dole, a może były to tylko cienie pod resztką zrujnowanych przęseł. Rud podszedł i cofnął się szybko, gdy do jego uszu doleciał trzask i przytłumiony szum.

– Most śpiewa – zauważył Grotz.

– Ale nazwę ma adekwatną – mruknął Malkolm. – Wygląda tak, jakby zaraz miał się rozpaść.

– Albo tędy, Skrzywiony – oznajmił Suhael – albo dołem.

– Niech no pomyślę... – zaczął ironicznie Rud, teatralnie zerkając ku cieniom i ledwo słyszalnym jękom. – Nie, chyba jednak most. O ile nie macie nic przeciwko.

Nie mieli. Znajdowali się już blisko celu. Po drugiej stronie kamiennego przejścia wznosił się Przełom Ogniwa. I kazamaty Widzącego, widoczne teraz jako czarna, pozioma linia, która musiała rozpinać się niegdyś pomiędzy rozdzielonym szczytem, a teraz wisiała tylko z lewej strony, podtrzymywana dobudowanymi tam wspornikami.

– W zboczu znajduje się coś, co Marla nazwała Czarną Poterną – powiedział Malkolm, starając się nie myśleć o kanionie pod rozpadającym się mostem.

– Marla? – spytał Grotz. Rud machnął niedbale ręką.

– Znajoma z Thei. W każdym razie przejście podobno jest niestrzeżone i każdy może swobodnie wejść do kazamatów Widzącego.

– Można swobodnie wejść – zgodził się Suhael. – Ale wychodzą tylko ci, których wypuści Widzący.

– Nie staramy się przecież przekraść mu na prowincję – zauważył Malkolm. – Nie próbujemy przemknąć dołem, tylko grzecznie zapukamy do drzwi i pogadamy jak Skrzywiony ze Skrzywionym. Nie rób takich oczu, Suchy. Nie może być przecież tak, że wszędzie mordują na dzień dobry. Nawet w tak popieprzonym świecie jak twój.

– Nie za bardzo mi się to podoba, Rud – odezwał się karzeł. – Nadżywy ma sporo racji.

– Możecie się jeszcze wycofać – zauważył po chwili Rud. – Dziękuję za tę... no, wiedzę i karę. Sporo już dla mnie zrobiliście, szczególnie ty, Grotz, ale ja po prostu muszę tam iść. To jedyna nitka, za jaką udało mi się złapać. Jedyny w miarę sensowny trop. Ale jeśli...

– Obiecałem, zatem pójdę z tobą do końca, Skrzywiony – przerwał mu karzeł. – Ale zamierzam trzymać pod ręką Karę.

– I ty mi coś obiecałeś – dodał chłodno Nadżywy. Malkolm kiwnął głową, nie skomentował. Bo i nie było czego.

Weszli na most.

Ta część podróży nie należała do najprzyjemniejszych. W dole tkwiła Bruzda, a Martwy Most wyglądał tak, jakby ledwo utrzymywał dodatkowy ciężar. Popękany, stary i miejscami dziurawy, sprawiał wrażenie, jakby zaraz miał się rozpaść. W połowie drogi pod ich stopami pojawiła się nagle rysa i usłyszeli huk spadających kamieni. Na szczęście na tym się skończyło i resztę przeszli bez większych niespodzianek.

Czarna Poterna. Byli na miejscu.

Trudno było przeoczyć ów otwór. Niegdyś była tu pewnie pieczara, ale u wejścia do naturalnej groty utworzono łuk z napisami, których nie dało się już rozczytać. Ozdobiono go wszakże częstymi na Thei maszkarami i szkieletami. Wejście do Piekła, pomyślał Malkolm. Jak to było? Porzućcie wszelką nadzieję wy, którzy tu wchodzicie? A przecież nie pozostało mi nic prócz nadziei...

Westchnął i gdy tylko Suhael wraz z Grotzem zeszli ze svarta i przywiązali go do czarnego krzaka wyrastającego spomiędzy kamieni, pierwszy przeszedł przez próg.

Od razu owionął go chłód.

Prowadzące w ciemność wejście tylko na początku przypominało grotę, ale już po kilkunastu krokach zamieniło się w wydrążony w skale, prowadzący w górę tunel. Nie było tu zbyt stromo, za to ciemno, i Grotz wrócił do jednego z rosnących pod Przełomem samotnych drzew, którego gałęzie po owinięciu skrawkami szmat i korzeniami żarliwca nadały się na pochodnie. Wznowili wówczas wędrówkę, oglądając gładkie, jakby wypalone ściany i nasłuchując echa własnych, dudniących kroków.

– Czarna jest na pewno – skomentował w pewnym momencie Malkolm, nie mogąc wytrzymać złowróżbnej, nerwowej ciszy. – Ale poterna? To akurat zła nazwa. Raczej górski tunel, jeśli już.

– Daleko jeszcze? – stęknął Grotz i Rud, nagle zdając sobie sprawę z krótkich nóg karła, ledwo powstrzymał się od zabawnego komentarza, kojarzącego mu się ze starą, zapomnianą bajką z płaskowizji.

– Chyba nie – stwierdził. – Przeszliśmy ponad połowę drogi, a tunel kończy się najwyraźniej jakimś portykiem. Trudno na razie stwierdzić, co to, ale cholerstwo jest oświetlone i dość szerokie. Brama wjazdowa. Niepotrzebnie zostawiliśmy konia... to znaczy svarta.

– Pewnie zamknięta – powiedział Suhael. Malkolm wzruszył ramionami.

– Najwyżej zapukamy.

– Jeśli ją otworzą, zaczekam – odparł Nadżywy. – Ja nie mam sprawy do Widzącego. A ty, Skrzywiony... jesteś mi coś winien w związku z Kręgiem Kruczej Wieży.

– W porządku.

Zaczęło być bardziej stromo, a w powietrzu unosił się zapach dziwnej stęchlizny. Im wyżej wchodzili, tym była ona intensywniejsza: słodka, kojarząca się ze smrodem gnijącego ciała. Karzeł zakaszlał pierwszy i splunął na ziemię, ale Rud – przyzwyczajony już do zapachu unsvarta – powstrzymał wzbierające mdłości. Coś musiało tu zdechnąć, i to całkiem niedawno, uznał.

To, że nie chodzi o smród trupa, zrozumieli, gdy było już za późno.

Pierwszy zatrzymał się Suhael. Nadżywy oddychał ciężko, po czym bez słowa spróbował odwrócić się i odejść. Osunął się wszakże na kolana, podobnie jak Grotz, któremu z ust zaczęła kapać cienka strużka śliny. Trucizna, zrozumiał z przerażeniem Rud. Niestrzeżone dojście... idiota! Jak mógł przypuszczać, że...

Zakaszlał. A w zasadzie zachrypiał. I spróbował cofnąć się, podobnie jak Suhael. Wyciągnął rękę do leżącego Grotza... ale była to ostatnia czynność, jaką zapamiętał.

Mistrzu Skryptorze!
Zgodnie z Twym zaleceniem udałem się do Trzeciego Skryptorium Wieży Orędownika. Jak rozkazałeś, zabrałem ze sobą piksę dotkniętą Martwym Szeptem. I choć trudno przewidzieć zachowanie tych stworzeń, ufałem, iż zapanuję nad jej gwałtownym usposobieniem. A ponieważ życzyłeś sobie pełnego skryptu na temat mej pracy, nie licząc anamnezy Wyzwolonych, dosyłam wszelkie świadectwa na temat opłakanego stanu Wieży Orędownika.
Niestety, Twe podejrzenia co do kondycji budowli są słuszne. Tu skreślę tylko, że całe Trzecie Skryptorium chyli się ku upadkowi, a problemy z trzymaniem Wyzwolonych w zniszczonych częściowo celach narażają całą kondygnację. Większość więźniów zapada głębiej w ciemność, a towarzyszące temu Linie Pomroku sprawiają, że wszystko niszczeje w zastraszającym tempie.
Co do samych Wyzwolonych, zdecydowałem się dokonać anamnezy na osobniku posiadającym niegdyś żeńską płeć. Zajęli się już nią pomniejsi Oskarżyciele Dominium, lecz bez większych rezultatów. Niestety, piksa po spożyciu jej krwi popadła w otępienie, skazany więc byłem na samą rozmowę, choć nie jestem w stanie stwierdzić, czy jej efekt można określić jako udany. Wyzwolona – tak jak większość tych, którzy świadomie weszli w głęboki cień – nie wyznała bowiem niczego, czego bym już nie wiedział, a dalsze badanie doprowadziło zaledwie do wygłoszenia przez nią kompletnie niezrozumiałych proroctw. Co miał znaczyć „martwy most nad otchłanią" czy „cień cienia"?
Dlatego też na obecnym etapie mogę jedynie stwierdzić, iż ciągnęło ją do światła przy jednoczesnej niechęci do Blasku, jak prawie każdego Wyzwolonego pochwyconego przez Zakon Czwartego Dominium. I tak, po niemal całym dniu badań, zdecydowałem się ją zgładzić, tym bardziej że jej bluźniercze słowa mogły skierować na nas uwagę samej Iglicy.

Ku chwale Najwyższego
Skryptor Sebastian Mott, Czwarte Dominium

ROZDZIAŁ SIÓDMY

CIEMNOŚĆ

Przybycie do Federalnego Kompleksu Więziennego w kantonie Masovia Malkolm Rudecki zapamiętał na całe życie. Wszystko wydawało się wówczas takie ostre. Spodziewał się mgły, rozmazanych kolorów, otępienia. Ale rzeczywistość prezentowała się niczym w wysokiej rozdzielczości, w trybie UltraK Holovision, tak że każda pierdoła – nawet leżący na podłodze pyłek – krystalizowała się i krzepła, tak samo jak plamy widzianej wcześniej w salonie krwi. Do tego docierające do niego dźwięki coś pocięło na elementy składowe i odtwarzało mu w mózgu z upiorną, demoniczną dokładnością. Wszystko przesiąkł też sterylny, chemiczny zapach świeżo wyszorowanych stalowych ścian więzienia. W tych lochach było zupełnie inaczej.

Po pierwsze – wszystko spowijała ciemność. Cienie kładły się na pokruszonych, niedbale spojonych cegłach i na brudnej podłodze. Wsiąkały w kąty i zagłębienia, tłumiąc niewielkie i jakby skażone odpryski światła. Po drugie, dźwięki zdawały się przytłumione, choć towarzyszyło im zagadkowe dudnienie. I po trzecie – zamiast krystalicznie czystego zapachu czyszczących środków chemicznych czuć było zatęchły smród.

To ostatnie, uznał, powoli dochodząc do siebie, musiało być resztką gazu czy innego świństwa, którym ich potraktowano. Tak samo jak łupanie pod czaszką.

Dobrze. Powoli. Technika małych kroków, postanowił. Najpierw jedno, potem drugie.

Zatem – po pierwsze, jestem tu sam. Diabli wiedzą, gdzie zabrali Grotza i Suhaela. Ale to nie jest teraz najważniejszy problem. Przede wszystkim muszę się stąd wydostać.

Miejsce, do którego go zaciągnięto, przypominało średniowieczną ciemnicę. Była to cela, w której jedna ściana stanowiła najwidoczniej część góry – Przełomu Ogniwa. W nieforemnej skale widniał naturalny wykusz, pełniący raczej rolę wentylacyjną niż okna z atrakcyjnym widokiem. Resztę ścian dobudowano już z cegieł; typowa, toporna prowizorka. Zamykające celę drzwi były drewniane, choć wzmocniono je czymś w rodzaju żelaznych sztab. Wyposażono je też w zakratowane okienko – swoistego więziennego judasza. Zamku nie było – co nie zdziwiło Malkolma. Jak do tej pory widział na Thei chyba tylko „mechanizm skoblowy”, zatem drzwi lochu miały zapewne podobną prostą blokadę. Ale nie to było istotne, a fakt, że solidnie je zamknięto, o czym się wkrótce przekonał, usiłując je otworzyć.

Pięknie.

– Minusy są takie – uznał, odruchowo mówiąc do siebie – że zabrali to cholerne Szydło. Jak również ochronkę, torbę i te wszystkie pierdoloty w środku, łaskawie zostawiając pochwę na Subulam. Plus jest zaś taki, że żyję. I że nie ściągnęli mi butów. Przynajmniej nie dostanę kataru.

Urwał.

Gadanie do siebie i nadrabianie miną być może uspokajało, ale w ciemnicy tworzyło dziwnie schizofreniczny klimat. Rud odchrząknął, oczyszczając gardło. Ciemnica. No właśnie. Coś się tu nie zgadzało.

W kątach celi tkwiły resztki zamrożonego światła. Na zewnątrz musiał już być mrok. Coś jednak stało się ze światłem, które wpadło do środka. Nie zgasło, nie zniknęło: raczej się wypalało i proces ten nadal trwał. Zupełnie jak gasnący obraz na siatkówce oka po błysku fleszem, tylko że tu działo się to znacznie wolniej. A może było to jakieś przywidzenie?

Podszedł do takiego świetlnego fragmentu i niepewnie dotknął go palcami. Zamrożony poblask był chłodny. Podobnie wyglądało światło wydobywające się z Posłańca. Ciągnęło się za nim jak wisząca w powietrzu smuga, kapało ze zbroi... Czy było to jeszcze światło sensu stricto? Tego Malkolm nie wiedział. Kto jednak powiedział, że podstawowe zjawiska fizyczne mają mieć na Thei jakiś sens? Równie dobrze wszystko mogło tu być postawione na głowie.

Zniechęcony odsunął się od zamrożonych promieni. I zrozumiał, że nie jest sam. Czuł na sobie czyjś wzrok, czyjeś spojrzenie drapiące go w kark. Odwrócił się powoli, by nie spłoszyć tego czegoś, i zmrużył oczy, łapiąc resztki porozrzucanego po celi blasku. A potem usłyszał chichot. Stłumiony, przypominający rozsypujące się na podłodze szkło i zdecydowanie szalony. Oraz wyjątkowo złośliwy.

– Zdechnie! – usłyszał. – Zdechnie!

Za kraty w niewielkim okienku w drzwiach trzymały małe, bardzo chude dłonie. Gdyby nie ich trupia bladość i długie, brudne paznokcie, przypominałyby ręce dziecka. Malkolm podszedł bliżej.

– Zdechnie i sczeźnie! – powiedziało coś piskliwym, wpadającym w chichot głosem. – Odda krew!

– Zobaczymy... – mruknął, przybliżając się i zerkając przez zakratowany otwór na tyle, by nie spłoszyć nieproszonego gościa. Anorektycznie chuda, w sumie ładna chorobliwą urodą twarzyczka nie była w zasadzie ani męska, ani żeńska i nie sposób było określić jej wieku. Wyglądała dziwacznie ze swoim wysoko sklepionym czołem i unoszącą się wokół aureolą srebrzystych włosów. Ich postrzępione kosmyki falowały w powietrzu. Ale najbardziej zagadkowe były w istotce oczy. Przypominały ślepia Nadżywego, otoczone cienkimi, błękitnawymi żyłkami, i kojarzyły się z roziskrzonymi kulkami, emitującymi coś w rodzaju fioletowego, nikłego światełka.

– Kim jesteś? – zapytał Rud, ale istota nie odpowiedziała. Zamiast tego zachichotała jeszcze głośniej i uniosła się delikatnie w górę. Lewitowała?

– Zdechnie! – powtórzyła znowu. – Odda krew, och, słodką, słodką krew!

– Co ty nie powiesz – burknął. – Wszyscy macie na Thei jakąś obsesję z tą krwią. Zamiast o niej gadać, może otworzysz drzwi? Wypuść mnie, to dam ci jakąś kroplę...

Urwał.

Nie do wiary, ale wyglądało na to, że dziwaczne niby-dziecko się zastanawiało. Stworzenie przechyliło głowę i uśmiechnęło się szeroko. Zęby miało prawie normalne – nie licząc wampirzych, wkomponowanych pomiędzy nie kiełków.

– Nie! – wypaliło, znowu chichocząc i unosząc się w powietrzu. – Nie, nie, nie!

Rud zaklął. Patrzył jeszcze przez moment, jak istotka zaśmiewa się do rozpuku, a wreszcie puszcza kraty i znika w ciemności. Wzruszył ramionami.

– Spróbować zawsze warto – mruknął. – No to zaczynamy od początku.

Powoli i sumiennie zaczął badać celę, ale nie było tu zbyt wiele do oglądania. Wykusz w skalnej ścianie był wąski i znajdował się dość wysoko, by uniemożliwić ucieczkę na zewnątrz. Cegły – choć miejscami zmurszałe – wyglądały zaś na tyle solidnie, by mógł wybić sobie z głowy ich rozwalenie. Pozostawały mu dwie opcje. Albo zawołać strażników i spróbować ich pokonać – co wydawało mu się średnio dobrym pomysłem – albo zająć się drzwiami. Zbliżył się więc do nich i wyciągnął rękę.

– No, dalej... – szepnął, dotykając chropowatej, powierzchni. – Wysadzimy ten szajs raz-dwa! Dawaj!

Nic się nie stało. Malkolm zmarszczył brwi. Wcześniej wyzwolenie prądu nie stanowiło większego problemu, a teraz – jak na złość – nie chciało zadziałać.

– Mam wypowiedzieć zaklęcie? Abrakadabra? – Cofnął dłoń. – Co za bzdury. Dlaczego przedtem działało? A niech to jasna...!

Zanim skończył, po dłoni przeleciały mu drobne iskierki, strzelając cichym wyładowaniem. Emocje. Powinien się domyślić, że to ma coś wspólnego z emocjami. Jak twierdziła Marla, Skrzywieni z Thei korzystali z „wykrzywiania" rzeczywistości za pomocą rozmaitych psychicznych ułomności – sama, bądź co bądź, porównała ich do wariatów z jego świata. Najwidoczniej on, nie licząc siedzącej w głowie traumy, by wyzwolić prąd, musiał nie tyle zwariować, co się wkurzyć.

– No, dobra – mruknął, ponownie wyciągając rękę. – Lecimy z tym koksem. Wysadzenie drzwi na trzy. Raz, dwa...

– Najpierw krew!

Pisk był tak nagły i niespodziewany, że Rud omal nie strzelił prądem. Cofnął rękę, z zaskoczeniem zauważając ponownie bladą niby-dziecięcą twarzyczkę. Tym razem istota docisnęła ją do krat, wybałuszając fioletowe oczy i wywalając na wierzch ciemny język. Jej srebrne, poczochrane niemiłosiernie włosy wciąż falowały w powietrzu.

– Najpierw krew! – powtórzyła śpiewnie, ledwo powstrzymując się od kolejnego chichotu. – Najpierw krew, najpierw krew, najpierw krrrreeew!

– Słyszałem za pierwszym razem – odparł, marszcząc brwi. Od kiedy pojawił się na Thei, napatrzył się już na cudaki, ale ta istota wyglądała na kompletnie szaloną. – Czym ty jesteś? – spróbował ponownie, ale znowu odpowiedział mu śmiech. Jaki mogła mieć iloraz inteligencji? Żywił nadzieję, że niewielki. – Nieważne zresztą. Najpierw krew, powiadasz?

– Najpierw krew!

– A jak mam ci ją niby podać przez drzwi? – spytał, widząc, że istotka marszczy czoło. Nie miała brwi. – Może jednak je najpierw otworzymy, co?

– Ugryzę! – pisnęła. – Ręka! Daj! Ugryzę rękę do krwi! O, słodka krew! Świeża!

– To też jakiś pomysł – przyznał. – Ale co zrobię, jak wypijesz moją krew i uciekniesz?

– Umowa! – pisnęło ponownie stworzenie.

Malkolm zamyślił się. Do kwestii umów podchodzono na Thei dość poważnie, wystarczyło przypomnieć sobie Marlę. Ale w przypadku tej cudacznej istoty czuł spore wątpliwości. Z drugiej jednak strony, nie miał chyba nic do stracenia... A poza tym wpadł na pewien pomysł.

– Niech ci będzie – powiedział. – Ale na razie nie ustalamy warunków naszego paktu, okej? Masz tylko... pomóc mi się wydostać. A gdy to zrobisz... – zaznaczył – to jeszcze zobaczymy.

Stworzenie parsknęło metalicznym, brzęczącym chichotem. Nie uciekło jednak, a nawet przybliżyło twarz do kraty. Czekało.

– A zatem ustalone – ogłosił Rud, podszedł do drzwi i wsadził rękę pomiędzy kraty okienka.

Istota nie czekała i natychmiast wpiła się w dłoń ząbkami. Zapiekło, ale Malkolm nie miał czasu na przejmowanie się bólem. Zamiast tego wyciągnął drugą dłoń i złapał stworzenie za gardło.

Przez ciało przebiegły mu iskry.

Wyzwolony prąd przemknął po usiłującej się wyrwać istotce, ale Rud trzymał mocno. Stworzenie wrzasnęło, szeroko otwierając czerwone od jego krwi usta.

– Nie szarp się...! – warknął Malkolm. – Czekaj!

Istota zacharczała. Blada, wychudzona twarzyczka wydawała się rozświetlać od prądu. W blasku wyładowania Rud zobaczył jej czaszkę, zupełnie jakby coś rozjarzyło ją od środka. Ile potrzeba było czasu, by wypalić z niej tego „wirusa zła", którego wypalił też z Grotza? Nie wiedział. Ścisnął mocniej, patrząc w roziskrzone, fioletowe oczy.

Nic z tego. Cholerstwo nie chciało zadziałać.

Jakimś cudem prąd w przypadku tego stworzenia nie przynosił efektu. Może nie było złe? A może znajdowało się poza pojęciem rozumianego przez Ruda dobra czy zła? Nie wiedział. Pojmował tylko tyle, że w powietrzu czuć już było zapach spalenizny.

– Niech cię diabli! – krzyknął, wyczuwając, że stworzenie szarpie się coraz słabiej. Umierało, i to z jego winy.

Pozostawało mu tylko jedno.

Wciąż klnąc pod nosem, wygasił prąd i rozluźnił uścisk. Po czym przechylił ugryzioną dłoń do ust stworzenia, tak że do gardła wpadły mu kolejne krople jego krwi.

– Theowskie standardy, co? – warknął. – Niech ci będzie. Upadlam cię, słyszysz?! Jesteś... upodlona!

Istotka nadal się szarpała, ale jej oczy rozbłysły czymś, czego nie potrafił zidentyfikować. Udało się? Nie, coś było nie tak. Skoro uznawano go za Skrzywionego, to czy jego krew i wola nie powinny wystarczyć?

– Upadlam cię! Ukorz się! – powtórzył. – A niech cię... dlaczego nie... czekaj!

Co Marla powiedziała na samym początku? Zawarła z nim układ i w zamian za pierwszą kroplę krwi ofiarowała mu swoje imię... jakby miało ono jakieś szczególne znaczenie.

A co, jeśli nadanie imienia lub poznanie go, było konieczne do procesu upadlania krwią?

– Cholera... jak by cię... Twirly! – krzyknął w przypływie natchnienia. Bądź co bądź, istotka wyglądała na nieźle „nakręconą". – Twoje imię, słyszysz? Nadaję ci imię Twirly! Rozumiesz, co mówię? Twirly! Imię i krew! Imię... i krew... – powtórzył ciszej, puszczając wreszcie jej gardło i zabierając ręce.

Odetchnął ciężko, wciąż patrząc na wykrzywioną wściekłością twarzyczkę, i złapał się za krwawiące palce. Wóz albo przewóz, pomyślał.

Istota zniknęła.

– A czego się spodziewałeś, durniu – mruknął chrapliwym z wyczerpania głosem. – Chyba nie myślałeś, że to...

Coś szczęknęło.

I choć trudno mu było w to uwierzyć, przypominało to odgłos zdejmowanej zasuwy.

Malkolm cofnął się z niedowierzaniem, patrząc, jak masywne drzwi powoli się uchylają... a kiedy już szpara była na tyle duża, by mógł się przez nią przecisnąć, do celi wpadła zdyszana niemiłosiernie Twirly i – czy to zmęczona pchaniem ciężkich drzwi, czy też wykończona dopiero co przeprowadzonym upodleniem – opadła na wyściełane słomą klepisko. Rud zamarł.

Teraz już wiedział, że wcześniejsze porównanie istoty do dziecka było błędem. Twirly wyglądała na niewielką – to prawda – mogła mu sięgać co najwyżej do kolan, ale na tym podobieństwo się kończyło. Chuda, o typowej dla theowskich stworzeń bladej skórze, zachowała odpowiednie dla swego wzrostu proporcje – wszystko tylko było u niej mniejsze, niczym u wyjątkowo symetrycznej karlicy. Nie miał pewności, jakiej była płci, a jej odzienie wyglądało na podarte. Ciągnęła za sobą delikatne pasmo fioletu, którego źródło wydawało się sączyć z dziwacznych, poszarpanych skrzydeł – w zasadzie przypominających skrzydła nietoperza. I miała ogon – jakiś taki mysi, niedługi, w kolorze ciała.

Co to, u diabła, było? Wyglądała jak mały demon...

– Twirly? – spytał niepewnie, podchodząc do leżącego stworzenia. – Nic ci... nic ci nie jest?

Wciąż się nie ruszała. Czy mogła umrzeć na zawał? Malkolm zawahał się, ale potem kucnął przy ciele i wyciągnął rękę, by zaraz ją cofnąć, gdy tylko dotknął chłodnego, fioletowego światła. Jak szybko biło jej małe serce?

Skrzydła zadrżały i Rud wstał, widząc, że istota ciężko podnosi się na bose stopy. Kichnęła głośno – zupełnie jakby na nowo uruchamiała dopiero co zastopowany mechanizm biologiczny. Jej cienkie usta wciąż pokryte były resztką wypitej krwi.

– Otwo... – zaczęła, by wzdrygnąć się w ostatnim niekontrolowanym paroksyzmie ożywionego ciała – otworzyłam!

A jednak to „ona". Przynajmniej płeć mieli z głowy. Malkolm chrząknął.

– Czym... – zaczął, by zmienić zdanie i spytać: – Jak masz na imię?

– Twirly! – prychnęła, patrząc na niego swoimi roziskrzonymi oczami. – Twirly!

– Świetnie – zgodził się. – Chcę stąd wyjść, Twirly. Rozumiesz? I znaleźć moich... – chrząknął – towarzyszy. Szukam karła i Nadżywego. Wiesz, gdzie jest reszta cel?

Istota nie odpowiedziała. Patrzyła na niego wyczekująco i uśmiechała się, zupełnie jakby błądziła już myślami gdzie indziej.

Nagle ni stąd, ni zowąd podbiegła ku Rudowi i uczepiła się jego nogi – mocno, o wiele mocniej niż dziecko. Jej ręce były zimne i zdawały się przewodzić lekki, szczypiący prąd.

– Skrzywiony! – pisnęła. – Krwi!

– Potem! – syknął, szarpiąc nogą. Twirly zachichotała, ale nie puściła do momentu, kiedy schylił się i odciągnął ją na siłę. – Nie teraz. Szukam karła i Nadżywego. Rozumiesz, co powiedziałem?

– Karzeł! – potwierdziła, patrząc na niego głodnym wzrokiem. Nie wyglądała na specjalnie przejętą tym, że ją odepchnął, i to go zmroziło. Czy musiał upadlać coś, co było najwidoczniej kompletnie niezrównoważone psychicznie? – Nadżywy!

– Tak, właśnie oni. Wiesz może, gdzie są?

Kiwnęła głową i ku zdumieniu Ruda uniosła się w powietrze, machając delikatnie skrzydłami. Jej srebrzyste włosy falowały, jakby znajdowała się pod wodą.

– Twirly! – krzyknęła dziwnym śpiewnym jękiem, odwróciła się w stronę wyjścia z celi i wyleciała na zewnątrz. – Twiirlyyy!

Malkolm nie miał wyjścia. Nie tracąc czasu, pobiegł za latającą wariatką.

Nie podobało mu się to miejsce.

Założenie było zapewne takie, że we wnętrzu Przełomu Ogniwa starano się wykuć korytarze i sale, ale zrobiono to najmniejszym możliwym kosztem – wykorzystując naturalne rozłożenie jaskiń pierwotnych i plątaninę tuneli pomiędzy nimi. Najwidoczniej Przełom Ogniwa był dziurawy niczym szwajcarski ser, a zesłany tu Widzący postanowił go wykorzystać w praktyczny sposób, tworząc swoistą górską twierdzę.

Malkolm pędził zatem tunelem wyglądającym na stary odpływ lawy, klnąc na nierówności, resztki stalagmitów i kamienne porowate czapy, o które łatwo się było potknąć.

Diabli zresztą wiedzieli, czy tunel powstał pod wpływem lawy... Czy na Thei działały w ogóle takie same jak na Ziemi procesy górotwórcze?

– Twirly! – syknął, świadom, że we wnętrzu góry mogły usłyszeć go obce uszy. – Twirly...! Zaczekaj, do jasnej cholery!

Nie odpowiedziała, choć dałby głowę, że usłyszał jej przytłumiony chichot. Jedyne, co mu pozostało, to pozostawiona przez jej skrzydła szybko gasnąca wstęga fioletowego, chłodnego światła. Trzymał się jej niczym nici

Ariadny, przeskakując kolejne pęknięcia w skale i chroniąc głowę przed odłamkami stalaktytów.

Nie odbiegli daleko. W pewnym momencie Rud usłyszał coś na kształt charkotu i mlaskania, ale dopiero po przejściu zakrętu korytarza zobaczył, że jego nowa podopieczna klęczy na kamiennym podłożu i wpija się w gardło jakiegoś czarnego stworzenia. Przypominający pokurcza, choć od niego mniejszy ostronosy stwór był chyba jeszcze chudszy od Twirly. Jego oczy - mroczne, zatopione w ciemnej, pomarszczonej twarzyczce kulki - wyrażały straszliwe cierpienie. Próbował się jeszcze wyrwać, drapiąc po ziemi wychudłymi czarnymi rączkami, ale Twirly nie dała mu na to szansy. Jeszcze mocniej wpiła się w jego gardło, ssąc smolistą krew.

- Co to jest, do diabła?! - wykrztusił Malkolm. Jego szalona podopieczna oderwała usta od umierającego stwora.

- Ponurak! - wychrypiała głosikiem podobnym do rozsypanego szkła. - Zawsze w cieniu, zawsze w chłodzie, zawsze się chowa! Nie uciekł przed Twirly! - zakończyła z wyraźną dumą, jakby świeżo nabyte imię nadało jej wyjątkowy prestiż.

- Zostaw go!

- Mal każe?

- Każe! - syknął Rud, nie reagując na dziwaczne skrócenie jego imienia. Skąd to... ach tak, musiało być w jego krwi... - Nie ma na to czasu. Powiedziałem, że muszę znaleźć karła i Nadżywego.

Istota patrzyła na niego, nieznacznie przekrzywiając głowę. Jej skrzydła zatrzepotały i Malkolm pomyślał, że stworzenie niczego nie pojmuje. Kompletnie nie pamięta, co jej wcześniej powiedział. Miał do czynienia z istotą o pamięci złotej rybki.

– Tam! – pisnęła Twirly, unosząc się w powietrze, by ku rozpaczy Ruda wzlecieć w stronę, z której dopiero co przybyli. Nie widząc jednak innego wyjścia, znów za nią pobiegł, klnąc na Widzącego, Przełom Ogniwa i cały ten porąbany świat.

Nie ubiegli daleko. A w zasadzie wrócili niemal w to samo miejsce, z którego wyruszyli, a które – po dokładniejszym obejrzeniu – okazało się pokręconym niemiłosiernie korytarzem. Sporo tu było drzwi, choć niektóre znajdowały się w zaawansowanym stopniu rozkładu – tworzące je drewno dawno już przegniło i całość trzymały tylko żelazne sztaby. Te przejścia Malkolm odpuścił z miejsca, kierując się ku trojgu drzwi zamkniętych na głucho. Zerknął przez zakratowane okienka. W pomieszczeniach było ciemno – tu brakowało wykuszy pełniących rolę okien. Krzyknął, ale nikt mu nie odpowiedział, zatem z wysiłkiem odsunął stare zasuwy, przy akompaniamencie piszczącej z radości Twirly.

– Grotz? – spytał niepewnie, mrużąc oczy.

Coś widział: niewyraźny, ciemny kształt oświetlony zaraz przez jego podopieczną, która – gdy tylko w drzwiach pojawiła się szpara – wleciała do środka, chichocząc z wyraźnego podniecenia.

– Twirly! – krzyknął Rud głucho, ale na ostrzeżenia było już za późno. Kształt zakotłował się i przebudzony Grotz zerwał się na równe nogi, łapiąc istotkę za gardło. Druga ręka karła sięgnęła po morgensztern, ale natrafiła na pustkę – i jemu, tak jak Malkolmowi, ktoś odebrał broń. W sumie na całe szczęście.

– Grotz, zostaw!

– Piksa!

– Zostaw ją! Jest ze mną!

Karzeł odwrócił się, jakby dopiero teraz zdał sobie sprawę z obecności Ruda.

– To piksa – wykrztusił, wciąż trzymając Twirly za gardło. – Żywe, spaczone Skrzywienie. One są kompletnie szalone...

– Zauważyłem. Puść.

– Ostrzeże... zawoła tu wszystkich!

– Nie zrobi tego – powiedział Malkolm spokojniej. Piksa szarpała się coraz słabiej. – Nie musisz jej zabijać, Grotz. Upodliłem ją... nadałem jej imię.

– Nie można upodlić piksy, Skrzywiony. To niemożliwe.

– Ma na imię Twirly i pomogła mi wyjść z celi. I nadal jest nam potrzebna – dodał, widząc, że karzeł zaczyna się wahać. – Puść ją wreszcie!

Grotz w końcu usłuchał. Piksa odleciała w bok, choć niemrawo. Towarzyszący jej fioletowy poblask zbladł i Rud zauważył, że jej szyja jest cała sina. Cóż, nic dziwnego, biorąc pod uwagę fakt, że ją podduszono, i to już dwa razy. W zasadzie zakrawało na cud, że karzeł nie złamał jej karku.

– Karzeł dusił! – wychrypiała. – Dusił, dusił, dusił! Twirly przegryzie gardło! Nocą! Będzie piła krew!

– Niczego nie będziesz pić – syknął coraz bardziej zmęczony Malkolm. – To kumpel, tak? Nie gryziemy kumpli... a już na pewno nie pijemy ich krwi! Grotz? To samo tyczy się ciebie. Nie wywracaj oczami. Starczy już tego cyrku. Twirly?

– Dusił Twirly!

– Tak, dusił, a teraz przeprasza. Prawda, Grotz? Ja też dusiłem i też... przepraszam. Nikt więcej dusić nie będzie. Teraz mamy ważniejsze sprawy.

– Sprawy? – spytała niepewnie piksa, podlatując w kierunku Ruda. Jej roziskrzone oczy kontrastowały z ciemnymi usteczkami, na których wciąż było widać ślady krwi.

– Tak, sprawy. Pamiętasz, co mówiłem? – spytał, starając się nie patrzeć w ten roziskrzony wzrok. – Karła już mamy. Do znalezienia został nam jeszcze Nadżywy. I coś, czym będziemy mogli się bronić.

Jedno było pewne: bez piksy z pewnością by się zgubili.

Sunęli za nią korytarzem, który po kilku zakrętach zaczął opadać. W pewnym momencie zaczęło robić się cieplej i duszniej, choć na ścianie roiło się od wykuszy – naturalnych i rozłupanych sztucznie pęknięć pełniących zapewne rolę wentylacyjną. Na razie mieli więc szczęście: po pierwsze, było tu powietrze – choć zatęchłe – a po drugie, ich drogę oświetlały wciskające się przez dziury srebrne pasma światła Odłamu i jego Rozsypu. Wraz z nikłym fioletowym poblaskiem ich przewodniczki musiało im to wystarczyć. Po trzecie wreszcie, było tu pusto, tak jakby ci, którzy ich otruli i zanieśli do lochów, przestali się nimi interesować.

Najwidoczniej Widzący nie miał tylu sług, by marnować ich siły na pilnowanie zamkniętych cel. Wędrówce uciekinierów przyglądały się tylko ponuraki – chude czarne stwory o długich i ostrych nosach, powolne i mamroczące, kryjące się w chłodzie i cieniu, unikające drobnych skupisk umierającego światła. W korytarzach bowiem – tak samo jak w celi – widać było owe zakrzepłe okruchy światła, jakby zabłąkane drobiny blasku nie zostały stłumione przez obecną w Przełomie ciemność.

Miejscami owa plątanina przypominała Malkolmowi Grobowe Góry – tak jak i tam widać tutaj było wykute w skale schody, niknące gdzieś sklepienia, tunele i korytarze.

Większość pomieszczeń spoczywała jednak w ciemności. Nie ciemność była wszakże najgorsza, a jamy otwierające się znienacka pod stopami i pęknięcia, które okazywały się skalnymi przepaściami. W takich momentach o wiele lepiej radził sobie Grotz, nieprzejmujący się najwidoczniej otchłaniami mroku, podczas gdy Rud czuł się coraz bardziej bezradny i kilka razy nieświadomie strzelił białymi iskrami prądu, próbując odepchnąć rosnący mu w sercu lęk.

– Tam! – krzyknęła znienacka Twirly i zanim Malkolm powstrzymał ją syknięciem, wzleciała ku jednej z odnóg korytarza. Dostrzegli jeszcze, jak jej fiolet niknie w ciemnej gardzieli, oświetlając kamienne, nieforemne ściany.

Rud zaklął, ale to karzeł poderwał się pierwszy i pobiegł za piksą, jakby chciał uchwycić resztki jej gasnącego blasku. Malkolm ruszył tuż za nim. Świerzbiły go ręce – miał ochotę znów złapać za gardło nienormalną, prowadzącą ich w mrok demonicę... do momentu, w którym nie wyszło na jaw, gdzie ich przyprowadziła.

Krótki korytarz kończył się naturalną, opadającą stromo jaskinią, na której dnie widniał niewielki podziemny staw o smolistej, gęstej wodzie. Wystawały z niej wysepki skał i grube stożki stalagmitów. Zachwycona sobą Twirly szybko zaczęła lecieć w tamtą stronę – wprost ku nieruchomej tafli czarnej wody.

– Broń! – pisnęła. – Broń!

– Raczej wysypisko... – podsumował zduszonym głosem Grotz i w tym właśnie momencie Malkolm poczuł uderzający mu wprost w nozdrza kwaśny, przegniły smród. Widoczna w dole plama wody przypominała wysypiska kantonowe w okręgach dalekowschodnich, gdzie – co nawet w Cesarstwie było tajemnicą poliszynela – pozbywano się śmieci na starych, opuszczonych plażach lub w skażonych odpadami dorzeczach. Część leżących w dole szmat, kawałków drewna i żelastwa porozrzucano bowiem w całej jaskini i w stawie, pełniącym najwidoczniej rolę kloaki Przełomu Ogniwa. Kloaki, która – gdy tylko dotknęło jej światełko Twirly – okazała się pełna trupów.

– Zwłoki – sapnął Rud. – Theowski standard...

Piksy nie interesowały pływające w stawie ciała. Skoczyła radośnie w dół, ku kupie porozrzucanych śmieci, która w fioletowym świetle okazała się uformowanym niedbale kopcem mieczy, pik, toporów i zbroi. To tu – czy to z polecenia Widzącego, czy ze zwykłego niedbalstwa – magazynowano najwidoczniej odebraną jeńcom broń i Grotz, gdy tylko to zauważył, zbiegł z małpią zręcznością po pochyłym zboczu, niemal nie wywracając się na ostre stalagmity.

– Kara! – jęknął. – Jest, Skrzywiony! Widzę Karę!

– Chyba jaja sobie robisz... – wymamrotał Malkolm, ale jego słowa zagłuszył radosny krzyk karła i chichot uradowanej Twirly. Piksa doleciała do kopca i szarpnęła za wystającą rękojeść czegoś wyglądającego na miecz, by po chwili odskoczyć z wściekłym, wystraszonym piskiem.

– Parzy! – krzyknęła. – Szczypie! Twoje, twoje, twoje!

– Nie wierzę... – szepnął Rud, ale nie mogło być mowy o pomyłce. Twirly bezbłędnie odnalazła Szydło i usiłowała je wyciągnąć. Skąd wiedziała, że to jego broń? Czyżby i to dostrzegła w jego krwi? – Twirly, zostaw!

– Twoje! Pali!

– Nie ruszaj. Ja to zabiorę... – rzucił na wydechu, dobiegając do kopca.

Wciąż nie mogąc uwierzyć w swoje szczęście, schylił się i wyszarpnął Subulam. Torba była raczej stracona, ale miał przecież wciąż pochwę.

– Takie rzeczy po prostu się nie zdarzają... – uznał, krytycznie spoglądając na ubrudzone jakimś syfem ostrze. – Strażników lochu: zero. Broń niemal tuż obok, co prawda nie w zbrojowni, tylko na kupie gówna... ale jest.

– Nie mam hełmu – poskarżył się Grotz, przymocowując morgensztern do pasa.

– Nie masz na co narzekać – zauważył trzeźwo Rud, męcząc się z włożeniem Szydła do pochwy na plecach. – To, kochany, złote Eldorado. Nawet buty nam zostawili.

– Złote co, Skrzywiony?

– Nic takiego. Takie powiedzonko. Chodzi o to, że coś takiego jak ta sytuacja, to jakiś ewenement.

– Ewenement?

– Chodzi mi o to, że to niezwykłe. Już od samego początku. Sam popatrz: siedziba Widzącego i zero organizacji. Zamykają ludzi i zapominają o nich? Może to i oszczędny system, ale jak widać, ma swoje luki. A to nie wszystko. Gdy tylko udało się nam uciec z celi, od razu powinien się do nas zlecieć cały Przełom Ogniwa. Nieważne zresztą... – Rud puścił wreszcie rękojeść z trudem schowanego do pochwy miecza. – Twirly? – Odwrócił się w stronę wciąż obrażonej na Subulam piksy. – Brawo, spisałaś się.

– Parzyło!

– Prąd – wyjaśnił. – Takie magiczne pierdololo. Przykro mi.

– Prąd niedobry!

– Już go nie ma, okej? Musisz teraz się skupić. Popatrz na mnie. Pamiętasz, jak pytałem o Nadżywego? Musimy go znaleźć. Czy wiesz, dokąd go zabrali?

– Nadżywy?

– Chudy, blady jak trup, spiczaste uszy... kojarzysz go może? Rozumiesz, o kogo pytam?

Piksa nie odpowiedziała od razu. Ale jej srebrne, roziskrzone oczy pojaśniały mocniej, a spomiędzy cienkich warg wyłonił się ponownie chytry, szalony śmiech.

Korytarz, którym prowadziła ich Twirly, zaczął się wznosić. Stał się też szerszy i gładszy, jakby ta część górskich lochów była używana częściej i przez to zadbana – a tym samym bardziej niebezpieczna.

Było tu mniej stworów, które piksa określiła jako ponuraki – choć Malkolm wciąż dostrzegał karłowate sylwetki, kryjące się po kątach i mamroczące do siebie na ich widok. Pojawiły się też inne stwory – choćby białe, puchate stworzenie o małych czerwonych oczkach, które Grotz rozpoznał jako gramklina. W pewnym momencie, przechodząc tuż obok pęknięcia w korytarzu, Rud zauważył też coś z mackami.

Szli przed siebie. W końcu dotarli do wielkiej, opuszczonej sali. Ciągnęło w niej chłodem, a ciemność zdawała się rozpruwana przez fioletowe pasemko pozostawiane przez piksę. W słabym świetle Twirly zauważyli czarne, wysokie ściany i odległe sklepienie, a także wielkie skamieniałe kości, które przypominałyby szczątki dinozaura z długim kręgosłupem szyjnym, gdyby nie coś na kształt pozostałości pterodaktylich skrzydeł na grzbiecie poczwary.

– Władca – powiedział cicho karzeł, który z równym zainteresowaniem jak Rud przyglądał się leżącym szczątkom. – Jeden z Prastarych.

– To cholerny smok! – uznał Malkolm, któremu na widok kości zaschło w gardle. – Czy raczej pterosmok... czy jak to tam nazwać. Dużo tego łaziło po Thei? A może nadal łazi?

– To Władcy, Skrzywiony – odpowiedział Grotz. – Nie ma ich już wielu. Ten latał – dodał, wskazując na zmumifikowane skrzydła. – Ale nie wszyscy Władcy potrafią się wznieść. Gdy rozegrały się ostatnie bitwy, wielu pochłonął Pomrok.

– Okej, zostawmy to na potem. Twirly?

– Twirly! – odpisnęła radośnie piksa.

– Daleko jeszcze do celi z Nadżywym?

– Celi?

– Miejsca, gdzie go zamknęli.

Piksa zamarła. Na chwilę jej fiolet przygasł. Wylądowała niespodziewanie na bosych stopach. W tej pozycji przypominała jakieś dziwaczne, zezwierzęcone dziecko o drgających nietoperzowych skrzydłach.

– Cele! – rzuciła po chwili, kierując się w stronę, z której dopiero co przybyli. – Cele!

– Co jest, do... – zaczął Malkolm, ruszając jednak za Twirly, ale za rękę złapał go Grotz.

– Zostaw ją, Skrzywiony – wychrypiał. – Ona nie wie. Włazimy tylko coraz głębiej, aż do serca góry. Piksy są szalone...

– Nadżywy...

– Suhael jest już stracony – powiedział twardo karzeł. – Zabrali go na pewno do Widzącego. Nadżywi są żywym Skrzywieniem Prostego Prawa... niemal tak jak piksa. Jeśli go więc dostrzegli, zabrali go. Nadżywych jest niewielu, więc ich krew ma dużą wartość. To koniec.

– Nawet jeśli masz rację, nie wyjdziemy stąd bez Twirly – zauważył Rud, uwalniając rękę. – Tylko ona wie, gdzie jest wyjście! Sami nie dotrzemy nawet do Czarnej Poterny!

– Malkolm...

– Nie teraz, Grotz! Twirly! – krzyknął Rud w mrok, ale nikt mu nie odpowiedział.

Podekscytowana piksa najwidoczniej nie zaczekała na nich i odleciała w plątaninę korytarzy.

– Twirly, do jasnej ciasnej...!

Urwał. Bo właśnie usłyszeli to, co powinni byli usłyszeć już dawno. Dudnienie, łoskot i szum. Coś napierało z ciemności w ich stronę.

– Idą – szepnął karzeł.

Tym razem obyło się bez zbędnych komentarzy.

Biegli, byle dalej i głębiej, uciekając szerokim korytarzem, a potem przez istny labirynt tuneli, w rozpaczy nawołując piksę i wypatrując choćby jednego znajomego zakrętu, choćby jednej znajomej sali.

W pewnym momencie Malkolm zerknął przez dziurę w kamiennej ścianie, a tam, w migotliwym świetle rzucanym przez pochodnie, dojrzał jakiś niesprecyzowany, pędzący ku nim motłoch: zbiór plugawców i niewyraźne, odziane na czarno postacie – sługi Widzącego. Ci ostatni biegli z tyłu, gnając przed sobą stwory przy użyciu łańcuchów i płonących żagwi. Było to jednak tylko mgnienie, po którym Rud ponownie zerwał się do biegu w ciemność.

Za którymś razem skręcili najwyraźniej w złą odnogę, bo zaczęli zbiegać po omacku po prostych, popękanych schodach, a ich ciężkie oddechy odbijały się echem od niewidocznego, skrytego w mroku stropu. Tu na pewno jeszcze nie byli. Pogoń przycichła, lecz jej odgłosy zdawały się dochodzić już zewsząd i nie wiedzieli, czy umykają, czy też może pędzą wprost w gardziel łakomej tłuszczy.

Grotz zaklął, tracąc równowagę na jednym ze stopni, ale Rud złapał go – niemal w ostatniej chwili. Na szczęście wystarczyło już tylko kilka metrów, by zbiegli ze schodów do wnętrza wielkiej, wykutej w skałach hali, w której płonęła nikła iskra fioletowego światła.

– Twirly! – sapnął Malkolm.

Istotnie, piksa kręciła się pozornie bez celu – najwidoczniej jak i oni zagubiona wreszcie w korytarzach Przełomu Ogniwa. Usiłowała wzlecieć ku górze, gdzie na pokrytym stalaktytami sklepieniu widniały niewielkie otwory – lecz brakło jej sił, by wznieść się tak wysoko. Skapywały stamtąd krople srebrnego światła, owej zamrożonej, znanej już Rudowi światłości, pożeranej łapczywie przez ciemność góry, a Twirly omijała je zręcznie, jakby nie chciała, by czyste światło Odłamu zmieszało się z jej wątłym blaskiem.

– Jest tu!

– Przeklęta piksa – podsumował zgryźliwie karzeł, ale Twirly już ich dostrzegła i poleciała w dół. Jej blada, wychudzona twarz jaśniała od lęku.

– Nie ma! – oznajmiła. – Nie ma!

– Co ty, kurna, nie powiesz.

– Malkolm... – jęknął Grotz. – Nadchodzą! Ucie... uciekajmy!

Ale na to było już za późno.

Pojawili się zewsząd, niczym czarne robaki, które z cienia wypłoszył rozblask dziennego światła. Rud cofnął się i sięgnął po Subulam, ale ręka zamarła mu w połowie drogi. Z przerażeniem, ale i fascynacją patrzył na plugawce – oszalałe i warczące, okryte byle jak skleconymi zbrojami, z łapami dzierżącymi zardzewiałe bronie i maczugi – oraz na ich panów, pokrzykujących jakieś niezrozumiałe słowa, wskazujących w stronę uciekinierów pochodniami, których żar płoszył prowadzone stwory.

Zamiast skoczyć i rozszarpać Malkolma z towarzyszami, zatrzymali się, napawając się ich lękiem przed nieuniknionym. Do przodu wyrwał się tylko jeden plugawiec, ale skoczył ku niemu Grotz i grzmotnął centralnie w czaszkę. Głowa napastnika pękła jak przejrzały owoc. Twirly krzyknęła donośnie.

– Kto następny?! – wydarł się karzeł. – No, kto?!

Odpowiedziały mu krzyki, syki i chichoty. Podziemna tłuszcza zamarła w oczekiwaniu i zaczęła się rozstępować. Kogoś ku nim prowadzono przy akompaniamencie pisków, bulgotów i warkotów. Kogoś, kto miał być zapewne główną atrakcją programu.

– Chcą się zabawić... – zrozumiał Rud. – Nie skończą z nami tak szybko...

– Skrzywiony...

– Spróbujemy zwiać – wymamrotał Malkolm. Czuł, że głos mu drży, ale nic nie mógł na to poradzić. – Tu musi być jakieś inne wyjście...

– Są też z tyłu...

– Wiem... znajdziemy sposób – oznajmił, kompletnie nie wierząc w to, co mówi. – Musi być jakiś sposób.

– Skrzyw... Rud... Malkolm...

– Tak?

– Boję się...

Rud nie odpowiedział. Bo jak za dotknięciem czarodziejskiej różdżki halę spowiła cisza. Ten, którego prowadzono, wydawał się ciągnąć ją ze sobą. Humanoidalny i nienaturalnie wysoki, przypominał znanych już Malkolmowi oskórowanych, przekształconych ludzi – Wyzwolonych, ofiary Pomroku – ale nawet wtedy coś z nim było nie tak. Potwora prowadzono na łańcuchu, a ciągnące go plugawce starały się trzymać odpowiedni dystans. Ciało stwora wyglądało też na szare i nie do końca przekształcone w swą „pomroczną wersję", zupełnie jakby proces jego połączenia z Pomrokiem został przerwany.

– Odraza... – sapnął Grotz.

– Co znowu? – nie zrozumiał Rud. – Jaka „Odraza"? To płód Pomroku, ten cały Wyzwolony... czy jakieś inne gówno?!

– Odraza nie wyzwoliła się w błogosławionej ciemności... Widzący przerwał przemianę i nakarmił prawie Wyzwolonego splugawionym światłem – odparł, cofając się, karzeł. – Tak tworzy się Odrazę, Skrzywiony! Nie jest ona ani z Pomroku, ani z Blasku... nie jest też ani żywa, ani martwa...

– Jak dla mnie – powiedział powoli Malkolm, wyciągając w końcu z pochwy Subulam i patrząc na opadający z Odrazy łańcuch – wygląda na dość żywą.

– Musimy... musimy uciekać...

– Wiem – odparł Rud. – Ale wygląda na to, że ten tu przyjemniaczek ma inne plany na wieczór.

Może wskutek beznadziejności sytuacji, a może z powodu spojrzenia cierpiących, rozżarzonych zielonym ognikiem oczu stwora, przestał czuć lęk. Nie zostało mu nic – tylko rękojeść miecza i pełgający po ostrzu prąd. Odraza schyliła się i syknęła. Z jej poszarpanych ust wyleciał niewielki kłąb zielonej, trupiej mgły, a z gardła wydobył się cichy charkot.

Potwór skoczył przed siebie niemrawo, jakby ktoś przetrącił mu kończyny. Zachwiał się na wykrzywionych nogach, ale potem skierował już prosto na Ruda.

Jednak Malkolm nie czekał na konfrontację. Odskoczył w bok, gdzie uderzyła go fala pełnych zawodu wrzasków plugawej zbieraniny. Chcieli przedstawienia, pomyślał. No to je mają.

– Mal! – krzyknęła lewitująca w górze Twirly i to go uratowało.

Obrócił się i odruchowo machnął Szydłem – jak zwykle na oślep. Sztych wprawdzie przeciął tylko powietrze, ale oderwane od niego iskry poleciały dalej i dotknęły szarej skóry stwora. Odraza zawarczała, tracąc impet. Elektryczność zrobiła swoje – istota straciła ochotę do natarcia.

Zamiast tego odsunęła się i przekrzywiła upiorną oskórowaną głowę. Jej pozbawione źrenic oczy płonęły cierpieniem i gorączką. Wahała się, ale trwało to krótko. Znowu podbiegła, machnęła łapą i tym razem udało się jej trafić Malkolma, który wypuścił z rąk miecz i poleciał na gładką posadzkę podziemnej hali.

– Rud! – wydarł się Grotz. Przerażony szybką przegraną Malkolma karzeł skoczył ku Odrazie i uderzył morgenszternem, ale poczwara nie zauważyła nawet ciosu. Szła ku swej ofierze, usiłującej odczołgać się do tyłu.

Rud nie odpowiedział. Nie mógł. Zblokowany wcześniej lęk wrócił ze zdwojoną siłą. Widział już tylko sylwetkę i zielone oczy napierającego ku niemu potwora. Zacisnął zęby, z trudem powstrzymując rosnący mu w gardle zwierzęcy skowyt przerażenia.

Trwało to jednak tylko chwilę, bo z góry zleciała piksa i wgryzła się w czaszkę Odrazy, która stanęła, sięgnęła łapą i strąciła Twirly zniecierpliwionym gestem. Piksa odpadła w bok, sycząc z wściekłości.

– Malkolm! – krzyknął Grotz. – Trzymaj!

Rud nie zareagował. Oderwał wzrok od potwora dopiero wtedy, gdy usłyszał brzęk rzuconego ku niemu miecza. Podniósł go w ostatniej chwili i spróbował wstać. Coś – może dotyk rękojeści, a może krzyk karła – na chwilę zwróciło mu odwagę. Starczyło jej na tyle, by wyłączyć umysł i skoczyć ku Odrazie z prostym zamachem znad głowy.

Tym razem się udało. Spowite prądem ostrze ciachnęło przez wynaturzoną klatkę piersiową potwora, tnąc ją i przypalając rozbłyskiem wysokiego napięcia. Odraza cofnęła się i spojrzała na swego przeciwnika nagle rozumiejącym wzrokiem. Coś przez nią spojrzało – inna, złowroga inteligencja, postać zza kurtyny – i Malkolm zrozumiał, że dojrzał ich Widzący.

– Jesteś tam?! – krzyknął. – Jesteś tam, gnojku?!

Odraza nie odpowiedziała. Zamiast tego przekrzywiła swój łeb, wciąż patrząc na Ruda z błyskiem obcej inteligencji w rozpalonych ślepiach. A potem ruszyła – znacznie zgrabniej i pewniej – w jego kierunku.

Z tego, co wydarzyło się później, Malkolm pamiętał już niewiele. Z pewnością widział, jak potworowi zagradza drogę Grotz i jak Odraza nachyla się ku niemu, zionąc zepsutym światłem. Tracąc je, marniała i słabła, ale karzeł opadł na posadzkę. Podobnie postąpiła z atakującą ją Twirly – i znów przez to przygasła – by wreszcie zwrócić się w jego stronę. Rud spróbował wtedy uderzyć ją raz jeszcze – ale tym razem to ona trafiła jego, na tyle mocno, by odrzucić go w stronę skandującej i wyjącej tłuszczy. Poczuł, że odpływa. Wstrząs mózgu? Zacisnął palce na rękojeści miecza.

– Nie – powiedział i po tym prostym zaprzeczeniu coś w nim pękło. – Nie. Nie pozwolę...

Nic więcej nie zdążył zrobić. Odraza skoczyła ku niemu, nachyliła się i zionęła mu w twarz ostatnim pasmem zepsutej, trupiej zieleni.

Ten omam nie jest taki jak inne. Leży on bowiem we wzroku i tworzy widok przysłaniający Proste Prawo. To wielka moc. Potężny Skrzywiony mógłby to, co widzi, powołać do istnienia w Prostym Prawie. Czym jednak jest widok, jeśli nie wiarą w to, co dostrzega twe oko? Czyż granice Dominiów są widzialne? Czy widzialna jest władza prymatów? Czy widzialny jest sam Najwyższy, ukarany i nagrodzony Pierwszym Dominium? I czy prawdziwy jest Blask Iglicy? Strzeż się tego, który należy do Widzących. Ujrzy on ciebie tak, jak sam nigdy się nie ujrzałeś.

Proste Prawo,
wyjątki z *Krzywych Skryptów*

ROZDZIAŁ ÓSMY
KRĄG

Välkom.

Głos był stary, chrapliwy i kompletnie niezrozumiały. Przypominał szwedzki, ale było w nim więcej twardego brzmienia. Podobny ton i akcent słyszał już jednak Malkolm w głosie Marli.

– Jag sa: välkom.

Rud wzdrygnął się, potrząsnął głową. Nie był to dobry pomysł – wciąż łupało go pod czaszką. Szarpnął się niezgrabnie i dostrzegł, że na czymś go posadzono. Rzeźbione krzesło? Elegancja Francja, pomyślał półprzytomnie. Posadzili go więc na krześle... i nie zabrano mu broni. Tuż obok leżało Subulam – zupełnie jakby ci, którzy go schwytali, nie przejmowali się za bardzo tym, że jest uzbrojony. Kaszlnął.

– Witam – usłyszał w końcu. Najwidoczniej „theowski translator" znowu zaczął działać. – Słyszysz mnie?

– Słyszę... – wymamrotał.

– A widzisz? Odraza cię oślepiła. Zdechła przez to, jeśli chcesz wiedzieć. Szkoda. Ciężko będzie zrobić kolejną.

Malkolm zmrużył oczy. Stojąca przed nim postać była księdzem.

Nie, jednak nie. Po prostu na ułamek sekundy znów go ujrzał: ślepego kapelana, który przybył do jego celi, by porozmawiać o gniewie. Stojący teraz przed nim starzec – gdyż był to łysy starzec – skojarzył mu się z księdzem z powodu czegoś innego.

– Kruk... – wychrypiał, przypominając sobie przezwisko nadane więziennemu kapelanowi przez Hansa Szmidta. Łysy starzec pokiwał głową.

– Chodzi ci o pióra? – upewnił się. Rozmówca Ruda istotnie przypominał kruka, z powodu odzienia uszytego z niezliczonych piór. W owej dziwacznej szacie wyglądał jak wychudzony ptak, któremu ktoś podciął skrzydła. – Rzeczywiście, należały do kruków. Lubię kruki. Niestety, tu już ich nie ma. Podobno odleciały w Pomrok.

– Skąd...

– Jak wiesz, rozmawiałem ze Strivariusem – przypomniał mu starzec. – Choć to, że mówił o was, zrozumiałem znacznie później. W końcu nie trafiliście do mnie tak, jak nakazuje zwyczaj: błagając o spotkanie. Potraktowano was zatem tak, jak traktuje się nieproszonych gości: skrzywionym jadem, a potem zamknięto w starych celach Przełomu. Z wyjątkiem Nadżywego – zaznaczył. – Gdy tylko dostrzeżono, kim jest, przyniesiono go do mnie. Niestety, nie udało mi się go jeszcze dobudzić, a szkoda. Prawdziwy Nadżywy w moich kazamatach! – mruknął do siebie starzec z widocznym zadowoleniem. – Gdybym tylko wiedział o nim wcześniej... musiał ukryć się przed mym wzrokiem. Jestem może ślepy – dodał, wskazując na swoje stare, błyszczące oczy, w pełni pokryte bielmem – ale dzięki temu widzę. To dar mojego Skrzywienia. Wzrok ponad wzrokiem. Rozumiesz mnie?

– Gdzie oni...

– ...są? – dokończył za niego starzec. – Zaczekaj... użyczę ci nieco mojego wzroku. – Uniósł dłoń i Rud dostrzegł, że wcześniej skryte w półmroku pomieszczenie zaczyna się rozjaśniać. Gdzie był? W głównej komnacie Widzącego? – Leżą przed tobą, na posadzce – powiedział tymczasem starzec – razem z tą żałosną, upodloną przez ciebie piksą. Nie wiedziałem, że można upodlić piksę. Jesteś naprawdę wyjątkowy, drogi Skrzywiony i Prosty...

– Co im zrobiłeś?

– Ja? Jeszcze nic. Mogłem ich oczywiście zgładzić, ale to zdążę jeszcze uczynić. Mam na to czas. Mnóstwo czasu, kiedy już się przebudzą. Próbujesz wstawać? – rzucił, patrząc na Malkolma z lekkim rozbawieniem. – Chciałbyś swój miecz? Nie sądzę, żebyś dał radę, ale proszę, próbuj....

– Co ty znowu... – zaczął Rud, zbierając siły, by stanąć na równe nogi. Czy niewyraźne, leżące nieopodal sylwetki naprawdę należały do Grotza, Suhaela i Twirly? – Przecież mogę...

Ogarnęła go ciemność. Gdy wstał, jak za pstryknięciem przełącznika ktoś wyłączył światło. Krzyknął, rozglądając się na boki, ale wszędzie było tak samo. Czerń.

– Ślepota – usłyszał spokojny, rozbawiony głos Widzącego – to potężny Skrzywiony omam. Czy wiesz, co to znaczy Widzieć, Malkolmie Skrzywiony i Prosty? I czy wiesz, czym jest oślepnąć?

– Przestań!

– Dobrze – zgodził się starzec. – Na razie wystarczy.

Wzrok powrócił jak za dotknięciem czarodziejskiej różdżki. Oszołomiony Rud, łapiąc nerwowo powietrze, cofnął się, byle dalej od upiornego starca stojącego na tle kamiennej ściany, przeciętej wysokim i szerokim wykuszem. Tuż za nim majaczyła jasna przestrzeń – widok na oświetlone brzaskiem Klejnotu Odstępy. Był chyba nowy dzień. Ile czasu wlekli się po tych lochach?

– Możemy zaczynać? – spytał Widzący. – Rozmowa nie będzie długa, zapewniam cię. Może usiądziesz z powrotem na krześle?

– Dziękuję – odparł Malkolm wciąż chrapliwym głosem – postoję.

– Jak sobie życzysz. To nie ma większego znaczenia, ale zapewne chciałbyś przeżyć ostatnie chwile w komforcie – ocenił starzec.

– Ostatnie chwile?

– A czego się spodziewałeś, przychodząc tutaj? – Widzący wzruszył ramionami. Krucze pióra wyraźnie się nastroszyły. – Prymat Dominium Pyłu nie powinien wiedzieć, że ktoś taki jak ty pęta mu się pod nogami. Nie byłby z tego zadowolony – wyjaśnił. – Ale takie sprawy wolę załatwiać sam. Dlatego mam do ciebie zaledwie kilka pytań, a potem pozwolę ci zakończyć życie – oznajmił, wyciągając zza fałd ubioru czarny sztylet i rzucając go pod nogi Malkolma. Stal upadła na ziemię z cichym brzękiem. – Potraktuj to jako nagrodę za dobre sprawowanie.

– Nie rozumiem... – szepnął Malkolm.

– Nie ma tu wiele do rozumienia. Twoja obecność... twoje Skrzywienie nie jest tu mile widziane. Czy wiesz, że muszę przez ciebie wypalić lochy, jak i to miejsce, w którym jesteśmy teraz? Moją własną czatownię! Zostawiasz coś po sobie, Malkolmie Skrzywiony i Prosty. Jesteś niczym zaraza. Czeka mnie więc sporo pracy... zatem nie traćmy czasu. Odpowiesz na kilka pytań.

– Kilka pytań?

– Wyjątkowo prostych, możesz mi wierzyć – dodał starzec. To, co mnie interesowało, powiedział mi już Strivarius, ale skoro nie zabił cię Wyrwaniec, chciałbym dowiedzieć się więcej.

– Wysłałeś na mnie Wyrwańca?

– Oczywiście. Może nie było to najlepsze wyjście, ale działałem w pośpiechu. Nie wypytałem nawet Strivariusa, skąd przyszedłeś! Był to, przyznaję, mój pierwszy błąd. Wyrwaniec rozpoczął więc poszukiwania, ale bez powodzenia. To nie ma już jednak znaczenia... – zauważył Widzący i, co wydało się Malkolmowi dość dziwaczne, zadygotał i zachichotał krótkim, schizofrenicznym śmiechem. – Teraz porozmawiamy – dodał, marszcząc twarz, i Rud pomyślał: kolejny świr. Cóż, już Marla mówiła, że Skrzywieni nie są normalni...

– To jest chore – oznajmił powoli Malkolm, patrząc na starca. – Rozmawiasz ze mną, jakby to była towarzyska pogawędka, i mówisz, że chcesz się mnie pozbyć? Liczysz, że poderżnę sobie żyły?

– Oczywiście – wychrypiał Widzący. – Ale o tym za chwilę. Zanim o to poprosisz, najpierw chcę się dowiedzieć, gdzie byłeś. Musisz mi dokładnie powiedzieć, gdzie się pojawiłeś i którędy szedłeś. O poternie i moich lochach, do których tak niefrasobliwie cię wrzuciłem, rzecz jasna wiem. Ale wcześniej? Na pewno zjawiłeś się w Absalomie, ale to ciągle za mało.

– A po cholerę ci takie informacje?

– Widzisz... – starzec nachylił się, tak że można było wyraźnie dostrzec jego ślepe, wytrzeszczone ku Rudowi oczy – zamierzam dokładnie prześledzić twoją wędrówkę i spalić wszystkie uliczki i domy, z którymi miałeś styczność, choćbym miał zniszczyć całe Odstępy Szóstego Dominium. Spalić, tak... spalić... – dodał do siebie, tracąc zainteresowanie Malkolmem. – Ogień...

– Chyba nie do końca rozumiem... – zaczął Rud, ale Widzący odwrócił się nagle ku niemu. Wszyte w strój krucze pióra zafalowały.

– Spalę wszystko! – warknął. – Stracę wówczas obszar ochronny przed Pomrokiem, ale niekiedy trzeba pogodzić się ze stratami! Który więc trakt wybrałeś? Od południa? Od zamku Gemertolk i jego skażonego rodu? A może od Grobowych Gór? Gadaj!

– To kompletnie bez sensu – oznajmił Malkolm. Cała sytuacja, choć przesiąknięta grozą, zaczynała go męczyć. – Jeśli chcesz, żebym coś ci powiedział, nie ma sprawy... ale coś za coś, bez tych głupot z samobójstwem.

– Tak? Coś za coś, powiadasz? A co miałbym dla ciebie zrobić?

– Powiesz mi, jak wrócić na Ziemię.

– Dokąd?

– Na Ziemię – powtórzył coraz bardziej zdenerwowany Rud. – Mówiłeś, że rozmawiałeś ze Strivariusem. Sprawa jest zatem prosta. Powiedz mi, jak wrócić, i będziesz miał mnie z głowy. Nie rozumiem, w czym problem...?

– Niestety, Ziemia nie wchodzi w grę – oznajmił z niejakim zadowoleniem starzec. – Tym mógłby się zająć ten, który cię tu przywołał, o ile zostałeś przez kogoś w ogóle przywołany. Przyznam, że to dla mnie zagadka, choć mam swoje podejrzenia... Tak czy owak, ściągnięcie cię tu wymagało nie lada Skrzywienia... i nie ukrywam, że z chęcią poznałbym tego, kto dokonał tak wielkiej sztuki. Niestety, brakuje mi na to czasu... – Starzec ponownie wzruszył ramionami. – Mam co innego na głowie. Problemy, których mi przysporzyłeś swoim przybyciem, Malkolmie Skrzywiony i Prosty. Problemy, z którymi muszę się uporać... i to jak najszybciej, zanim oko prymata Vermu zechce spocząć na prowincji Hinnom i przyległych do niej Odstępach.

– Strivarius twierdził, że da się tego dokonać – zauważył zimno Malkolm.

– Strivarius niewiele wiedział – orzekł Widzący. – Zapewne mogłoby ci pomóc miejsce, w którym się pojawiłeś... i być może Strivarius mówił ci coś o tworzeniu Kręgów... ale nie zamierzam ryzykować twojej kolejnej wędrówki. Nie... – Pokręcił jakby z namysłem głową. – Najlepiej, żebyś się zgładził.

– Absurd – zauważył Rud. – Rozmawiam z wariatem. Wszyscy jesteście tu zdrowo rąbnięci, ale ty przebijasz każdego, kogo spotkałem. Nie chcesz pomóc? Trudno. Pójdę do tego waszego prymata i sam sobie z nim pogadam.

– Obawiam się, że to niemożliwe.

– Tak? – prychnął Malkolm, czując, jak wzbierają w nim błękitne iskierki prądu. – A to dlaczego?

– Nie wolno drażnić prymata – wyjaśnił spokojnie starzec. – Kiedyś to uczyniłem. I od tej pory siedzę w tej przeklętej wieży. A ty zostaniesz tu ze mną.

Ból uderzył od razu, razem z ciemnością. Rud krzyknął, łapiąc się za głowę. Zalał go żar... a potem, dosłownie po chwili, ciemność odeszła i Malkolm zwymiotował na posadzkę.

– Oczy – oznajmił Widzący. – Wydłubano mi je. A teraz czujesz mój ból. Pamiętam go, o tak. Pamiętam go. Jest jak Skrzywienie mojego wzroku.

Rud nie odpowiedział. Wciąż z trudem łapał powietrze.

– Zacząłem ślepnąć już dawno temu – podjął starzec. – Ślepota to cenny dar. Może zrodzić potężne Skrzywienie. Prymat, jak widzisz, dostrzegł mój potencjał. Wystarczyło tylko, by zabrał mi moje oczy. I teraz... dzięki niemu naprawdę Widzę. Tak jak ty.

Rud wrzasnął. Ból powrócił – na chwilę, ale tyle wystarczyło.

– Mogę to przeciągać, jak każde Skrzywione Przekleństwo – oznajmił z zadowoleniem starzec, zbliżając się do Malkolma. – Gdzie więc się pojawiłeś?

– Grób... – wychrypiał Rud. – Grobowa... płyta...

– Dobrze. A dokładniej?

Malkolm potrząsnął głową. Przed oczami zawirowały mu czerwone plamy gniewu.

– Po... – wyrzęził.

– Co „po"? Południowe Odstępy?

– Pocałuj... mnie w dupę...

Widzący cofnął się. Powróciły za to ból i ciemność A następnie, po wieczności cierpienia, wszystko znowu zniknęło.

– Prawdziwa moc wyrasta ze zgody na Proste Prawo – zakrakał starzec. – Prawdziwa jest zatem twardość Thei, prawdziwa jest krew i upodlenie. Prawdziwa jest ciemność. Prawdziwe jest to, że to, co upadnie, już nie powstanie. I prawdziwy jest brak tego, co Odrzuceni nazywali nadzieją. Dlatego twoje obelgi nie mają znaczenia. Znaczenie ma tylko ból.

– Pier...pierdol się..

Tym razem uderzenie okazało się silniejsze i w zasadzie odebrało Rudowi przytomność. Rozsadzający czaszkę ból był niczym niepowstrzymana fala, a kiedy się wreszcie skończył, Malkolm ocknął się na podłodze tuż przy nieprzytomnych Grotzu, Twirly i Suhaelu. W dłoni ściskał sztylet.

– Nie pamiętasz? – powitał go Widzący. – Próbowałeś mnie nim dźgnąć. Ciekawe... – dodał, nachylając się z zainteresowaniem nad leżącym Rudem. – Niektórzy ze skryptorów badają ból, by odkryć, gdzie rodzi się Skrzywienie. Byliby tobą zachwyceni. Cóż, teraz to nieistotne. Będziesz już mówił, Malkolmie Skrzywiony i Prosty?

Rud nie odpowiedział. Wiedział, co się zaraz stanie, i wiedział, że wszystko powie. Było to tylko kwestią czasu i jednego, może dwóch uderzeń bólu. Nigdy nie uważał się za bohatera, a obraźliwa odzywka była raczej efektem nie odwagi, lecz gniewu. Ścisnął sztylet, nieświadomie dotykając ostrza. Po czarnej powierzchni popłynęła krew.

– A więc? – zagadnął kruczy starzec.

Malkolm zamrugał. *Aby tak się stało, musiałbyś być z nią związany, tak jak ze swym Kręgiem* – przypomniał sobie słowa Strivariusa. *Skrzywieniem i krwią musiałbyś stworzyć nowy Krąg, niczym odbicie twego Kręgu. Wymagałoby to wszakże nie lada sztuki. Bez odpowiednich omamów mógłbyś nie tyle odejść, lecz coś do siebie przyciągnąć...*

Krąg, pomyślał. Krąg i krew.

– No dobrze – westchnął zrezygnowany Widzący. – Jeszcze raz.

Ból i ciemność. I pieczenie przeciętej sztyletem dłoni. Trwało to chwilę, a kiedy światło powróciło, półprzytomny Rud zauważył, że z ręki kapie mu gęsta czerwona krew, plamiąc posadzkę kazamat.

– Tak szybko? – zaciekawił się starzec. – Już postanowiłeś się zabić?

Malkolm nie odpowiedział. Stanął na chyboczących się nogach. Krew przestawała płynąć, ciachnął więc jeszcze raz, w nadziei, że nie przetnie sobie żadnej znaczącej żyły. I zaczął iść dookoła leżących towarzyszy.

– Gdzie uciekasz, Malkolmie Skrzywiony i Prosty? – zadrwił Widzący. – Nie ma dokąd pójść!

Ból uderzył raz jeszcze, na krótko. Rud ocknął się na ziemi, ale zauważył, że rozlana krew niemal utworzyła krąg. Uniósł się ponownie, nie zwracając uwagi na chichot starca. I znowu się ciachnął.

– To będzie ostatni raz – obiecał Widzący. – Albo odpowiesz na moje pytanie, albo zadam ci ból, który uczyni cię nie Skrzywionym, a bełkoczącym do siebie Pękniętym.

– Mo...momencik – wyrzęził Rud. Został mu jeden krok, by uczynić krwawy Krąg z Grotzem, Suhaelem i Twirly w środku. Było to pewnie szaleństwo, ale nie miał żadnego innego pomysłu. Jak walczyć z kimś takim? *Skrzywieniem i krwią* – powiedział Strivarius. *Skrzywieniem i krwią.*

– Co tam wyczyniasz? – zainteresował się starzec. Malkolm nawet na niego nie spojrzał. Zamknął Krąg krwi i wszedł do środka.

– Mój Krąg – wymamrotał. To było wariactwo, ale pomyślał o krukach. Nie, o wronach. Jeśli wejdzie się pomiędzy wrony.... trzeba nauczyć się krakać tak samo jak one. A wrony odleciały. A może były to kruki? Nie pamiętał...

– Przestań! – syknął Widzący, wyciągając rękę. Ale ból tym razem nie nadszedł. Skrzywione Przekleństwo nie przedostało się przez okrąg krwi.

Rud nawet tego nie zauważył. Stał pośrodku niczym posąg. Po Kręgu przemknęły iskry wyzwolonego prądu.

– Mój Krąg – szepnął, przypominając sobie słowa Matki Gerdy. – Zbudź się, Theo... Zbudź się... zbudź się dla mnie.

Zagrzmiało.

Leżeli w celi Matki Gerdy, na szczycie Kruczej Wieży.

Przez niewielki wykusz z odsłoniętymi drewnianymi drzwiczkami wpadało światło wciąż trwającego brzasku. Nachylał się ku nim regał z dziesiątkami pojemników, dzbaneczków i kilkoma zmurszałymi księgami, a na kamiennym postumencie leżała nieruchoma głowa starego trupa.

Malkolm odchrząknął. Miał piasek w gardle, w bolącej głowie szumiało.

Żyję, pomyślał. Jestem...

Zaczął się niemrawo podnosić, opierając dłoń o leżące na ziemi Szydło. Tuż obok znajdowały się fragmenty rozwalonego krzesła i posadzki z kazamat Widzącego. Najwidoczniej „kręgowa teleportacja" zassała je ze sobą. Problem polegał na tym, że nie powinni być...

Nie powinni być w tym miejscu.

Powlókł się w kierunku uchylonych drzwi. Popchnął budzących się Grotza, Twirly i Suhaela, którzy – podobnie półprzytomnie jak on – rozejrzeli się po celi Kruczej Wieży. Karzeł zakaszlał spazmatycznie, Twirly pisnęła z bólu, ale to Nadżywy odezwał się pierwszy.

– Skrzywiony? – wymamrotał. – Gdzie... Rud!

Malkolm nie zareagował. Ruszył po schodkach, potykając się o własne nogi. W pewnym momencie omal się nie przewrócił, ale jakoś wydostał się na dziedziniec. Dziedziniec, który wyglądał inaczej, niż go zapamiętał.

Trudno mu było powiedzieć, na czym polegała owa zmiana. Czy na innym świetle, a może na zieleńszej, wychodzącej pomiędzy kamieniami niby-trawie? Może w ogóle na żywszych kolorach? W każdym razie coś tu się nie zgadzało.

W centrum nadal tkwiła wyschnięta i pokryta starym bluszczem studnia z kołowrotem przykrytym daszkiem i tak samo wyglądały rzeźby oraz altany. Ale drzewa nie wyglądały już na martwe i okryte czarnym śluzem. Rosły na nich liście. Odżyły także nikłe nitki pokrywającego dworek bluszczu. Coś sprawiło, że mrok tego miejsca przygasł.

– Zepsucie – wychrypiał wychodzący za Malkolmem Suhael. – Widzisz je, Skrzywiony?

– Powiedzmy – wymamrotał nadal oszołomiony Rud.

Zauważyli już ich mieszkańcy – tak samo bladzi i brudni jak wcześniej, wyciągający dłonie w stronę Malkolma. Przybył Skrzywiony i Skrzywiony miał zaprowadzić porządek. Ale Rud odsunął się od nich. Ostatnia rzecz, na którą miał teraz ochotę, to powitania i rozmowy.

– Zostawcie go! – krzyknął dobiegający do nich Grotz. – Później, mówię! Później!

– Zepsute! – pisnęła Twirly, która wpadła pomiędzy mieszkańców, roztaczając wokół nikły powidok fioletowego światła. – Zepsute!

– Skrzywiony! – krzyknął podbiegający do grupki Tifel. – Czy to ty?! Wróciłeś, by znów uratować Krąg?

– Nie jest pęknięty, głupcze! – wycedził Nadżywy. Starzec pokręcił głową.

– Ale coś się z nim stało! Pojawiło się Zepsucie... – wyjaśnił, wskazując na zdrowe drzewa. – Wszystko dziwacznie rośnie... – dodał, wyciągając ręce tak, jakby pragnął pochwycić Malkolma. – Zepsucie...

– Cofnij się! – syknął karzeł, wyciągając morgensztern, i Tifel wycofał się z wyraźnym przestrachem. – Nie teraz! Skrzywiony musi odpocząć!

– Nic nie muszę... – wycedził ku zaskoczeniu Grotza Rud. – Chcę tylko... potrzebuję trzech rzeczy. Potrzebuję ich... zaraz.

– Czego tylko pragniesz, Skrzywiony!

– Bandaży. Krwawego wina – wymienił słabym głosem Malkolm. – I svarta.

Nie dał się im przekonać.

Z pomocą Suhaela i Grotza odciął się od napierających na niego ludzi. Nie odgonił tylko piksy, która – najwyraźniej wpadając w swój zwykły nakręcony stan – uczepiła się jego nogi niczym małe dziecko, szczerząc zęby od ucha do ucha. Nie zwracając uwagi na jej uścisk i ciche chichoty, Malkolm wypił krwawe wino i obwiązał świeże rany dostarczonymi mu szmatami. Zjadł gorzkie podpłomyki przyniesione przez przejętego Torka. Zostawił je jednak od razu na ziemi, gdy tylko doprowadzono mu wierzchowca.

– Puść! – syknął w stronę Twirly, która, wyraźnie oburzona, oderwała się w końcu od jego nogi i wzleciała w górę z cichym, jękliwym protestem. Nie miał na to czasu. W głowie nadal mu szumiało i bał się, że utraci ów szum.

Tatusiu, pomóż mi!

– Idę – wychrypiał. To było szaleństwo, ale wlazł jakoś na svarta i skierował go w stronę wyjścia. – Powiedziałem przecież, że idę! – syknął, przejeżdżając obok usiłujących go powstrzymać ludzi. – Odsuńcie się, do jasnej cholery!

Resztę drogi pamiętał jak przez mgłę.

Było cicho. Nie słyszał już niemal szumu, głosu Strivariusa, Gerdy, Lidii czy Widzącego. Wiedział, że jechał nasypem, by dotrzeć wreszcie brukowanym traktem w dół pomiędzy drzewa Kościstego Lasu. W pewnym momencie poczuł, że mija pomnik Matki Gerdy i że czarne drzewa nie kleją się już i nie cuchną. Pachniało jak to w lesie, choć zapach był mocno przytłumiony przez swąd dawnej zgnilizny.

– Mal!

– Czego chcesz? – wychrypiał, odwracając się niechętnie. Tylko piksa mówiła do niego podobnym skrótem i choć jej jeszcze nie dostrzegł, wiedział, że gdzieś się czai, ukryta za pniami czarnych drzew. – Wracaj do Kruczej Wieży!

– Skrzywiony! – pisnęła, wylatując zza drzewa. – Twój Krąg! Twirly czuje Krąg!

– To pięknie. Gratuluję. A teraz zostaw mnie w spokoju.

– Nie!

– Nie krzycz... – wymamrotał półprzytomnie, kurczowo trzymając się wciąż ledwo co słyszanego w głowie szumu.

– Nie krzycz, nie krzycz! – zachichotała śpiewnie Twirly i oświetlając las słabym pasmem fioletowego blasku, poleciała przed siebie, w stronę, w którą zmierzał Malkolm.

Svart znał chyba drogę – być może nie była to jego pierwsza podróż do Grobowych Gór. Dość, że kiwający się na nim i półmamroczący do siebie Malkolm dojechał wreszcie do zbocza i głazów. Tam zwlekł się na ziemię i zaczął iść w stronę gruzowatego zbocza i niebezpiecznego wejścia. Piksa gdzieś zniknęła – może zgubiła się w Kościstym Lesie?

To, że nie tylko ona go śledzi, zrozumiał, gdy przebył już połowę drogi. Dwie ciemne sylwetki. Weszły za nim na kamienne schody prowadzące do Czatowni. Niewiele go to jednak obchodziło.

W połowie drogi o mało nie spadł. To był ten niebezpieczny fragment, podczas którego musiał pobawić się w taternika. Schody urywały się tam i szybko znalazł starą skalną szczerbę. Przeszedł ją znów, klnąc i czepiając się samej ściany: rys, pęknięć, szczelin i ostrych półek.

W pewnym momencie coś trzasnęło i w dół poleciała kupa gruzu, a wymęczony i zakrwawiony Rud zawisł na jednej ręce. Na szczęście szybko znalazł oparcie. Tak dowlókł się wyżej i, nerwowo chichocząc do siebie, wdrapał na ostatni fragment schodów. Śmiech zmienił się w spazmatyczny kaszel, ale to mu nie przeszkadzało. Tak było nawet lepiej, choć nie wiedział czemu.

– Nie spadłeś! – piksa odezwała się znienacka, gdy oparł się wyczerpany o ścianę. – Nie było ciała i krwi, nie było krwi na kamieniach! Krew słodka, o tak! Smaczna!

– Spadaj, Twirly... – stęknął półprzytomnie. – Zostaw mnie.

– Nie! – zaprzeczyła, unosząc się. Machnął na nią, ale zaśmiała się tylko. – Nie!

Thea żegnała go światłem Klejnotu. Każdy widziany element był ostry w nim niczym brzytwa, ale Malkolm nie podziwiał widoków. Nie patrząc na krajobraz i chichoczącą piksę, dotarł do grobów ustawionych na wielkiej kamiennej półce i wszedł w ciemność góry.

To dziwne, ale wiedział, dokąd iść. Przeszedł przez cienki most nad ziejącą rozpadliną i zanurzył się w katakumby. Rzeźby, słupy i wysokie zdobione sklepienia grobowego miasta mijał bez żadnej refleksji. Niekiedy stawał, chichotał podobnie jak Twirly i mamrotał do siebie, jakby nadal spierał się z Widzącym. I może tak właśnie było.

Interesującą go płytę nagrobną znalazł po ponad półgodzinie błądzenia w towarzystwie dziwnie milczącej, oglądającej grobowe płaskorzeźby piksy. To było to. Wielkie, kamienne wieko, na którym się pojawił. Z wyżłobioną w kamieniu czaszką o odwzorowanej kunsztownie fizjonomii – a raczej jej fragmencie. Wizerunek nieznanego mu trupa, obrośnięty przez mokry jaskiniowy mech.

Natychmiast skropił go swoją krwią.

Później miał sobie przypomnieć, że działał jak w malignie. Wydawało mu się, że był w Kruczej Wieży – ale czy na pewno? Czy widział Twirly? A może Marlę? I czy na pewno przeżył to, co przeżył? Coś mu się rwało – czuł tylko szum Kręgu i cień niedawnego bólu...

Nie miał przy sobie miecza. Może go zgubił? Nie, chyba gdzieś go zostawił... Ale nadal miał czarny sztylet ściskany kurczowo w dłoni. Rozerwał więc bandaże i ciął. Krew znowu popłynęła strumieniem i Malkolm zaczął tworzyć Krąg z płytą w środku.

– Rud!

– Nie zbliżaj się... – wychrypiał, nie patrząc na wyraźnie zdenerwowanego Grotza, który właśnie przybył. Stojący obok karła Nadżywy patrzył na Malkolma z wyraźnym zaciekawieniem. – Wracam.

– Tak, Skrzywiony! Wracajmy do Kruczej Wieży!

– Wieża! – pisnęła Twirly.

– Nie! Zamknijcie się wszyscy!

Jeszcze tylko metr i Krąg był gotowy. Dopiero wtedy Rud złapał się za poranioną rękę i upuścił sztylet. A następnie przekroczył linię krwi, tak jak zrobił to w komnacie Widzącego.

– Skrzywiony...

– Zostaw go, Grotz – powiedział Suhael.

– Mój Krąg – szepnął Malkolm, czując, że przez grotę przechodzi drżenie i że gdzieś w trzewiach góry budzi się głuchy pomruk. – Zbudź się, Theo... obudź się dla mnie. Lidia... kochanie. Moja malutka... wracam...

Musiał w to uwierzyć – to już wiedział. I nieco oszaleć, tak jak prawdziwy Skrzywiony. To także było oczywiste. I nie stanowiło większego problemu.

– Zbudź się... – szepnął. Ból i szum. A to, co upadnie, nie może powstać. – Zbudź się, co? – ponaglił. – Wstawaj, moja droga. Nie jesteś stara i nie jesteś twarda, a ja... ja chcę już do domu.

Zagrzmiało.

Odrzuciło go do tyłu, tak że wyrżnął plecami o skałę. Twirly pisnęła przeraźliwie, a Rud jęknął z bólu i wściekłości. Spróbował się podnieść, ale plecy eksplodowały bólem. Czyżby kręgosłup? Stęknął głucho i oparł się ręką o ziemię. Jeśli zrobi to powoli...

Na nagrobnej płycie ktoś leżał.

Malkolm zaklął i stanął z trudem na chwiejących się nogach. Wykonał jeden, następnie drugi krok. Bolało jak diabli. Nie był to może kręgosłup, ale z pewnością trzasnęło mu przynajmniej jedno żebro.

– Co jest, do cholery... – stęknął, po raz pierwszy zerkając w pełni przytomnie na karła, piksę i Nadżywego.

Wszyscy zastygli jak sparaliżowani, odwrócił się więc i wznowił wędrówkę do płyty. Rozlana wokół niej krew pachniała świeżą spalenizną. Ale Rud nie zwracał na to uwagi. Interesował go tylko widok.

Spojrzał zatem i zamarł. A potem, z niedowierzaniem i niepewnie, wyszeptał imię nieprzytomnej, leżącej na płycie dziewczyny:

– Tulpen?

KONIEC TOMU PIERWSZEGO

Warszawa,
25 stycznia – 27 lipca 2018

Powrót do Nigdy Nigdy

Byliśmy tam kiedyś. A teraz powracamy. „Niekończąca się historia" Michaela Endego, „Jankes na dworze króla Artura" Marka Twaina, „Kroniki Thomasa Covenanta Niedowiarka" Stephena Donaldsona, „Świat czarownic" Andre Norton, „Pan Lodowego Ogrodu" Jarosława Grzędowicza, a także „Trzy serca i trzy lwy" Poula Andersona. I niezapomniana „Narnia" C.S. Lewisa, „Dom światów" Marion Zimmer Bradley, „Na tropie jednorożca" Mike'a Resnicka, cykl „Magiczne królestwo" Terry'ego Brooksa, „Koncert nieskończoności" Grega Beara, „Talizman" Stephena Kinga i jego „Mroczna Wieża"...

Te wszystkie światy łączy jedno. To, że weszliśmy do nich z naszego własnego świata. Wkroczyliśmy do nich jako Bastian Balthazar Bux, narkoman Eddie Dean i Tomasz Niedowiarek. Stanęliśmy jako Simon Taggart i pocwałowaliśmy Jadranem Vuko Drakkainena, wyciągając z pochwy Cortanę dłonią Holgera Carlsena. Dotknęliśmy rosnącej w zimowym lesie latarni i zasłuchaliśmy się w muzykę Sidhów... choć w moim przypadku była to muzyka Enyi na zmianę z Basilem Poledourisem.

Najwyższy czas wrócić. Zobaczyć, jak wygląda miękka niegdyś ziemia. Ujrzeć dawne królestwa i wejść na zapomniany szczyt Szarych Gór, w których – jak wiemy – od dawna nie ma już złota. Thea jest bowiem twarda, a to, co upadło, już nie powstanie. Taka jest cena wiedzy, ale i nasza kara. Bądź co bądź przybywamy z krainy, w której zbyt często rządzi Proste Prawo.

Popatrzmy, czy uda się je skrzywić.

Marcin Podlewski
fanpage Marcin Podlewski Wklepuje

Spis rzeczy

GDZIE BYŁ
BÓG
GDY STYGŁA
KAWA?

fabryka słów®
WYDAWNICTWO

WYDAWCA
Fabryka Słów sp. z o.o.
20-834 Lublin, ul. Irysowa 25a
tel.: 81 524 08 88, faks: 81 524 08 91
www.fabrykaslow.com.pl
e-mail: biuro@fabrykaslow.com.pl
www.facebook.com/fabryka

SPRZEDAŻ INTERNETOWA
swiatksiazki.pl

ZAMÓWIENIA HURTOWE
Firma Księgarska Olesiejuk sp. z o.o. sp.j.
05-850 Ożarów Mazowiecki,
ul. Poznańska 91
tel./faks: 22 721 30 00
www.olesiejuk.pl,
e-mail: hurt@olesiejuk.pl

DRUK I OPRAWA
opolgraf DRUKARNIA

PROJEKT I ADIUSTACJA AUTORSKA WYDANIA
Eryk Górski, Robert Łakuta

ILUSTRACJA NA OKŁADCE
Alicja Kapustka

PROJEKT OKŁADKI
Szymon Wójciak

ILUSTRACJE
Alicja Kapustka

MAPA
Paweł Zaręba

REDAKCJA
Michał Cetnarowski

KOREKTA
Agnieszka Pawlikowska

SKŁAD
Dariusz Nowakowski | drewnianyrower.com

Wydanie I

ISBN 978-83-7964-412-4

/ fabrykaslow fabryka.slow / fabryka

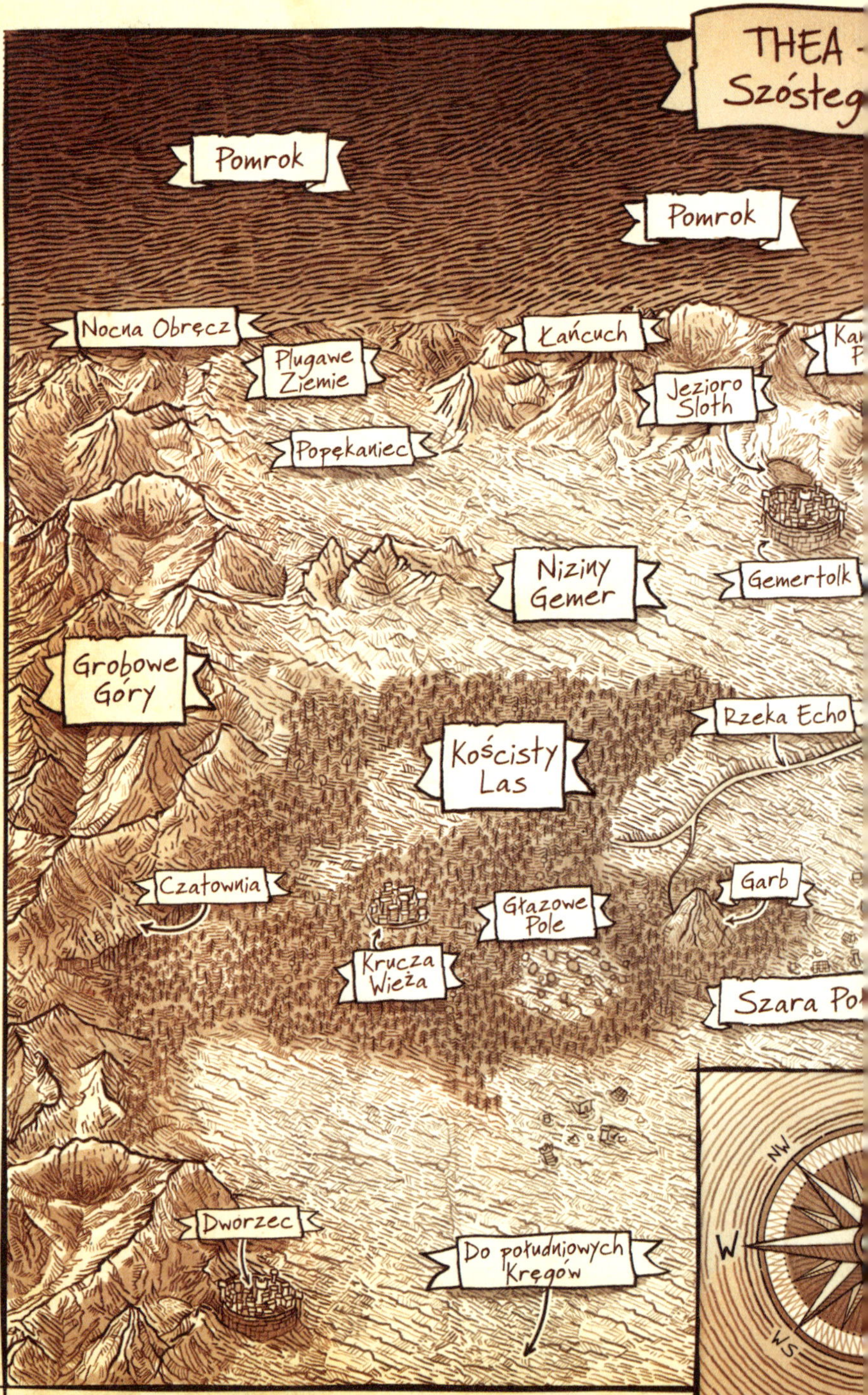
THEA
Pomrok
Pomrok
Nocna Obręcz
Plugawe Ziemie
Łańcuch
Jezioro Sloth
Popękaniec
Niziny Gemer
Gemertolk
Grobowe Góry
Rzeka Echo
Kościsty Las
Czatownia
Garb
Głazowe Pole
Krucza Wieża
Dworzec
Do południowych Kręgów
NW
W
WS